동주

밀주지

《완역 결정본》

東周 列國志

대성大聖 공자孔子

8

솔

◉일러두기

1 본문의 옮긴이 주는 둥근 괄호로 묶었으며, 한시와 관련된 주는 시 하단에 달았다.
편집자 주는 원저자 풍몽룡의 오류를 바로잡은 것으로 ─로 표시하였다.

2 관련 고사, 관직, 등장 인물, 기물, 주요 역사 사실 등은 본문에 ˙로 표시하였고,
부록에서 자세히 설명하였다.

3 인명의 경우 춘추 전국 시대 당시의 표기법을 따랐다.
예) 기부른父 → 기보른父, 임부林父 → 임보林父, 관지부管至父 → 관지보管至父

4 '주周 왕실과 주요 제후국 계보도'는 독자의 편의를 위해 각 권마다
해당 시대 부분만을 수록하였다.

5 '등장 인물'은 각 권에서 등장하는 주요 인물을 다루었으며, 가나다순으로 정리하였다.

6 '연보'의 굵은 글자는 그 당시의 중요한 사건을 말한다.

차례

손자孫子

오자서伍子胥

춘추 시대 형세와 춘추 오패五覇 분포도

오吳나라의 계보

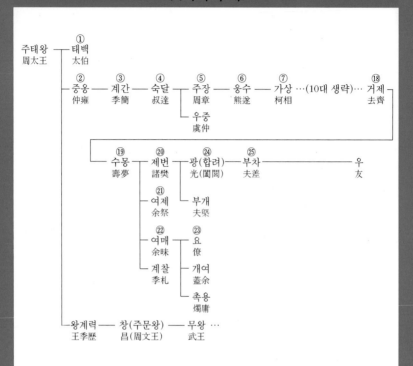

두 기둥, 하늘을 지탱함과 같았으니

제경공齊景公은 평구平邱 땅에서 돌아왔다. 그는 비록 진晉나라 군사의 위세에 눌려 하는 수 없이 입술에 피를 바르고 맹세는 했지만, 진나라에 원대한 계획이 없다는 걸 알았다.

그래서 제경공은 어떻게든 옛 제환공齊桓公의 패업을 다시 한번 일으켜보려고 결심했다. 제경공이 정승 안영晏嬰*에게 묻는다.

"우선 진나라는 서북에서 패권을 잡게 하고, 과인은 동남 일대의 패권이라도 잡아야겠소."

안영이 대답한다.

"진나라는 사기궁虒祁宮을 짓느라고 백성들을 괴롭혔기 때문에 모든 나라 제후의 신망을 잃었습니다. 상감께서 만일 패업을 도모하실 생각이시라면 먼저 백성부터 사랑하십시오."

"어떻게 하는 것이 백성을 사랑하는 길이오?"

"형벌刑罰을 줄이면 백성이 원망하지 않으며, 부역과 세금을 줄이면 백성이 감격합니다. 그러므로 옛 어진 왕들은 백성들에게

서 받아들인 곡식으로 사치를 하지 않았고, 봄가을로 창고의 곡식을 펴서 가난한 백성을 도왔습니다. 그런데 상감께선 왜 그런 좋은 일을 하지 않으십니까?"

이에 제경공은 형벌을 줄이고 창고를 열어 가난한 백성에게 싼 이자로 곡식을 꾸어줬다. 이리하여 백성들은 나라의 은혜에 깊이 감격했다.

그런 후에 제경공은 동방東方 일대의 모든 나라 제후를 초청했다. 다른 나라 제후는 다 왔으나 다만 서徐나라 임금만이 오지 않았다.

격분한 제경공은 전개강田開疆을 대장으로 삼고 군사를 거느리고 가서 서나라를 쳤다. 제나라 군사는 포수蒲隧 땅에서 한바탕 싸워 마침내 서나라 장수 영상嬴爽을 죽이고 군사 500여 명을 사로잡았다.

이에 서나라 임금은 매우 놀라 사신을 보내어 제경공에게 화평을 청했다.

제경공은 마침내 담郯나라 임금과 거莒나라 임금을 포수 땅으로 초청하고, 서나라 임금과 함께 네 나라가 동맹을 맺었다. 이때 서나라 임금은 뇌물로 신보申父의 가마솥을 제경공에게 바쳤다.

그후 진나라 임금과 신하들은 제나라가 담郯·거莒·서徐 세 나라와 함께 동맹했다는 걸 알았으나 감히 문책하지 못했다.

이로부터 제나라는 나날이 강해졌다. 제경공은 마침내 진나라와 함께 천하 패권을 잡았다.

제경공은 장수 전개강田開疆이 서나라를 쳐서 평정한 공로를 기록하고, 지난날 황하黃河에서 고야자古冶子가 큰 자라를 참한 공로를 기특히 생각하여 그들을 오승지빈五乘之賓으로 대우했다.

그후 전개강은 다시 제경공에게 공손첩公孫捷을 천거했다. 공손첩은 나면서부터 얼굴빛이 검푸르고 눈알이 붉었으며 키가 컸다. 그는 능히 천근의 무게를 들어올리는 장사였다.

제경공은 공손첩의 용맹한 모습을 보고 기뻐했다.

어느 날이었다.

제경공은 공손첩과 함께 사냥을 하러 동산桐山으로 갔다.

한참 사냥을 하는 중인데, 갑자기 산속에서 백액대호白額大虎 한 마리가 사납게 으르렁거리면서 뛰어나왔다. 그 범은 나는 듯이 제경공이 타고 있는 말에게 달려들었다. 깜짝 놀란 제경공은 어쩔 줄을 몰라 했다.

이때 공손첩이 수레에서 뛰어내려가 맨손으로 맹호猛虎의 턱 밑을 움켜잡았다. 그리고 주먹으로 맹호를 한 번에 때려눕혔다. 사람들이 달려와본즉 범은 이미 죽어 있었다.

제경공은 공손첩의 용기를 칭찬하고 오승지빈으로서 그를 대우했다.

이리하여 공손첩은 전개강, 고야자와 함께 결의형제를 맺고, 그후부터 그들은 제나라 삼걸三傑이라고 자칭했다.

그들 세 사람은 모두 자신들의 공로와 용기만 믿어 항상 호언장담을 일삼고, 시정과 여염 간을 횡행하며 못된 짓만 하고, 공경대부公卿大夫를 깔보고, 심지어 제경공 앞에서도 반말지거리를 하며 버릇없이 굴었다. 그러나 제경공은 그들의 용기를 사랑한 나머지 내버려두었다.

이때 제나라 궁중에 한 간신이 있었다. 그의 이름은 양구거梁邱據였다. 양구거는 우선 안으론 제경공의 비위를 잘 맞춰서 총애를 받고, 밖으론 자칭 삼걸이라는 전개강 등과 손을 잡고 세력을 폈다.

더구나 이땐 진무우陳無宇가 사재私財를 뿌려 한참 민심을 얻는 동시에 장차 제나라를 자기 손아귀에 넣으려고 때를 기다리던 참이었다.

원래 전개강과 진무우는 같은 족속이었다. 그들이 서로 손을 맞잡고 일을 꾸민다면 제나라의 장래가 낭패일 것이다.

그래서 정승 안영의 근심은 이만저만이 아니었다. 안영은 늘 그들을 없애버려야 한다고 생각은 하면서도 상감에게 그 뜻을 말하지는 못했다. 왜냐하면 공연히 말했다가 제경공이 들어주지 않을 때엔 도리어 전개강 등 세 사람과 원수만 사게 된다는 것을 잘 알고 있었기 때문이다.

어느 날이었다.

원래 진晉나라와 뜻이 맞지 않았던 노나라 노소공魯昭公이 친교를 맺으려고 제나라에 왔다.

이에 제경공은 큰 잔치를 벌이고 노소공을 환영했다. 잔치 자리에서 두 나라를 대표하여 노나라 쪽에선 숙손착叔孫婼이 나오고 제나라 쪽에선 안영이 나와서 서로 인사를 교환했다.

계단 아래엔 전개강 등 삼걸이 칼을 차고 오만스레 늘어서 있었다.

두 나라 임금이 얼근히 취했을 때였다.

안영이 아뢴다.

"바야흐로 후원에 금도金桃가 익었을 것입니다. 두 임금께선 그걸 맛보시고 상수上壽하십시오."

제경공은 정원 돌보는 관리를 불러 금도를 따오라고 분부했다.

안영이,

"금도는 참으로 구하기 어려운 과일입니다. 신이 친히 가서 따오겠습니다."

하고 잔치 자리를 나갔다.

　제경공이 노소공에게 설명한다.

　"그 금도는 선공先公 때에 동해 사람이 큰 씨를 가지고 와서 말하기를, '이것은 만수금도萬壽金桃라는 복숭아 씨로 해외海外의 산속에서 구했습니다' 하고 진상한 것입니다. 그 이름을 반도蟠桃라고도 합니다. 그후로 30년이 지났건만, 그동안에 가지와 잎은 비록 무성하고 꽃은 해마다 피었지만 한번도 열매를 맺지 않았지요. 그러던 것이 금년에야 열매 몇 개가 열렸습니다그려. 그래 과인은 그걸 몹시 아끼는 생각에서 후원 문을 봉쇄했지요. 이제 군후께서 이렇듯 왕림하셨으니 과인이 감히 혼자 먹을 수 없는지라, 특별히 군후와 함께 처음으로 맛보고자 합니다."

　노소공은 소매 긴 두 손을 들어 감사하다는 뜻을 표했다.

　이윽고 안영은 정원의 관리를 데리고 돌아와 조반彫盤에다 금도 여섯 개를 놓아서 바쳤다.

　그 복숭아는 크기가 주발만하고 빛은 숯불 같고 향기가 코를 찔렀다. 참으로 진기한 과일이었다.

　제경공이 묻는다.

　"그래, 겨우 여섯 개뿐이던가?"

　안영이 대답한다.

　"서너 개 더 있었으나 아직 덜 익어서 익은 걸로 여섯 개만 따왔습니다."

　제경공은 안영더러 노소공에게 술잔을 바치도록 분부했다.

　이에 안영은 노소공 앞에 나아가서 공손히 옥배玉杯를 바쳤다. 동시에 좌우 사람이 각기 두 임금에게 금도를 바쳤다.

안영이 치사한다.

"복숭아가 이렇듯 크니 참으로 천하에 드문 바라, 두 임금께선 이걸 잡수시고 다 함께 천수千壽하십시오."

노소공은 술을 마신 후 금도 한 개를 먹었다. 그 맛이 과연 비상하여 찬탄해 마지않았다.

다음에 제경공이 술을 마시고 금도 한 개를 먹고 나서,

"이 복숭아는 참으로 희귀한 과일이라. 숙손대부叔孫大夫는 어질기로 그 명망이 사방에 널리 알려졌고, 또 이번에 먼 길을 오느라고 수고가 많았을 것이니 이 복숭아를 하나 맛보오."
하고 권했다.

노나라에서 온 숙손착이 꿇어앉아 대답한다.

"신이 어찌 승상 안영의 만분지일인들 따를 수 있겠습니까! 승상 안영은 안으로 제나라 정사를 다스리고 밖으로 모든 나라 제후를 복종케 했으니 그 공로가 적지 않습니다. 그러니 이 복숭아는 승상 안영께서 잡수셔야 합니다. 신이 어찌 그걸 먹을 수 있겠습니까?"

"숙손대부가 안영에게 사양하니 그럴 것 없이 둘이서 각기 하나씩 맛보오."
하고 제경공은 술과 복숭아를 각기 두 사람에게 하사했다.

이에 노나라 신하 숙손착과 제나라 승상 안영은 꿇어앉아 복숭아를 받아먹고 사은했다.

안영이 다시 아뢴다.

"아직 금도가 두 개 남았으니 상감께선 공로가 많은 신하에게 하사하시어 그 공로를 표창하십시오."

제경공이 분부한다.

"모든 신하에게 영을 내려 공로가 많은 자는 스스로 자기 공적을 아뢰게 하여라. 그리고 안영이 그 공로를 평가하고 복숭아를 주도록 하오."

이에 공손첩이 앞으로 썩 나서면서 아뢴다.

"지난날 주공께서 동산桐山 땅에서 사냥할 때 신이 맹호를 때려 눕혔으니 그 공로가 어떠합니까?"

안영이 그 공로를 평해,

"하늘을 받들다시피 어가御駕를 보호했으니 그 공로가 크고 크도다!"

하고 공손첩에게 금도를 줬다.

이번엔 고야자가 분연히 앞으로 나서며 아뢴다.

"범을 죽인 것은 별로 기이할 것이 없습니다. 신이 지난날 황하에서 천년 묵은 자라를 참하여 상감을 보호했으니 그 공로는 어떠합니까?"

이번엔 제경공이 대답한다.

"그때 파도가 매우 흉악했다. 장군이 고 요사스런 자라를 참하지 않았던들 내 어찌 목숨을 부지하였으리오. 그대의 공은 세상에 보기 드문 바라. 어찌 금도를 먹지 않을 수 있으리오."

안영은 황망히 고야자에게 술과 복숭아를 줬다.

이에 전개강이 옷자락을 걷어붙이고 성큼성큼 걸어와 아뢴다.

"신은 일찍이 상감의 명을 받들어 서徐나라를 치고 그 대장을 잡아죽이고 적군 500여 명을 사로잡았습니다. 그래서 서나라 임금은 겁을 먹고 뇌물을 바치고 화평을 청했습니다. 그래서 담 · 거 두 나라도 겁을 먹고 일시에 다 모여서 상감을 맹주로 모셨습니다. 신의 공로가 이만하니 가히 금도를 먹을 수 있겠지요?"

안영이 제경공에게 아뢴다.

"전개강의 공적은 두 장수보다도 10배나 더 큽니다. 그런데 이제 복숭아가 없으니 어찌하오리까? 술이나 한잔 하사하시고 복숭아는 내년에 하사하도록 하십시오."

제경공이 전개강에게 말한다.

"경의 공이 가장 큰건만 가히 아깝다. 왜 진작 말하지 않았는가? 이제 복숭아가 없으니 공로를 표창할 수 없구나!"

전개강이 칼자루를 잡고서,

"자라나 범을 죽인 것은 실로 작은 일입니다. 나는 천리 먼 곳까지 가서 피를 뿌리고 싸워 큰 공을 세웠건만, 도리어 복숭아를 받지 못하고 두 나라 임금과 모든 신하 앞에서 부끄러움과 비웃음을 당했습니다. 내 이제 무슨 면목으로 조정에 서리오."

하고 그 자리에서 칼을 뽑아 자기 목을 찌르고 죽었다.

공손첩이 깜짝 놀라면서,

"우리는 보잘것없는 공로를 세우고 복숭아를 먹었는데, 전개강은 큰 공로를 세웠건만 먹지 못했다. 내가 그에게 복숭아를 사양하지 못한 것은 참으로 몰염치한 일이었다. 사람이 죽는 것을 보고서 따라 죽지 않는다면 이는 용기가 없다는 증거다."

하고 역시 칼로 자기 목을 찌르고 죽었다.

고야자가 눈을 부릅뜨고 큰소리로 외친다.

"우리 세 사람은 일찍이 결의형제를 맺고 생사를 함께하기로 맹세했다. 두 사람이 이미 죽었는데 내 어찌 혼자서 이 세상을 살리오."

그러더니 고야자 역시 칼로 자기 목을 찌르고 죽었다.

제경공이 황망히 사람을 시켜 말렸으나 이미 때는 늦었다.

노소공이 자리에서 일어서며 말한다.

"과인이 듣건대 제나라 삼걸은 천하에 보기 드문 용사라던데 일시에 세상을 떠났으니 참으로 아깝소이다."

"……"

제경공은 묵연默然할 뿐 매우 언짢은 기색이었다.

안영이 조용히 앞으로 나아가서 아뢴다.

"그들은 그저 용기가 있었을 뿐입니다. 비록 약간의 공로는 있었으나 족히 화제에 올릴 만한 인물들이 못 됩니다."

노소공이 의아하다는 듯이 묻는다.

"그럼 귀국엔 이런 용기 있는 장수가 몇이나 있소?"

안영이 대답한다.

"묘당廟堂 깊이 앉아 정책政策을 세워서 국위國威를 만리 밖에 떨치게 하는 장상將相급만 수십 명이나 있습니다. 저런 혈기방장한 용사 따위는 우리 상감께서 매질이나 해서 부리는 축에 불과합니다. 그러니 저들의 죽음이 우리 제나라에 무슨 영향이 있겠습니까?"

그제야 제경공은 아무렇지도 않다는 듯이 표정을 고쳤다.

안영은 다시 두 나라 임금에게 잔을 올리고 술을 권했다. 두 나라 임금은 서로 술을 마시다가 각기 취한 뒤에 잔치를 파했다.

그 삼걸의 무덤은 제나라 탕음리蕩陰里에 있다.

후한後漢 시대에 제갈공명諸葛孔明이 지은 「양보음梁父吟」은 바로 그 삼걸을 두고 읊은 것이다.

제나라 동쪽 문밖으로 걸어나가면
멀리 탕음리를 바라볼 수 있다.

마을 가운데 세 무덤이
서로 흡사하게 나란히 있도다.
묻노니 저기에 누가 묻혔는가
그 옛날 제나라 삼걸의 무덤이라고 한다.
그들의 힘은 능히 산을 밀어낼 만했고
그들의 공로는 매우 컸다.
하루아침에 세 용사는 꼬임수에 걸려
복숭아 두 개 때문에 자살했도다.
누가 능히 그들을 죽게 했는가
제나라 정승 안영이었도다.

步出齊東門
遙望蕩陰里
里中有三墳
纍纍正相似
問是誰家塚
田疆古冶子
力能排南山
文能絶地紀
一朝中陰謀
二桃殺三士
誰能爲此者
相國齊晏子

노소공이 본국으로 돌아간 후였다.
제경공이 안영을 불러 묻는다.

18

"그대는 잔치 자리에서 호언장담으로 우리 나라 체면을 세웠으나 이제 삼걸이 죽고 없으니 장차 누가 그들의 뒤를 이을꼬? 걱정이로다!"

안영이 대답한다.

"신이 이제 상감께 한 사람을 천거하겠습니다. 그 사람이면 죽은 세 사람보다도 월등하리이다."

"그 사람은 어떤 사람이냐?"

"전양저田穰苴란 사람인데 그의 문장은 사람을 감동시킬 수 있으며, 그의 무력武力은 적을 위압할 수 있습니다. 참으로 그는 보기 드문 명장의 소질을 갖춘 분입니다."

"그 성이 전田가라면 전개강의 일족이 아닌가?"

"그 사람이 비록 성은 전가지만 신분이 서출庶出로서 미천하기 때문에 전씨들은 그를 대단히 여기지 않았습니다. 그래서 지금 저 동해 가에 은거하고 있습니다. 상감께서 만일 명장을 얻고자 하신다면 전양저보다 나은 사람이 없다는 걸 아십시오."

"그 사람이 그렇듯 훌륭한 인물이라면 그대는 왜 일찍이 나에게 천거하지 않았는가?"

"훌륭한 인물은 자기가 섬길 임금을 선택할 뿐만 아니라, 그 친구도 선택한 연후에 벼슬길에 오릅니다. 전양저 같은 훌륭한 인물이 어찌 전개강이나 고야자 따위와 함께 어깨를 나란히 하고 벼슬을 살 리 있겠습니까?"

"그대가 천거하는 사람이니 어련하리오만, 전田가와 진陳가는 동족 간이라. 그 점이 좀 꺼림칙하오."

제경공은 결정을 짓지 못하고 주저했다.

수일 후였다. 변방 관리로부터 급한 보고가 왔다.

"진晉나라에서 우리 나라 삼걸이 하루아침에 다 죽었다는 걸 알고 군사를 일으켜 지금 동아東阿 경계를 침범해들어오고 있습니다. 뿐만 아니라 연燕나라가 이걸 기회로 삼고 북방에서도 침범하고 있습니다."

이 보고를 듣고 무척 놀란 제경공은 즉시 안영으로 하여금 동해 가에 가서 전양저를 초빙해오도록 했다.

안영은 그날로 곧 비단과 그 밖의 많은 예물을 가지고 동해 가로 달려갔다.

이리하여 마침내 전양저는 제나라 궁으로 입조入朝했다.

전양저는 제나라 궁에 들어온 그날로 병법兵法에 관해서 제경공에게 여러 가지로 설명을 했다. 제경공은 그의 탁월한 경륜을 듣고 즉시 전양저를 대장으로 삼았다. 그리고 병거 500승을 내주고 북쪽 연燕나라와 진晉나라의 군사를 물리치도록 분부했다.

전양저가 청한다.

"신은 원래 신분이 비천한 몸으로 다행히 상감을 모시게 됐습니다만, 갑자기 일국의 병권兵權을 맡았기 때문에 장차 신의 명령에 사람들이 복종하지 않을까 걱정입니다. 그러니 바라건대 평소 상감께서 총애하시는 신하로서 동시에 백성들의 존경을 받는 사람 하나를 골라 전군全軍을 감독하게 해주십시오. 그래야만 신의 명령이 잘 시행될 것입니다."

제경공은 총애하는 신하인 대부 장가莊賈를 불러 모든 군대를 감독하게 했다.

전양저와 장가는 제경공에게 사은하고 궁을 나오다가 조문에 이르렀다.

장가가 묻는다.

"군사가 출발한 날은 언젠지요?"

"내일 오시午時에 일제히 출발합니다. 군문軍門에서 기다리겠으니 대감은 나와 함께 떠나셔야 합니다. 시각을 어기지 마십시오."

전양저는 장가와 약속하고 부중府中으로 돌아갔다.

이튿날이었다. 오시가 되기 전에 전양저는 이미 군중軍中에 이르렀다.

전양저가 군리軍吏를 불러,

"뜰에 장대〔竿〕를 세우고 시간이 틀리지 않도록 그림자를 재어라. 장가는 어찌하여 아직 안 오셨느냐? 속히 사람을 보내어 곧 오시라고 하여라."

하고 분부했다.

원래 연소年少한 장가는 천성이 교만했다. 그는 제경공의 총애를 받고 있는 터라 전양저를 대단하게 생각지 않았다. 더구나 그는 전全 군대를 감독할 권리를 받았기 때문에 세도가 부쩍 늘어난 셈이었다.

이날 그의 친척과 평소부터 접촉이 많던 손님들은 장가의 출정을 전송하기 위해서 큰 잔치를 열었다. 그래서 장가는 흔쾌히 술을 마시며 즐겼다. 전양저가 보낸 사자가 와서 장가에게 속히 가자고 재촉했다. 그러나 장가는 태연하게 술만 마셨다.

한편 전양저가 장가가 오기를 기다리는 동안에 어느덧 정오가 지났다. 군리가 미시未時(오후 2시경)를 알린다. 그래도 여전히 장가는 오지 않았다.

전양저가 군리에게 분부한다.

"장대를 치우고 누수漏水를 쏟아버려라! 더 이상 시간을 잴 필요가 없다."

전양저는 친히 단 위에 올라가서 모든 군사에게 출발하기 전 여러 가지 주의 사항을 지시했다.

이땐 이미 해가 서쪽으로 기울었다. 그제야 저 멀리에서 장가가 네 필의 말이 이끄는 좋은 수레를 타고 천천히 온다.

얼굴에 취기가 가득한 장가가 군문軍門에 이르렀다. 좌우 군사들은 장가를 부축해서 장대將臺로 모셨다.

장대 위엔 전양저가 앙연히 앉아 있었다. 장가가 올라와도 전양저는 일어서지 않았다.

"어째서 이제야 오는 거요?"

장가가 공수拱手하고 대답한다.

"오늘 멀리 출정하기 때문에 친척과 친구들이 잔치를 차려줘서 늦었소이다."

"대저 장수 된 자는 명령을 받는 그날로 자기 집을 생각하지 않고, 군중軍中에서 약속하면 바로 자기 가족을 잊고, 북채를 잡으면 시석矢石을 무릅쓰고 자기 일신을 돌보지 않는 법이라. 지금 적군의 침범으로 변경이 소란하여 상감께선 밤에도 잠을 이루지 못하시고 음식을 잡숴도 그 맛을 모르시는 중이다. 그래서 우리 두 사람에게 삼군三軍을 내주시고 속히 공을 세워 이 나라 백성의 위급을 구하라고 하신 것이다. 그러하거늘 어느 여가에 친척과 함께 술을 마시며 즐길 수 있느냐?"

장가가 웃음을 머금고 대답한다.

"출발할 시간이 좀 늦었기로서니 원수元帥는 너무 과도히 책망하지 마시라."

순간 전양저가 안상案床을 치며,

"네가 상감의 총애만 믿고 이렇듯 태만하니 장차 적군과 싸울 때에 어찌 큰일을 그르치지 않겠느냐!"

크게 꾸짖고 군정사軍政司를 불러 물었다.

"장수가 시간을 어기고 늦게 왔을 때 군법은 그 죄를 어떻게 다스리도록 되어 있느냐?"

군정사가 대답한다.

"군법에 의하면 사형입니다."

장가는 사형이란 말을 듣고야 정신이 번쩍 나서 슬금슬금 대臺 밑으로 달아나기 시작했다.

전양저가 즉시 추상같은 호령을 내리자 수하 군사들이 달아나는 장가를 결박지었다.

전양저가 큰소리로 호령한다.

"저놈을 원문轅門 밖으로 끌어내고 목을 참하여라!"

장가는 일시에 술이 깼다. 그는 그저 목숨만 살려달라고 애걸복걸했다.

장가를 따라왔던 자들은 이 광경을 보고 즉시 궁으로 달려가서 제경공에게 장가의 목숨을 구해달라고 청했다.

매우 놀란 제경공이 양구거梁邱據를 부른다.

"너는 이 부절符節을 가지고 급히 가서 과인의 명령이니 장가를 살려주라고 전양저에게 전하여라!"

양구거는 곧 초거軺車를 타고 전속력으로 달려갔다. 그러나 이 땐 원문 밖에서 장가의 목이 굴러떨어진 후였다.

양구거는 장가가 이미 죽은 줄 모르고 부절을 높이 쳐들고 군중軍中 속으로 수레를 몰고 들어갔다.

전양저가 큰소리로,

"저 수레를 멈추게 하여라."

호령하고 다시 군정사에게 묻는다.

"군중에선 누구를 막론하고 수레를 달리지 못하는 법이다. 그런데 저렇듯 법을 어긴 자가 있으니 저런 자에겐 어떤 벌을 내려야 하느냐?"

군정사가 아뢴다.

"군법대로 한다면 사형입니다."

이 말을 듣고 양구거는 얼굴이 흙빛으로 변했다. 양구거가 황급히 변명한다.

"제 맘대로 법을 어긴 것이 아닙니다! 실은 상감의 분부를 받고 왔습니다."

전양저가 말한다.

"상감의 분부로 왔다고 하니 죽일 수 없구나. 그렇다고 군법을 굽힐 수는 없다. 그 대신 저 수레를 부숴버리고 수레를 끌고 온 말을 죽여라!"

자기가 타고 온 수레가 산산조각으로 부서지고 자기 대신 말이 죽는 걸 본 양구거는 혼비백산해서 머리를 움켜쥐고 쥐새끼처럼 달아났다.

이에 대소삼군大小三軍의 군사들은 누구나 할 것 없이 온몸에 소름이 쫙 끼쳤다. 발 없는 말이 천리를 간다는 격으로 이 소문은 널리 퍼졌다.

전양저의 군사가 접경 지대에 이르기도 전이었다. 진晉나라 군사는 이 소문을 듣고 다 본국 쪽으로 달아났다. 연나라 군사도 이 소문을 듣고 다시 강을 건너 북쪽으로 달아났다.

전양저는 진·연 두 나라 군사를 추격하고 그들의 목 1만여를 참했다.

이에 참패한 연나라는 제나라 군사에게 뇌물을 바치고 화평을 청했다.

제나라 군사가 개선해서 돌아온 날이었다. 제경공은 친히 교외까지 나가서 전양저를 영접하고 그 자리에서 사마司馬 벼슬을 내렸다. 이리하여 사마 전양저는 제나라 병권을 장악했다.

사신史臣이 시로써 이 일을 찬탄한 것이 있다.

임금의 사랑하는 신하와 사자使者도 형벌을 면치 못했으니
나라 법에 사정私情이 없어야만 명령은 반드시 실천된다.
어째서 전양저는 병권을 잡게 됐는가
적개심을 크게 불러일으키고 백성을 위로했기 때문이라.
寵臣節使且罹刑
國法無私令必行
安得穰苴今日起
大張敵愾慰蒼生

이때부터 모든 나라 제후는 사마 전양저에 관한 소문만 듣고도 다 제나라를 두려워했다.

제경공은 국내 일은 안영에게 맡겼다. 이리하여 제나라는 날로 부강하고 사방이 무사했다. 그래서 제경공은 날마다 사냥이나 하고 술이나 마시면서 마치 그 옛날에 제환공齊桓公이 관중管仲에게 모든 일을 쓸어맡기고 논 듯이 즐겼다.

어느 날이었다.

그날도 제경공은 궁중에서 모든 희첩姫妾들을 거느리고 술을 마셨다. 어느덧 제법 밤도 깊었건만 웬일인지 제경공은 기분이 나지 않았다. 제경공은 문득 안영이 생각났다.

그래서 제경공은,

"술과 음식을 정승 안영의 집으로 옮겨라. 내 거기 가서 정승과 함께 이 밤을 즐기리라."

하고 분부했다.

궁중 신하 몇 사람이 먼저 안영의 집에 가서 미리 알린다.

"상감이 이리로 행차하십니다."

안영은 황급히 관복을 입고 띠를 두른 뒤 홀笏을 잡고 대문 밖으로 나갔다. 이미 대문 밖엔 어가御駕가 당도해 있었다. 아직 제경공이 수레에서 내리기 전이었다.

안영이 황망히 앞으로 나아가 제경공을 영접하고 묻는다.

"어느 나라에서 무슨 일이라도 일어났습니까? 아니면 국내에 무슨 변이라도 생겼습니까?"

제경공이 대답한다.

"별로 다른 일은 없도다."

"그러시다면 이 밤중에 어찌하사 신의 집에 행차하셨습니까?"

"승상이 나랏일에 수고가 많은지라 과인이 혼자 좋은 술과 좋은 음악을 즐길 수 없어 함께 즐기고자 왔노라."

안영이 대답한다.

"청컨대 상감께선 나라에 관한 일과 다른 나라 제후에 관한 일이 있거든 신과 함께 상의하십시오. 그러나 상감 좌우에 좋은 술과 좋은 음악을 즐길 수 있는 사람이 많을 것인즉, 신은 관여하고 싶지 않습니다."

안영의 말을 듣고 제경공은 무안했다. 이에 제경공은 수레를 돌려 전양저의 집으로 향했다.

사마 전양저도 상감의 행차가 온다는 연락을 받고 곧 갑옷을 입고 창을 들고 대문 밖에 나가서 제경공의 수레를 영접했다.

사마 전양저가 국궁鞠躬하고 제경공에게 묻는다.

"혹 다른 나라 제후들 중에서 누가 군사라도 일으켰습니까? 아니면 대신들 중에서 누가 반역이라도 했습니까?"

"그런 일은 없도다."

"그러시다면 이 밤중에 어쩐 일로 신의 집까지 행차하셨습니까?"

"과인이 온 것은 다름이 아니다. 장군이 군무軍務에 수고가 많은지라 좋은 술과 좋은 음악이 있기에 장군과 함께 즐기러 왔도다."

사마 전양저가 대답한다.

"대저 적군을 막고 역적을 죽이는 일이라면 청컨대 신을 불러서 상의하십시오. 그러나 좋은 술과 좋은 음악을 함께 즐길 수 있는 사람은 상감 좌우에 얼마든지 있습니다. 어찌 갑옷 입은 신하가 필요 있겠습니까?"

제경공은 이내 흥취를 잃어버렸다. 좌우 신하들이 아뢴다.

"이만 궁으로 돌아가시겠습니까?"

제경공이 대답한다.

"그냥 돌아갈 수 있느냐? 대부 양구거의 집으로 가보자."

신하 한 사람이 먼저 양구거의 집에 가서 상감이 오신다는 기별을 했다.

양구거는 상감의 수레가 대문 밖에 이르기도 전에 손으로 악기를 타고 노래를 부르며 행길까지 나가서 제경공을 영접했다.

이에 제경공은 양구거의 집으로 들어가서 관과 겉옷을 벗고 양구거와 함께 술과 음악을 즐기다가 새벽닭이 운 후에야 궁으로 돌아갔다.

이튿날이었다.

안영과 사마 전양저가 함께 궁으로 들어가서 제경공에게 지난 밤 일을 사죄하고 간한다.

"앞으론 밤중에 신하의 집에 찾아가셔서 술을 즐기시는 일이 없도록 하십시오."

제경공이 대답한다.

"그대들 두 사람이 없다면 과인이 어찌 나라를 다스릴 수 있으리오. 그러나 만일 양구거 같은 사람이 없다면 과인은 무료해서 어찌하리오. 과인은 결코 그대들의 직무를 방해하지 않을 터이니 그대들 두 사람도 과인을 너무 간섭하지 마오."

사신이 시로써 이 일을 읊은 것이 있다.

안영과 전양저의 공로는 두 기둥이 하늘을 지탱하는 것과 같았으니
어찌 일반 신하들과 그들을 함께 논할 수 있으리오.
제경공은 참으로 좋은 인재를 얻고 만사를 맡겼기에
해동에 그 꽃다운 이름을 널리 폈도다.
雙柱擎天將相功
小臣便能辟豈相同
景公得士能專任
贏得芳名播海東

이때 천하가 너무 어지러워 진晉나라도 혼란을 수습하지 못했다. 진소공晉昭公은 임금 자리에 오른 지 6년 만에 세상을 떠났다. 그리고 공자 거질去疾이 군위에 올랐다. 그가 바로 진경공晉頃公이다.

진경공 초년에 노대신老大臣인 한기韓起와 양설힐羊舌肹이 병으로 죽자 그 뒤를 이어 위서魏舒가 정승이 됐다.

이 무렵에 순역荀躒과 범앙范鞅이 권력을 남용하고 많은 뇌물을 받아들인다는 소문이 자자했다.

이때 기영祁盈의 가신 중에 기승祁勝이란 자가 있었다. 그는 같은 동료인 오장鄔藏이란 자와 함께 주인인 기영에 관한 험담만 일삼았다.

이를 알고 분노를 참지 못한 기영은 가신인 기승을 잡아들였다. 주인에게 붙잡힌 기승은 몰래 사람을 시켜서 뇌물 잘 받기로 유명한 순역에게 많은 물건을 바쳤다. 뇌물을 받은 순역은 진경공에게 가서 가지가지로 기영을 중상모략했다.

이에 진경공은 순역의 참소를 곧이듣고 기영과 그 일당인 양설식아羊舌食我(양설힐의 아들)를 잡아죽였다. 뿐만 아니라 사태는 더욱 악화됐다. 마침내 기씨祁氏와 양설씨 두 족속은 모조리 몰살을 당했다.

진나라 백성들은 혈통까지 끊어져버린 기씨, 양설씨羊舌氏 두 씨족을 동정하고 진경공의 가혹한 처사를 원망했다.

한편, 노나라는 어떠했던가. 노소공魯昭公은 모든 권세를 쥔 계손의여季孫意如에게 추방을 당했다. 노나라에서 쫓겨난 노소공은 진晉나라로 갔다. 그러나 진나라는 노소공의 입국을 허락하지 않았다. 진나라 순역이 이미 노나라 계손의여로부터 많은 뇌물을 받고 진나라로 입국하려는 노소공을 방해한 것이었다.

한편, 제나라 제경공은 모든 나라 제후를 언릉鄢陵 땅으로 소집하여 노소공을 구제할 방도를 의논하고 노소공을 추방한 계손의여에 대한 성토 대회를 열었다.

이 대회에서 모든 나라 제후는 제경공의 높은 의기義氣에 감복했다. 이리하여 제나라는 차차 천하에 두각을 나타내게 되었다. 그러나 이것은 모두 다 다음날의 이야기다.

주경왕周景王 18년이었다. 이해에 왕위에 오른 지 4년밖에 안된 오吳나라 왕 이매夷眛는 병으로 위독했다.

오왕 이매는 전 임금의 유지대로 동생 계찰季札에게 왕위를 전하려고 했다.

그러나 계찰이 굳이 왕위를 사양한다.

"나는 왕위에 오를 생각이 없소. 지난날 선왕先王께서 나에게 왕이 되라고 하셨을 때도 사양했소. 내게 부귀는 한갓 가을바람과 같소. 내 어찌 왕이 되리오."

계찰은 마침내 왕 자리를 사양하고 연릉延陵 땅으로 떠났다.

그래서 이매가 죽자 모든 신하들은 이매의 아들 주우州于를 왕으로 모셨다. 주우는 이름을 요僚라고 고쳤다. 그가 바로 오왕 요僚이다.

오왕 요는 그의 큰아버지며 일찍이 왕이었던 제번諸樊의 아들 광光을 장수로 삼았다. 원래 광은 용병用兵을 잘하기로 유명한 사람이었다.

마침내 오나라가 장강長江에서 초楚나라 군사와 싸울 때 광은 초나라 사마 공자 방魴을 잡아죽였다. 그래서 초나라는 오나라 광의 용맹이 두려워서 주래州來 땅에다 성을 높이 쌓고 오나라를 경계했다.

이때 초나라에선 간신 비무극費無極*이 초평왕楚平王*에게 아첨해서 한창 총애를 받고 있었다.

한편, 채蔡나라 채평공蔡平公은 적자인 주朱를 세자로 책봉했다. 그런데 채평공의 서자인 동국東國은 자기가 장차 세자가 되어 채나라의 임금이 되려는 야심을 품고 초나라 비무극에게 많은 재물을 보내 원조를 청했다.

이에 초나라 비무극은 우선 초평왕에게 채나라 조오朝吳를 참소했다. 그래서 채나라 조오는 초평왕의 명령으로 추방당하게 되었고 정鄭나라로 달아났다. 그러나 채나라는 채평공이 세상을 떠나자 결국 세자 주가 임금이 됐다.

이에 초나라 비무극은 채나라로 사람을 보내 초평왕의 명령이라 속여 주를 몰아내고 마침내 서자인 동국을 채나라 임금으로 앉혔다.

초평왕은 그후에야 임금이 바뀐 것을 알고서

"채나라는 어째서 임금인 주를 몰아냈다더냐?"

하고 비무극에게 물었다.

비무극이 대답한다.

"주가 우리 초나라에 반항할 생각이 있었기 때문에 채나라 백성들이 주를 임금 자리에서 몰아냈다고 합니다."

비무극은 이렇듯 천연스레 거짓말을 했다. 그래서 초평왕은 채나라 일을 더 이상 묻지 않았다.

원래 비무극은 세자 건建을 싫어했다. 그래서 그는 초평왕과 세자 건 사이까지도 이간붙일 작정이었다. 그러나 별 뾰족한 계책이 없었다.

어느 날이었다.

비무극이 초평왕에게 아뢴다.

"세자가 장성했는데 왜 혼인을 서두르지 않습니까? 며느리를 얻으시려면 진秦나라와 통혼하는 것이 가장 좋을 줄로 압니다. 진나라는 강대국입니다. 강한 나라와 혼인을 해야만 우리 초나라의 위세를 더욱 천하에 떨칠 수 있습니다."

초평왕은 흔연히 머리를 끄덕였다.

이에 비무극은 진나라에 가서 세자 건을 위해 청혼했다.

진秦나라 진애공秦哀公은 모든 신하와 함께 이 일을 상의했다.

신하들이 아뢴다.

"옛날에 우리 진秦나라는 진晉나라와 대대로 혼인을 했습니다. 이젠 진晉나라와 세의世誼가 끊어진 지도 오래입니다. 이와 반대로 초나라는 날로 강성해가고 있으니 이 혼인을 성사시키는 것이 좋을 듯합니다."

진애공은 대부 한 사람을 초나라로 보내어 자기 여동생 맹영孟嬴•을 출가시키겠다고 통지했다.

오늘날 통속 소설에 간혹 등장하는 무상공주無祥公主가 바로 이 여자다. 그러나 공주란 칭호는 한漢나라 시대부터 생긴 것이다. 춘추 시대 땐 공주란 말이 없었다.

초평왕은 비무극을 시켜 황금과 명주와 그 밖의 많은 폐백을 진나라로 보냈다.

비무극은 다시 진나라에 가서 상빙례上聘禮를 드렸다.

진애공이 초나라의 극진한 태도에 매우 기뻐하고 곧 공자 포蒲를 불러 분부한다.

"이번에 출가하는 맹영을 따라 초나라까지 갔다 오너라."

신부의 행차는 굉장했다. 우선 가지가지 물건을 실은 수레만도 100여 거車나 됐다. 또 남노男奴와 여비女婢는 말할 것도 없고 잉첩媵妾 수만 해도 수십 명이었다.

맹영은 오라버니인 진애공에게 절하고 수레에 올라 초나라로 떠났다.

비무극은 비로소 맹영이 천하일색이란 것을 알았다. 또 그는 수십 명의 잉첩들 중에서도 용모가 매우 단정한 여자 하나를 발견했다. 비무극은 기회를 보아 그 용모 단정한 여자에게 가서 내력을 물었다.

그 여자는 원래가 제齊나라 여자였다. 그녀는 어렸을 때 아버지를 따라 진나라로 왔다. 그후 진나라 궁에 들어가서 맹영의 시녀가 됐다는 것이다.

이것이 비무극이 제나라 여자로부터 직접 들은 그녀의 경력이었다.

어느 날 황혼이었다.

그들 일행은 관역館驛에서 숙박했다. 그날 밤에 비무극은 비밀히 그 제나라 여자를 불러냈다.

"내가 관상을 본즉 너는 귀인貴人이 될 상이다. 내가 너를 부귀하게 해줄 생각이 있는데 어떠냐? 초나라 세자의 정비正妃가 되도록 해준단 말이다. 그러나 나의 이러한 계책을 남에게 결코 누설하지 말아라. 그러면 너는 평생 부귀를 누릴 수 있으리라."

제나라 여자는 대답 없이 머리만 숙였다.

초나라 도성 영성郢城이 가까워지자 비무극은 말을 달려 일행들보다 하루 앞서 초나라 궁성으로 들어갔다.

"이미 진나라 여자가 삼사三舍(90리) 밖까지 왔습니다."

초평왕이 묻는다.

"경은 그 신부를 봤는가? 용모가 어떻던고?"

비무극은 초평왕이 주색酒色을 좋아하는 사람이란 걸 잘 알고 있었다. 그렇지 않아도 진나라 여자의 아름다움을 말하여 초평왕의 마음을 뒤흔들어놓을 작정이었다.

"신도 여자를 많이 봤습니다만 맹영처럼 자색이 아름다운 여자는 못 봤습니다. 우리 초나라 후궁에도 그녀를 상대할 만한 인물은 없을 것입니다. 신의 생각으론 아마 고금古今에 없는 절색인가 합니다. 비록 옛날에 달기妲己와 여희驪姬가 아름다웠다고 하지만 그건 공연한 전설일 것이고, 실은 맹영의 만분지일만도 못했을 것입니다."

초평왕은 이 말을 듣자 얼굴이 붉어졌다. 그는 한동안 말을 잇지 못했다.

"과인은 공연히 왕이란 말만 들었지 그런 절색 미녀 하나도 거느리지 못했구나! 참으로 일생을 허송세월한 셈이다."

비무극은 초평왕에게 좌우 신하들을 잠시 내보내도록 청했다. 좌우 신하들이 물러가자 비무극은 갑자기 목소리를 낮췄다.

"왕께서 진정 진나라 여자의 아름다움을 사모하십니까? 그렇다면 진나라 여자를 왕의 소유로 만들어버리십시오."

"이미 며느릿감으로 데려온 여자라. 혹 인륜人倫에 구애될까 두렵구나……"

비무극이 엄숙한 표정을 지으면서 아뢴다.

"그게 무슨 말씀이십니까? 도대체 무슨 상관입니까. 진나라 여자는 비록 시집을 왔으나 아직 동궁에 들어가서 세자와 성례成禮

도 올리지 않았습니다. 그러니 왕께서 진나라 여자를 궁중으로 맞이한대서 누가 감히 말썽을 부리겠습니까?"

초평왕이 대답한다.

"모든 신하의 입이야 틀어막을 수 있지만 어찌 세자의 입까지 막을 수야 있으리오."

비무극이 속삭인다.

"신이 이번에 함께 오면서 본즉, 잉첩으로 따라오는 여자들 중에 제나라 여자가 하나 있었습니다. 그 제나라 여자의 얼굴도 비범했습니다. 그러니 진나라 여자를 왕궁으로 안내하고 제나라 여자를 동궁으로 안내하면서, 그 제나라 여자에게 이 사실을 절대로 누설하지 말도록 타일러두겠습니다. 그러면 서로 비밀이 새지 않을 것이며, 이 일은 쌍방이 다 잘될 것입니다."

초평왕은 반색이 되어,

"이 일을 기밀에 부치고 잘해보아라."

하고 부탁했다.

비무극은 다시 교외로 나가서 그들 일행을 영접했다. 비무극이 진나라 공자 포蒲에게 말한다.

"우리 초나라의 혼례하는 방법은 다른 나라와 다릅니다. 신부는 먼저 왕궁에 들어가서 시아버지부터 뵈온 연후에 혼례를 올리도록 되어 있습니다."

공자 포가 대답한다.

"그럼 귀국의 법대로 하십시오."

비무극은 어자御者에게 명하여 변거軿車를 곧장 왕궁으로 몰았다.

이리하여 맹영과 모든 잉첩들은 왕궁으로 들어갔다. 비무극은 맹영을 왕궁에 머물게 하고 초나라 궁중 시첩侍妾 한 사람을 골라 진나라에서 온 잉첩들 속에 끼워넣었다. 그 대신 제나라 여자를 빼내어 맹영으로 가장시키고, 그는 진나라에서 신부가 왔다고 동궁에 기별했다.

이에 세자 건은 왕궁에 가서 제나라 여자를 맹영인 줄 믿고 영접해서 동궁으로 돌아갔다. 그리고 세자 건은 그날로 성례를 올렸다.

만조滿朝 문무백관은 물론 세자도 비무극의 속임수를 알지 못했다.

맹영이 함께 온 잉첩 한 사람에게 묻는다.

"제나라 여자는 어디 갔느냐? 어째서 보이지 않는고?"

그 잉첩이 머리를 조아리며,

"아뢰기 황송하오나 이미 제나라 여자는 세자궁에 가 있습니다."

하고 대답했다.

잠연潛淵 선생이 시로써 이 일을 탄식한 것이 있다.

옛날엔 위선공衛宣公이 신대新臺를 짓고 며느리를 아내로 삼더니

그후 채나라에서도 시아버지와 며느리 사이에 간음한 일이 있어서 매우 시끄러웠도다.

슬프다, 이젠 초평왕도 윤리를 완전히 망각하고

또 자기 침실로 진나라 여자를 끌어들였구나!

衛宣作俑是新臺

蔡國奸淫長逆胎

堪恨楚平倫理盡

又招秦女入宮來

그후로 초평왕은 세자가 혹 이 사실을 알게 되지나 않을까 하고 염려했다. 초평왕은 세자가 그 어머니를 만나러 입궁하는 것까지도 일체 엄금했다.

그리고 초평왕은 밤낮 후궁에서 진나라 여자와 함께 잔치를 벌이고 나랏일은 다스리지 않았다.

차츰 모든 신하들 중엔 진나라 여자에 대해서 의심을 품는 자가 늘어났다.

비무극도 은근히 겁이 났다. 만일 세자가 이 사실을 알게 된다면 자신에게도 이롭지 못할 것이 분명했다.

비무극이 초평왕에게 고한다.

"진晉나라가 오래도록 천하 패권을 잡은 것은 중원中原이 가깝기 때문입니다. 그래서 지난날 초영왕楚靈王은 진陳·채蔡 두 나라에다 큰 성을 쌓고 중원을 진압하려고 했습니다. 곧 패업의 기반을 삼으려 했던 것입니다. 그러던 것이 그후 진·채 두 나라를 다 독립시켰고, 우리 초나라는 전처럼 남쪽으로 물러앉았으니 이러고서야 어찌 큰 사업을 성취시킬 수 있습니까? 속히 세자를 성부城父 땅으로 보내어 그곳을 다스리게 하고, 대왕께선 오로지 남쪽에만 힘쓰십시오. 그러면 가히 앉아서 천하를 도모할 수 있습니다."

초평왕은 주저할 뿐 대답을 하지 않았다. 비무극이 초평왕의 귀에다 입을 대고 속삭인다.

"오래가면 이번에 바꿔친 혼사의 비밀이 탄로나고 맙니다. 세자를 먼 곳으로 보내버려야만 양편이 다 좋습니다."

이 말에 초평왕은 자다가 일어난 사람처럼 그 뜻을 깨달았다.

초평왕은 드디어 세자 건에게 성부 땅으로 가서 그곳을 다스리라는 영을 내렸다.

초평왕이 장수 분양奮揚에게 분부한다.

"그대를 성부 땅 사마司馬로 봉하니 가서 세자를 섬기되 과인을 섬기듯 하여라."

이때 태사太師 오사伍奢는 비무극이 어떤 계책으로 이런 수작을 쓴다는 걸 알고 초평왕에게 간하려 했다.

그러나 눈치 빠른 비무극은 이런 사태가 생길 줄 미리 알고서 초평왕에게,

"이왕이면 오사도 성부 땅으로 보내어 세자를 돕게 하십시오." 하고 아뢨다.

이리하여 세자 건은 오사와 분양을 거느리고 떠났다.

그후 초평왕은 마침내 진나라 여자 맹영을 정실 부인으로 삼고 지금까지 데리고 살던 채희蔡姬를 채나라 운鄖 땅으로 돌려보냈다.

그후 세자 건은 성부 땅에서 이 소문을 듣고서야 비로소 아버지에게 여자를 빼앗겼다는 사실을 알았다. 그렇다고 어찌할 도리는 없었다.

한편, 진나라 여자 맹영은 비록 끔찍한 사랑을 받긴 하지만 초평왕이 너무나 늙어서 항상 우울했다. 초평왕도 자기가 젊은 맹영의 짝으로선 어울리지 않는다는 걸 알기에 그 이유를 묻지는 못했다.

1년이 지난 후였다.

맹영은 아들을 낳았다. 초평왕은 그 아들을 보배처럼 사랑한 나머지 진珍이라고 이름을 지었다.

다시 1년이 지나고 진도 돌을 지냈다. 초평왕이 비로소 맹영에게 묻는다.

"그대는 궁에 들어온 후에 늘 수심이 많고 웃지를 않으니 웬일

이냐?"

맹영이 대답한다.

"첩은 오라버니의 명을 받들어 군왕을 섬기게 됐습니다. 애초에 첩은 진秦·초楚 두 나라의 우호를 두텁게 할 수 있을 뿐 아니라 첩이 청춘의 나이로 모든 걸 잘 감당할 줄로 알았는데, 마침내 초나라에 와본즉 왕의 연세가 너무나 많으신지라. 첩은 왕을 원망하진 않습니다. 첩이 왕보다 너무나 늦게 이 세상에 태어났다는 걸 스스로 탄식할 뿐입니다."

초평왕이 계면쩍게 웃으면서 말한다.

"이는 금생今生의 일이 아니라 다 전생前生의 인연으로써 우리가 서로 만난 것이다. 그대는 늙은 과인에게 시집을 왔지만 이미 왕후의 몸이란 걸 전혀 모르고서 그동안 지내왔다."

그렇지 않아도 의심이 없지 않았던 차에 맹영은 초평왕의 말을 듣자 더욱 의심이 나서 그날로 한 궁녀에게 자세한 걸 꼬치꼬치 캐물었다.

늙은 궁녀는 더 숨길 수 없어서 지난날에 혼사를 바꿔서 치렀다는 사실을 자세히 고했다. 그제야 맹영은 새삼스레 눈물을 흘리고 슬퍼했다.

초평왕은 슬퍼하는 눈치를 채고 백방으로 그 비위를 맞추려고 애썼다.

이리하여 초평왕은 마침내 맹영의 소생인 진을 세자로 삼았다. 그제야 맹영은 슬픔을 진정했다.

결국 초나라엔 세자가 둘이 있게 된 셈이다.

비무극은 암만 생각해도 세자 건 때문에 잠이 잘 오지 않았다. 다음날 만일 세자 건이 왕이 되는 날이면 자기 목이 붙어 있을 성

싶지가 않았다.

비무극이 또 초평왕에게 참소한다.

"요즘 정확한 소식에 의하면 성부 땅에 가 있는 세자가 오사와 함께 반역할 준비를 서두르고 있다고 합니다. 그들은 사람을 제나라와 진晉나라에 보내어 이미 두 나라의 원조를 받기로 했답니다. 그러니 왕께선 그들을 막을 준비를 하셔야 합니다."

초평왕이 대답한다.

"건은 내 자식이지만 원래 천성이 유순하다. 어찌 그런 일을 꾸미리오."

"그것은 모르시는 말씀입니다. 세자는 진나라 여자 때문에 오래 전부터 대왕을 원망하고 있습니다. 그래서 성부에서 날마다 군사를 조련하고 있다고 합니다. 또 들리는 소문에 의하면 세자가 항상 말하기를, 옛날 초목왕楚穆王은 그 아버지를 죽이고 임금이 됐지만 나라도 잘 다스렸고 자손도 창성했다는 걸 내세운답니다. 왕께서 만일 신의 말을 듣지 않으신다면, 청컨대 신은 먼저 다른 나라로 도망가서 목숨이나마 유지해야겠습니다."

초평왕은 세자 건을 폐하고 어린 아들 진을 장차 초나라 왕으로 삼고 싶었던 차에 비무극의 설득까지 받자 그만 마음을 잡지못해 그 말을 믿지 않으면서도 결국 믿고야 말았다.

초평왕은 곧 사람을 성부로 보내어 세자를 폐한다는 전지를 내리려 했다.

비무극이 황급히 말린다.

"지금 세자가 외방에서 많은 군사를 거느리고 있는데, 사람을 보내어 세자를 폐한다면 이는 그들의 반란을 격동시키는 결과가 됩니다. 세자의 참모는 바로 태사 오사입니다. 왕께선 먼저 오사를 소환한 후에 군사를 보내어 세자를 잡아오도록 하십시오. 그러면 왕의 모든 불행을 없애버릴 수 있습니다."

초평왕은 머리를 끄덕이고 곧 사람을 성부 땅으로 보내어 오사를 소환했다.

초평왕이 돌아온 오사를 보고 묻는다.

"건이 반역할 생각이라는데 너는 그걸 아느냐?"

오사는 성격이 강직한 사람이었다. 그가 평소 생각하던 바를 바른 대로 고한다.

"왕께서 자부子婦를 아내로 삼으신 것부터가 잘못이었습니다. 또 간신의 말을 곧이듣고 아드님까지 의심하시니 실로 한심합니다."

초평왕은 부끄럽기도 하지만 화가 치밀어서,

"저놈을 당장 옥에 가두어라!"

하고 호령을 내렸다.

이리하여 오사는 좌우 무사들에게 붙들려 옥에 갇혔다.

비무극이 다시 아뢴다.

"오사는 황후를 새로 둔 데 대해서 확실히 왕을 원망하고 있습니다. 세자는 오사가 옥에 갇혔다는 걸 알면 즉시 군사를 거느리고 쳐들어올 것입니다. 그러면 제나라 군사와 진晉나라 군사도 세자를 도우려고 몰려올 것이니 장차 그들을 어찌 당적하시렵니까?"

초평왕이 묻는다.

"사람을 보내어 세자를 죽일 작정이다. 누구를 보내는 것이 좋을꼬?"

비무극이 속삭이듯 말한다.

"다른 사람이 가면 세자는 필시 생명을 걸고 싸울 것입니다. 그러니 성부 땅에서 세자를 보좌하고 있는 분양에게 밀지密旨를 내리사 세자를 죽이라고 하십시오."

초평왕은 곧 성부로 사람을 보내어 분양에게 밀지를 내렸다. 그후 성부 땅에 있는 분양은 왕의 밀지를 받았다.

그 내용은 '세자를 죽이면 큰 상을 내릴 것이요, 만일 세자를 놓아주면 죽음을 면치 못하리라' 는 것이었다.

밀지를 받은 날이었다. 분양은 심복 부하 한 사람을 비밀히 세자에게 보냈다.

그 심복 부하가 세자에게 가서 전갈한다.

"분양 장군께서 말씀하시기를 사태가 이러이러하니 세자는 경각을 지체 마시고 속히 다른 곳으로 달아나라 하십디다."

세자 건은 이 말을 듣고 무척 놀랐다.

이땐 제나라 여자 몸에서 태어난 아이가 있었다. 그 아이의 이름은 승勝이었다. 이에 세자 건은 처자를 데리고 밤을 틈타 송宋나라로 달아났다.

분양은 세자가 멀리 달아난 걸 알고서야 부하 장수들을 불러,

"너희들은 나를 결박지어 영도로 끌고 가거라."

분부하고 스스로 결박을 당했다.

분양은 부하 장수들에게 이끌려 영도로 가서 초평왕에게,

"세자는 이미 어디론지 달아나버렸습니다."

하고 아뢨다.

초평왕이 이 말을 듣고 버럭 소리를 지른다.

"나의 밀지를 누가 세자에게 고했느냐?"

분양이 대답한다.

"신이 고했습니다. 지난날 신이 성부 땅으로 떠날 때 왕께서 말

씀하시기를 '네 세자를 잘 섬기되 과인을 섬기듯 섬기라'고 하셨습니다. 그래서 신은 그때의 그 말씀을 지킨 데 불과합니다. 어찌 반역할 뜻을 품었겠습니까. 그래서 세자를 달아나게 했습니다. 그러나 이젠 벗어날 수 없는 죄를 지은 셈입니다. 하지만 후회한들 무슨 소용이 있겠습니까."

"네 이놈! 세자를 달아나게 하고 감히 과인을 만나러 왔으니, 그래 너는 죽는 것이 무섭지 않느냐!"

"이미 왕께서 시키신 일도 하지 않았는데, 죽는 것마저 무서워서 오지 않았다면 이는 두 번씩 죄를 짓는 것이 됩니다. 또 세자가 반역할 뜻이 전혀 없는데 세자를 죽인다면 아무 명목도 서지 않습니다. 대왕의 아들을 살렸으니 신은 이제 죽어도 한이 없습니다."

초평왕은 부끄럽기도 하고 분양이 측은하기도 했다.

한참 후에야 초평왕은,

"네가 비록 내 명령을 어겼다만 그 충직함을 짐작하겠다. 너는 다시 가서 전대로 사마가 되어 성부 땅을 다스려라."

하고 그 죄를 용서해줬다.

이리하여 초평왕은 맹영의 소생인 진을 다시 세자로 봉하고, 비무극을 세자의 스승인 태사로 삼았다.

비무극이 또 아뢴다.

"오사에겐 오상伍尙과 오원伍員이라는 두 아들이 있습니다. 그 두 아들이 다 출중합니다. 만일 그들이 오吳나라로 달아나는 날이면 장차 우리 초나라에 크나큰 근심거리가 될 것입니다. 그러니 왕께선 아비 오사의 죄를 용서해줄 터인즉 속히 오라고 그들을 부르십시오. 그들은 원래 아비에 대한 효성이 지극하므로 부르면 반드시 올 것입니다. 그들 형제가 오거든 곧 붙들어서 한꺼번에 삼부자三父子를 죽여버리면 아무 후환이 없을 것입니다."

초평왕은 고개를 끄덕이고는 곧 오사를 끌어내오게 했다. 초평왕이 옥에서 끌려나온 오사에게 종이와 붓을 주고 말한다.

"네가 세자에게 모반하도록 사주했으니 마땅히 목을 참하여 백성들에게 널리 보일 것으로되, 네 조부가 선조 때에 공이 있었으므로 차마 너에게 죄를 가할 수 없구나. 이제 편지를 써서 네 두 아들을 조정으로 불러라. 그러면 너에게 다시 관직을 주고 지방에 가서 편안히 살게 해주마."

오사는 초평왕이 속임수를 써서 두 아들이 오기만 하면 삼부자를 함께 죽일 작정이란 걸 알았다.

오사가 조용히 대답한다.

"신의 큰아들인 상尚은 그 천성이 착하고 인자하며 신信을 존중하기 때문에 신이 부르면 반드시 올 것입니다. 그러나 둘째아들 원員은 어려서는 글을 좋아했고 자라서는 무예를 익혔습니다. 원은 글로 나라를 안정시키고 무예로써 국가의 백년대계를 정할 만하며 고생을 견디고 참아서 큰일을 성취할 인물입니다. 원은 앞날을 내다볼 줄 아는 지감 있는 선비인데 어찌 아비가 부른다고 오겠습니까?"

"과인이 시키는 대로 너는 편지나 써라. 불러도 오지 않는다면 네 책임은 아닌 것이다."

오사는 왕명을 거역할 수 없어 전상殿上으로 올라가 편지를 썼다.

나의 아들 상尚과 원員은 보아라. 나는 직간直諫하다가 왕의 노여움을 사서 옥에 갇힌 몸이 됐으나, 왕께서 우리 조상의 공적을 생각하셨기 때문에 죽음을 면했노라. 모든 신하의 권고에 따라 왕께서 너희들에게 벼슬을 주겠다고 하시니, 너희 형제는 이 편지를 보는 즉시 오너라. 만일 왕명을 어기면 반드시 그 죄가 가볍지 않을 것이다.

오사는 편지 쓰기를 마치자 초평왕에게 그 편지를 바쳤다. 초평왕은 그 편지를 한 번 읽고서 굳게 봉하고 다시 오사를 옥에 가두었다.

초평왕이 언장사鄢將師에게 편지를 내주며 분부한다.

"그대는 네 마리 말이 이끄는 수레를 타고 당읍棠邑에 달려가서 오상에게 이 서신과 인수印綬를 전하여라."

이에 언장사는 수레를 달려 당읍으로 갔다.

그러나 이땐 오상이 당읍을 떠나 성부 땅으로 돌아가고 없었다. 그래서 언장사는 다시 성부 땅으로 달려가 오상을 만나 말했다.

"참 기쁜 일이 생겼습니다. 축하합니다."

오상이 묻는다.

"부친이 옥에 갇혀 계시는데 내게 무슨 좋은 일이 있을 수 있단 말이오?"

"그렇지 않습니다. 처음엔 왕께서 남의 말을 잘못 들으시고 춘장 어른을 옥에 가뒀지만, 그후 모든 신하들이 오씨伍氏는 삼대 충신이란 걸 누누이 아뢰었습니다. 그래서 왕께선 자기의 잘못을 뉘우치시고 다른 나라 제후들 보기에도 부끄럽다 하사, 도리어 춘장 어른을 이번에 정승으로 삼으시고 두 아들에게도 후작侯爵을 내리시기로 결정하셨소이다. 그래서 귀공에겐 홍도후鴻都侯를 봉하시고, 귀공의 동생에겐 개후蓋侯를 봉하셨지요. 오랜만에 옥에서 풀려나온 춘장 어른은 두 아드님이 보고 싶다면서 친히 내게 편지를 써주셨습니다. 그래서 내가 귀공 형제를 모시러 왔으니 속히 영도에 가서 그간 고생하신 춘장 어른을 위로해드리도록 하십시오."

오상이 대답한다.

"아버지가 옥에 계신다기에 늘 마음이 칼로 베어내는 듯했는데 이제 자유로운 몸이 되셨다 하니 천만다행이오. 그러나 내 어찌 이런 인수印綬를 탐하리오."

언장사가 권한다.

"이는 왕명이오. 그러니 그대는 사양 마오."

이에 오상은 기뻐하고 아버지의 편지를 들고 동생 오원의 방에 가서 이 사실을 알렸다.

오자서伍子胥, 초나라를 원수로 삼다

오원伍員의 자字는 자서子胥이다. 오자서•는 키가 매우 크고, 허리가 열 아름쯤 되며, 두 눈썹 사이가 한 자 남짓하고, 눈은 번개처럼 번쩍이고, 힘은 산이라도 뽑을 만한 문무文武를 겸비한 인재였다.

그는 앞에서도 말한 것처럼, 초나라 세자의 태사太師 연윤連尹 오사伍奢의 아들이며 당군棠君 오상伍尙의 동생이었다.

오상이 안으로 들어가 오자서에게 부친의 편지를 보이고 말한다.

"이 편지를 보아라. 아버지께선 다행히 죽음을 면하셨고 나라에선 우리 형제에게 후작後爵을 봉봉하신단다. 지금 사자使者가 문밖에 와 있으니 나가보아라."

오자서가 부친의 편지를 읽고 대답한다.

"아버지께서 살아나신 건 다행입니다만, 아무 공로도 없는 우리 형제에게 최고 벼슬을 준다는 건 웬일입니까. 이건 우리를 유인하려는 수작입니다. 형님, 가지 마십시오. 가면 죽습니다."

오상이 미소를 띠며 말한다.

"아버지께서 친히 써서 보내신 편지인데 무슨 거짓이 있겠느냐?"

"아버지께선 나라에 충성하는 길밖에 모르시는 분이라 장차 우리 형제가 원수를 갚을까 봐 두려워하고 계십니다. 그래서 앞으로 초나라에 후환이 없도록 우리를 불러들여 함께 죽자는 것입니다."

"너의 말은 지나친 억측이다. 설사 아버지의 생각하심이 네 추측과 같다 할지라도 우리는 가야 하지 않겠느냐. 그래야만 우리 형제가 불효를 면할 수 있단 말이다."

"형님, 잠깐 앉으십시오. 제가 점을 쳐서 길흉 여부를 알아보겠습니다."

오자서는 곧 점괘를 뽑아보았다.

"형님, 오늘이 갑자일甲子日인데 여기에다 지금 시각인 사시巳時를 보태보십시오. 상하上下 점괘가 서로 어긋나고 전혀 조화를 이루지 않습니다. 임금은 신하를 속이고 아버지는 아들을 속이려는 것입니다. 우리는 가면 죽습니다. 무슨 후작의 벼슬을 내리겠습니까."

오상이 대답한다.

"나는 벼슬을 탐하는 것이 아니다. 그저 아버지를 뵈옵고 싶을 뿐이다."

오자서가 간곡히 말린다.

"초왕楚王은 지금 우리 형제가 외방外方에 있는 것이 무서워서 감히 아버지를 죽이지 못하고 있습니다. 그러므로 형님이 가시면 그만큼 아버지는 빨리 죽음을 당하시게 됩니다."

"부자의 정은 뗄래야 뗄 수 없는 것이다. 다만 아버지를 한번 뵈옵고 죽는다면 한이 없겠다."

오자서가 하늘을 우러러 탄식한다.

"아버지와 함께 죽는다고 무슨 좋은 일이 있으리오. 형님은 꼭 가실 생각입니까? 저는 가지 않겠습니다."

오상이 울면서 묻는다.

"그럼 너는 어디로 갈 테냐?"

"초나라를 칠 수 있는 나라가 있다면 그 나라를 섬기겠습니다."

오상이 머리를 끄덕이며 말한다.

"나는 지혜가 너만 못하다는 걸 안다. 나는 초나라로 가겠으니 넌 다른 나라로 가거라. 나는 아버지와 함께 죽음으로써 효도를 다하고, 너는 아버지와 이 형의 원수를 갚아줌으로써 효도를 다하여라. 우리 형제가 각기 행동해야 할 때가 왔나 보다. 이제부터 우리는 영영 만날 수 없겠구나!"

오자서는 일어나서 형 오상에게 공손히 네 번 절을 했다. 영영 이별을 고하는 절이었다.

오상이 여러 번 눈물을 훔치고 밖으로 나가서 사자 언장사鄢將師에게 말한다.

"나의 동생은 벼슬을 원하지 않으니 굳이 데리고 갈 수 없소."

이에 언장사는 오상과 함께 수레를 타고 성부城父 땅을 떠났다. 언장사와 오상은 영도郢都에 당도하여 초평왕楚平王을 뵈었다.

초평왕은 즉시 오상을 옥에 가두었다.

옥에 갇혀 있던 오사는 큰아들 오상이 혼자 붙들려 들어오는 걸 보자,

"네 동생 오원은 안 왔구나. 내 그럴 줄 알았다."

하고 탄식하였다.

한편, 비무극費無極이 다시 초평왕에게 아뢴다.

"속히 오자서를 잡아들여야 합니다. 늦으면 달아날 염려가 있습니다."

초평왕은 대장 무성흑武城黑에게 군사 200명을 내주어 오자서를 잡아오도록 분부했다.

한편 오자서는 자기를 잡으러 온다는 소문을 듣고 통곡했다.

"아버지와 형님께서 결국 죽음을 면치 못하시는구나!"

오자서가 아내 가씨賈氏를 돌아보고 말한다.

"이제부터 나는 다른 나라로 도망가서 그 나라 군사를 빌려다가 아버지와 형님 원수를 갚아야겠소. 내 그대를 돌볼 수 없으니 장차 이 일을 어찌하리오."

이에 가씨는 눈을 부릅뜨며,

"아버지와 형님이 억울하게 세상을 떠나시는 것만으로도 대장부의 간장이 끊어지는 듯할 터인데 어느 여가에 여자를 돌본단 말씀이오! 임자는 첩妾일랑 생각지 마시고 속히 떠나십시오."
대답하고 안방으로 들어가버렸다.

가씨는 자기가 혹 남편의 앞날에 방해될까 염려하여 안방에서 목을 매고 자결했다.

이날 오자서는 또다시 통곡하며 죽은 아내의 시체를 짚에 싸서 매장했다. 그리고 하얀 도포로 소복素服하고 어깨에 활을 메고 허리에 칼을 차고서 성부 땅을 떠났다.

오자서가 떠난 지 반나절도 못 되어서다. 초병楚兵이 당도하여 오자서의 집을 에워쌌다. 그러나 오자서는 없었다. 대장 무성흑은 오자서가 필시 동쪽으로 달아났으리라 생각하고 급히 어자御者에게 명하여 수레를 달렸다.

무성흑은 오자서를 뒤쫓아 동쪽으로 300리를 갔다.

이때 오자서는 사람 없는 광야를 지나가던 중이었다. 그때 갑자기 수레 달려오는 소리가 들리기에 뒤를 돌아보았다. 한 장수가 그를 바짝 뒤쫓고 있었다.

오자서는 즉시 활을 들어 수레를 몰고 달려오는 어자를 쏘았다. 어자는 가슴에 화살을 맞고 수레에서 굴러떨어져 죽었다. 오자서는 수레 뒤에 타고 있는 무성흑을 쏘려고 다시 활을 들었다. 순간 무성흑이 수레에서 뛰어내려 황급히 달아나려고 한다.

오자서가 활을 내리고 큰소리로 외친다.

"너를 죽여야겠지만 잠시 목숨을 살려준다. 돌아가서 초왕에게 내 말을 전하여라. 만일 초나라 종묘사직을 유지하려거든 우리 아버지와 형님을 죽이지 말라고 일러라. 그렇게 하지 않으면 내 기필코 초나라를 무찔러 없애고 초왕의 목을 끊어서 원한을 갚고야 말 것이다."

이에 대장 무성흑은 머리를 감싸안고 쥐처럼 달아났다. 무성흑은 돌아가서 초평왕에게 오자서의 말을 전했다.

분이 솟은 초평왕이 비무극에게 분부한다.

"옥에 갇혀 있는 오사 부자父子를 끌어내어 참하여라."

이날 오사 부자는 시정市井으로 끌려나갔다.

형장에 끌려나간 오상이 비무극의 얼굴에 침을 뱉고 꾸짖는다.

"너는 중상모략으로 임금을 홀리고 충신을 죽이는구나!"

오사가 아들 오상을 말린다.

"그러지 마라. 나라가 위태로우면 죽는 것이 신하 된 사람의 도리니라. 우리에게 잘못이 있다면 자연 백성들 간에 공론公論이 있을 것이다. 그러하거늘 꾸짖어 무엇하리오. 그러나저러나 네 동생 오원이 오지 않았으니 이제 초나라 임금과 신하가 편히 잠을 못 자겠구나. 나는 죽어도 그것이 걱정이다."

오사는 말을 마치고 큰아들 오상과 함께 목을 내밀었다. 칼이 번쩍이자 아버지와 아들의 목이 동시에 떨어졌다. 백성들은 오사 부자가 죽는 광경을 보고서 모두 눈물을 흘렸다.

이날 갑자기 하늘이 어두워지면서 구슬픈 비풍悲風이 불어왔다. 해도 빛을 잃었다.

사신史臣이 시로써 이 일을 읊은 것이 있다.

참혹한 바람이 불어 해도 빛을 잃은 날
삼대三代 충신의 자손이 죽음을 당했도다.
이로부터 초나라 궁성은 간신뿐이어서
마침내 오吳나라 군사가 영성을 짓밟았도다.
慘慘悲風日失明
三朝忠裔忽遭坑
楚廷從此皆讒佞
引得吳兵入郢城

초평왕이 묻는다.

"오사가 죽을 때 뭐라고 과인을 원망하더냐?"

비무극이 대답한다.

"별다른 말은 없었습니다. 다만 오자서가 오지 않았으니 장차 초나라 임금과 신하가 잠을 편히 잘 수 없을 것이라고 했습니다."

"오자서가 달아났다 해도 멀리 가진 못했을 것이다. 속히 그 뒤를 추격하여라!"

초평왕은 좌사마左司馬 심윤술沈尹戌에게 군사 3,000명을 주고 오자서를 잡아오라고 하령했다.

한편 오자서는 걷고 또 걸어 큰 강가에 이르렀다. 그는 하얀 도포를 벗어 버드나무 가지 위에 걸고, 신발을 벗어 강변에 나란히 놓고 나서 짚신으로 바꿔 신고 강물을 따라 곧장 내려갔다.

심윤술은 강가에 이르러 오자서의 하얀 도포와 신발을 주워 돌아갔다.

심윤술이 초평왕에게 자세히 보고한다.

"이 도포가 버드나무에 걸려 있고 신발이 강변에 놓였기에 가지고 왔습니다. 오자서는 어디로 가버렸는지 없었습니다."

곁에서 비무극이 아뢴다.

"신에게 한 가지 계책이 있습니다. 그러면 오자서는 오도 가도 못하는 신세가 될 것입니다."

"그 계책을 속히 말하여라."

"우선 사방에다 방榜을 내거십시오. 곧 '누구든 오자서를 잡아오는 사람에겐 곡식 5만 섬을 하사하며 겸하여 상대부上大夫의 벼슬을 주리라. 하지만 만일 오자서를 숨겨주거나 달아나도록 돕는 자가 있다면 그자의 집안 가족까지 모조리 참형에 처하겠다'고 하십시오. 또 모든 길과 관關과 강나루와 행인들이 왕래하는 지경마다 엄중히 검문하고 단속하라고 하십시오. 그리고 모든 나라 제후에게 각기 사람을 보내어 오자서가 도망올지라도 결코 받아들이지 말라고 부탁하십시오. 결국 오자서는 갈 수도 돌아설 수도 없을 것입니다. 그러면 상감께선 지금 당장 오자서를 잡진 못하실지라도 이미 잡은 거나 다름없습니다. 일이 그 지경에 이르러서야 오자서인들 어찌 큰일을 할 수 있겠습니까."

초평왕은 비무극의 계책대로 화공畵工을 불러 오자서의 초상을 많이 그리게 하여 그 그림들을 각 지방 관리에게 보냈다.

그로부터 모든 도로와 관문마다 행인에 대한 검문과 조사가 삼엄해졌다.

한편, 오자서는 강물을 따라 동쪽으로 내려갔다. 그는 오로지 오吳나라에 귀화歸化하겠다는 일념뿐이었다.

그러나 어찌하리오.

오나라까지 가려면 길이 이만저만 먼 것이 아니었다.

오자서는 그제야 문득 한 가지 생각이 머리를 스쳤다.

'초나라 세자 건建이 지금 송宋나라에서 망명 생활을 하고 있는데 내가 왜 그걸 생각 못했던고!'

마침내 오자서는 송나라 수양睢陽 쪽으로 방향을 바꾸었다.

그러나 오자서는 송나라로 가는 도중에 저편에서 수레를 몰고 오는 한 무리의 사람들을 보고 걸음을 멈추었다.

오자서는 초나라 병정이 자기를 잡으러 오는 것이 아닌가 하고 곧 숲 속으로 몸을 숨긴 채 그 일행을 살펴보았다.

뜻밖에도 수레에 탄 사람은 바로 신포서申包胥였다. 그는 지난날에 오자서와 팔배지교八拜之交를 나눈 사이였다.

이때 신포서는 다른 나라에 사신으로 갔다가 일을 마치고 돌아오는 길이었다.

오자서는 숲 속에서 뛰어나가 수레 앞을 막아섰다.

신포서가 수레에서 내려서며 묻는다.

"어찌하여 혼자 이곳에 오셨소?"

이에 오자서는 눈물을 흘리며 초평왕이 부친과 형을 죽인 사실을 말했다.

신포서가 측은히 여기며 묻는다.

"그대는 지금 어디로 가는 길이오?"

"내 듣건대 이 세상에선 부모의 원수와 함께 살지 않는 법이라고 합디다. 나는 장차 다른 나라에 가서 그 나라 군사를 빌려 초나라를 치고 초평왕의 살을 씹고 수레에 비무극을 매고 그 사지를 찢어야만 비로소 이 한을 풀겠소!"

신포서가 타이른다.

"초평왕이 비록 무도하지만 그래도 그는 왕이오. 더구나 그대는 조상 때부터 초나라 국록을 받고 이미 임금과 신하의 처지가 정해진 터인데 어찌 신하로서 임금을 원수로 삼을 수야 있으리오."

"옛날에 폭군 걸桀, 주紂도 신하에게 죽음을 당했소. 그 모두가 무도했기 때문이라. 초왕은 며느리를 데리고 살고, 적자嫡子를 버렸으며, 간신의 말만 믿고 충신을 죽인 사람이오. 이것만으로도 나는 다른 나라 군사를 거느리고 영성郢城을 쳐서 초나라를 위해 더러운 것들을 깨끗이 치워버려야 한다고 생각하오. 더구나 나의 부친과 혈육이 죽음을 당했소. 어찌 그 원수를 갚지 않고 견디리오. 내 만일 초나라를 쳐서 멸망시키지 못한다면 맹세코 이 천지간에 더 이상 살지 않을 작정이오!"

신포서가 탄식한다.

"내가 그대에게 원수를 갚으라고 권하면 이는 임금을 반역하라는 말이며, 그렇다고 원수를 갚지 말라면 이는 효도를 버리라는 말이라. 실로 어찌할 바를 모르겠소. 다만 그대는 모든 일을 알아서 행하오. 나는 친구의 의리상 오늘 그대와 만났다는 사실만은 아무에게도 누설하지 않겠소. 그러나 이것만은 분명히 알아두오. 그대가 장차 초나라를 없애려고 들면 나는 반드시 초나라를 유지하려고 전력을 다할 것이며, 그대가 초나라를 위기에 빠뜨리려 애쓰면 나는 반드시 초나라를 안정시키려고 애쓸 것이오!"

이에 오자서는 신포서와 작별하고 떠났다.

이튿날 오자서는 해가 저물기 전에 송나라에 당도하여 망명 중인 초나라 세자 건을 찾아갔다. 그들은 서로 만나 머리를 쓸어안고 통곡하며 초평왕을 저주했다.

오자서가 묻는다.

"세자께선 송나라 임금을 본 일이 있습니까?"

세자 건이 대답한다.

"지금 송나라도 대단한 혼란에 빠져 있소. 임금과 신하가 늘 아옹다옹 다투는 중이오. 그래서 아직 송후宋侯를 만나보지 못했소."

이때 송나라의 시국은 어떠했던가.

그 당시 송나라 임금의 이름은 좌佐였다. 그는 송평공宋平公이 사랑하는 첩이 낳은 아들이었다. 송평공은 시인侍人 이여伊戾의 참소를 곧이듣고 그의 큰아들인 세자 좌痤를 죽이고 첩의 아들 좌佐를 세자로 봉했던 것이다.

그후 주경왕周景王 13년에 송평공은 죽고, 마침내 좌가 군위를 계승했다. 그가 바로 송원공宋元公이다.

송원공은 얼굴이 못생긴데다가 마음도 나약했다. 또 무슨 일에든 독선적이어서 신용이 없었다. 그는 대대로 경卿 벼슬을 누려오는 화씨華氏 일족一族을 특히 미워했다.

송원공은 공자 인寅, 공자 어융御戎, 상승向勝, 상행向行 등과 함께 화씨 일족을 없애버리려고 계책을 상의했다.

그런데 상승이 이 비밀을 상영向寧에게 누설했다.

원래 상영은 화향華向 · 화정華定 · 화해華亥 등과 절친한 사이였기 때문에 다시 화씨 일족에게 이 비밀을 귀띔해주었다.

이 소리를 듣고 매우 놀란 화씨 일족은 선수를 써서 난亂을 일으키기로 했다.

이에 화해는 자리에 누워 꾀병을 앓았다. 모든 대부들이 화해를 문병하러 왔다. 화해는 우선 문병 온 공자 인과 공자 어융부터 잡아죽였다. 그리고 뒤따라온 상승, 상행 두 사람을 잡아 창고에 가둬두었다.

이 보고를 들은 송원공은 친히 수레를 타고 화해의 집에 가서 곧 두 사람을 석방하라고 명령했다.

화해가 송원공에게 대답한다.

"세자와 그 친척 되는 신하를 볼모로 보내주십시오. 그럼 두 사람을 석방하겠습니다."

송원공이 말한다.

"옛날에 주周나라가 정鄭나라와 서로 볼모를 교환한 일이 있긴 했다. 그럼 과인은 경의 집으로 세자를 보내겠다. 그대도 궁으로 그대의 아들을 보내라."

화씨 일족은 서로 상의한 끝에 화해의 아들 화무척華無慼과 화정의 아들 화계華啓와 상영의 아들 상나向羅를 볼모로 송원공에게 보냈다.

이에 송원공은 세자 난欒과 동복同腹 동생인 진辰과 공자 지地를 볼모로 화해에게 보냈다.

그제야 화해는 창고에 잡아둔 상승과 상행을 석방했다.

그런 뒤로 송원공과 그 부인夫人은 세자 난을 잊지 못해서 매일 화해의 집으로 행차했다. 그들은 세자 난이 식사를 마치는 걸 보고서야 궁으로 돌아가곤 했다. 화해는 날마다 임금이 오므로 불편해서 견딜 수가 없어 차라리 세자 난을 궁으로 돌려보내기로 했다.

이 소문을 듣고 송원공은 매우 기뻐했다.

상영이 화해의 뜻에 반대한다.

"그건 안 될 말이오. 우리가 세자를 볼모로 데리고 있는 것은 상감을 믿지 못하기 때문이오. 세자를 돌려보내면 필시 우리에게 큰 불행이 닥쳐오리다."

그래서 화해는 마음을 바꿔 세자를 돌려보내지 않기로 했다.

이에 송원공은 불같이 성을 내며 대사마大司馬 화비수華費遂를 불러들였다.

"이젠 별도리가 없다. 그대는 군사를 거느리고 가서 화해의 집을 쳐라!"

화비수가 송원공을 말린다.

"세자가 화해의 집에 볼모로 붙들려 있다는 걸 생각하십시오. 그러니 어찌 쳐들어갈 수 있겠습니까?"

그러나 송원공의 분노는 대단했다.

"죽고 사는 것은 사람의 힘으로 판가름 나는 게 아니다. 좌우간에 과인은 더 이상 치욕을 참을 수 없다."

화비수가 대답한다.

"상감의 뜻이 정 그러시다면 이 늙은 몸이 어찌 한집안이라고 화씨 편을 들 수 있겠습니까. 분부대로 하리다."

그날로 화비수는 군사를 소집했다.

동시에 송원공은 볼모로 잡혀 있는 화무척 · 화계 · 상나를 끌어내어 목을 참했다. 그는 화해의 집을 치려고 만반의 준비를 서둘렀다.

이때 화비수의 셋째아들 화등華㙐은 화해와 절친한 사이였다. 화등은 즉시 화해의 집으로 달려가서 이 위급한 상황을 알려주었다. 화해는 황급히 가병家兵을 모았다.

이날 화해는 송원공의 군사와 일대 접전을 벌였다. 그러나 어찌 이길 수 있으리오. 마침내 싸움이 불리해지자 상영이 화해에게 권한다.

"속히 세자를 죽여버립시다."

화해가 대답한다.

"임금에게 죄를 짓고 세자까지 죽이면 세상 사람들이 나를 용납하지 않을 것이다."

마침내 화해는 세자와 나머지 볼모를 모두 석방해주고 일당一黨과 함께 진陳나라로 달아났다.

한편 대사마 화비수에겐 아들이 셋 있었는데 첫째는 화추華貙이며, 둘째는 화다료華多僚이며, 셋째는 화등이었다. 그런데 화다료는 형인 화추와 사이가 썩 좋지 못했다.

그후 어느 날, 화다료는 송원공에게 화추를 참소했다.

"상감께선 아시는지 모르겠습니다만 신의 형 화추는 전부터 화해와 내통하고 있는 사이입니다. 지금도 화추는 진나라에 망명 중인 화해와 긴밀히 연락을 취하면서 때를 기다리고 있습니다."

송원공이 그 말을 곧이듣고 시인寺人 의요宜僚에게 분부한다.

"대사마 화비수의 큰아들 화추가 진나라로 도망간 화해와 참으로 내통하고 있는지 알아오너라."

임금의 분부를 받고 시인 의요는 화비수에게 가서 사실 여부를 물었다. 이에 화비수가 즉시 궁으로 들어가서 송원공에게 극구 변명한다.

"이는 틀림없이 신의 둘째아들 화다료가 상감께 제 형인 화추를 참소한 것인가 합니다. 상감께서 정히 화추를 의심하신다면 청컨대 국외로 추방하십시오."

이에 화추의 가신家臣인 장개張匃가 이 소문을 듣고 시인 의요에게 갔다.

"대관절 어떤 놈이 상감께 우리 주인을 모략했나 좀 알려주오."

"난들 이 일을 어찌 알겠소."

하고 시인 의요는 시침을 뗐다.

순간 장개가 허리에서 칼을 뽑아들고 협박한다.

"어서 말하라! 끝내 말하지 않는다면 이 자리에서 죽여버리겠다!"

시인 의요는 칼을 보자 겁이 나서,

"난 아무 죄도 없소. 화다료가 상감께 그렇게 말합디다."

하고 사실을 밝혔다.

장개가 돌아가서 주인인 화추에게 고한다.

"상감께 주인을 중상모략한 자는 화다료였습니다. 그를 없애버리십시오."

화추가 대답한다.

"내 막내동생 화등이 화해와 함께 진나라로 달아난 것만 해도 우리 아버지에겐 큰 충격이었다. 한데 거기다 화다료까지 죽인다면 아버지는 도저히 이 세상에서 살 수 없을 것이다. 여러 말 할 것 없이 내가 이곳을 떠나면 그만 아니냐?"

이에 화추는 장개를 데리고 아버지 화비수에게 하직 인사를 드리러 갔다.

그들은 도중에 궁에서 수레를 타고 돌아오는 화비수와 만났다.

바로 둘째아들인 화다료가 아버지를 모시고 수레를 몰고 오는 길이었다.

장개는 화다료를 보자 치미는 분노를 참을 수 없었다. 그는 달려오는 수레 위로 나는 듯이 뛰어올라 한칼에 화다료를 쳐죽였다. 그리고 대경실색한 화비수 곁에 화추를 올려 태우고 수레를 몰아 노문盧門 밖으로 달려나갔다.

그들은 남리南里 땅에 이르러 처소를 정하고 곧 진陳나라로 사람을 보냈다.

진나라에서 망명 중이던 화해·상영 등은 이 기별을 받고 즉시 송나라 남리 땅으로 돌아갔다.

이리하여 화비수·화추·장개는 진나라에서 돌아온 화해·상영 등과 상의하고 마침내 송원공에게 모반謀反했다.

이에 송원공은 화씨 일족을 치기 위해 악대심樂大心을 대장으로 삼고 친히 군사를 거느리고 가서 남리 땅을 포위했다.

한편 진나라에 남아 있던 화등은 남리 땅으로 가지 않고 초나라로 가서 군사 원조를 청했다.

이에 초평왕은 장수 위월蔿越에게 군사를 내주며,

"송나라에 가서 화씨 일족을 도와주어라."

하고 분부했다.

이미 말한 것처럼 이때 오자서伍子胥는 송나라에 있었다.

오자서가 초군이 송나라로 온다는 소문을 듣고 세자 건建에게 말한다.

"우리는 송나라에도 머물 수 없게 되었습니다."

이에 오자서는 세자 건과 그 처자를 데리고 송나라를 떠나 정鄭나라로 달아났다.

옛 시가 이 일을 증명할 수 있다.

　천리 먼 길을 가서 세자를 만났으나 쉴 새도 없이
　송나라에 싸움 소리가 하늘을 뒤흔드는도다.
　외로운 신하 오자서는 세자와 함께 허둥지둥
　말머리를 돌려 또다시 정나라로 달아났도다.
　千里投人未息肩
　盧門金鼓又喧天
　孤臣孽子多顚沛
　又向滎陽快著鞭

　초나라 군사는 송나라에 와서 화씨 일족을 도왔다. 마침내 진晉
나라에선 진경공晉頃公이 군사를 거느리고 와서 송원공을 도왔다.
　일이 이렇게 악화되자 모든 나라 제후들은 어떤 태도를 취해야
좋을지 몰랐다. 드디어 모든 나라 제후들은 송원공에게 남리 땅의
포위를 풀도록 권하고 화씨 일족에겐 초나라로 망명하라고 권했다.
　이리하여 열국列國의 개입으로 송원공은 군사를 거두었고 화씨
일족은 초나라로 귀화했다.

　이때 정나라에선 상경上卿 공손교公孫僑(세칭 정자산鄭子産)가
죽어 정정공鄭定公이 매우 애통해하던 참이었다.
　원래 정정공은 오자서가 초나라 삼대 충신의 자손으로 비할 바
없는 영웅이란 것을 잘 알고 있었다. 더구나 이때는 정나라가 진晉
나라와 친한 사이였던 만큼 초나라와는 말 그대로 원수간이었다.
　그래서 정정공은 초나라 세자 건이 망명 왔다는 기별을 받고 매

우 기뻐했다. 정정공은 사람을 보내어 오자서 일행을 관관館으로 안내해서 살게 하고 부족한 것이 없도록 뒤를 대주었다.

그후 세자 건과 오자서는 정정공을 만날 때마다 울면서 그들의 원통한 신세를 호소했다.

정정공이 말한다.

"우리 정나라는 군사가 많지 못하오. 두 분이 꼭 원수를 갚을 생각이면 왜 큰 진晉나라에 가서 상의하지 않으시오?"

그리하여 세자 건은 오자서를 정나라에 남겨두고 친히 진晉나라로 갔다.

진경공은 세자 건이 와서 억울한 사정을 호소하자 우선 역관驛館에 나가서 편히 쉬게 했다. 연후에 진경공은 곧 여섯 대부를 불러들여 초나라를 치는 것이 어떻겠느냐고 상의했다.

진나라 여섯 대부란 위서魏舒·조앙趙鞅·한불신韓不信·범앙范鞅·순역荀躒·순인荀寅을 말한다. 그들은 모두 세도가 당당했다. 그리하여 진나라는 오히려 임금은 약하고 신하들이 강한 편이라, 진경공은 임금이면서도 매사를 마음대로 하지 못했다.

여섯 대부 중에서 위서와 한불신만은 명성이 자자했지만 나머지 네 사람은 다 욕심꾸러기들이었다. 그중에서도 순인은 남한테 뇌물 받기를 특히 좋아했다.

지난날 공손교가 정나라 정승으로 있었을 때는 워낙 예절과 대의大義로써 매사를 처리했기 때문에 진晉나라 대부들도 정나라를 만만히 보지 못했다.

그러던 것이 공손교가 죽고 유길游吉이 정나라 정승 자리에 앉자, 진나라 여섯 대부 중 한 사람인 순인은 대뜸 정나라로 사람을 보내어 유길에게 재물을 꾸어달라고 청했다. 그러나 유길은 순인의 요구를 거절했다.

그래서 순인은 늘 정나라를 미워했다. 그러던 차에 진경공이 여섯 대부를 불러들여 초나라 칠 일을 상의했던 것이다.

순인이 진경공에게 아뢴다.

"자고로 정나라는 형편 따라 우리 진나라에 붙기도 하고 초나라에 붙기도 하는, 말하자면 전혀 신의信義가 없는 나라올시다. 그러니 상감께서는 초나라 세자 건이 정나라로 돌아갈 때 이렇게 말씀하십시오. '우리 진나라가 정나라를 칠 터이니 그대는 정나라에 가 있으면서 우리 군사와 내응하라.' 곧 우리가 군사를 일으켜 정나라를 쳐서 없애버리고 세자 건에게 정나라를 다스리도록 한 연후에 천천히 초나라를 치는 것이 만전지계萬全之計인가 하옵니다."

진경공은 머리를 끄덕이며,

"그럼 그대가 역관에 가서 세자 건에게 그 뜻을 말하오."
하고 허락했다.

순인은 역관에 가서 능란한 말솜씨로 이해를 따져가며 세자 건을 설득했다. 세자 건은 흔연히 승낙하고, 진경공에게 하직하고서 정나라로 돌아가 오자서와 이 일을 상의했다.

오자서가 한참 만에 대답한다.

"대저 사람이 성심껏 신信으로써 나를 대할 때에 어찌 그 사람을 배반할 수 있으리오. 자고로 요행수를 바라는 것은 군자가 할 짓이 아닙니다."

세자 건이 말한다.

"그러나 나는 이미 진나라 임금과 신하에게 그렇게 하겠노라고 허락했소."

"진나라와 약속한 것은 지키지 않아도 죄가 안 됩니다. 그러나 정나라를 배신하면 우리는 신信과 의義를 다 잃고 맙니다. 사람이 신의가 없으면 어찌 사람이라 할 수 있습니까. 세자께선 곧 정나라 임금에게 가서 이 사실을 말씀하십시오. 안 그러면 반드시 재앙이 닥쳐오리다."

그러나 초나라 세자 건은 초나라를 얻겠다는 욕심이 앞서서 결국 오자서의 충고를 듣지 않았다. 그는 자기의 재물을 뿌려 비밀히 용기 있는 사람들을 모집했다. 그뿐만 아니라 정정공을 가까이 모시는 신하들까지 매수하기 시작했다.

한편, 진晉나라는 세자 건에게 비밀히 사람을 보내어 언제 정나라를 치겠다는 날짜까지 알아냈다. 그러나 비밀도 오래되면 꼬리가 밟히는 법이다.

어느덧 세자 건의 비밀이 새어나가기 시작했다.

어느 날이었다.

어떤 자가 정정공에게 가서 세자 건이 진나라와 내통하고 있다는 사실을 고했다.

정정공은 정승 유길游吉과 상의하고 사람을 보내어 세자 건을 궁 안 후원으로 초대했다.

세자 건이 초대를 받고 후원으로 들어가자, 궁 문지기들이 세자를 모시고 온 자들을 막고 들여보내지 않았다.

세자 건이 정정공과 함께 후원에서 각기 술 석 잔을 마셨을 때였다.

정정공이 정색을 하고 묻는다.

"과인이 호의로써 세자를 우리 나라에 머물도록 한 이래 한번도 소홀히 대접한 적이 없었는데 세자는 어찌하여 딴마음을 품고 있소?"

세자 건이 황망히 대답한다.

"그게 무슨 말씀입니까? 제가 어찌 딴마음을 품을 리 있겠습니까."

정정공은 비밀을 고한 사람을 불러내어 세자 건과 대면시켰다. 세자 건은 더 이상 비밀을 숨길 수가 없었다.

정정공이 격노하여 호령한다.

"이 배은망덕한 놈을 처치하여라!"

명령이 떨어지자마자 역사力士들이 우르르 뛰어올라가 술자리에 앉아 있는 세자 건을 찔러 죽였다.

그리고 정정공은 세자 건에게 매수되었으면서도 자수하지 않은 자 20여 명을 끌어내어 참했다.

이때 오자서는 역관에 있었다. 문득 그는 온몸이 저절로 떨려오며 암만 진정하려고 해도 진정되지가 않았다.

오자서가 탄식한다.

"이게 웬일일까? 세자가 위험한가 보다!"

아니나 다를까, 조금 지나자 세자를 따라갔던 자들이 도망쳐 돌아왔다.

"세자가 궁 안 후원에서 피살되었습니다."

오자서는 곧 세자 건의 아들 공자 승勝을 데리고 정나라 성을 빠져나갔다. 그러나 갈 곳이 없었다. 오자서는 한참 궁리하다가 드디어 오吳나라로 향했다.

염옹髥翁이 시로써 이 일을 읊은 것이 있다.

초평왕과 세자 건은 부자간이건만 서로 불구대천의 원수가 되었고 정나라 임금은 친절을 베풀다가 해를 당할 뻔했도다.
이렇듯 세상 인심이란 측량할 수가 없어서
의기 있는 영웅을 거듭 탄식하게 했도다.
親父如仇隔釜鬵
鄭君假館反謀侵
人情難料皆如此
冷盡英雄好義心

오자서는 공자 승을 데리고 달아나면서도 혹 정나라 군사가 뒤쫓아오지나 않을까 겁이 나서 낮에는 산속에 숨었다가 밤에만 걸었다.

오자서의 그 천신만고千辛萬苦를 어찌 다 일일이 기록할 수 있으리오.

이윽고 오자서는 진陳나라를 지나갔다. 그러나 진나라는 머물 만한 곳이 못 되었다. 다시 동쪽을 향해 걸은 지 수일 만에 그는 소관昭關(지금 강북江北 화주和州 땅에 있다) 가까이에 이르렀다.

소관은 소현산小峴山 서쪽에 있는 관문關門이다. 그곳은 양쪽으로 산이 높이 솟은 깊은 골짜기로서 여로廬(오늘날의 여주廬州) 땅과 호호濠(오늘날의 봉양부鳳陽府) 땅을 왕래하려면 반드시 통과해야 하는 유일한 경계였다. 이 소관만 통과하면 곧 큰 강이 나타나는데, 그 강이 바로 오나라로 통하는 수로水路였다.

소관은 지세가 험악하고 통로가 몹시 좁았다. 워낙 관리들이 파수把守하는 곳이지만, 특히나 초평왕의 분부로 사마 위월이 오자서를 잡기 위해 대군을 거느리고 주둔한 이후부터 길 가는 사람에 대한 검문이 부쩍 까다로워졌다.

한편 오자서는 걷고 걸어 역양산歷陽山에 도착했다. 그곳에서 소관까지는 불과 60리 거리였다. 오자서는 깊은 산속으로 들어가 몸을 숨기고 감히 더 나아가지 못했다. 어찌해야 무사히 소관을 통과할 수 있을지 막연하기만 했다.

오자서가 근심에 싸여 배회하고 있는데 어떤 노인이 지팡이를 이끌고 숲 속으로 들어왔다.

그 노인은 오자서를 한참 보더니 가까이 와서 읍했다. 오자서도 정중히 답례했다.

노인이 묻는다.

"그대는 오씨伍氏의 자손이 아니오?"

오자서가 놀라 되묻는다.

"어찌하여 그런 걸 물으십니까?"

노인이 대답한다.

"나는 편작扁鵲(옛 중국의 명의名醫) 선생의 제자로 동고공東皋公이라고 하오. 의술醫術을 좀 알아 젊어서부터 천하 열국을 두루 돌아다니다가 이젠 늙어서 이 산속에 은거하고 있소. 수일 전에 초나라 장수 위월이 몸이 약간 편치 않다면서 사람을 보내어 나를 청하기에 갔다가 소관 관문 위에 높이 걸려 있는 오자서의 초상을 보았소. 그 초상이 그대 모습과 같기로 묻는 것이오. 그대는 굳이 숨기지 마오. 이 산 뒤에 내가 거처하는 보잘것없는 집이 있으니 잠시 나와 함께 가서 서로 앞일을 상의하는 것이 어떻겠소?"

오자서는 그가 보통 사람이 아님을 알았다. 오자서는 공자 승을 데리고 동고공을 따라갔다.

몇 마장쯤 가자 오두막집 한 채가 나타났다.

동고공이 읍하며 오자서를 초당으로 안내했다. 이에 오자서는 자세를 바로잡고 동고공에게 두 번 절했다.

동고공이 황망히 답례하며,

"이곳은 군자가 쉴 곳이 못 되오."

하고 다시 초당 뒤 서쪽으로 안내했다.

이윽고 조그만 울타리가 나타났다. 그곳을 지나 대밭으로 들어서니 흙으로 지은 세 칸 남짓한 띳집〔茅屋〕이 나왔다. 문이 어찌나 낮은지 모두 허리를 굽히고 머리를 숙이고서 들어가야 했다.

방 안엔 책상 하나뿐이고, 조그만 창으로 햇빛이 새어 들어왔다. 동고공이 오자서에게 윗자리에 앉기를 청한다.

오자서가 공자 승을 가리키며 대답한다.

"어린 주인이 계시니 저는 그 곁에 모시고 앉겠습니다."

"이 어린 분은 누구시오?"

"바로 초나라 세자 건의 아들로 이름은 승이라고 합니다. 제가 어찌 감히 노인장을 속이겠습니까. 사실 이 몸이 바로 오자서입니다. 저는 부친과 형님의 원수를 갚고자 맹세한 사람입니다. 어르신네는 이 일을 누설하지 마십시오."

동고공은 윗자리에 공자 승을 앉히고 자기는 오자서와 동서로 나누어 자리잡고 마주앉아 대답한다.

"노부老夫가 사람의 병을 고치는 재주는 있으나 어찌 사람을 죽이려는 마음이야 가졌으리오. 내 이곳에 와 있은 지 1년 반이 지났으나 아무도 내가 여기 있는 줄 모르오. 다만 소관의 검문이 몹시 엄격하니 장차 군자는 어떻게 그곳을 통과하려오? 반드시 만전지책萬全之策이 서야만 안심할 수 있을 것이오."

오자서가 무릎을 꿇고 청한다.

"선생께서 저를 무사히 통과시켜주십시오. 그러면 다음날에 그 은공을 절대 잊지 않으리이다."

"이곳은 궁벽한 곳이라. 군자는 안심하고 얼마든지 편히 쉬오. 내 계책을 세워 두 분이 소관을 무사히 통과하도록 생각해보리다."

오자서는 거듭 감사하다는 뜻을 표했다.

그날부터 동고공은 날마다 오자서와 공자 승에게 술과 음식을 대접했다. 그렇게 해서 그럭저럭 7일이 지났다. 그러나 동고공은 소관을 통과해야 할 일에 대해서 아무 말도 하지 않았다.

오자서가 동고공에게 사정한다.

"저는 원수를 갚아야 할 몸이므로 일각—刻이 1년 같습니다. 한데 이러고 있으니 산송장이나 다름없습니다. 선생의 높으신 뜻으로 이 몸을 불쌍히 생각하십시오."

"노부에게 이미 계책은 한 가지 서 있으나 기다리는 사람이 아직 오지 않는구려."

이 말에 오자서는 더럭 의심이 났다.

그날 밤에 오자서는 잠을 이루지 못하고 고민했다. 차라리 동고공에게 하직하고 떠나자니 소관을 무사히 통과할 성싶지 않고, 그렇다고 그냥 머물러 있자니 온다는 사람이 과연 누구인지 알 수 없어 답답했다. 그는 이리 돌아눕고 저리 돌아누우며 잠을 이루지 못하다가 벌떡 일어나 미친 듯이 방 안을 배회했다.

어느덧 동창이 밝아왔다.

문이 열리면서 동고공이 들어오다가 오자서를 보고 놀라 묻는다.

"하룻밤 사이에 군자의 머리와 수염 빛이 변했으니 이게 웬일이오? 지나치게 근심한 나머지 이렇게 된 게 아니오?"

오자서는 그 말을 믿지 않고 거울을 꺼내 자기 얼굴을 들여다보았다. 과연 하룻밤 사이에 머리털과 수염이 창연蒼然한 반백斑白으로 변해 있었다.

후세에 전해진 기록에는 그 당시 오자서가 소관을 지나기 전날 밤에 어찌나 노심초사했던지 하룻밤 사이에 머리가 허옇게 세었다고 적혀 있다.

어찌 그것을 거짓말이라 하겠는가.

오자서는 방바닥에 거울을 내던지고 통곡했다.

"한 가지도 이루어놓은 것 없이 벌써 머리가 세었구나. 하늘이여! 하늘이여!"

동고공이 위로한다.

"군자는 슬퍼하지 마오. 머리가 센 것이 군자를 위해선 좋은 징조인가 하오!"

오자서가 눈물을 씻고 묻는다.

"좋은 징조라니 무슨 뜻이오니까?"

"군자는 얼굴이 워낙 비범하고 빼어나서 누구나 곧 알아보기 쉽소. 한데 이제 머리와 수염이 하얗게 세었으니 잘 알아보지 못할 것이오. 더구나 나의 친구가 왔으니 이제야 내 계책이 성취되려나 보오."

"선생의 그 계책이 무엇인지 들려주십시오."

"내 친구는 복성覆姓으로 성이 황보皇甫이며 이름을 눌訥이라 하오. 여기서 서남쪽으로 70리쯤 떨어진 곳에 용동산龍洞山이란 산이 있는데 그곳에서 살지요. 그 사람은 키가 9척에다 두 눈썹 사이만 해도 8촌이나 되오. 곧 군자의 용모와 매우 흡사하오. 그러니 그 사람을 군자로 꾸미고 군자는 그의 종놈으로 가장하고선 떠나시오. 내 친구 황보눌은 필시 소관 관리에게 붙잡혀 옥신각신 말썽을 일으킬 것이오. 그 틈을 놓치지 말고 군자는 소관을 통과해야 하오."

오자서가 묻는다.

"비록 선생의 계책은 좋으나 친구 되시는 어른이 저 대신 갖은 곤경을 당하실 터인데 어찌하오리까?"

"그건 염려 마오. 그를 구할 계책이 또 있소. 노부는 이미 그 친구에게 주의할 점을 자세히 일러두었소. 그 친구도 원래 의기義氣 있는 사람이라 이 일을 맡겠다고 쾌히 승낙했소."

동고공은 밖으로 나가 황보눌을 데리고 흙방으로 들어와서 오자서와 서로 인사시켰다.

오자서가 그 사람을 본즉 과연 몸집이 장대하고 기골奇骨이 씩씩해서 자기와 흡사한 점이 없지 않았다. 오자서는 마음속으로 여간 기쁘지 않았다.

동고공은 이상한 탕약湯藥을 끓여와서 오자서의 얼굴을 죄 씻어주었다. 얼마 지나지 않아 오자서의 맑은 얼굴빛이 거멓게 변했다.

이윽고 황혼이 되었다.

오자서는 소복을 벗어 황보눌에게 입히고 자기는 짤막한 베잠방이를 입고 종놈으로 분장했다. 그리고 공자 승은 촌아이처럼 가장시켰다.

드디어 떠나는 마당에서 오자서는 공자 승과 함께 동고공에게 공손히 네 번 절을 올렸다.

"이 몸이 죽지 않고 성공하는 날엔 반드시 이 은혜를 잊지 않으리이다."

동고공에게 대답한다.

"노부는 군자의 억울한 원한을 알기 때문에 돕는 것뿐이오. 어찌 다음날의 보답을 바라리오."

오자서와 공자 승은 황보눌을 따라 밤길을 걸어 소관으로 향했다.

그들 일행이 소관에 당도했을 때는 날이 밝았다. 그곳에는 이제 관문關門을 열 때가 되어서 안팎으로 남하북상南下北上하는 나그네들이 잔뜩 몰려 있었다.

소관의 책임자로 와 있는 초나라 장수 위월은 모든 행인을 조사하되 특히 북쪽에서 동쪽으로 가는 자를 엄격히 검문하도록 분부하고 있었다.

관문 관리들은 문 위에 높이 걸린 오자서의 화상과 행인을 일일이 비교해본 연후에야 통과시켰다. 참으로 나는 새도 빠져나갈 수 없을 만큼 물샐틈없는 경계였다.

황보눌은 성큼성큼 관문 앞으로 나아갔다. 이때 관졸關卒들이 본즉 그 얼굴이 오자서의 화상과 흡사했다. 더구나 그 사람은 소복을 입고 있었다. 그뿐만 아니라 그 사람은 관졸들과 시선이 마주치자 깜짝 놀라면서 당황해했다. 관졸들은 즉시 황보눌에게 우르르 달려들었다. 그들은 황보눌을 에워싸고 다짜고짜로 결박을 지어 잡아 일으켰다.

그들은 곧 사람을 보내어 위월에게 이 일을 보고했다.

위월은 보고를 받은 즉시 말을 타고 관문으로 달렸다. 그는 관문에서 결박당하고 선 사람을 먼빛으로 보기가 무섭게,

"바로 그놈이 오자서다! 속히 관소關所로 끌고 오너라!"

외치고 관문까지 갈 것 없이 관소로 들어갔다.

관리와 관졸들은 일제히 황보눌을 마구 이끌고 관소로 향했다.

황보눌은 끌려가면서 일부러,

"그저 살려만 주십시오! 살려주십시오!"

하고 애걸했다.

관문 근처에 사는 백성들은 오자서를 붙잡은 것 같다는 소리를 듣고 이미 밖으로 쏟아져나와 있었다.

누군가가 외친다.

"잡힌 사람이 진짜 오자서란다."

끌려가는 오자서를 구경하려고 밀어닥치는 백성들로 소관은 일대 혼잡이 일어났다.

기회는 왔다. 오자서는 때를 놓치지 않고 공자 승과 함께 구경꾼 속으로 휩쓸려들어갔다.

이렇게 오자서가 무사히 소관을 통과한 데는 몇 가지 이유를 들 수 있다.

첫째는 군중들이 몰려들어서 혼잡을 이루었기 때문이며, 둘째는 오자서가 종놈으로 완전히 가장했기 때문이며, 셋째는 오자서의 얼굴빛이 달라지고 머리와 수염이 세어서 누구나 천한 노인으로 보았기 때문이며, 넷째는 가짜 오자서가 이미 붙들렸으므로 관리와 관졸들이 관문을 지키지 않고 모두 가짜 오자서를 끌고 갔기 때문이다.

마침내 오자서는 공자 승을 데리고 군중에 휩쓸려 천하의 난관 難關인 소관을 무사히 통과했다.

이야말로 잉어가 그물에서 벗어나자 머리와 꼬리를 저으며 한 번 간 후로 돌아오지 않았다는 격이었다.

옛사람이 시로써 이 일을 증명한 것이 있다.

이리와 범 같은 것들이 소관을 지키는데

한낱 망명하는 신하가 이미 산을 내려왔도다.
이때부터 오吳 · 월越 두 나라에 운기가 돌아서
그후로 초나라는 편안할 날이 없었도다.

千群虎豹據雄關
一介亡臣已下山
從此勾吳添勝氣
郢都兵革不能閒

초나라 장수 위월은 속히 오자서의 자백을 받고 영도로 압송할
요량으로 뜰 아래를 굽어보며,

"네 이놈 자서야! 이실직고하렷다!"
하고 불호령을 내렸다.

머리를 푹 숙이고 꿇어앉아 있던 황보눌이 대답한다.

"나는 용동산에 사는 은사隱士 황보눌이란 사람이오. 친구인
동고공과 함께 관문을 나가서 동쪽 지방으로 놀러 가려던 것밖에
없는데 어찌하여 이렇게 사람을 사로잡는지 그 까닭을 모르겠소!"

위월은 그 음성을 듣고는 좀 이상하다고 생각했다. 원래 오자서
는 눈이 번개처럼 번쩍이고 목소리가 큰 종소리 같았다. 한데 이
자는 얼굴은 오자서와 비슷한데 의외로 목소리가 작았다. 위월은
혹 그간 고생을 많이 해서 변한 건 아닌가 하고도 의심했다.

수하 관리가 들어와서 아뢴다.

"동고공께서 장군님을 뵙겠다고 오셨습니다."

위월이 대답한다.

"조용한 방으로 모셔라."

위월은 우선 죄인을 가두어두게 하고 안방으로 들어가서 동고

공을 영접했다.

동고공이 자리에서 일어서며 치하한다.

"이 노부老夫가 동쪽 지방으로 놀러 가려고 관문을 나가던 참인데, 장군께서 오자서를 잡았다는 소문이 자자하기로 일부러 치하하러 왔소."

위월이 대답한다.

"관졸이 사람을 하나 잡긴 잡았는데 얼굴은 오자서와 흡사하나 도무지 실토를 하지 않습니다."

"장군께선 일찍이 오자서 부자와 초나라 조정에 계셨을 텐데 어찌 분별을 못하실 리 있겠소."

"내가 알기로 오자서는 그 눈빛이 번갯불 같고 목소리가 큰 종소리 같은데, 이번에 잡은 사람을 본즉 눈이 좀 작고 목소리가 시원찮더군요. 그래 혹 오자서란 놈이 그간 워낙 고생을 많이 해서 저 지경이 되지 않았을까 의심하던 중입니다."

동고공이 청한다.

"전날 이 노부도 오자서를 한번 본 일이 있으니 정 그러시다면 나와 함께 진짜인지 가짜인지를 알아봅시다."

위월이 분부한다.

"이곳으로 그 죄인을 끌어내오너라!"

이윽고 죄인이 관졸에게 끌려들어오다가 동고공을 보고 다급하게 외친다.

"공은 나랑 같이 관문을 나가서 놀기로 하고 어찌하여 약속한 때에 오지 않았소! 글쎄 어쩌자고 이런 봉변을 당하게 한단 말이오."

동고공이 웃으며 위월에게 말한다.

"장군이 잘못 보셨소. 저 사람은 나의 고향 친구인 황보눌이오.

내가 저 사람과 함께 놀기로 하고 관문 앞에서 만나자고 약속했는데, 나는 늦게 오고 저 사람이 좀 먼저 온 모양이오. 장군께서 나를 믿지 않으신다면 여기에 통관문첩通關文牒이 있으니 보시오."

동고공은 소매 속에서 두 사람분의 통관증을 꺼내어 위월에게 보였다.

위월이 잔뜩 부끄러워하며 친히 황보눌의 결박을 풀어준 후 술을 주어 놀란 가슴을 진정시키고 사과한다.

"아랫것들이 잘못 알아뵙고 이런 실수를 저질렀으니 부디 용서하십시오."

동고공이 대신 대답한다.

"그게 무슨 말씀이오. 장군은 조정의 법을 잡고 계시는 어른인데, 노부가 어찌 책망할 수 있겠소."

위월은 미안한 생각을 금할 수 없어,

"두 분이 동쪽 지방에 가서 노시는 데 보태쓰십시오."

하고 돈과 비단을 내놓았다.

이에 동고공과 황보눌은 위월과 작별하고 관문 동쪽으로 나갔다. 이때부터 관졸들은 소관을 다시 굳게 지켰다.

한편, 소관을 무사히 벗어난 오자서는 공자 승을 등에 업고 은근히 기뻐하며 큰 걸음으로 성큼성큼 걸었다.

몇 마장쯤 갔을 때였다. 저편에서 어떤 사람이 오는데 전에 여러 번 본 사람 같았다. 자세히 보니 바로 좌성左誠이었다.

좌성은 지난날 성부城父 땅에 있으면서 오자서 부자父子가 사냥할 때마다 따라다녔던 수하 사람이었다. 그는 지금 소관에서 관졸 노릇을 하고 있었다.

좌성은 오자서를 보자 깜짝 놀라 걸음을 딱 멈추었다.

"지금 초나라가 공자를 잡으려고 야단인데 어떻게 소관을 통과하셨습니까?"

오자서가 태연히 대답한다.

"왕은 내게 야광주夜光珠 한 개가 있다는 걸 아시고 그 구슬을 바치라고 하시더라. 그런데 난 이미 남에게 그 구슬을 줘버려서 지금 도로 받으러 가는 길이다. 그래서 위월 장군이 나를 통과시켜주었지."

그러나 좌성이 그 말을 믿을 리가 없었다.

"왕께서 명령하시기를 공자를 놓아주는 사람은 그 집안까지 다 몰살해버린다고 하셨습니다. 청컨대 공자께선 이놈과 이놈 식구를 살려주시는 셈 치고 잠시 소관까지 함께 가십시다. 제 귀로 위월 장군의 말씀을 분명히 들어야만 보내드리겠습니다."

"그래! 그러나 나는 위월 장군을 보면 그 구슬을 이미 너에게 맡겼다고 하겠다. 어찌하겠느냐? 얘야, 그러지 말고 나를 보내다오. 다음날 서로 좋게 다시 만나자."

좌성은 오자서가 영웅인 걸 알 만큼 영리한 자였다. 게다가 서로 겨루어봤자 자기 목숨만 잃을 뿐이라. 그래서 좌성은 오자서가 동쪽으로 가도록 길을 비켜주었다.

좌성은 소관에 돌아가서도 오자서를 보았다는 말은 하지 않았다. 그래야만 목숨을 유지할 수 있었던 것이다.

한편 오자서는 급히 걸어 악저鄂渚 땅에 이르렀다. 멀리 바라보니 망망한 큰 강에 물결만 일렁이고 있었다. 건너는 가야겠는데 배 한 척이 없었다.

앞에는 큰 강이 가로막고 있고 지금쯤 위월이 뒤쫓아오는지도 알 수 없었다. 오자서는 불안했다. 바로 이때였다. 고기잡이 노인

하나가 배를 타고 하류에서 강물을 거슬러 올라오고 있었다.

오자서는,

'하늘이 아직 나를 버리시지 않는구나!'

기뻐하고 급히 노인을 불렀다.

"어부여! 나를 건네주오! 어부여! 빨리 나를 건네주오!"

고기잡이 노인은 배를 돌리려다가 언덕에서 웬 사람이 소리치는 걸 보고 이에 노래를 부른다.

밝은 해와 달이 물 속에 잠기어 달리는도다
내 그대와 갈대밭 언덕에서 만날거나.
日月昭昭乎浸已馳
與子期乎蘆之碕

오자서는 선뜻 그 노래에 담긴 뜻을 알아듣고 강물을 따라 하류로 내려갔다. 아니나 다를까, 강가에 우거진 갈대밭이 나타났다. 그는 갈대밭 속으로 몸을 숨겼다.

얼마 후에야 고기잡이 노인은 배를 저어 갈대밭 언덕 쪽으로 왔으나 사람이 보이지 않았다. 고기잡이 노인이 다시 목청을 돋우어 노래한다.

해는 지고 저녁이 됨이여
그대의 마음은 근심과 슬픔에 싸여 있도다.
동쪽 하늘에 달이 솟았음이여
어째서 건너려 하지 않는고?
日已夕兮

子心憂悲

月已馳兮

何不渡爲

　　그제야 오자서는 공자 승을 데리고 갈대밭에서 나왔다. 고기잡이 노인은 손짓하여 두 사람을 급히 배에 태웠다. 고기잡이 노인이 긴 삿대를 높이 들어 강물에 찌르자 배는 가벼이 떠나간다. 한시각도 못 되어 오자서를 태운 배는 저편 언덕에 닿았다.

　　그제야 고기잡이 노인이 말한다.

　　"어젯밤 꿈이었지요. 큰 별 하나가 내 배에 떨어졌소. 나는 비록 늙었으나 틀림없이 오늘 이상한 사람이 나에게 강을 건네달라고 청할 줄 알았소이다. 그랬더니 뜻밖에 그대를 만났구려. 내가 그대의 용모를 본즉 필시 비상한 사람이라. 속이지 말고 사실대로 말해주오."

　　오자서는 하나도 숨기지 않고 자기 이름까지 댔다.

　　고기잡이 노인이 거듭 한탄한다.

　　"그대 안색을 보니 몹시 시장한 모양이오. 내 가서 밥을 가지고 올 터이니 잠시 기다리오."

　　고기잡이 노인은 수양버들 밑에 배를 매어두고 밥을 가지러 마을로 갔다. 그러나 한번 간 노인은 오래도록 돌아오지 않았다.

　　오자서가 공자 승에게 말한다.

　　"인심이란 측량할 수 없소. 그 노인이 나를 잡으려고 동네 사람을 데리고 올지 누가 압니까. 그러니 다시 저 갈대꽃 우거진 곳에 가서 숨읍시다."

　　오자서가 공자 승과 숨은 지 조금 지나서였다. 고기잡이 노인이 보리밥과 생선국을 가지고 돌아왔다. 그러나 나무 그늘 아래에 오자서는 없었다.

노인이 큰소리로 외친다.

"갈대밭 속에 숨은 사람아! 갈대밭 속에 숨은 사람아! 나는 그대를 미끼로 이익을 구하는 사람이 아니오."

그제야 오자서는 갈대밭에서 나왔다.

고기잡이 노인이 묻는다.

"그대가 매우 시장해 보이기로 음식을 가지러 갔었는데 어째서 나를 피하오?"

"목숨은 하늘의 뜻에 매여 있다지만, 이제 나의 목숨은 노인장에게 매여 있습니다. 오랫동안 근심과 걱정이 쌓이고 쌓여 마음이 황황하니 어찌 피하지 않을 수 있겠습니까?"

오자서는 거침없이 말하고, 고기잡이 노인이 주는 음식을 배부르게 먹었다.

오자서가 떠나면서 허리에 찬 칼을 풀어 고기잡이 노인에게 주며 말한다.

"이것은 옛날에 초나라 왕이 우리 조상에게 하사한 칼이오. 나의 대까지 삼대를 전해온 가보家寶지요. 이 칼엔 보석으로 만든 별이 일곱 개가 박혀 있어 값으로 말하자면 백금百金이 넘을 거요. 이제 노인장의 은혜를 갚을 길이 없어 이 칼을 드리오."

고기잡이 노인이 웃으며 대답한다.

"내 들으니 초왕이 분부하기를, 오자서를 잡아 바치는 자에겐 곡식 5만 석을 주고 상대부의 벼슬을 준다고 했답니다. 곡식 5만 석과 상대부의 자리를 탐하지 않는 내가 어찌 그대의 백금 가치밖에 안 되는 칼을 받을 리 있겠소. 또 그대는 칼이 없어선 안 될 사람이

오. 이건 그대에게 필요한 것이지 나에겐 소용없는 물건이오."

오자서가 묻는다.

"노인장께서 이 칼을 받지 않는다면 존함이나 일러주시오. 죽지 않으면 다음날에 이 은공을 보답하리이다."

고기잡이 노인이 화를 낸다.

"나는 그대의 원통한 사정을 돕고자 배에 태워 건네주었을 따름이오. 그대에게 보답을 바란다면 이는 사내대장부가 아니오!"

"노인장께선 보답을 바라지 않지만 이 마음은 어찌 그럴 수 있겠습니까. 청컨대 존함을 일러주시오."

"오늘날 그대와 만났으나 그대는 초나라 포위망을 뚫고 달아나는 사람이며, 나는 초나라에서 잡으려는 그대를 놓아준 사람이오. 그러니 피차를 위해서라도 어찌 내 이름을 말할 수 있겠소. 더구나 나는 배를 저어 흐르는 물결과 더불어 살아가는 사람이오. 비록 이름을 일러준다 해도 어디에서 다시 만나리오. 만일 하늘이 다시 우리를 만나게 해주거든, 그때 나는 그대를 '갈대 속 사람'이라고 부르겠소. 그대는 나를 '고기잡이 노인'이라고 부르오. 그만하면 우리가 서로 기억하기에 족할 것이오."

오자서는 노인에게 절하고 걸음을 옮겼다. 오자서는 몇 걸음 가다가 걸음을 멈추었다.

그가 몸을 돌려 고기잡이 노인에게 부탁한다.

"만일 뒤쫓아오는 군사들이 있거든 이 몸의 종적을 누설하지 말아주시오."

오자서의 계책, 오왕吳王 합려闔閭를 세우다

오자서伍子胥는 가다가 말고 돌아서서 고기잡이 노인에게 자기 비밀을 지켜달라고 부탁했다. 이 말을 듣고 고기잡이 노인이 하늘을 우러러 길이 탄식한다.

"나는 그대에게 인덕人德을 베풀었건만 그대는 오히려 나를 의심하오? 만일 뒤쫓는 군사가 있어 그대가 붙들린다면 그때 나는 변명해도 소용이 없겠구려! 내 차라리 목숨을 버려 그대의 의심을 풀어드리겠소."

노인은 말을 마치자 뱃줄을 풀고 배에 뛰어올라 삿대와 노를 강 한가운데 던져버렸다. 배는 떠내려가다가 급류에 중심을 잃고 마침내 뒤집혔다. 한번 강물 속으로 빠져들어간 노인은 다시는 떠오르지 않았다.

사신史臣이 시로써 고기잡이 노인을 읊은 것이 있다.

오랫동안 이름을 숨기고 낚시질을 즐기던 한 노인이

망명하는 초나라 신하를 일엽편주에 태워 건네주었도다.
그대를 염려 없도록 하겠다면서 스스로 목숨을 버렸으니
천고에 그 이름을 고기잡이 노인으로 전했도다.
數載逃名隱釣綸
扁舟渡得楚亡臣
絶君後慮甘君死
千古傳名漁丈人

오늘날 무창武昌 땅 동북쪽 회문淮門 밖에 해검정解劍亭이란 정자가 있다. 바로 그 정자가 당시에 오자서가 고기잡이 노인에게 주려고 허리에 찬 칼을 끌렀던 곳이다.

오자서는 고기잡이 노인이 스스로 강물에 빠져 죽는 걸 보고서 길이 탄식했다.

"나는 노인장 때문에 살았는데 노인장은 나 때문에 죽었으니 어찌 애달프지 않으리오!"

이리하여 오자서는 공자 승勝과 함께 마침내 오吳나라 경계로 들어갔다. 율양溧陽 땅에 이른 오자서는 배가 고파서 밥을 빌려 다녔다. 그러다가 뇌수瀨水 가에서 빨래하는 한 여자를 보았다. 그 여자 옆에는 음식을 담은 소쿠리가 놓여 있었다.

오자서가 가까이 가서 걸음을 멈추고 그 여자에게 청한다.

"부인, 이 사람에게 요기를 좀 시켜주십시오."

여자가 머리를 숙이고 대답한다.

"저는 나이 서른이 되었으나 아직 출가出嫁하지 않고 어머니를 모시며 혼자 사는 여자입니다. 어찌 감히 길 가는 나그네에게 음식을 드릴 수 있겠습니까."

오자서가 다시 청한다.

"나는 객지에서 노자가 떨어져 막심한 고생을 하는 중입니다. 그저 살기 위해서 밥 한술을 비는 것입니다. 낭자가 불쌍한 사람을 동정해서 어진 덕을 베푸는 것인데 어찌 의심쩍게 생각하십니까?"

여자가 머리를 들어 오자서의 씩씩한 풍채를 보고 대답한다.

"제가 군자의 용모를 보니 보통 분이 아니신 것 같습니다. 곤경에 계시는데 어찌 못 본 체할 수 있겠습니까."

마침내 여자는 무릎을 꿇고 오자서에게 소쿠리를 바쳤다. 오자서는 공자 승과 함께 음식을 반만 먹고 소쿠리를 내주었다.

여자가 묻는다.

"군자께선 필시 먼 길을 가시는 모양인데 왜 다 잡숫지 않으십니까?"

그제야 두 사람은 다시 소쿠리에 남은 음식을 다 먹었다.

오자서가 떠나면서 여자에게 고마워하며 말한다.

"이 몸은 낭자 덕분에 숨을 돌렸습니다. 이 은혜는 잊지 않으리이다. 나는 망명 중인 나그네이니 만일 누가 와서 묻더라도 낭자는 이 사람의 종적을 결코 말하지 마십시오."

여자가 처연히 탄식한다.

"슬프다! 내 홀어머니를 모시고 서른이 되도록 시집도 안 가다가 이제야 스스로 절개를 잃었구나. 남자에게 음식을 바치고 말까지 주고받고서도 이리 될 줄이야 어찌 알았으리오. 참으로 나는 팔자가 기박한 여자구나. 군자는 어서 떠나가시오."

오자서는 여자와 작별하고 몇 걸음 가다가 갑자기 첨벙! 하는 소리에 뒤를 돌아보았다.

오자서를 떠나보내고 여자는 가슴에 큰 돌을 안고서 뇌수에 몸을 던진 것이었다.

후인後人이 시로써 그 여자를 읊은 것이 있다.

율양 땅 냇가에
빨래하는 노처녀가 있었도다.
그녀는 홀어머니를 모시고 살면서
한번도 남자와 말해본 일이 없었도다.
어느 날 어쩌다가 나그네를 동정해서
그녀는 소쿠리의 음식을 바쳤도다.
아아, 그대는 비록 배부르지만
나는 이제 절개를 잃었도다.
마침내 그녀는 뇌수에 연약한 몸을 던져
여자의 처신하는 법을 밝혔도다.
마르지 않고 항상 흐르는 뇌수여
이 여자 또한 영원하리로다.

溧水之陽
擊綿之女
惟治母餐
不通男語
矜此旅人
發其筐筥
君腹雖充
吾節已窳
捐此孱軀

以存壺矩

瀨水不竭

玆人千古

오자서는 여자가 물에 빠져 죽는 걸 보고서 슬픔을 억제하지 못했다. 그는 손가락을 깨물어 바위에다 혈서 스무 자를 썼다.

그대는 시내에서 빨래를 하는데

나는 밥을 빌었도다.

나는 굶주림을 면했으나

그대는 물에 몸을 던져 죽었도다.

10년 후에 내 마땅히

천금으로써 그대에게 보답하리라.

爾浣沙

我行乞

我腹飽

爾身溺

十年之後

千金報德

오자서는 혈서를 다 쓰고 난 후 혹 다른 사람이 볼까 염려하여 흙으로 바위를 덮어버렸다. 그러고는 공자 승을 데리고 율양 땅을 떠났다.

오자서는 다시 300리를 걸어서 오추吳趨라는 곳에 당도했다.

그곳에서 그는 한 장사를 보았다. 그 장사는 이마가 넓고 눈이 깊숙하고 목소리는 굶주린 호랑이 같았다. 길거리에서 그 장사가 몸집이 거대한 어떤 자와 서로 발길질을 하고 주먹으로 치면서 싸우고 있었다. 좌우 사람들이 말려도 아무 소용이 없었다.

그때 어느 집 문안에서 한 부인의 목소리가 들려왔다.

"전제專諸*야, 그러지 마라."

그 소리를 듣자 장사는 갑자기 겁먹은 듯 즉시 싸움을 중지하고 그 집 안으로 들어가버렸다.

오자서가 이상하게 여기며 사람들에게 묻는다.

"저런 장사도 부인을 무서워하나요?"

옆사람이 대답한다.

"그 사람은 우리 고을의 용사勇士지요. 1만 명도 당적할 수 있는 힘을 가졌습니다. 그는 평생 의리를 좋아해서 무엇이든 불공평한 일을 보면 당장에 생명을 내놓고 싸웁니다. 조금 전에 문안에서 부른 부인은 그 사람의 어머니지요. 전제가 바로 그의 이름입니다. 그는 원래 대단한 효자여서 어머니의 말씀이면 추호도 어기는 일이 없습니다. 또 아무리 분노했을 때라도 어머니가 뭐라시면 곧 얼굴빛을 고칩니다."

오자서가 찬탄한다.

"그는 참다운 열사烈士로다!"

이튿날이었다.

오자서는 옷을 갈아입고 그 집으로 갔다.

전제가 낯선 손님을 방으로 영접하고 온 뜻을 물었다.

오자서는 서슴지 않고 성명을 밝히고 자기 내력과 사정을 전부 말했다.

전제가 묻는다.

"그대가 그런 원통한 사정이 있다면 왜 오왕吳王을 찾아뵙고 군사를 빌려 원수를 갚지 않습니까?"

"나를 이끌어주는 사람이 없소. 어찌 혼자 힘으로 되겠소."

전제가 머리를 끄덕인다.

"옳은 말씀이오. 그런데 오늘 이 누추한 곳을 찾아오신 뜻은 무엇입니까?"

오자서가 청한다.

"그대의 효성이 대단하다고 소문이 자자하기에 평생 서로 알고 지내고 싶어 왔소."

전제는 매우 흡족해하며, 곧 안에 들어가서 어머니에게 이 일을 고했다.

마침내 전제와 오자서는 팔배八拜의 예禮로써 결의형제를 맺었다. 오자서가 전제보다 두 살이 더 많았다. 그래서 전제는 오자서를 형님이라고 불렀다.

오자서는 안내를 받고 안방에 들어가 전제의 어머니를 자기 어머니로 뵈옵고, 전제의 아들들과도 상면했다. 이날 전제의 집에선 닭을 잡고 갖가지 음식을 차리느라 분주했다. 전제와 오자서는 친형제처럼 즐겼다. 그날 밤에 오자서와 공자 승과 전제는 함께 잤다.

이튿날 이른 아침이었다.

오자서가 전제에게 말한다.

"나는 이제 동생과 작별하고 오나라 도읍으로 들어가서 기회를 보아 오왕을 섬길 작정이네."

전제가 대답한다.

"오왕은 용기를 좋아하긴 하나 교만합니다. 그러니 공자 광光과 친분을 갖도록 하십시오. 그는 어진 선비를 대접할 줄 아는 사람이라고 합니다. 그러면 장차 반드시 이루는 바가 있으리이다."

"나는 동생의 말을 깊이 명심하고 잊지 않으리라. 다음날에 내가 동생이 필요해서 부를 때엔 거절하지 말고 오기 바라네."

전제는 두말없이 응낙했다.

조반을 마친 후 오자서는 전제와 작별하고서 공자 승을 데리고 떠났다.

마침내 오자서는 오나라 도읍 매리梅里에 당도했다. 매리 땅은 성곽城郭도 보잘것없고 거리도 엉성했다. 다만 지나다니는 수레 소리만 요란했다. 사방을 둘러보아야 저편 강 위로 떠다니는 돛단배만 보일 뿐 어디에도 알 만한 사람 하나 없었다.

오자서는 공자 승을 교외에다 감춰두고 다시 성안으로 들어갔다. 그는 머리를 산발한 채 맨발에다 얼굴에 진흙을 발라 미친 사람처럼 꾸몄다. 그러고서는 반죽斑竹으로 만든 퉁소를 불며 시정을 돌아다니면서 밥을 빌었다.

그 퉁소의 첫째 곡조는 이러했다.

오자서, 오자서야!
송나라, 정나라로 떠돌아다녔으나 의지할 곳이 없어 처량하다.
천신만고에 슬프기만 하네
아버지 원수를 못 갚으면 살아서 무엇하리!
伍子胥伍子胥
跋涉宋鄭身無依
千辛萬苦悽復悲

父仇不報何以生爲

그 둘째 곡조는,

오자서, 오자서야!
한번 소관 땅을 빠져나오기에 수염과 눈썹이 다 세었구나.
처량하다. 천만번 놀라고 무서워서 질린 가슴 슬프기만 하네
형님 원수를 못 갚으면 살아서 무엇하리!
伍子胥伍子胥
昭關一度變鬚眉
千驚萬恐悽復悲
兄仇不報何以生爲

그 셋째 곡조는,

오자서, 오자서야!
강가의 갈대꽃과 율양 땅의 냇가를 잊을쏘냐.
구사일생으로 오나라에 들어왔으나
처량하다, 퉁소를 불며 밥을 비니 슬프기만 하네.
이 몸 원수를 못 갚으면 살아서 무엇하리!
伍子胥伍子胥
蘆花渡口溧陽溪
千生萬死及吳陲
吹簫乞食悽復悲
身仇不報何以生爲

그러나 시정 사람들은 아무도 그 퉁소 소리의 뜻을 알아듣지 못했다.

이때가 주경왕 25년이요, 오왕 요僚 7년이었다.

오나라 공자 광光은 오왕 제번諸樊의 아들이다. 그러므로 공자 광이 아버지의 뒤를 이어 왕위에 오르는 것이 마땅한 처사라 할 것이다.

그런데 오왕 제번은 아버지인 전왕前王 수몽壽夢의 유언을 지켜 왕위를 아들에게 전하지 않고 동생들에게 차례로 물려줘야만 했다. 그래서 오왕 제번의 큰동생인 여제餘祭가 왕위를 계승했고, 그 다음은 둘째동생인 이매夷昧가 왕위를 이어받았던 것이다.

그후 이매가 죽자 형제간의 차례로 따지면 마지막 동생인 계찰季札이 왕위를 계승해야 마땅했다. 그러나 계찰은 굳이 사양하고 왕위에 오르지 않았다.

그렇다면 다시 직계直系를 따져 오왕 제번의 아들인 공자 광에게 도로 왕위를 넘겨줘야만 했을 것이다. 그런데도 불구하고 이매가 죽자 그의 아들인 요僚가 왕위를 탐하여 마침내 오왕이 되었던 것이다.

이에 공자 광은 분노했지만 꾹 참고 자기 대신 왕위를 차지한 요를 죽이기로 결심했다.

그러나 모든 신하는 왕이 된 요에게 아첨하고 충성을 바쳤다. 그래서 공자 광은 깊이 결심하고 관상 잘 보는 사람을 널리 구했다. 마침내 구한 관상쟁이의 이름은 피이被離였다.

공자 광은 피이를 오나라 시정 관리로 삼았다. 연후에 공자 광은,

"그대는 관상을 잘 본다고 하니 널리 초야草野에 묻혀 있는 호

걸豪傑들을 찾아내어 나를 돕게 하여라."

하고 분부했다.

어느 날이었다.

그날도 오자서는 퉁소를 불면서 오나라 시정을 지나가던 중이
었다.

관상쟁이 피이가 그 퉁소 소리를 들은즉 매우 구슬픈 곡조였다.
피이는 퉁소 소리의 한 곡조 한 곡조를 듣는 중에 그 뜻을 짐작할
수 있었다. 그는 급히 뛰어나가 퉁소 소리를 따라갔다가 오자서를
보고는 아주 놀랐다.

피이가 혼잣말로 중얼거린다.

"내 많은 사람의 관상을 봤지만 이런 인물은 처음이다!"

마침내 피이는 오자서 앞에 나아가서 공손히 읍했다. 그는 자기
집으로 오자서를 안내하고 윗자리에 앉기를 청했다. 그러나 오자
서는 사양했다.

피이가 묻는다.

"내 들건대 초나라가 충신 오사伍奢를 죽이자 그의 아들 오자서
는 외국으로 망명했다고 합디다. 혹 그대가 바로 오자서가 아니시
오?"

오자서는 몸만 약간 굽히고 대답을 하지 않았다.

피이가 말한다.

"나는 그대를 해칠 사람이 아닙니다. 그대 얼굴을 본즉 보통 사
람이 아닌 듯하여 다만 그대를 부귀할 수 있는 지위에 이끌어드리
려고 묻는 것입니다."

오자서는 그제야 자기 신분을 밝혔다. 그런데 공교로운 일이 일
어났다.

이때 피이의 수하에 있는 관리 한 사람이 바로 옆방에서 이들의 대화를 엿듣고 있었다. 그 관리는 한발 앞서 오왕 요에게 가서 이 사실을 아뢨다.

오왕 요는 즉시 피이에게 사람을 보냈다. 곧 오자서를 왕궁으로 데리고 들어오라는 분부였다. 이에 당황한 피이는 비밀히 공자 광에게 사람을 보내어 이 사실을 알렸다. 동시에 그는 오자서를 깨끗이 목욕시키고 옷을 갈아입혀서 함께 왕궁으로 들어갔다.

이날 오왕 요는 오자서의 뛰어난 인품을 보고 즉시 대부 벼슬을 주었다.

이튿날이었다.

오자서는 다시 궁에 들어가 오왕 요에게 사은하고 부형父兄의 원수를 갚게 해달라고 청했다. 특히 원수에 대해서 말할 때 오자서는 이를 갈았고 눈에선 불길이 활활 타올랐다.

오왕 요는 오자서의 기백에 감동하고 한편으로 측은한 생각이 들어서 군사를 일으켜 원수를 갚아주겠노라고 승낙했다.

한편, 공자 광은 오자서의 지혜와 용기를 들어서 잘 아는 터라 꼭 자기 사람으로 만들고 싶었다. 그런데 오왕 요가 오자서를 먼저 만나버린 것이다. 공자 광은 오자서가 오왕 요와 친해질까 봐 두려웠다.

공자 광이 왕궁에 들어가서 오왕 요에게 수작을 건다.

"듣자오니 초나라 오자서가 우리 나라로 도망왔다는데 왕께서 그 사람을 만나보니 어떠하옵니까?"

"사람이 현명하고 효성이 극진하더라."

"왕께선 무얼 보시고 그렇게 생각하십니까?"

"오자서는 용맹과 지혜를 겸비한 사람이다. 과인과 천하 대사를 논하는데 그 말이 다 적중한지라. 그래서 그가 현명한 사람이란 걸 알았다. 또 그는 잠시도 부형父兄의 원수를 잊지 않고 과인에게 군사를 빌려달라고 청했다. 그러니 그 효성을 가히 짐작할지라."

"그래 왕께선 어찌하셨습니까?"

"과인은 그의 사정이 하도 딱하기에 원수를 갚아주겠다고 승낙했다."

이에 공자 광이 간한다.

"만승萬乘의 왕으로서 한갓 필부匹夫의 원수를 갚아주려고 군사를 일으킨다는 건 말이 안 됩니다. 지금까지 우리 오나라는 초나라와 여러 번 싸워왔으나, 한번도 크게 이겨본 일이 없습니다. 그런데 오자서를 위해서 또 군사를 일으키시렵니까? 결국 필부의 원한이 국가의 수치보다 더 중하다는 말씀입니까? 싸워서 이기면 오자서의 분을 설욕해준 데 불과하고, 진다면 우리 오나라 전체의 치욕이 됩니다. 왕께선 이 점을 잘 생각해보십시오."

오왕 요는 공자 광의 말을 듣고 보니 그럴싸해서 마침내 초나라 칠 뜻을 버렸다.

오자서는 곧 공자 광이 일을 헤살 놓은 걸 알고서 속으로 중얼거린다.

'공자 광이 속에 딴 뜻이 있는 모양이니 함부로 나설 때가 아니로구나.'

이에 오자서는 대부 벼슬을 내놓고 받지 않았다.

공자 광이 오왕 요에게 아뢴다.

"그것 보십시오. 오자서는 왕께서 군사를 일으켜 초나라를 치지 않는다 하여 벼슬도 받지 않고 화를 내고 있습니다. 지금쯤 그는 필시 왕을 원망하고 있을 것입니다. 그러니 다시는 오자서를 등용하지 마십시오."

마침내 오왕 요는 오자서가 내놓은 대부 자리를 도로 거두어들이고, 다만 그에게 가까운 양산陽山 땅 밭 100마지기를 내주었다.

이에 오자서는 공자 승과 함께 양산 땅에 가서 밭을 갈며 생활했다.

하루는 공자 광이 비밀히 양산 땅으로 오자서를 찾아갔다.

그가 오자서에게 많은 곡식과 비단을 바치고 묻는다.

"그대는 오吳 · 초楚 두 나라 사이를 경유해왔으니 그동안에 혹 그대처럼 재주 있고 용맹한 분을 보셨습니까?"

오자서가 대답한다.

"나 같은 사람이야 족히 말할 것도 못 되오. 그러나 내가 보기엔 전제專諸란 사람이 참으로 훌륭한 용사입니다."

공자 광이 청한다.

"원컨대 그대의 힘을 빌려 전제 선생과 사귀고 싶소."

"전제는 이곳에서 멀지 않은 곳에 살고 있습니다. 오늘이라도 사람을 보내어 부르면 내일은 오겠지요."

"그분이 참으로 재주와 용맹을 겸한 분이라면 내가 직접 찾아가 뵙겠소. 어찌 감히 사람을 시켜 오시랄 수 있겠습니까."

이튿날이었다. 공자 광은 오자서와 함께 수레를 타고 직접 전제의 집으로 향했다.

이때 전제는 어떤 사람의 부탁을 받고 돼지를 잡으려고 길거리에서 마침 칼을 갈고 있었다. 그는 훌륭한 수레가 요란스레 달려오는 걸 보고서 길을 비켜주려고 뒤로 물러섰다. 그때 수레 위에서 오자서가 부른다.

"어리석은 형이 예 왔노라!"

전제는 황망히 칼을 놓고 손을 닦았다.

오자서가 수레에서 내려 전제의 손을 잡고 말한다.

"이 어른이 바로 오나라 공자 광이시다. 영특한 동생과 만나러 특별히 오셨으니 사양하지 마라."

전제가 공자 광 앞에 나아가서 읍하며,

"이 몸은 보잘것없는 거리의 백성입니다. 무슨 능력이 있다고 이렇듯 찾아주십니까?"

하고 자기 집으로 안내했다.

공자 광은 전제를 따라 사립문으로 들어가 다시 머리를 숙이고 겨우 방으로 들어섰다. 공자 광이 먼저 전제에게 절하고 사모하는 뜻을 나타내자 전제가 답배答拜한다.

공자 광은 전제에게 많은 황금과 비단을 예물로 내놓았다. 그러나 전제는 굳이 사양하고 받지 않았다. 오자서가 곁에서 힘써 권하니 그제야 전제는 마지못해 예물을 받았다.

이리하여 전제는 공자 광의 문하 사람이 되었다. 공자 광은 날마다 사람을 시켜 전제에게 곡식과 고기를 보내고 달마다 비단을 보냈다. 그뿐만 아니라 간혹 전제의 어머니에게 문안을 드리러 가기도 했다. 전제는 자연 공자 광의 후의厚意를 느끼지 않을 수 없었다.

어느 날이었다.

전제가 공자 광에게 말한다.

"이 몸은 촌가村家의 백성으로 공자께 많은 은혜를 입었으나 갚을 길이 없습니다. 무엇이든 시키실 일이 있거든 시키십시오. 분부대로 따르겠습니다."

공자 광은 좌우 사람들을 다 내보내고서 전제에게 오왕 요를 죽이겠다는 뜻을 말했다.

전제가 말한다.

"전왕前王 이매夷昧가 세상을 떠났으니 그 아들이 왕위를 계승하는 것이 마땅하지 않습니까? 공자께선 오왕 요를 무슨 명목으로 죽이려 하십니까?"

이에 공자 광이 세세히 설명한다.

"나의 아버지는 할아버지인 수몽壽夢의 유지遺志를 받들어 큰 아들인 나에게 왕위를 물려주지 않고 아버지 동생들에게 차례로 왕위를 전했소. 그후 아버지의 막내동생인 계찰季札의 차례가 되었으나 그분은 왕위를 마다하고 사양하셨소. 그러면 마땅히 종손宗孫인 내게 왕위를 돌려줘야 할 것 아니오. 한데 방계傍系인 요가 어찌 이 나라 왕이 될 수 있단 말이오. 난 그간 힘이 부족해서 큰일을 도모할 수 없었소. 이제 훌륭한 분의 힘을 입을까 하오."

전제가 묻는다.

"왜 가까운 신하를 시켜 왕에게 이 사실을 말하고 왕위에서 물러가도록 권하지 않고 하필이면 검사劍士를 써서 선왕先王의 큰 덕까지 손상시키려 하십니까?"

"오왕 요는 의리보다 욕심이 많고 힘만 믿소. 그는 이익을 위해 나아갈 줄만 알지 사양하거나 물러설 줄은 모르는 사람이오. 만일 그에게 그런 권고를 했다가는 도리어 나를 시기하여 해치려 들 것이오. 내가 요와 서로 겨룬다면 어찌 그 세력을 당해내리오."

전제가 분연히 말한다.

"옳은 말씀이오. 그러나 이 몸에겐 늙으신 어머니가 계십니다. 그러므로 공자께 죽음으로써 몸을 바치진 못하겠습니다."

"나도 그대의 어머님은 늙으셨고 아들은 어리다는 걸 잘 아오.

그러나 그대가 아니면 이 일을 도모할 수 없구려. 그대의 힘을 빌려 이 일을 성공하기만 하면, 그대의 어머니와 아들이 곧 나의 어머니며 아들이니 내 마땅히 정성을 다하여 봉양하겠소. 어찌 감히 그대를 저버릴 리 있으리오."

전제가 한참 만에 결연히 말한다.

"무릇 일이란 신중히 해야 하오. 곧 만전지계萬全之計를 세워야 합니다. 천길 못 속에 있는 고기를 잡으려면 그 고기가 좋아하는 미끼부터 장만해야 하오. 곧 오왕 요를 죽이려면 그가 무얼 좋아하는지 알아서 그 좋아하는 걸 주고 가까이 접근해야겠는데, 그가 특히 무엇을 좋아하는지요?"

"그는 맛있는 음식을 좋아하오."

"맛있는 음식이라니 어떤 음식이지요?"

"특히 양념을 잘 발라서 불에 구운 생선을 좋아하오."

"그렇다면 저는 이제부터 공자와 하직하고 어디 좀 갔다와야겠습니다."

"그대는 어디로 가려오?"

"이제부터 요리 만드는 법을 배워야 오왕 요에게 접근할 수 있습니다."

전제는 생선 굽는 법을 배우려고 태호太湖라는 호수에 갔다. 그는 태호에서 3개월 동안 생선 굽는 법을 배우고 익혔다. 3개월이 지난 후에 전제가 구운 생선을 먹어본 사람은 누구나 다 맛이 썩 좋다고 칭찬했다.

그제야 전제는 태호를 떠나 공자 광에게 돌아갔다. 공자 광은 자기 부중府中에다 전제를 숨겨두었다.

염옹이 시로써 이 일을 읊은 것이 있다.

세상 사람들은 오자서를 강직한 사람이라고 하지만
그는 전제를 희생으로 삼아 공자 광에게 바치고 아첨했도다.
모든 사건이 어디서 시작되었는지 아는가
호숫가에서 석 달 동안 생선 굽는 법을 배운 것이 발단이었도다.
剛直人推伍子胥
也因獻媚進專諸
欲知弑械從何起
三月湖邊學炙魚

공자 광이 오자서를 불러 묻는다.

"이제 전제가 생선 굽는 법을 다 배워왔소. 어떻게 하면 전제를 오왕과 만나게 할 수 있을까요?"

오자서가 대답한다.

"대저 사람이 기러기를 맘대로 부릴 수 없음은 날개가 있기 때문입니다. 그러니 기러기를 잡으려면 반드시 그 날개부터 없애야 합니다. 듣건대 오왕 요의 아들 공자 경기慶忌는 몸이 쇠처럼 강해서 손으로 나는 새를 잡으며 한주먹에 맹수를 때려눕힌다고 합니다. 그런데 오왕은 늘 곁에 공자 경기를 데리고 있으니 손쓰기가 어렵소. 더구나 왕의 외숙外叔뻘인 엄여掩餘와 촉용燭庸 두 사람이 지금 오나라 병권을 휘어잡고 있는 실정입니다. 그러니 용과 범을 잡는 용기와 귀신도 모를 계책이 있다손 치더라도 어찌 그들을 상대할 수 있겠습니까. 공자께서 기어이 오왕 요를 죽일 생각이시면 먼저 공자 경기 · 엄여 · 촉용 이 세 사람부터 제거하십시오. 그래야만 가히 이 대사를 도모할 수 있습니다. 만일 제 말대로 하지 않고 당장 일을 일으킨다면 우연히 성공한다 할지라도 공자께서 어찌 왕위를 오래 유지할 수 있으리오."

공자 광이 오자서의 말을 듣고 한동안 넋을 잃고 앉아 있다가 말한다.

"옳은 말씀이오. 그럼 그대는 돌아가서 계속 밭일을 보십시오. 그대 말씀대로 어느 정도 일이 추진되면 다시 모셔다가 상의하겠습니다."

오자서는 양산陽山 땅으로 돌아갔다.

한편, 그해에 주경왕이 세상을 떠났다.

주경왕의 적태자嫡太子 이름은 맹猛이며, 그 다음 아들의 이름은 개丐이며, 맨 맏이인 서자庶子의 이름은 조朝였다.

주경왕은 생전에 서자인 조를 가장 사랑해서 태자 맹을 폐하고 조를 태자로 봉하려고 대부 빈맹賓孟에게 부탁만 해놓고서 실천을 못하고 죽었다.

그 무렵 주경왕의 신하였던 유지劉摯도 잇달아 세상을 떠났다. 그 아들 유권劉卷이 아버지의 작위를 이어받았으나, 그는 원래 대부 빈맹과 서로 사이가 좋지 못했다.

이에 유권은 선기單旗와 공모하여 대부 빈맹을 암살해버리고 즉시 태자 맹을 왕으로 세웠다. 그가 바로 주도왕周悼王이다.

그러나 대부 빈맹이 죽었다고 해서 서자인 공자 조의 일당이 다 없어진 건 아니었다. 그 일당인 윤고尹固와 감추甘鰌와 소환召奐 등은 군사를 합쳐 상장上將 남궁극南宮極을 시켜 주도왕을 세운 유권을 쳤다. 이에 유권은 양揚(주周나라 이름)이란 곳으로 달아났다. 그러자 선기도 주도왕을 모시고 황皇이란 곳으로 달아났다.

마침내 세력을 잡은 공자 조는 심복 심힐鄩肹에게 군사를 주어 주도왕이 도망가 있는 황 땅을 쳤다. 심힐은 주도왕과 싸웠으나 결국 황 땅에서 대패하고 전사했다.

한편, 진晉나라 진경공晉頃公은 주 왕실이 크게 어지럽다는 보고를 듣고 대부 적담籍談, 순역에게 군사를 내주어 황 땅에 가서 주도왕을 왕성王城(오늘날 하남부河南府 섬주陝州) 땅으로 옮겨 모시게 했다. 이리하여 주도왕은 진군晉軍의 호위를 받아 왕성 땅에 가서 웅거했다.

한편 공자 조는 윤고 등의 보좌를 받아 경京(오늘날 개봉부開封府에 있는 지명地名) 땅에서 왕으로 행세했다.

그후 얼마 안 되어 주도왕은 왕성 땅에서 세상을 떠났다. 이에 선기, 유권 등은 주도왕의 동생 개匄를 왕으로 세웠다. 그가 바로 주경왕周敬王이다. 그 뒤 주경왕은 다시 책천翟泉이란 곳으로 옮겨가서 살았다.

이에 세상 사람들은 주경왕을 동왕東王이라 부르고, 공자 조를 서왕西王이라 불렀다. 세상이 말세가 되다 보니 마침내 주 왕실에 두 천자天子가 생기게 된 것이다.

이렇게 두 왕은 6년 동안을 끊임없이 싸웠으나 아무 결말도 나지 않았다.

그러는 동안에 공자 조, 곧 서왕의 신하였던 소환은 죽고 남궁극은 벼락을 맞아 죽었다. 이때부터 민심이 서왕인 공자 조를 불신하기 시작했다.

이때 진晉나라는 천하 모든 나라 제후를 소집하고 군사를 일으켰다. 진나라 대부 순역荀躒은 진군晉軍과 열국列國의 연합군을 통솔하여 주경왕을 모시고 드디어 성주成周로 쳐들어가서 윤고를 사로잡았다.

마침내 공자 조가 싸움에 몰리자 죽은 소환의 아들 소은召鄲은 이미 사세가 불리함을 알고 반기反旗를 들어 공자 조를 공격했다. 이에 공자 조는 초楚나라로 달아났다.

이리하여 진晉나라를 위시한 모든 나라 제후는 주경왕을 왕실로 모시고 군사를 거두어 각기 본국으로 돌아갔다.

그후 주경왕은 공자 조를 섬겼던 윤고와 형편 따라 이리 붙기도 하고 저리 붙기도 한 소은을 시정에 끌어내어 참했다. 천하 사람들은 이 두 사람의 죽음을 다 통쾌해했다. 그러나 이건 다 다음날의 이야기다.

그러니까 주경왕이 즉위한 원년이 바로 오왕 요 8년이었다.

한편, 초나라 세자 건建의 어머니는 앞에서 말한 것처럼 채나라 운鄖 땅에서 살고 있었다.

그런데 초나라 간신 비무극費無極은 혹 세자 건의 어머니가 오자서와 무슨 연락이라도 하지 않을까 겁이 났다. 그래서 비무극은 초평왕에게 세자 건의 생모를 죽여버리도록 권했다.

세자 건의 어머니는 채나라 운 땅에서 이 소문을 듣고 비밀히 오나라로 사람을 보내어 '내 생명이 위험하게 되었으니 구출해달라'고 청했다.

이에 오왕 요가 공자 광을 불러 분부한다.

"운 땅에 가서 초부인楚夫人을 우리 나라로 모셔오너라."

공자 광이 길을 떠나 초나라 종리鍾離(오늘날 봉양부鳳陽府에 있는 지명地名) 땅까지 갔을 때였다. 초나라 장수 위월이 군사를 거느리고 와서 공자 광 일행의 앞길을 막아버렸다. 그리고 초나라 도읍 영도로 사람을 보내어 이 사실을 알렸다.

이에 초평왕은 영윤 양개陽匄를 대장으로 삼고 진陳 · 채蔡 · 호

胡·심沈·허許·돈頓 여섯 나라 군사를 청했다. 여섯 나라 중에
서도 호나라 임금 곤髡과 심나라 임금 정逞은 친히 군사를 거느리
고 왔다.

그외의 나라들은 대개 그 나라 대부급이 군사를 거느리고 왔다.
이리하여 일곱 나라 군사는 종리 땅으로 몰려가서 호·심·진陳
세 나라 군사는 오른편에 영채를 세우고, 돈·허·채 세 나라 군
사는 왼편에 영채를 세우고, 초나라 장수 위월은 한가운데 영채를
세웠다.

공자 광은 각국의 군사가 몰려들자 즉시 오왕 요에게 사람을 보
내어 이 사실을 알렸다.

오왕이 이 보고를 받고 중얼거린다.

"음, 초나라가 매사에 우리를 방해하더니 꼭 싸워보겠다는 모
양이구나! 저편에서 그렇게 어마어마하게 나오는데에야 우린들
어찌 싸움을 사양하리오."

마침내 오왕 요는 공자 엄여掩餘와 더불어 군사 1만 명과 죄인
罪人 3,000명을 거느리고 계부鷄父 땅에 이르러 일제히 영채를 세
웠다.

양편 군사가 아직 싸움을 약속하기도 전이었다. 연합군을 통솔
해 온 초나라 영윤 양개가 갑자기 급살병으로 죽었다. 이에 초나
라 장수 위월이 전군全軍을 통솔하게 되었다.

한편, 오나라 공자 광이 오왕 요에게 말한다.

"초나라 대장인 영윤 양개가 별안간 죽었으니 군사들은 이미 기
운을 잃었을 것입니다. 여러 군사가 많지만 그들은 다 조그만 나
라에서 온 병사들로, 다만 초나라가 무서워서 어쩔 수 없이 따라
온 것뿐입니다. 더구나 호胡·심沈 두 나라 임금은 나이도 어리고

싸움에 익숙하지 못하며, 진陳나라 군사를 거느리고 온 대부 하설夏齧은 용기는 있으나 꾀가 없으며, 돈 · 허 · 채 세 나라는 오랫동안 압제를 받아왔기 때문에 초나라라면 멀미를 앓을 지경입니다. 그들 일곱 나라는 우리와 싸우기 위해서 모인 것 같지만 속마음은 각기 다릅니다. 그러니 우리 군사가 먼저 호 · 심 · 진 등 세 나라 영채부터 쳐서 그들을 흩어버리면 다른 나라 군사들도 달아날 생각부터 할 것이며, 따라서 초나라 군사는 당황할 것입니다. 그 기회를 놓치지 말고 우리가 전면적으로 무찌른다면 완전한 승리를 거둘 수 있습니다. 청컨대 먼저 약한 군사를 내보내어 적을 유인하고 그 다음에 정예 부대를 내보내어 무찌르게 하십시오."

이에 오왕 요는 공자 광의 계책에 따라 오나라 군사를 삼진三陣으로 나누었다. 그리하여 오왕 요는 친히 중군中軍을 거느리고, 공자 광은 좌군左軍을 거느리고, 공자 엄여는 우군右軍을 거느렸다.

오나라 군사는 모두 배불리 먹고 진세陣勢를 정돈하고 대기 태세를 취했다. 마침내 오군이 거느리고 온 죄인 3,000명이 먼저 초나라 우영右營을 쳤다.

이때가 가을 7월 그믐날이었다. 원래 병가兵家에서는 그믐날을 꺼리기 때문에 군사 행동을 취하지 않는 것이 예사였다.

그래서 호나라 임금 곤과 심나라 임금 정과 진나라 대부 하설은 아무 방비도 하지 않고 있었다. 그런데 뜻밖에 오군이 쳐들어온다는 보고를 받자 그들은 황급히 영문營門을 열고 나가서 싸웠다.

원래 죄인들이란 기율紀律이 있을 리 없다. 오나라 죄인 3,000명은 혹 달아나기도 하고 혹 덤벼들기도 하며 그야말로 천방지축이었다.

이에 호 · 심 · 진 세 나라 군사는 서로 공로를 세우려고 이리 뛰고 저리 뛰는 오나라 죄수를 쫓는 동안에 자연히 대오隊伍가 흩어졌다.

공자 광이 거느리는 오나라 좌군은 세 나라 군사의 대오가 흩어지자 그 기회를 놓치지 않고 일제히 쳐들어갔다. 공자 광은 진나라 대부 하설과 서로 마주쳤다. 공자 광은 창을 높이 들어 단 한 번에 하설을 찔러 말 아래로 떨어뜨리고 부하를 시켜 그 목을 끊었다. 진나라 대부 하설이 제대로 싸워보지도 못하고 단번에 죽어 자빠지자 호·심 두 나라 임금은 대경실색하여 달아났다.

이때 공자 엄여가 거느린 오나라 우군이 쳐들어왔다. 그 바람에 호·심 두 나라 임금은 달아난다는 것이 도리어 그물 속으로 뛰어든 격이 되었다. 두 나라 임금은 완전히 포위를 당하고 결국 오군에게 사로잡혔다.

오군이 죽인 적군의 수효는 셀 수 없을 정도였다. 사로잡은 적군만도 800여 명이었다. 공자 광은 군사들에게 추상같은 명령을 내려 호·심 두 나라 임금의 목을 참했다. 그리고 사로잡은 적군은 다 놓아주었다.

석방된 군사들은 곧 초군 좌영左營으로 돌아가서,

"호·심 두 나라 임금은 참형을 당했고 진나라 대부 하설은 창 한 대에 피살되었습니다."

하고 보고했다.

이 말을 듣자 허·채·돈 세 나라 장수와 군사는 정신이 아찔했다. 마침내 그들은 오군과 싸울 생각을 포기하고 각기 달아났다.

이때 오왕 요는 좌우 이군二軍을 합쳐 태산이 내리누르듯 초나라 중군을 엄습했다. 초나라 장수 위월은 진세를 정돈할 여가도 없이 순식간에 군사 반을 잃었다. 초나라 군사는 싸우기도 전에 그 태반이 달아나버렸던 것이다.

오나라 군사는 달아나는 초군을 추격하여 마구 죽였다. 시체는 들에 쓰러져 가득하고 피는 흘러 때 아닌 도랑을 이루었다. 초장 위월은 대패하여 50리를 달아나서야 겨우 오군의 추격에서 벗어났다.

공자 광은 그길로 군사를 거느리고 나는 듯이 채나라 운 땅으로 가서 죽은 초나라 세자 건의 생모 초부인을 데리고 다시 오나라로 향했다. 채나라 사람들은 아무도 초부인을 데리고 가는 공자 광을 막지 않았다.

한편 달아나던 초장 위월은 겨우 숨을 돌리고 패잔병을 수습했다. 남은 군사라곤 겨우 전군의 반밖에 안 되었다. 그제야 위월은 오나라 공자 광이 채나라 운 땅으로 초부인을 데리러 떠났다는 소문을 들었다.

위월은 밤낮없이 채나라로 달려갔다. 그러나 위월이 채나라에 당도했을 때는 오나라 군사가 운 땅을 떠난 지도 이미 이틀이 지난 뒤였다.

이제 뒤쫓아가봐야 잡지 못할 것을 알고 위월이 하늘을 우러러 탄식한다.

"지난날엔 왕명을 받고 소관昭關을 지켰으나 오자서를 잡지 못하고 놓쳤으며, 이번엔 일곱 나라 군사를 잃고 다시 대왕의 부인까지 뺏겼으니 한 가지도 공을 세우지 못하고 죄만 졌구나! 내 무슨 면목으로 대왕을 대하리오."

마침내 위월은 목을 매어 자살했다.

한편, 초평왕楚平王은 오나라 군사의 형세가 대단하다는 보고를 듣고 근심이 컸다. 이에 대비해서 죽은 양개 대신 낭와囊瓦를 영윤令尹으로 삼았다.

낭와는 초평왕에게 성城이 너무 좁고 낮다는 걸 아뢰고 동쪽 넓은 땅에다 다시 큰 성을 쌓았다. 옛 성보다 높이가 7척이나 더 높고 넓이만도 20리나 되었다.

옛 성은 기남성紀南城이니, 곧 그 성이 기산紀山 남쪽에 있기 때문이었다. 그리고 신성新城을 영郢이라 했고, 궁전을 영성郢城으로 옮기고 다시 서쪽에다 오른팔처럼 또 성을 쌓았다. 새로 쌓은 성 이름을 맥성麥城이라고 불렀다.

이리하여 기성 · 영성 · 맥성 등은 품品자형을 이루고 서로 긴밀한 연락을 취하도록 되어 있었다. 당시 초나라 사람들은 이것을 다 낭와의 공功이라고 칭송했다. 그러나 심윤술沈尹戌만은 이 말을 듣고 냉소했다.

"낭와는 덕을 닦을 생각은 않고 공연히 성만 쌓았다. 만일 오군이 쳐들어오는 날이면 비록 성이 열 개라 해도 무슨 소용이 있을까."

그러나 낭와는 계부鷄父 땅에서 오군에게 패한 굴욕을 설치할 작정으로 배를 많이 만들고 수군水軍을 조련시켰다. 3개월 동안에 모든 수병水兵은 기초 훈련을 마쳤다.

이에 낭와는 수군을 거느리고 큰 강물을 따라 바로 오나라 경계까지 가서 일대 시위示威를 하고 돌아왔다.

한편 오나라 공자 광은 초나라 수군이 변경을 침범했다는 보고를 받고 밤낮을 가리지 않고 달려갔다. 그러나 경계에 당도했을 때는 이미 초나라 수군이 돌아간 후였다.

공자 광이 말한다.

"초나라 수군이 여기까지 와서 시위만 하고 간 걸 보면 필시 별반 준비를 못한 모양이다. 이 기회에 혼을 한번 내줘야겠다."

공자 광은 군사를 거느리고 초나라 경계로 숨어들어가서 소성巢城 땅을 함몰하고 다시 종리鍾離 땅까지 점령하고서 개가凱歌를 소리 높여 부르며 돌아갔다.

한편, 초평왕은 오나라 군사에게 소성·종리 두 고을이 함몰되었다는 보고를 받고 놀라 마침내 병이 났다. 초평왕은 가지가지 약을 써도 오래도록 낫지 않더니 주경왕 4년에 이르러서는 위독해졌다.

초평왕은 영윤 낭와와 공자 신申(초평왕楚平王의 서장자庶長子)을 탑전榻前으로 불러들여,

"나의 왕위를 세자 진珍에게 물려준다. 그대들은 충성을 다하여라."

하고 유언을 마치자 세상을 떠났다.

그런데 영윤 낭와가 다시 백극완伯郤宛과 상의한다.

"세자 진은 아직 나이가 어리오. 또 세자의 어머니로 말하면 원래는 이전 세자 건建의 부인이 되려고 진秦나라에서 온 여자였소. 그런 여자의 소생인 세자 진이 어찌 정통 직계가 될 수 있으리오. 그런데 공자 신은 비록 서출이지만 세자의 형님뻘이며 착하신 분이오. 곧 형님 되는 분을 세우면 우선 명목이 서고 착한 분이 왕위에 오르면 나라가 잘 다스려지는 법이라. 공자 신을 왕으로 모셔야만 우리 초나라가 편안할 줄로 아오."

이에 백극완은 낭와가 한 말을 공자 신에게 전했다.

그러나 공자 신이 화를 버럭 낸다.

"만일 세자 진을 폐하고 나를 왕으로 세운다면 이는 세상을 떠나신 우리 아버지가 며느리를 데리고 살았다는 추행을 널리 선전하려는 수작이로구려. 세자 진의 어머니는 어엿한 전왕前王의 군

부인君夫人이시오. 어째서 세자 진이 왕위에 오를 수 없단 말이오? 이러다간 진秦나라로부터 의심을 받을 것이며 국내에서도 말썽이 일어날 것이오. 영윤이 나에게 왕을 시키겠다니! 그 사람 필시 미친 거나 아니오? 앞으로 또다시 이런 소릴 한다면 나는 영윤을 죽여버리겠소!"

영윤 낭와는 뜻밖에도 공자 신이 노발대발하더라는 말을 듣고 겁이 나서 곧 세자 진을 주상主喪으로 올려세웠다.

마침내 세자 진은 초나라 왕위에 즉위하고 이름을 진軫자로 고쳤다. 그가 바로 초소왕楚昭王이다.

이에 낭와는 그대로 영윤 자리에 눌러앉고, 백극완은 좌윤이 되고, 언장사는 우윤이 되고, 비무극은 초소왕이 세자로 있었을 때 스승이었다고 해서 그들과 함께 나라 정사를 맡아보았다.

한편, 지난날 초나라 세자였던 건의 생모 초부인楚夫人은 공자 광의 호위를 받아 무사히 오나라에 당도했다. 오왕 요는 초부인에게 서문 밖의 큰 집을 하사했다. 이에 공자 승勝이 할머니인 초부인을 모시고 살았다.

이때 오자서는 초평왕이 죽었다는 소문을 듣고 종일 가슴을 치며 방성통곡했다. 이 광경을 보고 공자 광이 의아해서 묻는다.

"초평왕은 바로 그대의 원수가 아니오? 원수가 죽었으니 통쾌할 터인데 어째서 이렇듯 슬피 통곡하시오?"

오자서가 대답한다.

"나는 초왕의 죽음을 통곡하는 것이 아니오. 칼로 그놈의 머리를 베어 초나라 성 위에 높이 걸고 내 한을 설치雪恥하기도 전에 마침내 그놈을 방 안에서 와석종신臥席終身케 한 것이 원통해서 우는 것이오!"

오자서의 대답을 듣고 공자 광은 길게 탄식하며 머리를 끄덕였다.
호증胡曾 선생이 시로써 이 일을 읊은 것이 있다.

아버지와 형님 원수를 갚기도 전에
음탕한 원수는 이미 편안히 죽었도다.
오자서의 칼이 평생 숙원을 이루지 못하여
슬픔 속에 수염만 더욱 희구나!
父兄寃恨未曾酬
已報淫狐獲首邱
手刃不能償夙願
悲來霜鬢又添愁

오자서는 초평왕이 죽기 전에 원수를 갚지 못한 것이 한이 되어
삼일三日 삼야三夜를 잠 한숨 못 잤다.

그는 마침내 계책을 생각해내고는 바로 공자 광에게 갔다.

"공자께선 큰 뜻을 품고 있으면서도 어째서 그 기회를 노리지
않으시오?"

공자 광이 대답한다.

"나도 밤낮으로 그걸 생각하나 아직도 기회가 오지 않는구려."

오자서가 말한다.

"지금 초나라는 임금이 죽었으므로 조정 신하들은 경황이 없을
것이오. 공자께선 즉시 오왕에게 아뢰고 국상 중인 초나라를 쳐서
속히 천하 패권을 잡으라고 하십시오."

공자 광이 묻는다.

"그러나 오왕이 또 나를 대장으로 삼아 출전시키면 어찌해야

되겠소?"

"공자께선 일부러 수레에서 떨어져 다리를 삐도록 하십시오. 그러면 왕은 공자를 출전시키지 않을 것이오. 그런 연후에 공자는 왕에게 엄여掩餘와 촉용燭庸을 대장으로 삼으라고 천거하십시오. 그리고 다시 공자 경기를 정·위 두 나라로 보내어 함께 초나라를 치도록 교섭하게 하십시오. 그러면 단번에 오왕의 세 날개를 제거할 수 있소. 그래야만 오왕의 목숨이 우리 손안에 들어옵니다."

공자 광이 또 묻는다.

"그러면 세 사람은 국외로 내보낼 수 있으나 숙부 계찰季札이 조정에 있으니 내가 왕위에 오르는 걸 묵인해줄지 걱정이구려."

오자서가 대답한다.

"지금 오나라는 진晉나라와 서로 친한 사이입니다. 공자께선 왕에게 가서 '이 참에 계찰을 진나라에 보내어 우호를 더욱 두터이 해둬야만 중원의 간섭을 받지 않을 것입니다' 하고 말하십시오. 원래 오왕은 일을 크게 벌이는 걸 좋아하고 비교적 꾀가 없는 사람입니다. 공자께서 제 말대로만 하면 틀림없이 오왕은 찬성할 것입니다. 만일 그들만 다 떠나보내고 나면 오나라 왕위는 바로 공자의 것입니다. 공자께서 왕이 되기만 한다면야 누가 감히 반대하겠소!"

공자 광이 자기도 모르는 사이에 자리에서 내려와 오자서에게 절하고 감사한다.

"참으로 하늘이 나에게 그대를 주심인가 하오!"

이튿날이었다.

공자 광은 궁으로 수레를 달려 가다가 일부러 굴러떨어져 다리를 다쳤다. 그는 다친 다리를 이끌고 궁으로 들어가서 오왕 요에게 지금 국상이 난 초나라를 치는 것이 절호의 기회라고 아뢨다. 아니나 다를까, 오왕 요가 기뻐하며 귀를 기울인다.

공자 광이 말을 계속한다.

"이번 초나라를 치는 일에 신이 나서서 충성을 다해야겠는데 오늘 궁으로 급히 달려오다가 불행히 수레에서 떨어져 다리를 다쳤습니다."

오왕 요가 묻는다.

"그럼 누구를 대장으로 삼을꼬?"

"이 일은 예삿일이 아닙니다. 반드시 가까운 일가 되는 분에게 맡겨야 합니다."

"그러하다면 엄여와 촉용이 어떨까?"

"그 두 분이면 틀림없을 것입니다."

공자 광이 길게 말을 덧붙인다.

"지난날 진晉·초楚 두 나라가 천하 패권을 다투는 바람에 우리 오나라는 속국 노릇을 하고 있습니다. 그런데 이젠 진나라도 점점 쇠약해졌고 초나라도 여러 번 싸움에 패했습니다. 지금 천하 모든 제후는 진·초 두 나라를 신임하지 않는 대신 어느 나라를 섬겨야 좋을지 몰라 하는 실정입니다. 이제야말로 남쪽 초나라와 북쪽 진나라의 옛 운수가 다 동쪽 우리 오나라로 옮겨질 차례입니다. 그러니 이번에 기회를 놓치지 말고 정鄭·위衛 두 나라로 공자 경기를 보내어 함께 초나라를 치게끔 교섭시키고, 동시에 진나라로 계찰을 보내어 지난날의 우호를 더욱 두텁게 함으로써 혹 중원이 우리 일에 간섭함이 없도록 미리 방지하십시오. 이와 더불어 왕께선 수군水軍을 조련하여 싸우는 육군陸軍의 뒤를 응원하시면 반드시 천하 패업을 성취할 수 있습니다."

이 말을 듣고 오왕 요는 기뻐했다. 즉시 엄여와 촉용에게 초나라를 치도록 분부하고 진나라로 계찰을 보냈다. 그러나 공자 경기는 자기 곁에 두고 정·위 두 나라로 보내지 않았다.

마침내 엄여·촉용 두 장수는 군사 2만 명을 거느리고 초나라를 향해 수륙水陸으로 동시에 진격했다. 오나라 군사는 즉시 초나라 잠읍潛邑을 포위했다. 잠읍을 지키던 초나라 대부는 성문을 굳게 닫아걸고 곧 비밀히 영성郢城으로 사람을 보내어 사세가 위급함을 고했다.

이때 초소왕은 새로 왕위에 올랐으나 나이가 너무 어렸다. 게다가 뭇 신하들은 서로 중상모략만 일삼았다. 그들은 오군이 잠읍을 포위했다는 보고를 듣자 어쩔 줄을 몰라 했다.

공자 신申이 초소왕에게 아뢴다.

"우리 나라에 국상이 난 걸 기회로 삼아 오나라 군사가 쳐들어 왔으니 이런 때에 우리도 군사를 보내어 그들과 싸우지 않으면 약점만 보이고 맙니다. 신의 생각으론 속히 좌사마左司馬 심윤술沈尹戌에게 육군 1만 명을 주어 잠읍을 구제하게 하고, 다시 좌윤 백극완伯郤宛에게 수군 1만 명을 주어 회淮·예汭로부터 강물을 따라내려가서 오나라 군사의 뒤를 끊게 하는 것이 어떨까 하옵니다. 이렇게 앞뒤로 포위하고 적을 치면 가히 오나라 장수를 사로잡을 수 있습니다."

초소왕은 크게 반기며 곧 공자 신의 계책대로 했다. 이에 좌사마 심윤술과 좌윤 백극완은 각기 군사를 거느리고 수륙으로 나누어 떠났다.

한편, 오나라 장수 엄여와 촉용은 잠읍을 공격하느라 여념이 없었다.

오나라 세작細作이 돌아와서 고한다.

"초나라 구원군이 이리로 옵니다."

오나라 두 장수는 매우 놀랐다. 그들은 군사를 반씩 나누어 반은 잠읍을 계속 공격하고, 반은 초나라 구원군을 맞이해서 싸우기로 했다.

그러나 구원군을 거느리고 온 초나라 장수 심윤술은 돌만 성城처럼 쌓아놓고 오나라 군사와 싸우려 하지 않았다. 그 대신 군사를 사방으로 보내어 돌과 나무를 쌓게 하여 모든 길을 끊고 지키기만 했다.

이에 오나라 장수 엄여와 촉용은 당황했다.

또 세작이 와서 보고한다.

"큰일났습니다. 초나라 장수 백극완이 수군을 거느리고 와서 이 강 입구를 점거하고 있습니다."

오나라 군사는 더 이상 나아갈 수도 물러설 수도 없었다. 그들은 드디어 영채를 두 개로 나누어 세우고 수륙으로 초군楚軍과 대치하는 한편 오나라로 사람을 보내어 구원을 청했다.

싸움터에서 급한 기별이 왔다는 소리를 듣고 공자 광이 즉시 궁으로 들어가서 오왕 요에게 아뢴다.

"신이 지난날 정 · 위 두 나라 군사의 힘을 빌려야만 한다고 한 것이 바로 이 때문입니다. 지금이라도 늦지 않으니 곧 사람을 보내어 정 · 위 두 나라에 원조를 청하십시오."

그제야 오왕 요는 자기 아들인 공자 경기를 급히 정 · 위 두 나라로 보냈다. 이리하여 공자 광은 공자 경기 · 계찰 · 엄여 · 촉용 네 사람을 다 국외로 보내는 데 성공했다. 곧 오왕 요의 날개를 모조리 끊은 셈이다.

오자서가 공자 광에게 묻는다.

"공자께선 좋은 비수比首를 구해두셨습니까? 이제는 전제專諸가 일을 할 때입니다."

공자 광이 대답한다.

"준비는 다 되었소. 예전에 월왕越王 윤상允常이 구야자歐冶子를 시켜 칼 다섯 자루를 만들게 하고 그중 세 자루를 우리 오나라에 바친 일이 있소. 그 하나는 잠로湛盧이며 두번째는 반영磐郢이며 세번째는 어장魚腸이란 이름을 가진 칼이지요. 그런데 그 어장이란 칼이 바로 비수입니다. 비록 모양은 짤막한 단도지만 어찌나 날카롭던지 한번 치면 쇠도 진흙처럼 베이지요. 지난날 선왕先王께서 나에게 그 어장을 주셨소. 지금까지 늘 책상 위에 두고 있는데 밤이면 빛을 발하오. 아마 그 신비로운 칼이 장차 오왕 요의 피를 빨려고 스스로를 시험하는 것이겠지요."

공자 광은 그 비수를 가지고 나와서 오자서에게 보였다. 오자서는 과연 훌륭한 비수라고 칭찬해 마지않았다.

그들은 전제를 불러 그 자리에서 비수를 내주었다. 전제는 공자 광의 설명을 들을 것도 없이 곧 그 뜻을 짐작했다.

전제가 조용히 말한다.

"이젠 오왕 요를 죽일 수 있소. 그의 날개인 엄여, 촉용, 공자경기가 없으니 무엇을 염려하리오. 그러나 나는 자식 된 도리로서 어머니를 찾아뵙고 이 뜻을 아뢰야겠소."

그날로 전제는 오랜만에 집으로 돌아갔다. 전제는 늙은 어머니를 뵈옵고 울기만 했다.

어머니가 말한다.

"무엇이 그리 슬퍼서 우느냐? 공자가 너에게 일을 맡기시더냐?

우리 집 식구는 그새 공자한테 많은 은혜를 입었으니 그 큰 은덕을 마땅히 갚아야 한다. 어찌 충忠과 효孝를 겸전할 수 있으리오. 너는 조금도 염려 말고 사람이 할 수 있는 일을 이루어 후세에 이름을 남기도록 하여라. 그러면 나도 죽어서 썩지 않을 것이다."

그러나 전제는 어머니를 잊을 수 없었다.

어머니가 청한다.

"시원한 물이 먹고 싶구나. 냇가에서 물 한 그릇만 떠다다오."

전제는 어머니의 분부를 받고 냇가에 가서 맑은 물을 떠서 집으로 돌아왔다. 그런데 문을 열어보니 방 안에 어머니가 계시지 않았다.

전제가 아내에게 묻는다.

"어머님은 어디 계시오?"

"조금 전에 매우 곤하시다면서 뒷방으로 가셨습니다. 그러시며 한숨 잘 터이니 떠들지 말라고 하셨소."

그제야 전제는 더럭 의심이 나서 급히 문을 열고 뒷방으로 들어갔다. 늙으신 어머니는 목을 매고 침상 위에 죽어 있었다.

염선髥仙이 시로써 이 일을 읊은 것이 있다.

아들의 이름을 빛내려고 목숨을 버려
마침내 효자를 충신으로 바꾸어놓았도다.
사람은 대개 생명을 탐하여 그 일생을 망치나니
세상에 이 노부인만한 사람이 몇이나 되리?
願子成名不惜身
肯將孝子換忠臣
世間盡爲貪生誤

不及區區老婦人

전제는 방성통곡하고 어머니를 염殮하여 서문 밖에 장사지냈다.

그러고 나서 전제는 아내에게,

"우리가 공자에게 막대한 은혜를 입었건만 내 여태껏 죽음으로써 그 은공에 보답하지 못한 것은 늙으신 어머님이 살아 계셨기 때문이었소. 이제 어머님이 세상을 떠나셨으니 나는 곧 공자를 위해 급한 일을 할 것이오. 내가 죽더라도 당신과 아들은 공자의 특별한 보호를 받을 것인즉 나를 붙들지 마오."

하고 집을 뛰쳐나갔다.

전제는 그길로 공자 광에게 가서 어머니가 자결한 사실을 말했다. 공자 광은 전제를 십분 위로하고 난 후 장차 오왕 요를 죽일 계책을 상의했다.

전제가 말한다.

"공자께선 집에다 잔치를 베풀고 오왕을 초대하십시오. 오왕이 오기만 하면 일은 십중팔구 성공한 거나 다름없소."

이에 공자 광은 궁에 가서 오왕을 뵈었다.

"신의 집에 요리 잘하는 사람을 새로 뒀는데 그는 태호에서 오랫동안 생선 굽는 법을 연구했다고 합니다. 그래서 그런지 그가 구운 생선은 다른 사람이 구운 것과는 달리 맛이 참으로 훌륭합니다. 청컨대 왕께선 신의 집에 행차하사 한번 그 맛을 보십시오."

오왕 요는 특히 구운 생선을 좋아하는 터라 흔연히 승낙했다.

"그럼 과인이 내일 형님 부중府中으로 가리라. 그러나 너무 과도한 비용은 쓰지 마라."

공자 광은 궁에서 돌아와 그날 밤에 무사들을 굴실窟室에 매복시켰다.

그는 다시 오자서에게,

"내일 무사 100명을 거느리고 바깥에 숨어서 도와주오."

하고 부탁했다. 동시에 공자 광의 부중에선 밤을 새워가며 잔치 준비를 서둘렀다.

이튿날이었다.

이른 아침에 공자 광은 다시 궁에 가서 오왕 요를 초청했다.

오왕 요가 내궁內宮에 들어가서 그 어머니에게 묻는다.

"공자 광이 잔치를 차리고 청하니 그에게 다른 뜻이 있는 거나 아닐까요?"

어머니가 주의를 준다.

"광은 항상 앙심을 품고 있기 때문에 늘 불쾌한 기색이라. 청한다고 가는 것이 별반 좋을 것 없는데, 왜 사양하지 않았소?"

오왕 요가 웃으며 대답한다.

"거절하면 서로의 사이에 틈이 생기지 않겠습니까. 그러니 단단히 준비하고 가면 무슨 두려울 것이 있겠습니까."

오왕 요는 속에다 쇠로 만든 갑옷을 세 겹이나 껴입은 채 앞뒤로 군사를 거느리고 왕궁을 떠나 공자 광의 부중으로 행차했다. 거리엔 군사들이 양편으로 늘어서서 경계가 삼엄했다.

어가가 당도하자 공자 광은 즉시 나가 오왕 요를 영접해서 당堂 위로 안내하고 절했다. 그러고는 왕을 모시고 바로 그 곁에 착석했다. 대청과 모든 방엔 오왕 요의 친척들이 가득 앉았다. 그리고 오왕 요의 좌우엔 군사 100여 명이 다 허리에 칼을 차고 손에 긴 창을 잡고 늘어섰다.

포인庖人이 음식을 바칠 때였다. 군사들은 먼저 뜰 아래에서 포인의 온몸부터 조사했다. 연후에 포인은 무릎으로 걸어서 오왕 앞으로 나아가야만 했다.

그때 칼을 빼어든 군사 10여 명이 포인을 좌우로 끼고 따라들어갔다. 포인은 음식을 놓고는 감히 오왕 요를 우러러보지도 못하고 다시 무릎으로 기어서 나갔다.

공자 광이 잔에 술을 가득 따라 오왕 요에게 공손히 바치고 나서 갑자기 아픈 표정을 지으며 말한다.

"지난날 수레에서 떨어져 삔 발이 이렇게 가끔 쑤시고 아픕니다. 이럴 때엔 비단으로 발을 꽉 묶어야만 겨우 진정됩니다. 왕께선 어서 술을 드십시오. 신은 잠시 안에 들어가서 발을 싸매고 나오겠습니다."

"그럼 좋도록 하라."

공자 광은 쩔뚝거리며 안으로 들어가더니 곧 굴실로 사라졌다.

조금 지나서다. 마침내 전제가 구운 생선을 두 손으로 받쳐들고 나타났다. 군사들은 다른 포인에게 한 것과 마찬가지로 전제의 몸을 샅샅이 수색했다.

그러나 누가 알았으리오. 예리한 비수 어장魚腸은 이미 구운 생선 뱃속에 들어 있었다.

전제는 생선이 놓인 반盤을 들고 칼 든 군사들의 양 틈에 끼여 무릎으로 기어서 들어갔다. 전제는 오왕 요 앞에 반을 내려놓고 손으로 구운 생선을 뜯어놓는 체했다.

순간 그는 번개같이 생선 속 비수를 잡아 오왕 요의 가슴을 냅다 찔렀다. 워낙 전제가 날쌔게 손을 놀렸지만 그 힘도 대단했다. 천하 명검 어장은 단번에 세 겹이나 되는 쇠갑옷을 진흙처럼 뚫고 오왕 요의 가슴을 뚫었다. 칼끝은 오왕 요의 등뒤까지 비어져나왔다.

"으아아아악!"

오왕 요는 외마디 소리를 지르며 반쯤 일어나다 말고 고꾸라졌다. 이미 오왕 요는 죽어 있었다.

좌우 군사들은 크게 놀라 일제히 칼과 창으로 전제를 찌르고 베었다. 순식간에 전제는 사람 형태를 잃고 한 무더기 고깃덩어리로 변했다.

굴실에 있던 공자 광은 바깥이 몹시 소란하자 대사가 성공한 걸 짐작하고 일제히 무사들을 내보냈다.

무사들은 오왕 요가 거꾸러져 있는 걸 보자 십분 기운이 나서 닥치는 대로 군사들을 쳐죽였다. 반대로 군사들은 왕이 죽자 기세가 꺾여 반은 무사들의 손에 맞아죽고 반은 달아났다.

바깥에 숨어 있던 오자서는 무사들을 거느리고 나와 달아나는 군사들의 앞을 가로막고 닥치는 대로 쳐죽였다.

그날로 오자서는 공자 광을 수레에 모시고 왕궁으로 들어갔다.

공자 광이 문무백관을 한자리에 불러모으고 말한다.

"오왕 요는 전왕前王의 유지를 어기고 스스로 왕위에 오른 죄를 오늘에야 씻었다. 이 점을 곧 백성들에게 분명히 선포하여라! 나는 오늘 그의 죄를 쳤을 뿐 결코 왕위를 탐하여 일을 일으킨 것은 아니다. 나는 잠시 이 나라 정사를 섭정하다가 진晉나라에 가신 숙부 계찰이 돌아오시면 나의 부친인 전왕의 유지를 받들어 곧 이 나라를 숙부 계찰께 돌려드리고 그 어른을 왕위에 모실 작정이다."

공자 광은 오왕 요의 시체를 예禮에 따라 잘 염하게 하고, 고깃덩어리로 변한 전제를 성대히 장사지냈다. 그는 전제의 아들 전의專毅에게 즉시 상경上卿 벼슬을 주었다.

그리고 공자 광은 오자서를 국가의 귀빈貴賓으로 대우하고 신

하로 대하지 않았다. 또 시정의 관리로 있던 관상쟁이 피이被離에
겐 오자서를 천거한 공이 크다 하여 대부 벼슬을 주었다. 그는 다
시 재물과 곡식으로 가난한 백성들을 도와주었다.

공자 광은 죽은 오왕 요의 아들 공자 경기가 장차 돌아올 때가
되었으므로 미리 사람을 보내어 그 과정을 보고하게 하고 친히 대
군을 거느리고 가서 강변에 영채營寨를 세웠다.

한편 공자 경기는 정鄭·위衛 두 나라에 가서 일을 마치고 돌아
오다가 도중에서 아버지가 피살되었다는 소문을 듣고 다시 말머
리를 돌려 달아나려던 참이었다.

그러나 공자 광은 공자 경기가 어디까지 왔다는 보고를 받아서
다 알고 있었다. 이에 그는 말을 달려 공자 경기를 뒤쫓았다.

공자 경기는 사세가 급박해지자 수레를 버리고 나는 듯이 달아
났다. 원래 공자 경기는 뜀박질을 잘했다. 공자 광은 말을 타고 뒤
쫓았건만 공자 경기를 따라가지 못했다. 이에 공자 광은 군사에게
명하여 공자 경기를 향해 일제히 활을 쏘게 했다.

화살이 빗발치듯 날아오건만 공자 경기는 칼로 일일이 막아내
고 달아났다. 참으로 무서운 힘이었다.

공자 광은 사방 변경을 철저히 단속하여 공자 경기를 잡으라는
분부만 내리고서 돌아갔다.

다시 며칠이 지났다.

이번엔 진晉나라에 갔던 계찰이 돌아왔다. 계찰은 도중에서 이
미 오왕 요가 죽었다는 소문을 듣고 바로 그 무덤으로 가서 성복
成服하고 곡哭했다.

이에 공자 광이 오왕 요의 무덤까지 가서 숙부인 계찰을 만나보
고 아뢴다.

"이젠 작은아버지께서 이 나라 왕위에 오르십시오. 이것이 할 아버지와 아버지께서 유언하신 뜻이며 순서입니다."

계찰이 대답한다.

"네 힘으로 얻은 것을 어찌하여 나에게 사양하려 하느냐? 국가 사직이 있는 한, 또 백성들이 왕을 내쫓지 않는 한 왕위에 서는 자가 바로 나의 왕이다."

공자 광은 더 이상 권하지 못하고 마침내 오나라 왕위에 올랐다. 오왕이 된 공자 광은 스스로 호號를 합려闔閭라 칭했다.

이리하여 오왕 합려가 서고 숙부인 계찰은 물러나 신하로서의 분수를 지켰다. 이것이 바로 주경왕周敬王 5년 때 일이다.

그후 계찰은 왕위 때문에 남의 오해를 사는 것부터가 부끄러운 일이라 생각하고 시골 연릉延陵 땅으로 물러가서 늙어 죽을 때까지 다시 오나라 도성에 발을 들여놓지 않았다.

그후 대성大聖 공자孔子*가 친히 계찰의 비碑에,

有吳延陵季子之墓

라고 제題한 것은 유명한 이야기다.

사신史臣이 시로써 계찰을 찬탄한 것이 있다.

욕심 많은 자는 그 욕심 때문에 죽나니
약간의 이익에 대해서도 환장을 하는도다.
춘추 시대엔 다투어 임금을 죽였으니
부모 형제 친척 할 것 없이 서로가 원수였도다.
그런 시대에도 계찰 같은 어진 사람이 있어서

끝까지 왕위를 사양했도다.
오왕 요와 공자 광은 스스로 부끄러운 줄이나 아는가
그들의 조상 태백이 외면할 지경이다.
貪夫殉利
簞豆見色
春秋爭弒
不顧骨肉
孰如季子
始終讓國
堪愧僚光
無慚泰伯

　또 송宋나라의 어느 선비는 계찰이 애초부터 오나라 왕위를 사양했기 때문에 이런 비극이 생겼으므로 비록 그를 어진 사람이라고 하지만 결점이 없는 바 아니라고 논평하고 다음과 같은 시를 지었다.

　계찰이 한번 사양함으로써 모든 비극이 생겼으니
홀로 전前 사람의 뜻을 저버리고 인정을 썼도다.
만일 계찰이 아버지의 유언을 지켰더라면
어찌 오나라에 두고두고 피비린내 나는 일이 생겼으리오.
只因一讓啓群爭
辜負前人次及情
若使廷陵成父志
蘇臺麋鹿豈縱橫

한편, 엄여掩餘와 촉용燭庸은 잠성潛城에서 어찌할 바를 몰라 했다. 암만 기다려도 본국에서 구원병은 오지 않았다.

그들은 장차 도망칠 계책을 생각하고 있는데, 공자 광이 오왕 요를 죽이고 왕위에 올랐다는 소문이 들렸다.

엄여와 촉용은 방성통곡을 했다. 그들은 서로 상의했으나 별 뾰족한 수가 없었다.

본국으로 돌아간다 해도 임금을 죽이고 왕위에 오른 공자 광이 자기네를 용납할 리 없었다. 그렇다고 초나라로 귀화하자니 그들 역시 자기네를 믿어줄 리 없었다. 그야말로 집으로 돌아갈 수도 없고 그렇다고 다른 나라로 갈 수도 없는 처지였다.

촉용이 말한다.

"이곳에 있어봤자 고작 초나라 군사에게 붙들려 죽는 일만 남았소. 이러지 말고 밤이 깊거든 소로小路를 이용해서 어디 조그만 나라로라도 도망갑시다. 우선 살고 난 연후에 천천히 일을 꾸며야 할 것 아니오?"

엄여가 탄식한다.

"초군이 전후좌우로 포위했으니 우리는 날던 새가 새장 안으로 들어온 격이라. 어찌 능히 이곳을 벗어날 수 있으리오."

촉용이 계책을 말한다.

"내게 한 가지 계책이 있소. 우리 양쪽 영채의 군사들에게 영令을 내리되 내일은 초군과 싸운다고 하십시오. 그러고서 한밤중이 되거든 우리는 초부樵夫처럼 가장하고 달아납시다. 그러면 초군 도 우리를 의심하지 않을 것입니다."

엄여는 촉용이 시키는 대로 명령을 내렸다.

이에 두 영채의 오나라 군사는 군마軍馬에게 풀을 배불리 먹이고 진陣을 치며 내일의 싸움을 위해 만반의 준비를 했다.

그날 밤에 엄여와 촉용은 심복 몇 사람과 함께 변장하고 달아났다. 이리하여 엄여는 서徐나라로 망명하고 촉용은 종오鍾吾 나라로 달아났다.

마침내 동쪽에 해가 솟았다.

양쪽 오나라 영채에선 야단이 났다. 장수 두 사람이 어디로 갔는지 사라져버린 것이다.

장수를 잃은 오군은 앞을 다투어 강으로 가서 서로 배를 타려고 일대 혼란이 일어났다. 그러나 얼마 못 가 오나라 군사는 초나라 장수 백극완伯郤宛이 거느린 수군水軍에게 무수히 죽음을 당하고 나머지는 거의 사로잡혔다.

마침내 초나라 장수들은 오나라에 내변內變이 생긴 이번 기회를 이용해서 오나라를 아예 무찔러버리자고 주장했다.

백극완이 대답한다.

"그들이 우리 나라에 국상이 난 걸 기회로 삼아 쳐들어온 것은 의로운 일이 아니었소. 그렇다고 우리마저 어찌 의롭지 아니한 짓을 할 수 있으리오."

마침내 백극완은 심윤술沈尹戌과 함께 군사를 거느리고 일제히 초나라로 돌아갔다.

그들은 본국에 돌아가 초소왕楚昭王에게 오나라 포로를 바쳤다. 초소왕은 이번 공로가 크다 해서 백극완에게 그 많은 오나라 포로와 전리품을 하사했다.

그후로 초소왕은 무슨 일이 있을 때마다 백극완과 상의하며 날로 그를 존경했다.

드디어 간신 비무극費無極은 속으로 백극완을 시기하기 시작했

다. 마침내 시기하는 마음이 쌓이고 쌓여 백극완을 없애버리기로
결심하고 한 가지 계책을 세웠다.

천하의 용사勇士

비무극費無極은 백극완伯郤宛을 시기한 나머지 언장사焉將師와 함께 계책을 꾸몄다.

비무극이 영윤슈尹 낭와囊瓦에게 가서 말한다.

"백극완이 나에게 말하기를, '오늘 주연酒宴을 차려놓고 영윤 낭와 대감을 집으로 청하고 싶은데 와주실지 어떨지 모르겠으니 그대가 한번 가서 알아봐달라'고 합디다. 그가 청하면 가시겠습니까?"

낭와가 대답한다.

"백극완이 청한다면야 내 어찌 안 가겠소."

비무극은 또 백극완에게로 갔다.

"영윤 낭와가 그러는데, '오늘 같은 날은 백극완의 집에 가서 술이나 한잔 먹었으면 좋겠는데 과연 나를 위해 술자리를 마련해줄지 그대가 한번 가서 알아봐달라'고 합디다."

백극완이 비무극의 계책인 줄은 모르고 웃으며 대답한다.

"나는 영윤 낭와 밑에 있는 하관下官이오. 영윤이 오신다면 이는 우리 집의 영광이라. 내 즉시 준비를 할 테니 그대는 수고스럽겠지만 꼭 영윤을 모시고 오시오."

비무극이 묻는다.

"그럼 그대는 무엇으로 영윤을 대접하려오?"

"글쎄, 무엇이 좋을까? 그대는 영윤이 특별히 좋아하는 게 무언지 아시는지?"

비무극이 미소를 지으며 속삭인다.

"영윤은 평소에 무기武器와 무장병武裝兵 보기를 가장 좋아하오. 이번에 영윤이 특히 대감 댁에서 술을 먹고 싶어하는 데도 이유가 있습니다. 지난번에 그대가 오군吳軍 포로와 그 전리품 반을 차지했으므로 그걸 보고 싶어하는 모양입니다. 그대가 가진 바를 전부 나에게 한번 보여주오. 그럼 내 그대를 위해 영윤이 보고서 특히 좋아할 만한 물건을 골라드리겠소."

백극완은 지난날 초소왕楚昭王이 하사한 오나라 군사의 투구와 갑옷과 칼, 그리고 전부터 집안에 전해내려오던 갑옷과 칼까지도 모두 꺼내어 보여주었다.

비무극이 그중에서 특히 좋은 것만 50점을 고르고 말한다.

"이만하면 됐소. 그대는 모든 문에다 방장房帳을 드리우고 이 물건들을 감춰두시오. 영윤이 와서 무기를 좀 구경시켜달라거든 즉시 방장을 거두고 이 물건들을 첫눈에 다 볼 수 있도록 하시오. 그러면 영윤은 필시 좋아하며 이것저것 만져볼 것이오. 그때에 그대가 이것들을 영윤에게 선사하시오. 그러는 것이 영윤을 기쁘게 하는 지름길이오."

백극완은 그 말을 믿고서 비무극과 함께 모든 문에다 갑옷과 투구와 칼과 창 등속을 늘어놓고 방장을 쳤다. 그리고 비무극이 시키는 대로 다른 문 앞에는 갑옷과 투구로 성장盛裝한 씩씩한 가병들에게 이러한 무기를 들려서 가득 늘어세워놓고 역시 방장을 드리워 가려두었다. 그런 연후에 대청에다 진수성찬으로 술상을 차렸다.

준비가 끝난 걸 보고 비무극은 낭와를 데리러 갔다. 이때 낭와는 이미 백극완의 집으로 갈 채비를 하고 앉아 있었다.

비무극이 와서 낭와에게 고한다.

"세상에 모를 것은 인심입니다. 내가 영윤을 위해 먼저 백극완의 집에 가서 한번 둘러보고 오리이다. 그러니 잠깐만 기다리십시오. 내가 돌아오거든 함께 가십시오."

백극완의 집에 가본다던 비무극이 얼마 후에 황망히 돌아왔다.

비무극이 숨을 씩씩거리면서 낭와에게 고한다.

"내 하마터면 대감께 큰 죄를 지을 뻔했소. 오늘 백극완이 대감을 청한 것은 결코 호의好意가 아닙니다. 안 가시기를 잘했지 큰일날 뻔했습니다. 글쎄, 백극완의 집 안으로 들어가서 본즉 둘러가며 방장을 쳐놓았기에 수상하다 싶어 좀 들여다보았지요. 그랬더니 무장한 갑사甲士들이 숨어 있지 않겠습니까! 대감이 그냥 가셨더라면 무슨 일을 당했을지 모를 뻔했습니다."

낭와가 의아해한다.

"백극완은 나와 원래 친한 사이인데 설마 그럴 리가 있으리오."

비무극이 속삭인다.

"백극완은 왕의 총애만 믿고서 장차 영윤 자리를 뺏을 생각입니다. 또 듣자 하니 그는 비밀히 오나라와 내통하고 있다더군요. 전번에 우리 초나라 군사가 잠읍潛邑을 도우러 갔을 때, 다른 장수들은 이 참에 오나라를 치자고 주장했건만 백극완은 이미 몰래 오나라에서 뇌물을 많이 받아먹은 일이 있었기 때문에 적국의 내란을 이용해서 들어가는 것은 의로운 일이 아니라며 굳이 반대했답니다. 그리고 백극완은 좌사마左司馬 심윤술에게 강요하다시피 해서 회군했지요. 그래 오나라는 우리 나라에 국상이 난 걸 기회로 삼고 쳐들어왔는데, 우리가 오나라 내변內變을 이용해 못 쳐들어갈 건 무엇입니까? 백극완이 뇌물을 먹지 않았다면 어찌 모든 의견을 어기면서까지 돌아왔으리오. 만일 백극완이 득세하면 장차 우리 초나라는 위태로워집니다."

그러나 영윤 낭와는 비무극의 말이 믿어지지 않았다. 그래서 그는 좌우에 있는 몇 사람에게,

"백극완의 집에 가서 슬쩍 동정을 살펴보고 오너라."

하고 보냈다.

백극완의 집에 갔던 좌우 사람이 한참 후에 돌아와서 고한다.

"과연 문마다 방장이 드리워져 있고, 다 보진 못했습니다만 지나면서 방장 틈을 슬쩍 들여다보았더니 복병伏兵이 숨어 있었습니다."

마침내 영윤 낭와는 격노했다. 그는 곧 사람을 보내어 언장사를 청해왔다.

영윤 낭와가 언장사에게 말한다.

"백극완이 나를 해치려 하니 세상에 이럴 수가 있소!"

언장사가 천연스레 대꾸한다.

"그걸 이제야 아셨는지요. 원래 백극완은 양영종陽令終·양완陽完·양타陽佗 그리고 진진晉陳 삼족三族과 합당하여 장차 초나라 정권을 잡기로 한 지가 오래입니다."

낭와가 더욱 분노한다.

"제 놈이 어찌 감히 난을 일으키리오. 내 마땅히 그놈을 참하겠소."

영윤 낭와는 곧 궁으로 들어가서 초소왕에게 이 사실을 아뢰고 언장사에게 군사를 내주었다. 마침내 언장사는 군사를 거느리고 가서 백극완의 집을 쳤다.

이날 백극완은 비무극에게 속은 줄도 모르고 낭와를 기다리다가 갑자기 왕군王軍이 쳐들어오자 칼을 뽑아 목을 찌르고 자결했다. 백극완의 아들 백비伯嚭는 화화禍를 피해 그날로 정처 없이 달아났다.

격분한 영윤 낭와는 백성들에게 백극완의 집을 불태워버리라고 영을 내렸다. 그러나 초나라 백성은 아무도 응하지 않았다.

낭와가 더욱 노기가 솟아 호령한다.

"백극완의 집에 불을 지르지 않는 자는 같은 죄목罪目으로 다스려라."

백성들은 모두 백극완이 어진 신하였음을 잘 알고 있었다. 그러니 어찌 그의 집에 불을 지를 수 있으리오. 그러나 그들은 영윤 낭와의 압력에 못 이겨 각기 짚 한 주먹씩을 들고 가서 백극완의 집에 던지기만 하고 달아나버렸다.

마침내 낭와는 친히 가병들을 거느리고 가서 백극완의 집 앞뒤로 불을 질렀다. 곧 백극완의 집은 큰 불길에 휩싸였다. 참으로 가엾은 일이었다. 이리하여 좌윤부左尹府 제1구第一區는 잿더미로 변했다. 백극완의 시체도 재가 되어버렸다.

영윤 낭와는 그날로 백극완의 일족을 다 몰살하고 다시 그 일당인 양영종·양완·양타·진진 등을 잡아들여 오나라와 내통했다는 죄목을 씌워 한꺼번에 죽여버렸다. 이에 초나라는 백성들의 원성이 자자했다.

　그후 어느 날 밤이었다. 영윤 낭와가 누각樓閣에 올라 달빛을 구경하고 있는데 시정市井 쪽에서 노랫소리가 들려왔다. 달밤은 고요하기만 했다. 노랫소리가 분명히 들린다.

　　누구나 백극완처럼 되려고 하지 말게
　　충신이 죽음을 당했네그려!
　　그 몸은 이미 죽었건만
　　불 속에서 그 뼈마저 타버렸네.
　　우리 초나라의 임금은 있으나마나
　　비무극과 언장사의 세상이로세.
　　영윤은 만들어놓은 등신인가
　　남의 말만 곧이듣는 바보일세.
　　어찌 하늘이 무심할 리 있으리오!
　　장차 이 일을 그냥 두지 않으리.
　　莫學伯大夫
　　忠而見誅
　　身旣死
　　骨無餘
　　楚國無君
　　惟費與鄢
　　令尹木偶
　　爲人作繭
　　天若有知
　　報應立顯

낭와는 좌우 사람을 불러,

"곧 시정에 나가서 누가 저런 노래를 부르는지 알아오너라."

하고 분부했다.

좌우 사람들은 시정에 나가보았으나 누가 그런 노래를 불렀는지 알 수가 없었다. 시전市廛 백성들은 집집마다 신神을 모셔놓고 향불을 올리고 있었다.

낭와의 좌우 사람이 백성에게 묻는다.

"너희들이 모시는 저 신은 누구냐?"

한 백성이 대답한다.

"예, 우리 초나라의 충신 백극완이십니다. 저 어른은 억울하게 돌아가셨기 때문에 저희들이 그 원통한 사정을 하늘에 호소하는 중입니다."

그들은 돌아가서 영윤 낭와에게 이 사실을 보고했다.

이튿날 낭와는 궁으로 들어갔다.

그가 모든 대신들에게 백성들의 동태를 말하고 묻는다.

"그러니 이게 어찌 된 일이오?"

공자 신申과 모든 대부가 대답한다.

"결국 백극완은 원통하게 죽었습니다. 그는 오나라와 내통한 일이 없소."

낭와는 집으로 돌아가서 매우 후회하고 고민했다.

심윤술이 낭와를 찾아와서 말한다.

"내 들으니 요즘 백성들이 교외에 모여들어 신을 모셔놓고 영윤 대감을 저주한다기에 왔소이다. 이렇게 백성들이 영윤을 원망하는데, 그래 당사자인 영윤은 이런 소문도 못 들으셨소? 대저 비무극은 우리 초나라에 둘도 없는 간신이오. 그는 일찍이 언장사와 매사를 공모하고서 지금까지 우리 나라 모든 일을 망쳐놓기만 했소. 지난날엔 채蔡나라 대부 조오朝吳를 돌려보내게 했고, 선왕先王으로 하여금 며느리를 데리고 살게 했고, 세자 건建을 외국으로 내쫓아 죽게 했고, 오사伍奢 부자父子를 원통히 죽게 했고, 이번엔 또 좌윤 백극완을 죽게 하고 양씨陽氏, 진씨晉氏 두 집안까지 망쳐놓은 것이 다 그 비무극이란 놈의 소행이었소! 그러니 어찌 비무극과 언장사를 향한 백성들의 원한이 골수에 사무치지 않았겠소? 그대가 영윤 벼슬에 있으면서 그런 간특한 자를 보호하고 민심을 잃다니 한심한 일이오. 다음날 우리 나라에 무슨 일이 생겼을 때, 곧 외적外敵은 쳐들어오고 백성들이 국내에서 반란을 일으키기라도 하면 그때엔 영윤 자신부터 위험해질 것이오. 그런 간특한 자를 믿다가 스스로 자신을 위기에 몰아넣느니보다는 왜 속히 간특한 자를 없애고 안전한 길을 취하지 않으시오?"

낭와가 의자에서 펄썩 내려앉으며 청한다.

"모든 것이 나의 죄요. 두 도적을 죽일 터이니 원컨대 사마司馬는 나를 도와주시오."

"영윤이 그러시겠다면 이는 우리 초나라의 다행이오. 내 어찌 영윤의 분부를 따르지 않으리까."

이날 심윤술은 초나라 백성들에게 선포했다.

"좌윤 백극완을 죽게 한 것은, 비무극과 언장사 두 간신의 소행이었다. 영윤 낭와는 그들에게 속았음을 깨닫고 이제 두 도적을 치기로 결심했다. 백성들 중에서 도적 치는 일을 돕고자 하는 자는 모두 오너라."

이 선포를 듣자 백성들은 손에 손에 병기를 들고 앞을 다투어 모여들었다.

이에 영윤 낭와는 즉시 군사를 보내어 비무극과 언장사를 잡아
왔다. 그는 두 사람의 죄를 낱낱이 들어 호통을 치며 꾸짖었다.

그날 황혼이었다.

초나라 간신 비무극과 언장사는 마침내 시정에 끌려나가 참형
을 당했다. 그리고 두 간신의 목은 장대에 꽂혀 시정 한가운데 높
이 효수梟首되었다.

백성들은 영윤 낭와의 명령도 기다리지 않고 일제히 몰려가서
비무극과 언장사의 집에 불을 지르고 비費, 언鄢 일족을 모조리
잡아죽였다.

그런 후에야 비로소 초나라 백성들의 원망은 멈추었다.

사신史臣이 시로써 이 일을 읊은 것이 있다.

백극완의 집은 태우려 하지 않았던 백성들이 두 간신의 집을
불질렀으니

백성을 무시한 공론이란 있을 수 없도다.

영윤 낭와가 좀더 일찍 심윤술과 상의만 했더라도

충신 백극완이 모략에 걸려 죽진 않았을 것이다.

不焚伯氏焚鄢費

公論公心在國人

令尹早同司馬計

讒言何至害忠臣

비무극과 언장사는 일생 동안 다른 사람들을 해치고만 살았을
뿐이었다. 그것이 결과적으로는 그들 자신을 망치고 말았다. 악
한 짓을 해서 무슨 이익이 있겠는가.

옛사람이 시로써 이런 뜻을 읊은 것이 있다.

순풍에 불을 놓아 사람을 태우더니
이번엔 바람에 몰려 제 몸을 태우는구나!
독한 계획과 간특한 모략이란 다 이와 같아서
악한 자는 인과응보에서 벗어나지 못하느니라.
順風放火去燒人
忽地風回燒自身
毒計奸謀渾似此
惡人幾個不遭屯

한편, 오왕吳王 합려闔閭 원년元年은 바로 주경왕周敬王 6년이
었다.

오왕 합려가 오자서伍子胥에게 나라 다스리는 법을 묻는다.

"과인은 우리 오나라를 최대 강국으로 만들어 천하 패업을 도
모하고자 하오. 어떻게 하면 이 뜻을 성취할 수 있겠소?"

오자서가 머리를 숙이고 눈물만 흘린다.

"신은 초나라의 망명객입니다. 부친과 형님이 원한을 머금고
세상을 떠나셨건만 그 해골도 묻지 못했으며, 원수도 갚지 못한
채 이렇듯 목숨을 유지하려고 대왕께 와 있습니다. 대왕께서 신을
잡아 초나라로 보내지 않고 보호해주시는 것만 해도 만행萬幸인
데, 어찌하사 이러한 신에게 오나라 정사政事를 물으시나이까?"

오왕 합려가 대답한다.

"그대가 없었다면 과인은 평생 다른 사람 밑에서 굴욕을 면하
지 못했을 것이오. 만행으로 그대의 가르침을 받았기에 내게 오늘

날이 있게 되었소. 그래서 이제부터 그대에게 이 나라를 부탁하려는 참인데 어찌하여 갑자기 겸사謙辭만 하오. 내가 부족한 사람이기 때문에 그런 줄 아오."

오자서가 고한다.

"대왕께서 부족하다고 생각한 일은 없습니다. 신이 듣건대 그 나라 사람이라야 그 나라 사람이 따른다고 합니다. 한데 한갓 나그네 신세인 신이 어찌 오나라 모든 신하의 윗자리에 앉을 수 있겠습니까. 더구나 신은 부형의 원수도 갚지 못하고 답답한 심정을 어찌해야 좋을지 모르고 있는데, 어찌 자기 일도 제대로 처리 못하는 자가 나랏일에 간섭할 수 있겠습니까."

오왕 합려가 말한다.

"우리 오나라엔 그대만한 인물이 없소. 그대는 나의 부탁을 사양하지 마오. 나랏일이 안정되면 내 반드시 그대의 원수를 갚아주리니 그대는 그동안 나를 도와주오."

오자서가 묻는다.

"왕께선 무엇을 도모하고 계십니까?"

"우리 나라는 궁벽한 동남쪽에 위치하고 있기 때문에 지대가 험하고 낮은데다 습기가 많소. 뿐만 아니라 조수潮水 때문에 피해가 적지 않소. 항상 창고는 가득 차지 못하고 전답田畓은 개간되지 않으며 나라를 지킬 만한 태세마저 갖춰 있지 못하오. 그래서 백성들 또한 확고부동한 의지가 없소. 이러고야 어찌 나라의 위엄을 이웃 나라에 과시할 수 있겠소. 그러므로 과인은 지금 어찌할 바를 모르고 있소."

"신이 듣건대 백성은 편안히 살 수 있도록 다스려야 하며, 패업은 가까운 데서부터 시작하여 점점 먼 곳으로 제압해나가야 한다고 하옵니다. 그러니 먼저 성곽을 세워 수비守備부터 튼튼히 하고, 다음엔 국고國庫를 가득 채우고, 그 다음엔 군사를 양성해야 합니다. 능히 지킬 수 있어야만 적을 무찌를 수 있습니다."

오왕 합려가 머리를 끄덕이며 간곡히 부탁한다.

"좋도다. 그대 말씀이여! 그대에게 매사를 맡기니 과인을 위해 힘써주오."

마침내 오자서는 지형이 높고 낮은 곳을 조사하고 물맛이 짠지 담백한지를 두루 맛본 후에 고소산姑蘇山 동북쪽 30리 되는 지점에다 큰 성을 쌓았다.

그 성의 주위는 47리였고, 육문陸門이 8개나 나 있었으니 이는 하늘의 팔풍八風을 상징한 것이었다. 또 수문水門이 8개나 나 있었으니 이는 땅의 팔총八聰을 모방한 것이었다.

여기에 그 8문八門을 소개하면 남쪽엔 반문盤門과 사문蛇門이 있고, 북쪽엔 제문齊門과 평문平門이 있고, 동쪽엔 누문婁門과 장문匠門이 있고, 서쪽엔 창문閶門과 서문胥門이 있었다.

이것을 좀더 자세히 소개하면 반문이란 물이 굽이친다〔盤曲〕는 뜻이며, 사문이란 그 위치가 사방巳方에 있기 때문이며, 제문이란 북쪽의 제나라를 응했기 때문이며, 평문이란 수륙水陸을 겸칭兼稱한 뜻이며, 누문은 누강婁江 물이 모여들기 때문이며, 장문이란 모든 장이〔匠〕(전문가)들을 이곳에 모았기 때문이며, 창문이란 창합지기閶闔之氣(가을 기운이니 곧 서방西方)의 뜻이며, 서문이란 고서산姑胥山을 향하고 있다 해서 붙인 이름이었다.

그리고 성의 위치에서 따지면 동남쪽에 있는 월나라가 바로 사방巳方이기 때문에 사문蛇門 위엔 나무로 뱀을 만들어놓았다. 그 나무로 만든 뱀이 머리를 안으로 향하고 있는 이유는 월나라가 신하로서 오나라를 섬기게 되리라는 뜻이었다.

오자서는 또다시 남쪽에다 조그만 성을 세웠다. 그 성은 주위가 겨우 10리밖에 안 되었다. 그 성의 남쪽과 북쪽과 서쪽엔 각기 성문이 나 있건만 유독 동쪽만 성문을 만들지 않은 것은 월나라 쪽으로는 햇빛을 보내지 않는다는 뜻이었다.

원래 오나라는 정동쪽에 위치한 진방辰方이기 때문에, 진辰은 용龍인 만큼 이 조그만 성 남문 위에다 두 마리의 암고래〔鯢〕를 만들어올리고 그것을 용뿔로 상징했다.

오자서가 크고 작은 두 성을 완공하자 오왕 합려는 매리梅里 땅에서 그곳으로 도읍을 옮겼다. 성안 앞뒤로 시정이 퍼지고 왼편에 종묘가 들어서고 오른편에 사직단社稷壇이 자리잡았다. 또 적당한 곳에 창고와 부고府庫를 세웠다. 이에 백성들 중에서 많은 장정을 뽑아 싸우는 법과 진을 치는 법과 활 쏘는 법과 병거 모는 법을 조련시켰다.

그리고 봉황산鳳凰山 남쪽에다 성을 하나 더 쌓았다. 이 성은 월나라의 침범을 막기 위한 것으로 이름을 남무성南武城이라고 했다.

오왕 합려는 전왕前王 요僚를 찔러죽인 비수 어장魚腸을 별로 상서롭지 못한 물건이라 하여 함函 속에 깊이 넣어두고 전혀 사용하지 않았다. 그리고 우수산牛首山에다 쇠를 전문으로 다루기 위한 성을 쌓아 거기에서 수천 개의 칼을 만들었다.

오왕 합려는 또한 칼 잘 만드는 유명한 장인匠人을 널리 모집했다. 그래서 역시 오나라 사람인 간장干將*을 데려다가 모든 장인들의 스승으로 삼고 다 함께 장문匠門에 거처하면서 기술을 연구하게 하고 특히 명검名劍을 만들도록 분부했다.

이에 간장은 각처로 돌아다니며 오산五山의 가장 질 좋은 쇠와 천지의 기운이 어린 황금을 캐내고, 기후와 풍토에 알맞은 시기를 기다려 천지天地의 신에게 기도를 드리고 모든 귀신에게 제사를 지낸 후 명검 만드는 일에 착수했다.

우선 숯을 산더미처럼 쌓아놓고 동남童男, 동녀童女 300명에게 풀무질을 시켰다. 이렇듯 3개월 동안 숯을 피우고 풀무질을 했건만 웬일인지 용로熔爐 속의 금과 쇠는 녹지 않았다. 간장은 어째서 금과 쇠가 녹지 않는지 그 이유를 알 수 없었다.

어느 날이었다.

아내 막야莫邪•가 남편인 간장에게 말한다.

"대저 신령神靈한 물건을 만들려면 먼저 신기神氣를 구해야만 이루어집니다. 당신이 칼을 만들기 시작한 지 3개월이 지났습니다. 그런데 아직 금과 쇠도 녹이지 못했으니 혼자 힘으로 될 성싶습니까?"

간장이 대답한다.

"지난날 나의 스승께서는 쇠를 다루었으나 쇠가 녹지 않아서 마침내 부인과 함께 친히 용로 속으로 몸을 던지셨소. 참으로 놀랍고도 무서운 정성이었소. 그제야 쇠가 녹아서 칼을 만들 수 있었소. 이제 나는 초의草衣를 입고 삼[麻]으로 머리와 허리를 매고 우선 용로에 제사를 지내볼까 하오. 과연 내가 만들려는 칼이 이루어질지 그건 모르겠소."

아내 막야가 말한다.

"스승께선 부인과 함께 능히 뜨거운 용로에 몸을 던져 후세에 신품神品을 남기셨으니 첩인들 그렇게 하는 것이 무슨 어려울 게 있겠습니까."

막야는 목욕을 하고 삭발削髮하고서 손톱을 깎고 용로 곁에 올라서서,

"동남童男, 동녀童女야! 속히 풀무질을 하여라."

하고 분부했다.

숯불은 더욱 시뻘겋게, 더욱 아름답게 피어올랐다. 순간 막야는 몸을 날려 용로 속으로 들어갔다.

그제야 금과 쇠가 녹기 시작하더니 곧 액체로 변했다. 간장은 죽은 아내를 생각하고 눈물을 머금으며 금과 쇠가 녹은 물로 마침내 보검寶劍 두 자루를 만들었다.

그는 먼저 만든 칼을 남성男性으로 삼고 자기 이름을 따서 칼에다 '간장'이라 새기고, 나중에 만든 칼을 여성女性으로 삼고 죽은 아내의 이름을 따서 '막야'라 새겨넣었다. 그는 다시 보검 간장에는 거북 무늬를 새기고, 막야에는 만리漫理를 새겼다.

이리하여 마침내 간장과 막야라는 천하 보검 한 쌍이 만들어졌다.

간장은 남성 칼은 감춰두고 여성 칼 막야만을 오왕 합려에게 바쳤다. 오왕 합려는 그 칼을 돌에 시험해보았다. 칼이 한번 지나가자 돌은 연한 고기처럼 두 조각이 났다. 오늘날 호구虎邱 땅에 있는 시검석試劍石*이란 것이 바로 그 당시의 돌이다.

오왕 합려는 간장에게 상으로 백금百金을 하사했다.

그후 어느 날이었다.

오왕 합려는 간장이 칼 한 자루를 감춰두었다는 소문을 듣고서 사람을 보내며,

"간장에게 가서 그 칼을 받아오너라. 만일 거절하거든 간장을 죽이고 찾아오너라."

하고 분부했다.

오왕 합려의 신하는 간장한테 가서 남은 칼 하나를 내놓으라고 호령했다. 간장은 다시 한 번 보기나 하고서 내줄 작정으로 보검 간장을 들고 나왔다.

바로 그때였다.

갑자기 칼집에서 칼이 저절로 뛰쳐나오더니 큰 청룡靑龍으로 변했다. 간장이 올라타자 청룡은 즉시 하늘로 올라가 버렸다.

그 광경을 보고 신하는 벌벌 떨다가 겨우 돌아가서 오왕 합려에게 이 사실을 보고했다.

오왕 합려가 깊이 탄식한다.

"간장은 검선劍仙이 되어 하늘로 올라갔구나!"

그후로 오왕 합려는 보검 막야를 더욱 애지중지했다.

보검 막야가 오나라에 있었던 것만은 사실인데 어찌 되었는지 후세에 전해지지 않다가, 그후 600여 년이 지나서 진晉나라(이 진晉나라는 춘추 시대의 진晉나라가 아니다) 때에 다시 발견되었다.

진나라 때 승상 장화張華가 어느 날 하늘을 쳐다본즉 견우성牽牛星과 북두성北斗星 사이로 자색紫色 기운이 뻗쳐 있었다. 승상 장화는 그 당시 뇌환雷煥이란 사람이 천문天文에 능통하다는 말을 들은 일이 있었기 때문에 즉시 그를 불러 물어보았다.

"저 자색 기운은 보검의 정기精氣올시다. 저 기운이 예장豫章 풍성豐城 땅에서 일어나고 있습니다."

승상 장화는 곧 뇌환을 관찰사觀察使로 삼아 풍성 땅으로 내려보냈다.

뇌환은 풍성현豐城縣에 도임한 그 즉시 옛 감옥 터를 팠다. 얼마쯤 팠을 때 땅속에 길이가 6자가 넘고 넓이가 3자나 되는 큰 석함石函이 나왔다. 그 석함을 열어본즉 속에 칼 한 쌍이 들어 있었다. 두 칼을 남창南昌 땅 서산西山 흙으로 닦아내자 칼날이 뼈에 시리도록 빛났다. 뇌환은 그중 한 자루만 승상 장화에게 보내고 나머지 한 자루는 자기 허리에 찼다.

그후 도성에서 승상 장화로부터 서신이 왔다. 그 내용은 다음과 같았다.

보내준 칼은 잘 받았노라. 내가 그 칼을 자세히 살펴본즉 바로 간장干將이란 이름이 새겨져 있었다. 그렇다면 이 칼은 반드시 한 짝만이 아닐 터인데 어찌하여 나머지 한 짝인 막야莫邪를 보내지 않았느냐.

신령한 보검이 어찌 서로 헤어져 있으리오. 마침내 이 한 쌍의 보검은 또다시 만났다.

그후 언젠가 뇌환은 승상 장화와 함께 배를 타고 연평진延平津을 건너게 되었다. 배가 강 한가운데쯤 이르렀을 때였다.

두 사람이 허리에 차고 있던 간장, 막야 두 보검이 갑자기 저절로 칼집에서 뛰쳐나와 강물로 뛰어들어가버렸다.

승상 장화와 뇌환은 크게 놀라 곧 강물 속으로 사람을 들여보내어 두 보검을 찾게 했다. 그러나 칼을 찾으려고 들어갔던 사람은 그만 기절초풍을 했다.

커다란 용 두 마리가 서로 수염을 곤두세우고 마주보고 있는데, 그 눈에서 오색五色 빛이 번쩍였다. 그 사람은 겨우 정신을 가다듬고 황망히 배 위로 기어올라가서 이 사실을 고했다.

이런 일이 있은 후로 천하 보검 간장과 막야는 다시 세상에 나타나지 않았다. 후세 사람들은 한 쌍의 신품神品이 마침내 하늘로 돌아간 것이라 했다.

오늘날도 풍성현엔 검지劍池●란 못이 있고 그 못 앞엔 석함이 반쯤 묻혀 있다. 세속에선 그걸 석문石門이라고 한다. 곧 진晉나라 때 뇌환이 간장, 막야 두 보검을 얻었던 곳이다.

후세 사람이 두 보검에 대해서 다음과 같은 보검명寶劍銘을 지은 것이 있다.

五山之精
六氣之英
鍊爲神器
電燁霜凝
虹蔚波映
龍藻龜文
斷金切玉
感動三軍

번역하기가 어려워서 위의 보검명을 그냥 둔다.

오왕 합려는 상금 백금百金을 내걸고 장식용 황금 갈고리〔鉤〕를 잘 만들 수 있는 자를 모집했다. 그래서 오나라 전역에서 황금 갈고리를 만들어 바치는 자가 많았다.

이때 갈고리를 만드는 한 장인匠人이 있었다. 그는 황금을 녹일 때 자기 아들 둘을 죽여 그 피를 섞어서 썼다. 이리하여 그 장인은 마침내 황금 갈고리 두 개를 만들어 오왕 합려에게 바쳤다.

그러나 며칠이 지나도록 궁에서는 아무 소식이 없었다. 그 장인은 궁문宮門에 가서 상금을 달라고 청했다.

오왕 합려가 그 장인을 불러들여 묻는다.

"그간 갈고리를 만들어 바친 자가 상당히 많았는데 너만 홀로 상금을 달라고 하니, 그래 네가 만든 갈고리는 다른 사람이 만든 것과 어떻게 다르냐?"

그 장인이 대답한다.

"신은 대왕의 상금을 빛내려고 아들 둘을 죽여 그 갈고리를 만들었습니다. 그러니 어찌 다른 사람이 만든 것과 같겠습니까."

오왕 합려는 좌우 신하에게 그 갈고리를 찾아오도록 분부했다.

이윽고 좌우 신하가 다시 나와서 아뢴다.

"갈고리들이 서로 섞여 있어서 모양이 거의 흡사하므로 찾아낼 수가 없습니다."

장인이 오왕 합려에게 청한다.

"청컨대 신이 보면 찾아낼 수 있습니다."

좌우 신하는 갈고리가 가득 들어 있는 궤를 들어내다가 장인 앞에 갖다놓았다. 그러나 장인도 자기가 만든 갈고리가 어느 것인지 분별할 수가 없었다.

장인이 궤를 들여다보고 두 아들의 이름을 부른다.

"내 아들 오홍吳鴻•과 호계扈稽•야. 내가 왔다. 너희들은 왜 대왕 앞에서 영험靈驗을 나타내지 않느냐?"

순간 궤 속에서 갈고리 두 개가 튀어나와 그 장인의 가슴에 착 달라붙었다.

오왕 합려는 깜짝 놀라,

"네 말이 과연 거짓이 아니구나!"

하고 즉시 상금 백금을 하사했다.

이리하여 오왕 합려는 허리춤에 늘 보검 막야를 차고 한 쌍의 황금 갈고리를 달았다.

한편, 초楚나라 백극완의 아들 백비伯嚭는 원통하게 죽은 부친을 보고 분연히 초나라를 뛰쳐나왔으나 어디로 가야 할지 정처가 없었다. 백비는 오자서가 오나라에서 우대를 받고 있다는 소문을 듣고 마침내 오나라로 갔다.

오나라에 당도한 백비는 오자서를 찾아가서 서로 부둥켜안고 통곡했다. 그날로 오자서는 백비를 데리고 궁에 가서 오왕 합려에게 배알拜謁시켰다.

오왕 합려가 백비에게 묻는다.

"과인은 궁벽한 동해 가에 사는데, 그대가 천리를 멀다 않고 이 궁벽한 곳까지 찾아왔으니 장차 과인에게 무슨 좋은 가르침을 주려오?"

"신의 집은 조부祖父 때부터 아버지 대에 이르기까지 초나라에서 충성을 다했건만 마침내 간신의 농간에 빠져 이번에 아버지께서 죄 없이 세상을 떠나셨습니다. 신은 망명의 길을 떠났으나 갈 곳이 없었습니다. 마침 신은 대왕께서 높은 의기로써 불운한 오자서를 데리고 계신다는 소문을 듣고 이곳까지 왔습니다. 신도 이렇듯 몸을 바치러 왔으니 장차 사생간死生間에 대왕을 모시겠습니다."

오왕 합려는 측은한 생각이 들어서 백비에게 대부 벼슬을 주고 오자서와 함께 국사를 의논하도록 했다.

어느 날이었다.

지난날 관상쟁이였던 대부 피이被離가 오자서에게 묻는다.

"대감은 무얼 보고 백비를 신용하십니까?"

오자서가 대답한다.

"나와 백비의 원수는 바로 초나라요. 그런 의미에서는 우리는 동지지요. 속담에도 같은 병을 앓으면 서로 동정하며, 같은 근심이 있으면 서로 도와준다는 말이 있지 않소? 날짐승도 놀라면 서로 모이고, 물도 서로 모이면 흐른다는데 그대는 무얼 의심하오?"

대부 피이가 충고한다.

"대감은 그 사람의 겉만 보았지 속마음은 모르시고 하는 말씀이오. 내가 백비의 관상을 본즉 눈은 매 같고 걸음걸이는 범이라. 그 사람은 욕심이 많고 야심이 대단하며 잔인해서 사람 죽이기를 좋아할 상입니다. 그러니 대감은 그와 가까이 지내지 마십시오. 만일 대감이 너무 믿었다가는 반드시 해를 입을 것이오."

그러나 오자서는 대부 피이의 충고를 듣지 않고 마침내 백비와 함께 오왕 합려를 섬겼다.

후세 사람이 대부 피이를 논한 글이 있다.

피이는 오자서가 비범한 인물이란 걸 알았고 또 백비가 어질지 못한 사람이란 걸 알았으니 가위 신상神相이라 하겠다. 그러나 오자서가 피이의 충고를 듣지 않았으니 이 어찌 하늘의 뜻이라고 아니 할 수 있으리오.

또 다음과 같은 시가 있다.

능히 충용한 자와 간특한 자를 판단했으니
기이하다, 피이의 관상 보는 솜씨여!
만일 오자서에게 미리 계획을 세우게만 했더라도

사전에 불행을 막을 수 있었을 것이다.

能知忠勇辨奸回

神相如離眞異哉

若使子胥能預策

豈容糜鹿到蘇臺

한편, 오나라 공자 경기慶忌는 애성艾城(초나라와 오나라의 경계
에 있는 지명이니 오늘날 남창부南昌府)에 도망와 있었다. 공자 경기
는 그간 결사대를 조직하고 이웃 나라들과 연락을 취하며 기회만
오면 오나라로 쳐들어가서 부왕父王인 요僚의 원수를 갚으려고
호시탐탐 노리고 있었다.

오왕 합려가 이런 정보를 듣고 오자서에게 청한다.

"지난날 전제專諸가 대사大事를 성취시켜준 것도 실은 다 그대
의 힘이었소. 지금 경기가 과인을 치려고 만반의 준비를 갖추고 있
다 하니, 요즘은 음식을 먹어도 맛을 모르겠고 앉아도 자리가 편하
지 않소. 그대는 과인을 위해서 한 번만 더 수고를 아끼지 마오."

오자서가 대답한다.

"신은 지난날 대왕과 함께 오왕 요를 죽이기로 일을 꾸몄습니
다. 그런데 이제 그 아들까지 없애버리려고 일을 꾸민다면 하늘이
좋아하지 않을까 두렵습니다."

오왕 합려가 간청한다.

"옛날에 주무왕周武王은 주왕紂王을 죽인 뒤에 다시 그 아들 무
경武庚까지 죽였소. 그러나 모든 백성들은 도리어 통쾌하다고 하
였소. 주무왕은 하늘의 뜻을 받들어서 일을 도모한 것뿐이오. 만
일 하늘이 경기를 돕는다면 전번에 그의 아버지 요를 죽이지 않았

을 것이오. 과인은 늘 그대와 성패成敗를 함께할 작정이오. 어찌 조그만 인정에 구애되어 큰 불행을 초래하리오. 꼭 전제 같은 사람이 하나만 있었으면 좋겠는데…… 그대가 힘써서 그런 용사勇士를 좀 구해보오. 물론 그런 사람을 구하기란 쉽지 않겠지만 혹 짚이는 사람이라도 없소?"

오자서가 주저하다가 대답한다.

"참 말씀드리기 곤란합니다만…… 신이 한 천인賤人을 알고 있는데 그 사람이면 가히 이 일을 도모할 수 있을 것입니다."

오왕 합려가 탄식한다.

"경기는 힘이 천하장사인데 한갓 천인이 어찌 그를 상대할 수 있으리오."

"그는 비록 천한 사람이지만 실로 고금에 보기 드문 용기를 가지고 있습니다."

"그대는 무엇으로 그자에게 용기가 있다는 걸 아오?"

오자서가 그 용사의 성명과 내력을 말한다.

후세 사람이 시로써 이 일을 읊은 것이 있다.

그 웅변엔 능히 화악산도 흔들리고
그 말에는 장강의 물도 거꾸로 흐르는도다.
오자서가 능히 그를 천거했기 때문에
요이*의 명성이 춘추 시대에 남았도다.
說時華岳山搖動
話到長江水逆流
只爲子胥能擧薦
要離姓氏播春秋

오자서가 말한다.

"그 사람의 성은 요要이며 이름은 이離이니, 바로 오나라 사람입니다. 신은 지난날, 그가 장사壯士 초구흔椒邱訢에게 여지없이 면박 주는 걸 보고 비로소 용기 있는 사람이란 걸 알았습니다."

오왕 합려가 재촉하듯 묻는다.

"그래, 어떻게 초구흔을 욕보였다는 말이오?"

"초구흔이라는 자는 원래 동해 사람입니다. 그런데 그 사람의 친구 하나가 우리 오나라에서 벼슬을 살다가 죽었습니다. 초구흔은 자기 친구의 죽음을 조상吊喪하려고 우리 오나라로 오던 중이었습니다. 수레를 타고 회진淮津 나루에 당도한 초구흔은 말에게 물을 먹이려고 강가로 갔습니다. 이때 강나루를 지키던 관리가 초구흔에게 '이 강물 속엔 귀신이 있소. 말만 보면 곧 나타나서 덥석 물고 들어갑니다. 그러니 아예 물 먹일 생각일랑 마시오' 하고 말했습니다. 그러나 초구흔은 그 말을 믿지 않고 '여기 천하 장사가 있는데 어느 귀신이 범접할 수 있으리오' 하고 마침내 종놈을 시켜 말에게 강물을 먹였습니다. 그런데 과연 물을 먹던 말이 크게 코를 불면서 갑자기 물 속으로 끌려들어갔습니다. 나루를 지키던 관리가 '귀신이 말을 끌어들인다' 하고 소리를 쳤습니다. 분노가 치민 초구흔은 즉시 칼을 빼어들고 귀신과 싸우려고 강물로 뛰어들어갔습니다. 물귀신은 곧 큰 파도를 일으키며 초구흔을 맞이하여 싸웠습니다. 이렇게 싸운 지 삼일三日 삼야三夜 만에 드디어 초구흔이 강물 속에서 나왔습니다. 그런데 사람들이 본즉 초구흔의 눈 한 짝이 빠지고 없었습니다. 물귀신에게 눈 하나를 뺏겼던 것입니다. 이리하여 초구흔은 애꾸가 되어 오나라에 와서 친구의 상사喪事에 참석했습니다. 초구흔은 물귀신과 싸운 것을 큰 자랑으로 내세웠습니다. 뿐만 아니라 모든 사람을 경멸하고 높은 사람에게까지 욕을 하며 뽐냈습니다. 바로 그 자리에 요이要離가 참석해 있었습니다. 요이는 참다못해 일어나서 초구혼에게 면박을 주었습니다. '그대는 사대부에게도 말버릇이 공손치 못하구나! 그대는 자기 자신을 용사로 자처하는가? 내 듣건대 용사란 싸워도 자랑하지 않으며, 귀신과 싸워도 끝장이 나기 전엔 돌아서지 않으며, 차라리 죽을지언정 아니꼬운 꼴은 당하지 않는다더라! 그런데 그대는 무엇을 했다는 건가? 말을 뺏겼으나 능히 찾지 못했고, 물귀신과 싸웠으나 애꾸눈만 되었다. 꼴만 사납게 되고 창피만 당하지 않았는가. 그러고도 죽지 않고서 얼마 안 되는 인생을 살려고 아니꼽게 구는가. 그대야말로 이 천지간에 가장 쓸데없는 물건이다! 무슨 면목으로 사람을 대하며 그러고도 가장 잘난 체 떠드느냐!' 초구혼은 그 많은 사람들 앞에서 이런 모욕을 당하고도 대답 한마디 못하고 얼굴이 시뻘게져서 밖으로 나가버렸습니다. 요이는 그날 밤에 집으로 돌아가서 아내에게 말했습니다. '나는 오늘 대갓집 상사喪事 자리에서 용사 초구혼에게 창피를 주었소. 그는 반드시 원한을 품고 오늘 밤에 나를 죽이러 올 것이오. 나는 이제부터 방에 누워 그자가 오기를 기다릴 테니 그대는 대문을 닫지 말고 열어두오.' 요이의 아내는 원래부터 남편의 용기를 잘 알고 있었기 때문에 시키는 대로 대문을 닫지 않았습니다. 한밤중이었습니다. 과연 초구혼이 시퍼런 칼을 들고 요이의 집 앞에 나타났습니다. 그는 대문이 닫혀 있지 않고 활짝 열려 있는 걸 보고서 바로 방 안으로 들어갔습니다. 방 안엔 한 사람이 머리를 풀고 사지를 죽 뻗고 창 밑에 누워 있었습니다. 자세히 본즉 틀림없는 요이였습니다. 요이는 초구혼을 빤히 쳐다보며 누워만 있었습니다.

전혀 두려워하는 기색이 없었습니다. 초구흔은 요이의 목에 칼을 들이대고 그 죄목을 주워섬겼습니다. '네게 마땅히 죽어야 할 세 가지 이유가 있으니 알겠느냐!' '모르겠다.' '그럼 들어보아라. 네가 대갓집 상석喪席에서 나를 모욕했으니 마땅히 죽어야 할 그 첫째 이유이며, 집에 돌아와서는 건방지게 문도 닫아걸지 않았으니 마땅히 죽어야 할 그 둘째 이유이며, 내가 왔는데도 피하지 않고 빤히 쳐다보고만 있으니 마땅히 죽어야 할 그 셋째 이유이다. 그러니 너는 죽고 싶어서 발광난 놈이라! 죽더라도 나를 원망하진 말아라!' 이에 요이가 대답했습니다. '그러나 나는 죽어야만 할 세 가지 잘못이 없다. 도리어 네가 얼마나 못난 놈인지 그 세 가지 이유를 아느냐?' '모르겠다.' '그럼 내가 말해줄 테니 자세히 들어보아라. 내가 그 많은 사람들 앞에서 너를 모욕했건만 너는 한마디 말도 못했다. 그것이 네 못난 첫째 이유이다. 또 내 집 문에 들어설 때 기침 한 번 하지 않고 아무 소리 없이 살금살금 방 안으로 들어왔으니 네가 못난 둘째 이유이다. 다음은 네가 내 목에 칼을 들이대고서야 오히려 흰소리를 하니 이것이 네가 못난 셋째 이유이다. 너는 이렇듯 못난 점이 세 가지나 있으면서 도리어 나를 꾸짖느냐! 너는 참으로 더러운 놈이다!' 이 말에 초구흔은 칼집에 칼을 꽂고서 '이 세상에 나만한 용사가 없는 줄로 믿었는데 요이는 나보다 더하니 참으로 천하 용사다. 내가 만일 너를 죽이면 천하 사람들이 다 나를 비웃을 것이며, 그렇다고 너를 죽이지 않으면 내가 이 세상에서 용사로 자처할 수 없구나!' 하고 길이 탄식하며 칼을 방바닥에 던져버렸습니다. 그러더니 자기 머리를 무수히 벽에 짓찧었습니다. 마침내 그는 골이 터져 그 자리에 쓰러져 죽고 말았습니다. 요이가 상석喪席에서 초구흔을 꾸짖을 때 마침 신이 그 자리에 있었습니다. 그래서 자세한 내용을 알고 있습니다. 그러니 어찌 요이를 천하 용사라고 하지 않을 수 있겠습니까."

오왕 합려의 눈이 빛난다.

"그대는 나를 위해 곧 요이를 데려다주오!"

마침내 오자서는 요이의 집을 찾아갔다.

"오왕이 그대의 높은 의기를 들으시고 한번 보기를 원하시니 나와 함께 가세."

요이가 놀라면서 묻는다.

"저는 오나라에서도 보잘것없는 천한 백성입니다. 어찌 왕께서 부르신다고 가서 뵈올 수 있겠습니까."

오자서는 거듭 오왕 합려가 만나고 싶어한다고 전했다. 이에 요이는 오자서를 따라 왕궁으로 들어가서 오왕 합려를 알현했다.

오왕 합려는 오자서가 워낙 요이의 용기를 칭찬했기 때문에 내심 체구가 거대하고 용모와 풍신風神이 대단한 사람이리라 기대하고 있었다. 그런데 막상 요이를 대하고 본즉 키는 겨우 5척 남짓하고 얼굴은 바짝 마르고 추했다.

실망한 오왕 합려는 매우 불쾌했다.

"오자서가 요이는 용사라고 늘 말하던데 그대가 바로 그 요이냐?"

요이가 대답한다.

"신의 몸은 보시다시피 작고 말랐습니다. 바람이 앞에서 불면 자빠지고 뒤에서 불면 엎어지기 일쑤입니다. 그러니 무슨 용기가 있겠습니까. 그러나 대왕께서 시키시는 일이라면 어찌 힘을 아끼겠습니까?"

오왕 합려는 마뜩찮아 아무 대답도 하지 않았다.

오자서가 오왕 합려의 속뜻을 알고 아뢴다.

"대저 좋은 말[馬]이란 반드시 날씬해야만 되는 것이 아닙니다. 무거운 걸 견디고 먼 곳을 갈 수 있으면 그만입니다. 비록 요이가 용모와 풍신은 보잘것없으나 지혜와 용기는 비상합니다. 이 사람이 아니면 그 일을 성취시킬 수 없습니다. 왕께선 그를 잃지 마십시오."

이에 오왕 합려는 요이를 다시 후궁으로 들게 하고 자리에 앉게 했다.

요이가 오왕 합려에게 아뢴다.

"대왕께서 지금 남몰래 걱정하시는 것은 죽은 선왕의 아들 때문이 아닙니까? 신이 공자 경기를 죽일 수 있습니다."

오왕 합려가 웃으며 대답한다.

"경기는 뼈에 날개가 돋친 듯해서 수레를 이끌고 달리는 말보다 빠르며 그 힘은 만부萬夫도 당할 수 없는 천하장사라. 그대는 그의 적수가 아니다."

요이가 다시 아뢴다.

"사람을 죽이는 데는 지혜가 있어야지 힘만으론 되지 않습니다. 신이 경기에게 가서 닭 목 자르듯 그를 죽여버리겠습니다."

"경기는 힘이 셀 뿐 아니라 지혜도 있는 사람이다. 그는 지금 사방에서 망명객들을 모아 결사대를 조직하고 있는데 어찌 그대 같은 오나라 사람을 경솔히 믿고 가까이할 리 있으리오."

요이가 서슴지 않고 대답한다.

"경기가 결사대를 조직하고 장차 오나라를 칠 생각이라면 신은 오나라에서 큰 죄를 저지르고 경기에게 가면 됩니다. 청컨대 왕께선 신의 아내와 자식을 모조리 죽이시고 신의 오른팔 하나만 끊으십시오. 그러면 경기는 틀림없이 신을 믿고 가까이할 것입니다.
그런 연후에 이 일을 도모하면 성공합니다."

오왕 합려가 상을 찌푸린다.

"죄 없는 그대에게 어찌 그런 참혹한 형벌을 내리리오!"

"처자를 편안하게 해주려고 임금에 대한 의리를 다하지 않으면
이는 충성이라 할 수 없으며, 집안을 돌보느라 임금의 근심을 덜
어드리지 않으면 이는 의리라 할 수 없습니다. 신이 충의忠義로써
후세에 이름을 남길 수만 있다면 비록 온 집안이 다 죽는다 해도
영광이겠습니다."

오자서가 곁에서 아뢴다.

"요이는 나라를 위해서 집을 잊고 임금을 위해서 자기 한 몸을
생각하지 않으니 참으로 천고千古의 호걸입니다. 다만 성공한 후
에 그 처자를 정표旌表하고 공적을 들날려 그들의 이름을 후세에
전하게 하십시오."

마침내 오왕 합려는 요이를 쓰기로 작정했다.

이튿날 오자서는 요이와 함께 다시 왕궁으로 들어갔다.

오자서가 오왕 합려에게 청한다.

"요이를 대장으로 삼고 즉시 초나라를 치십시오."

오왕 합려가 발연 얼굴빛이 달라지며 꾸짖는다.

"과인이 보기에 요이의 힘은 어린애만도 못하다. 어찌 저런 위
인이 초나라를 쳐서 이길 수 있겠느냐! 더구나 과인은 이제야 겨
우 국가의 안정을 보게 되었는데 군사를 일으키다니 당치 않은 소
리다!"

요이가 앞으로 나아가 탄식한다.

"어질지 못하구나, 왕이여! 오자서는 왕을 위해 오나라에 힘을

다 바쳤건만 왕께서는 오자서의 원수 하나도 갚아주지 않으시렵니까?"

오왕 합려가 발끈한다.

"이는 국가 대사거늘 너 같은 천인이 어찌 함부로 입을 놀리느냐! 감히 조정에 와서 행패를 부리고 과인을 꾸짖다니, 당장 저놈을 뜰 아래로 끌어내려 오른팔을 끊고 옥에 가둬라! 그리고 저놈의 계집과 자식까지 다 잡아가둬라!"

좌우에 있던 무사들은 일제히 요이를 끌어내려 그 자리에서 오른팔을 끊고 옥에 쳐넣었다. 그리고 그의 처자도 모조리 잡아가두었다.

오자서는 하늘을 우러러 거듭거듭 탄식하면서 왕궁을 나갔다. 그러나 모든 문무백관 중에서 이것이 연극이란 사실을 아는 자는 한 사람도 없었다.

며칠 후였다. 오자서는 비밀히 옥 지키는 옥리獄吏를 불러 요이를 너무 엄격히 감시하지 말라고 분부했다.

어느 날 밤이었다.

요이는 마침내 탈옥하여 어디론지 달아나버렸다. 오왕 합려는 요이가 옥문을 뚫고 달아났다는 보고를 받고 격노했다. 드디어 요이의 처자를 죽이라는 지엄한 분부가 내렸다. 그날 요이의 아내와 아들은 시정에 끌려나가 대로에서 화형火刑을 당했다.

후세에 송宋나라 선비가 이 일을 논평한 글이 있다.

한 사람을 죽여서 비록 천하를 얻을 수 있다 할지라도 어진 사람이라면 차마 못할 짓이거늘, 죄 없는 남의 집 아내와 자식을 죽여서까지 계책을 썼으니 천하에 합려보다 잔인한 사람은 없을 것이다. 또 요이로 말할 것 같으면 오왕에게 평생 특별난 은혜를 입은 일도 없었거니와 다만 용협勇俠하다는 이름을 얻고자 자기 몸과 집안을 해쳤다. 이런 자를 어찌 훌륭한 사람이라고 할 수 있으리오!

또 시로써 이 일을 읊은 것이 있다.

임금의 소원을 풀어주기 위해서
죄 없는 아내와 자식을 죽였도다.
이런 걸 열렬한 용기라고 천하에 자랑하지 마라
못하는 짓 없이 잔인한 것이 바로 오나라 사람이었느니라.
祇求成事報吾君
妻子無辜枉殺身
莫向他邦誇勇烈
忍心害理是吳人

탈옥한 요이는 달아나면서 만나는 사람에게마다 자기의 원통한 사정을 하소연했다. 그는 공자 경기慶忌가 그후 위衛나라에 가 있다는 소문을 듣고서 곧장 위나라로 갔다.

위나라에 당도한 요이는 공자 경기의 거처를 찾아갔다. 그러나 공자 경기는 요이가 혹 속임수를 쓰려고 온 건 아닌가 의심하고 받아들이려 하지 않았다. 이에 요이는 자기 웃옷을 벗어 보였다. 공자 경기는 요이의 오른팔이 없는 걸 보고서야 비로소 그 말을 믿었다.

"오왕이 네 아내와 아들을 죽이고 팔까지 끊었다면, 그래 나를 찾아온 뜻은 무엇이냐?"

요이가 대답한다.

"신이 아는 것만으로도 오왕은 공자의 아버지를 죽이고 그 왕위를 뺏지 않았습니까? 공자께선 모든 나라 제후와 손을 잡고 장차 부왕의 원수를 갚아야 할 몸이십니다. 신은 죽지 못한 몸을 이끌고 공자를 돕고자 왔습니다. 신은 오나라 정세를 잘 압니다. 영용英勇한 공자께서 이 몸을 써주신다면 신은 공자를 모시고 오나라로 쳐들어가겠습니다. 그러면 공자께선 부왕의 원수를 갚고 왕위에 오르실 것이며, 신 또한 죽은 아내와 자식의 원수를 갚고 이 원한을 갚을 수 있습니다."

그러나 공자 경기는 요이를 깊이 믿지 않았다.

그러던 차에 오나라의 실정을 내탐하러 갔던 심복 부하 한 사람이 돌아와서,

"오나라 시정市井 대로 위에서 요이의 아내와 자식이 화형을 당한 건 사실입니다."

하고 보고했다.

그제야 공자 경기가 모든 의심을 버리고 요이에게 묻는다.

"내가 듣기엔 그후 오왕이 오자서와 백비를 모사謀士로 삼아 장수를 뽑고 대대적으로 군사를 조련시키고 있다는데, 우리의 병력은 너무나 미약하구나. 장차 어떻게 하면 우리가 원수를 갚고 이 분을 풀 수 있을까?"

요이가 대답한다.

"백비는 한갓 무모한 자입니다. 그까짓 놈은 족히 염려할 것 없습니다. 다만 오나라에 인물이 있다면 오자서 하나뿐입니다. 그는 지혜와 용기를 구비하고 있습니다. 그러나 지금은 오자서와 오

왕 사이가 별로 좋지 못합니다.”

공자 경기가 묻는다.

“오자서는 오왕의 은인恩人이 아닌가? 그들은 애초부터 뜻이 맞고 서로 도울 처지인데 어찌 사이가 좋지 못할 리 있으리오.”

“공자께선 다만 하나만 아시고 아직 둘은 모르시는 말씀이십니다. 오자서가 합려를 위해 모든 힘을 기울인 이유는 오나라 군사를 빌려 초나라를 무찌르고 그 아비와 형의 원수를 갚겠다는 일념에서였을 뿐입니다. 그런데 지금은 어떻습니까? 초평왕楚平王도 죽었고 비무극費無極도 죽었는데, 합려는 왕위에 올라 부귀만 누리면서 오자서의 원수를 갚아줄 생각은 하지 않고 있습니다. 그래서 신이 오자서를 위해 바른 소리를 하다가 그만 합려의 노여움을 사서 아내와 자식까지 잃고 이렇게 병신이 되어 구사일생으로 공자께 도망온 것입니다. 그러니 오자서가 어찌 합려를 원망하지 않겠습니까. 신이 이번에 무사히 탈옥한 것도 실은 오자서가 뒤에서 돌봐주었기 때문입니다. 신이 도망올 때 오자서는 이런 말을 했습니다. ‘그대는 가서 공자의 뜻을 잘 알아보아라. 만일 공자가 앞으로 이 오자서의 원수만 갚아주겠다면, 나는 국내에서 공자와 내응하고 지난날 선왕을 죽이는 데 동모同謀했던 죄를 씻을 작정이다.’ 그러니 공자께선 이 기회를 놓치지 마시고 곧 군사를 거느리고 오나라로 쳐들어가십시오. 만일 오자서와 합려가 다시 손을 잡게 되면 공자와 저는 원수를 갚지 못합니다.”

요이는 말을 마치자 대성통곡을 하더니 갑자기 일어나 기둥에다 머리를 짓찧었다.

공자 경기가 급히 요이를 끌어안고 말린다.

“내 그대의 말을 들으리라. 그대가 시키는 대로 하리라.”

이에 경기는 요이와 함께 애성으로 돌아갔다. 마침내 요이는 공자 경기의 심복이 되었다. 그들은 매일 군사를 훈련시키는 한편으로 배〔舟艦〕를 수선하였다.

3개월 후에 군사들은 배를 타고 흐르는 강물을 따라 오나라를 치려고 떠났다. 공자 경기는 요이와 같은 배를 탔다.

배가 중류에 이르렀을 때였다. 어느새 뒤따라오는 배와 상당한 거리가 생겼다.

요이가 말한다.

"공자께선 뱃머리에 자리를 잡고 앉으십시오. 그리고 친히 제 반사를 지휘하셔야 합니다."

이에 공자 경기는 뱃머리에 자리를 잡고 앉았다. 요이는 손에 짧은 창을 잡고 공자 곁에 섰다.

문득 강물 한가운데서 일진광풍一陣狂風이 일어났다. 요이는 일단 바람이 불어오는 쪽으로 등을 돌렸다. 그러다가 순간 바람 따라 다시 몸을 돌리면서 창으로 경기의 가슴을 냅다 찔렀다. 날카로운 창은 공자 경기의 가슴을 뚫고 등뒤까지 나갔다.

공자 경기는 앞으로 꼬꾸라지면서 요이를 끌어안았다. 그리고 뱃전에서 요이의 머리를 강물 속에 처박았다가 끌어내기를 세 번이나 되풀이했다. 그런 연후에 공자 경기는 요이를 자기 무릎 위에 올려놓고 좌우 부하들을 돌아보며 웃었다.

"천하에 이런 용사가 있느냐. 감히 나를 찌르다니⋯⋯"

좌우 군사들은 일제히 창을 들어 요이를 찌르려 했다. 공자 경기가 손을 들어 제지한다.

"이 사람은 천하의 용사다. 어찌 하루 동안에 이 세상에서 천하 용사 두 사람을 죽게 할 수 있으리오. 너희들은 이 용사를 죽이지 말고 오나라에 돌아가도록 놓아주어라. 그러면 그는 돌아가서 정표旌表를 받고 충성을 빛낼 수 있을 것이다."

공자 경기는 요이를 무릎에서 내려놓고 자기 가슴에 박혀 있는 창을 뽑았다. 그러자 피가 콸콸 쏟아졌다. 공자 경기는 갑자기 목을 푹 수그렸다. 그는 앉은 채로 죽었다.

마침내 좌우 군사들은 공자 경기의 유언대로 요이를 석방했다.

그러나 요이가 일어나지 않고 좌우 군사에게 말한다.

"세상에 용납될 수 없는 것이 세 가지가 있다. 비록 공자가 나를 용서했지만 내 어찌 살기를 원하리오."

군사들이 묻는다.

"세상에 용납되지 않는다는 그 세 가지란 뭐냐?"

요이가 대답한다.

"나는 아내와 자식을 죽이고서 왕으로부터 이 일을 맡았으니 이는 인仁이 아니며, 새 임금을 위해서 전 임금의 아들을 죽였으니 이는 의義가 아니며, 남의 일을 성취시키려고 자기 몸을 해치고 온 집안 식구를 죽였으니 이는 지智가 아니다. 이런 세 가지 잘못을 저지른 내가 무슨 면목으로 이 세상에서 살리오."

요이는 말을 마치자 일어나 강물에 몸을 던졌다. 군사들은 곧 강물로 뛰어들어가서 요이를 건져냈다.

요이가 묻는다.

"너희들은 왜 나를 건져냈느냐?"

"오나라로 돌아가면 그대는 필시 높은 벼슬과 많은 국록을 받을 터인데 왜 가지 않느냐?"

요이가 한바탕 통곡을 하고 나서 대답한다.

"집안 식구에게도 애착이 없었던 내가 하물며 벼슬과 국록을 탐하겠느냐? 너희들은 내 시체를 가지고 오나라로 돌아가거라. 그러면 큰 상을 받을 것이다."

요이는 곁에 서 있던 부하의 칼을 뺏어 자기 발을 끊고 다시 목을 치고 죽었다.

사신이 시로써 요이를 찬讚한 것이 있다.

옛사람은 죽는 걸
새털보다도 가벼이 여겼도다.
자신의 죽음만 가벼이 생각했을 뿐 아니라
아내와 자식의 목숨까지도 가벼이 생각했도다.
합려의 왕위를 위해서
한 사람은 목숨을 버렸도다.
그러나 다른 또 한 사람을 죽였으니
이미 그 뜻을 달성했도다.
전제專諸는 죽었어도
오히려 그 아들이 있었다.
슬프다, 요이는
죽은 후에 남긴 것이 없었도다.
어찌 그가 자신을 돌보지 않았으리오!
일을 성취하기 위해서는 부득이한 노릇이었도다.
공을 이루고 이름을 남겼으니
죽는 걸 오히려 영화로 생각했도다.
칼로 치고 의협義俠*에 죽음이여
그후로 차차 풍속이 되었도다.
오늘날도 오나라 사람들은

의기를 위해서 목숨을 아끼지 않는도다.

古人一死

其輕如羽

不惟自輕

幷輕妻子

閭閻畢命

以殉一人

一人旣死

吾志已伸

專諸雖死

尙存其胤

傷哉要離

死無形影

豈不自愛

遂人之功

功遂名立

視死猶榮

擊劍死俠

釀成風俗

至今吳人

趣義如鵠

또 공자 경기가 천하에 짝이 없는 장사였건만 결국 보잘것없는 병신 손에 죽었으니 힘이란 가히 믿을 것이 못 된다는 걸 읊은 시도 있다.

공자 경기는 천하에 드문 장사였건만
보잘것없는 외팔이에게 죽었도다.
세상 사람이여, 힘을 자랑하지 말게
소도 병들고 다치면 생쥐들이 달려들어 파먹느니라.

慶忌驍雄天下少
匹夫一臂須臾了
世人休得逞强梁
牛角傷殘䶉鼠飽

손무孫武의 병법

군사들은 요이要離와 공자 경기慶忌의 시체를 수레에 싣고 떠났다. 그들은 오吳나라에 돌아가서 오왕 합려闔閭에게 항복했다.

오왕 합려는 기뻐하고 그들에게 큰 상을 주었다. 그리고 그들을 모두 오나라 군사로 편입시켰다. 오나라는 상경 벼슬에 대한 예禮로써 요이를 창문성閶門城 아래에다 장사지냈다.

오왕 합려는 그 조사弔辭에서,

"그대 영혼의 힘을 빌려 우리의 성城을 지키리라."

하고 말했다.

그리고 죽은 요이의 아내와 아들에게도 벼슬을 주었다. 그런 연후에 전제專諸와 요이를 위해 사당을 짓고 해마다 봄가을로 제사를 지냈다.

또 공자에 대한 예를 갖추어 공자 경기를 그 아버지 요의 무덤 곁에다 장사지냈다.

그 뒤 오왕 합려는 문무백관을 거느리고 큰 잔치를 벌였다.

잔치 자리에서 오자서伍子胥가 울며 아뢴다.

"이제 왕의 걱정거리는 다 없어졌습니다. 신은 언제나 부형父兄의 원수를 갚게 될지요?"

백비伯嚭도 눈물을 흘리면서 청한다.

"청컨대 군사를 일으켜 초나라를 무찔러주십시오!"

오왕 합려가 대답한다.

"오늘은 술이나 마시고 내일 아침에 의논합시다."

이튿날 아침 오자서는 백비와 함께 왕궁으로 갔다.

오왕 합려가 묻는다.

"과인은 장차 그대 두 사람에게 군사를 주어 초나라와 싸우게 할 생각인데 누가 장수가 되겠소?"

오자서와 백비가 일제히 대답한다.

"왕께서 분부만 하시면 누가 장수가 되든 상관없습니다."

오왕 합려는 오자서와 백비가 다 초나라 사람이란 걸 생각하고 있었다.

'그들은 원수를 갚기 위해서 나를 지극히 섬길 따름이다. 만일 원수만 갚고 나면 지금처럼 우리 오나라를 위해서 힘쓰지 않을 것이다.'

오왕 합려는 아무 말도 하지 않고 산들바람이 불어오는 쪽을 향해 한숨을 쉬었다. 그리고 한참 있다가 말없이 탄식만 했다.

오자서가 곧 오왕 합려의 속뜻을 짐작하고 앞으로 나아가서 아뢴다.

"왕께서는 초나라 군사가 너무 많은 걸 염려하십니까?"

오왕 합려가 대답한다.

"그러하오."

오자서가 정색하고 아뢴다.

"신이 한 사람을 천거하겠습니다. 그 사람이면 초나라 군사와 싸워서 반드시 이길 수 있습니다."

그제야 오왕 합려가 흔연히 묻는다.

"경이 천거하려는 사람은 누구요? 그 사람은 무엇에 능하오?"

"그 사람의 성은 손孫이며 이름은 무武이니 바로 오나라 사람입니다."

오왕 합려는 오자서가 천거하려는 사람이 오나라 출신이란 말을 듣자 희색이 만면해졌다.

오자서가 계속 아뢴다.

"그는 육도삼략六韜三略에 정통한데다 귀신도 측량 못할 전략가戰略家이며 천지天地의 비밀과 그 묘리妙理를 아는 사람입니다. 그는 스스로 병법兵法 13편을 저술했으나 세상이 그의 재주를 알아주지 않으므로 지금 나부산羅浮山 동쪽에 은거하고 있습니다. 진실로 이 사람을 얻어 군사軍師로 삼는다면 비록 천하를 대적한다 해도 두려울 것이 없습니다. 그러니 초나라 하나쯤이야 더 말할 것 있겠습니까."

오왕 합려가 간곡히 부탁한다.

"경은 과인을 위해 곧 그 사람을 불러주오!"

오자서가 대답한다.

"그 사람은 경솔히 벼슬을 살려고 하지 않습니다. 보통 사람과는 다르니 반드시 예禮로써 초빙해야 합니다."

오왕 합려는 머리를 끄덕이고 황금 10일鎰과 백옥[白璧] 한 쌍을 내놓았다.

오자서는 네 필의 말이 이끄는 수레를 타고 나부산에 가서 손무

에게 오왕 합려의 예물을 바치고,

"오왕이 선생을 매우 사모하고 있으니 같이 가십시다."

하고 간청했다.

이에 손무*는 오자서를 따라 나부산을 떠났다. 그들은 일로 도성으로 향했다.

손무가 오자서의 안내를 받고 왕궁으로 들어가는데 오왕 합려는 섬돌 밑까지 내려와서 영접했다.

오왕 합려는 손무에게 앉을 자리를 주고 병법을 물었다. 손무는 자기가 지은 병법 13편을 차례로 바쳤다. 오왕 합려는 오자서에게 그 하나하나를 낭독하게 했다. 오자서가 한 편씩 읽어 마칠 때마다 오왕 합려는 진심으로 격찬해 마지않았다.

그 13편이란 1은 시계편始計篇이며, 2는 작전편作戰篇이며, 3은 모공편謀功篇이며, 4는 군형편軍形篇이며, 5는 병세편兵勢篇이며, 6은 허실편虛實篇이며, 7은 군쟁편軍爭篇이며, 8은 구변편九變篇이며, 9는 행군편行軍篇이며, 10은 지형편地形篇이며, 11은 취지편就地篇이며, 12는 화공편火攻篇이며, 13은 용간편用間篇이었다 (이 13편이 오늘날 전해지고 있는 병서兵書『손자병법孫子兵法』이다).

오왕 합려가 오자서를 돌아보고 말한다.

"이 병법은 참으로 하늘과 땅을 꿰뚫는 재주라 하겠소. 그러나 과인의 나라는 크지 못하고 군사 또한 많지 않으니 어찌할꼬?"

이 말을 듣고 손무가 대답한다.

"신의 병법은 비단 병졸에게만 쓸 수 있는 것이 아닙니다. 신의 군령軍令만 지키면 부녀자라도 나아가서 싸울 수 있습니다."

오왕 합려가 손뼉을 치면서 웃으며 대답한다.

"선생의 말은 참으로 사정에 어둡소. 천하에 어찌 부녀자에게 무기를 주어 훈련을 시키는 자가 있으리오."

"왕께서 신의 말이 사정에 어둡다면 청컨대 신에게 후궁 궁녀들을 훈련시키도록 해주십시오. 그래도 신의 군령대로 되지 않거든 그때엔 여하한 벌도 달게 받겠습니다."

오왕 합려는 뜰 아래로 궁녀 300명을 불러 모으고 손무에게 군사 조련을 하도록 했다.

손무가 아뢴다.

"특별히 대왕의 총애하는 궁녀 두 사람만 선정해주십시오. 우선 대장隊長 두 사람을 세운 연후라야만 비로소 호령號令에 계통系統이 섭니다."

오왕 합려는 평소 자기가 사랑하던 궁녀 둘을 앞으로 나오게 했다. 그 하나는 이름이 우희右姬이며, 또 하나는 좌희左姬였다.

오왕 합려가 손무에게 말한다.

"이들은 과인이 평소 사랑하는 궁녀라. 가히 대장으로 삼을 만하겠소?"

손무가 대답한다.

"그만하면 되었습니다. 그러나 군사軍事란 먼저 호령을 엄격히 하고 나중에 상벌賞罰을 내리므로 비록 이 조련이 규모는 작지만 갖출 것은 갖춰야 합니다. 청컨대 집법執法할 사람 하나와 군리軍吏 두 사람을 세워 주로 장수의 호령과 말을 전하게 하고, 고리鼓吏 두 사람이 있어야 북을 치겠고, 역사力士 몇 사람을 아장牙將으로 삼아서 도끼와 칼과 창을 들려 단상壇上에 늘어세워야만 비로소 군사軍士의 위엄이 섭니다."

오왕 합려는 오나라 중군中軍 중에서 필요한 만큼 사람을 골라 쓰도록 했다.

이에 손무는 궁녀들을 좌우 이대二隊로 나누었다. 우희는 우대右隊를 맡고, 좌희는 좌대左隊를 맡았다.

손무가 좌우 이대에게 훈시한다.

"지금부터 군법軍法에 대해서 말할 터이니 자세히 듣거라. 첫째는 행오行伍에 혼란을 일으키지 말지며, 둘째는 함부로 말하거나 떠들지 말지며, 셋째는 일부러 약속을 어기지 말지니, 특히 이 세 가지를 잘 지켜야 한다. 그러면 오늘은 이만 하고 내일 오고五鼓 때에 다시 교장教場으로 집합하여라. 내일은 왕께서 친히 대臺에 오르사 너희들이 조련하는 걸 보실 것이다."

이튿날 오고 때였다.

궁녀 이대가 다 교장에 모였다. 각기 몸에 갑옷을 입고 머리에 투구를 쓰고 오른손에 칼을 잡고 왼손에 방패를 들고 있었다. 좌희와 우희도 갑옷과 투구로 몸을 단속하고 대장이 되어 양쪽에 섰다.

이윽고 손무가 장막帳幕 앞에 나아가 전유관傳諭官에게 지시한다.

"두 대장에게 황기黃旗 두 개를 나눠주어 전도前導가 되게 하라. 그리고 나머지 궁녀들은 두 대장의 뒤를 따르게 하라. 5명으로 오伍를 삼고 10명으로 총總을 삼아 각기 뒤를 따라 계속 행진하되 북소리를 따라 진퇴進退하고 좌우로 선회旋回하고 보조를 맞추게 하라."

전유관이 돌아서서 궁녀 이대에게 분부한다.

"곧 명령을 내릴 테니 모두 꿇어엎드려서 들어라."

궁녀들이 일제히 꿇어엎드리자 곧 명령이 내린다.

"첫번째 북소리가 울리거든 양대兩隊는 다 같이 일제히 일어나라. 두번째 북소리가 울리거든 좌대는 오른쪽으로 돌아서서 행진하고 우대는 왼쪽으로 돌아서서 행진하라. 세번째 북소리가 울리

거든 각기 칼을 들어 싸우는 태세를 취하라. 그리고 금金이 울리
거든 본래 자세로 돌아가 물러서라.”

전유관의 명령이 떨어지자 궁녀들은 모두 손으로 입을 가리고
킬킬대며 웃었다.

고리鼓吏가 손무에게 아뢰고 첫번째 북을 울렸다. 그러나 궁녀
들 중엔 혹 일어서는 자도 있고 그냥 앉아 있는 자도 있어서 그야
말로 뒤죽박죽이었다.

손무가 의자에서 일어나 말한다.

“명령대로 거행하지 않으니 명령이 분명치 못한 때문인즉 이는
장수의 죄로다. 군리는 한 번 더 명령을 내리고 고리도 다시 북을
쳐라.”

이에 명령이 되풀이되고 다시 북소리가 울렸다. 그제야 궁녀들
은 모두 일어섰다. 그러나 비스듬히 서거나 그렇지 않으면 서로
몸을 기대고 서서 여전히 킬킬거리며 웃는다.

손무의 두 눈이 무섭게 치켜올라가며 머리카락과 수염이 꼿꼿
이 일어섰다.

“집법관은 어디 있느냐?”

집법관이 급한 걸음으로 손무 앞에 가서 무릎을 꿇었다.

“명령이 내려도 거행하지 않으면 이는 장수의 죄다. 그러나 세
번씩 명령을 내려도 거행하지 않으니 이는 사졸士卒들의 죄다. 군
법은 이런 죄를 어떻게 다스리느냐?”

“마땅히 참해야 합니다.”

“모든 사졸을 다 참하기란 어려운 노릇이다. 그러니 이 죄는 두
대장에게 있다. 즉시 두 대장을 참하여라!”

좌우에 늘어선 아장牙將들은 손무의 위엄에 눌려 감히 명령을

어길 수 없었다. 아장들은 즉시 좌희·우희 두 대장을 끌어내어 결박했다.

이때 오왕 합려는 망운대望雲臺에서 손무가 궁녀들을 조련시키는 모습을 바라보고 있었다. 그런데 갑자기 좌희와 우희가 결박을 당하지 않는가!

오왕 합려가 백비에게,

"급히 가서 나의 분부로 두 궁녀를 구출하여라."

하고 보냈다.

백비가 나는 듯이 말을 달려 손무에게 오왕의 명령을 전한다.

"과인은 이미 장군의 높은 용병用兵 솜씨를 알았다. 그러나 좌희와 우희는 특히 과인을 모시는 궁녀이며 과인도 그들을 총애하는 바라. 청컨대 장군은 두 궁녀를 용서하라."

손무가 대답한다.

"그대는 왕께 가서 내 말을 전하오. 자고로 군중軍中엔 장난 삼아 말하는 법이 없습니다. 신은 이미 왕의 명령을 받고 장군이 된 몸입니다. 장군이 군중에 있을 때엔 임금의 명령을 받지 않습니다. 만일 임금의 명령대로 죄 있는 자를 용서한다면 많은 군사를 어찌 지휘할 수 있겠습니까."

그러고서 즉시 아장들에게 호령한다.

"속히 두 대장의 목을 참하여라!"

아장들은 칼을 번쩍 들어 좌희와 우희의 목을 쳤다. 그리고 두 개의 머리를 단壇 위에 바쳤다.

이대二隊의 궁녀들은 새파랗게 질려 감히 손무를 쳐다보지도 못했다.

손무는 궁녀들 중에서 새로 대장 둘을 선출해 세웠다. 그리고 다시 명령을 내리고 북을 치도록 했다.

북소리가 한 번 울리자 궁녀들은 일제히 기립하고 줄로 그은 듯이 정렬했다. 두번째 북소리가 울리자 우대는 좌행左行하고 좌대는 우행右行하는데, 추호도 혼란이 없었다. 세번째 북소리가 울리자 궁녀들은 칼을 높이 들고 전투 태세를 취했다. 이윽고 금이 울리자 궁녀들은 돌아서서 물러가 대열을 정돈했다. 그 좌우진퇴左右進退와 선회왕래旋回往來하는 것이 다 법에 들어맞았다. 교장은 처음부터 끝까지 기침 소리 하나 나지 않았다.

손무가 집법관에게 분부한다.

"너는 대왕께 가서 내 말을 아뢰어라. '이제 병사가 다 조련되었으니 왕께서 친히 행차하사 사열하십시오. 비록 끓는 물과 불구덩이 속이라도 나아갈 뿐 물러서는 군사는 없을 것입니다.'"

염옹이 시로써 이 일을 읊은 것이 있다.

강한 군사가 패업을 다투는데
병법을 시험하여 군대를 빛내도다.
모두 아름다운 궁녀들이었으나
싸우는 용사와 다름없었도다.
비단 소매를 걷어붙이고 창을 휘두르니
화장한 얼굴이 갑옷에 비치는도다.
웃음을 가리고서 깃발 아래 나눠서고
부끄럼을 머금고서 대열을 지었도다.
명령이 내리면 신속히 움직이고
명령을 어기면 군법을 면하지 못하는도다.
이미 두 궁녀의 목을 끊었으니

비로소 훌륭한 장군의 면목을 알지로다.

이만하면 끓는 물과 불 속으로도 쳐들어가리니

100번을 싸운다 해도 실패가 없으리라.

强兵爭覇業

試武耀軍容

盡出嬌娥輩

猶如戰鬪雄

戈揮羅袖捲

甲映粉顔紅

掩笑分旗下

含羞立隊中

聞聲趨必速

違令法難通

已借妖姬首

方知上將風

驅馳赴湯火

百戰保成功

오왕 합려는 사랑하는 두 궁녀의 죽음을 매우 슬퍼하여 횡산橫山에다 후하게 장사지내주고 애희사愛姬祠라는 사당을 지어 제사까지 지냈다. 그는 손무를 등용하지 않고 나부산羅浮山으로 돌려보낼 작정이었다.

오자서가 아뢴다.

"신이 듣건대 병자흉기兵者凶器라 하옵니다. 곧 전쟁이란 사람을 해치는 흉악한 일이라 결코 장난조로 해서는 안 됩니다. 군대는 상벌이 엄하지 않으면 명령이 서지 않습니다. 대왕께서 초나라를 정복하고 천하 패권을 잡으시려면 필히 좋은 장수를 얻어야 하며, 좋은 장수란 반드시 과감하고 엄해야 합니다. 만일 손무를 버린다면 누가 회수淮水와 사수泗水를 건너 천리 먼 곳에 가서 싸울수 있겠습니까? 아름다운 여자는 얻기 쉽지만 진실로 훌륭한 장수는 얻기 어렵습니다. 궁녀 두 명 때문에 좋은 장수를 버린다면 이는 잡초를 사랑한 나머지 좋은 벼를 버리는 거나 같습니다."

오왕 합려는 오자서의 말에 깨달은 바 있어 마침내 손무를 상장上將으로 삼아 군사軍師로 대우하고 장차 초나라 칠 일을 맡겼다.

오자서가 손무에게 묻는다.

"장차 우리는 어느 쪽으로 쳐들어가야 할까요?"

손무가 대답한다.

"대저 군사를 쓰려면 먼저 내환內患부터 없애고 그후에 다른 나라를 치는 법입니다. 내 들으니 선왕 요僚의 동생인 엄여掩餘가 지금 서徐나라에 가 있고 촉용燭庸은 종오鍾吾나라에 가 있으면서 원수 갚을 생각을 하는 중이라고 합디다. 오늘날 군사를 쓰자면 먼저 엄여와 촉용부터 없애버린 후에 초나라를 쳐야 합니다."

오자서는 그럴듯하다고 생각하고 오왕 합려에게 손무의 말을 그대로 아뢌다.

오왕 합려가 말한다.

"서와 종오는 다 보잘것없는 조그만 나라라. 과인이 각각 사신을 보내어 엄여와 촉용을 잡아보내라고 요구하면 그 두 나라는 필시 그들을 보내올 것이오. 그러니 굳이 군사까지 쓸 필요는 없소."

이에 오나라는 서나라와 종오나라로 각기 사신을 보냈다. 서나라 임금 장우章羽는 오왕 합려의 요구를 듣고 난처했다. 그는 인

정상 망명 와 있는 엄여를 잡아보낼 수가 없어서 비밀히 사람을 보내어 다른 나라로 달아나게 했다.

한편 종오나라에서도 미리 촉용에게 귀띔해주어 다른 나라로 달아나게 했다.

엄여는 달아나다가 도중에서 역시 도망쳐오는 촉용과 만났다. 그들은 서로 상의하고 마침내 초楚나라로 달아났다.

초소왕楚昭王은 그들 두 사람을 환영했다.

"두 공자는 형님의 원수인 오왕 합려에게 그 원한이 골수에 사무쳤을 것이오. 우리 서로 손을 잡고 장차 오吳나라를 쳐서 원수를 갚읍시다. 그러니 당분간 두 공자는 서성舒城 땅에 가서 군사를 조련하며 오나라 군사를 방어해주기 바라오."

이에 엄여와 촉용은 오나라와 접경 지대인 서성 땅에 가서 초군을 조련했다.

한편, 오왕 합려는 이 소문을 듣고 몹시 노했다. 그래서 자기 명령을 어긴 두 나라를 치도록 손무에게 분부했다. 이에 손무는 먼저 서나라를 쳐서 여지없이 무찔러버렸다. 그후 서나라 임금 장우도 초나라로 달아났다.

손무는 다시 군사를 돌려 종오나라를 쳐서 임금을 사로잡아 돌아왔다. 그런 연후에 손무는 군사를 거느리고 초나라 서성 땅을 쳐서 격파하고 엄여와 촉용을 잡아죽였다.

오왕 합려는 이긴 김에 아예 초나라 도읍 영성까지 쳐들어갈 작정이었다.

손무가 아뢴다.

"세 번 싸움에 백성들은 매우 피로해 있습니다. 백성을 너무 부려서는 안 됩니다. 다음 기회를 기다리십시오."

이에 그들은 군사를 거느리고 오나라로 돌아갔다.

오자서가 오왕 합려에게 계책을 아뢴다.

"대저 적은 군사로 많은 적敵을 이기고, 약한 자가 강한 자를 이기려면 먼저 적을 수고롭게 하되 이쪽은 편안할 도리를 취해야 합니다. 옛날에 진晉나라 진도공晉悼公이 사군四軍을 셋으로 나누어 교대로 나가서 초군을 괴롭히고 큰 성과를 거둔 것도, 말하자면 조그만 노력으로 적을 최대한 수고롭게 한 것에 불과합니다. 지금 초나라 정권을 잡고 있는 자들은 욕심만 많고 용렬해서 능히 난국難局을 타개할 만한 인물들이 못 됩니다. 청컨대 모든 군사를 삼군三軍으로 나누어 초나라를 괴롭히는 것이 어떻겠습니까? 우리가 삼군 중에서 일군만 보내도 초군은 다 몰려나올 것입니다. 곧 그들이 나오면 우리는 돌아오고, 그들이 돌아가면 우리는 교대로 다음 일군을 보내면 됩니다. 이렇게 몇 번이고 되풀이하면 우리는 힘을 아껴가면서 모든 초군을 피로하게 만들 수 있습니다. 그들이 지칠 대로 지친 때를 놓치지 않고 우리 전군全軍이 갑자기 그들을 치면 초나라를 완전히 짓밟을 수 있습니다."

오왕 합려는 오자서의 계책대로 군사를 삼군으로 나누고 일군씩 교대로 접경에 보내어 초나라를 쳤다.

초나라에서 장수가 군사를 거느리고 황급히 구원 나오면 오나라 일군은 돌아갔다. 이렇게 자꾸 되풀이하는 동안에 과연 초군은 점점 지쳐갔다.

이때 오왕 합려에게 사랑하는 딸이 하나 있었다. 그녀의 이름은 승옥勝玉이었다.

언젠가 내궁에서 잔치가 있었다. 잔치가 한창일 때 포인庖人이 큰 생선찜을 바쳤다. 오왕은 그 생선찜을 반쯤 먹다가 배가 불러서 나머지를 딸 승옥에게 보냈다.

원래 성미가 까다로운만큼 결백한 승옥은 먹다 남은 생선찜을 보고 화를 냈다.

"왕이 먹다 남은 고기를 보내어 나를 이렇듯 모욕하시는구나. 내 살아서 무엇하리오!"

승옥은 방문을 닫아건 채 목을 매고 자살했다.

오왕 합려는 딸을 잃고 매우 슬퍼했다. 그는 평소 애지중지하던 딸인 만큼 성대히 염殮을 하고 서쪽 창문閶門 밖에다 땅을 크게 파게 해서 호수를 만들었다. 오늘날 세상에서 여분호女墳湖라고 불리는 것이 바로 그 호수다.

오왕 합려는 문석文石을 잘라 널을 만들고 호수가 보이는 창문 밖에다 딸을 장사지냈다. 장사를 지낼 때 부고에 있는 보물 반을 함께 묻어주었는데, 그중엔 황금으로 만든 가마솥과 옥으로 만든 술잔과 은으로 만든 술병과 구슬로 만든 의복 등도 들어 있었다. 또 명검으로 이름난 반영磐郢이란 칼도 함께 묻어주었다.

그리고 오왕 합려는 군사들을 시켜 길들인 백학白鶴을 시정에 내다가 춤추게 했다.

"모든 백성은 누구나 나와서 학이 춤추는 모습을 마음대로 구경하오."

백성들이 시정으로 쏟아져나와 길들인 백학이 춤추는 걸 보려고 인산인해를 이루었다.

이에 군사들은 구경 나온 백성들을 꾀어 굴문〔隧門〕으로 들여보냈다. 그 굴문에는 이미 모든 장치가 되어 있었다.

백학이 춤추는 걸 구경 나왔던 남녀노소들은 다시 승옥의 무덤

안을 구경시켜준다는 바람에 앞을 다투어 그 굴문 속으로 들어갔
다. 백성들이 다 들어가자 군사들은 굴문 위에 비끄러맨 줄을 칼
로 끊었다. 그러자 난데없는 큰 문이 굴 입구를 막아버렸다. 군사
들은 즉시 흙으로 그 굴을 묻어버렸다.

이날 생매장을 당한 남녀는 1만 명 이상이었다.

그때 오왕 합려는 이렇게 말했다.

"내 죽은 딸을 위해 1만 명을 순장했으니 승옥은 그다지 적막하
지 않으리로다."

오늘날도 옛 오나라 지방에선 초상이 나면 그 집 빈청殯廳이나
정자亭子 위에 백학을 만들어 매달아두는 풍속이 있다. 이것이 다
그때부터 시작된 풍속이라고 한다.

사신이 시로써 오왕 합려의 잔인성을 탄식한 것이 있다.

삼량을 순장했을 때도 모두 진秦나라를 비난했거니
백학을 춤추게 하고 백성 1만 명을 죽이다니 웬 말이냐.
부차 때 오나라가 망했다고 하지를 마라
오늘날 오왕 합려가 백성을 잃은 셈이다.
三良殉葬共非秦
鶴市何當殺萬人
不待夫差方暴骨
闔閭今日已無民

한편, 초나라 초소왕은 어느 날 밤 궁에서 자다가 문득 잠이 깼
다. 그런데 베개 바로 곁에 무엇인지 한 가닥 싸느란 것이 번쩍이
고 있었다.

황망히 일어나 자세히 본즉 그것은 한 자루 칼이었다. 이상히 생각한 초소왕은 날이 새자 칼을 잘 알아보는 풍호자風胡子란 사람을 불러들였다.

초소왕이 명한다.

"이 칼을 좀 보아라."

풍호자가 두 손으로 칼을 받아 살펴보더니 크게 놀란다.

"대왕께선 어디서 이 칼을 구하셨습니까?"

"과인이 지난밤에 자다가 깨어보니 이 칼이 베개 곁에 놓였더라. 과연 쓸 만한 칼인지?"

풍호자가 아뢴다.

"이 칼은 잠로湛盧라는 보검寶劍입니다. 지난날에 오나라 명장名匠 구야자歐冶子•란 사람이 만든 칼입니다. 그 당시 월越나라 왕이 구야자를 불러다가 칼 다섯 자루를 만든 일이 있었습니다. 그후 오왕 수몽壽夢이 이 소문을 듣고 그 다섯 자루의 칼을 욕심냈습니다. 이에 월왕이 칼 다섯 자루 중에서 세 자루를 오왕 수몽에게 바쳤습니다. 그 세 자루의 칼 이름을 말하자면 하나는 어장魚腸이란 비수匕首이며, 하나는 반영磐郢이며, 하나는 바로 이 잠로입니다. 어장은 전제專諸가 오왕 요僚를 찔러죽일 때 사용한 비수이며, 반영은 지난번에 오왕 합려가 자기 딸 무덤에 넣어준 것이며, 그 셋 중의 하나가 바로 이 잠로인 것입니다. 신이 듣건대 이 칼은 오금五金의 영기英氣이며 태양太陽의 정精으로서 칼집에서 뽑으면 신령神靈하고 허리에 차면 모든 것을 복종시키는데, 만일 이 칼을 가진 사람이 옳지 못한 짓을 하면 칼이 저절로 그 사람 곁을 떠난다고 하옵니다. 그러므로 이 칼이 있는 나라는 반드시 크게 번영한다는 것입니다. 그간 오왕 합려는 전왕 요를 죽이고 왕위에 섰으며, 자기 딸 무덤에 1만 명을 생매장했으니 오나라 백성들의 슬픔과 원망인들 오죽하겠습니까. 그러므로 이 보검 잠로는 무도한 임금 곁을 떠나 유덕有德한 왕께 온 것인가 합니다."

초소왕은 기뻐하며 항상 그 칼을 허리에 차고 다니며 애지중지했다. 그는 널리 백성들에게 이 사실을 알리고 하늘이 내린 상서로운 징조라 여겼다.

한편, 오왕 합려는 명검 잠로를 잃고 각방으로 칼을 찾았다. 그러던 중 어떤 자가 와서,

"그 칼은 초나라 왕의 소유가 되었습니다."

하고 아뢨다.

오왕 합려가 길길이 뛴다.

"이건 필시 내 좌우에 있는 놈들이 초왕의 뇌물을 받고서 내 칼을 훔쳐내 보낸 것이다."

이에 오왕 합려는 자기를 모시는 좌우의 어진 신하 수십 명을 죽였다.

드디어 오왕 합려는 손무 · 오자서 · 백비에게 군사를 주고 초나라를 치게 했다. 동시에 오나라는 월나라로 사자를 보내어 즉시 군사를 일으켜 초나라를 쳐달라고 청했다. 그러나 월왕 윤상允常은 초나라와 서로 거래하는 사이였는지라 군사를 일으키지 않았다.

한편 손무는 오자서와 함께 초나를 쳐서 육합六合 땅과 잠산潛山 땅 두 고을을 점령했다. 그러나 오나라 후속 부대가 계속 뒤를 대지 못해서 손무는 결국 본국으로 회군했다.

오왕 합려는 이번에 월나라가 함께 군사를 일으켜 초나라를 쳐주지 않은 데 대해서 격분했다. 오왕 합려는 마침내 월나라를 치기로 결심했다.

손무가 간한다.

"금년은 세성歲星(목성木星)이 월나라 위에 있으므로 그들과 싸우는 것은 이롭지 못합니다."

그러나 오왕 합려는 손무의 말을 듣지 않고 마침내 군사를 일으켜 월나라를 쳤다. 오나라 군사는 취리檇李 땅에서 월나라 군사를 무찌르고 많은 물품을 노략질했다.

그들이 오나라로 돌아오는 도중이었다.

손무가 오자서에게 말한다.

"40년 후면 월나라가 강국이 될 것이며, 그땐 오나라 운수도 끝날 것이오."

오자서는 손무의 말을 유심히 들어두었다. 이것이 바로 오왕 합려 5년 때 일이었다.

그 다음해에 초나라에선 영윤令尹 낭와囊瓦가 수군水軍을 거느리고 지난해 싸움에 진 것을 설치하려고 오나라를 쳤다. 이에 오왕 합려는 손무에게 초나라 수군을 격퇴하라고 분부했다. 손무는 출전하여 소巢 땅에서 초나라 수군을 여지없이 쳐부수고 초나라 장수 미계羋繫를 사로잡아 돌아왔다.

그러나 오왕 합려는 불만스러워했다.

"초나라 도읍 영성郢城에 들어가지 못하면 비록 초군에게 이겼다 할지라도 무슨 공로가 되리오."

오자서가 대답한다.

"신이 어찌 원수들이 살고 있는 초나라 도읍 영성을 잠시나마 잊을 리 있겠습니까. 그러나 초나라는 아직 천하 강국이기 때문에 경솔히 대적할 수 없습니다. 초나라 영윤 낭와는 비록 민심을 얻지 못했지만 아직까지 모든 나라 제후로부터 미움을 받고 있진 않습니다. 하지만 욕심 많은 낭와는 모든 나라 제후들에게 늘 뇌물을 보내라고 꾸준히 조른다 하니 오래지 않아서 모든 나라가 그를 미워할 때가 올 것입니다. 그러한 기회를 기다렸다가 일거에 초나라를 무찔러야 합니다."

손무는 강 어귀에서 날마다 수군을 조련하고, 오자서는 널리 세작細作을 보내어 초나라에 관한 정보를 수집했다.

하루는 아랫사람이 들어와서 오자서에게 고한다.

"당唐·채蔡 두 나라 사신이 우리 나라와 통호通好하려고 지금 교외에 와 있습니다."

오자서는 우선 기뻐했다.

"당나라와 채나라는 다 초나라의 속국이다. 그러한 그들이 아무 연고 없이 오나라에 왔을 리 없다. 틀림없이 초나라를 원망한 나머지 우리를 찾아온 것일 게다. 그렇다면 하늘이 나에게 이제야 초나라를 멸망시키라는 뜻이로구나!"

오자서는 드디어 때가 왔다고 믿었다.

이야기는 조금 전으로 돌아간다.

초나라 초소왕이 보검 잠로湛盧를 얻게 되자 모든 나라 제후는 초나라에 가서 초소왕을 축하했다. 당나라 당성공唐成公과 채나라 채소공蔡昭公도 축하하려고 초나라에 갔었다.

원래 채소공에겐 양지백옥패羊脂白玉佩 한 쌍과 은초서구銀貂鼠裘 갖옷 두 벌이 있었다. 채소공은 축하하는 뜻으로 그중 백옥패 한 개와 갖옷 한 벌을 초소왕에게 바치고 남은 갖옷 한 벌은 자기가 입고 구슬은 허리에 찼다.

영윤 낭와는 채소공이 입고 있는 갖옷과 구슬을 보자 욕심이 났다. 그래서 채소공이 입고 있는 갖옷과 구슬을 자기에게 주었으면 좋겠다고 청했다. 그러나 채소공은 그 갖옷과 구슬을 사랑한 나머지 낭와의 청을 거절했다.

또 당성공에겐 원래 명마名馬 두 필이 있었는데, 이름을 숙상肅霜이라고 했다. 이 두 필의 말은 털이 비단처럼 희고 머리는 높고 목이 길며 다리는 날씬했다.

그후 사람들은 이 두 명마의 이름 곁에다 다시 말마馬자 변邊을 붙여서 숙상驌驦이라고 불렀다. 실로 천하에 보기 드문 명마 한 쌍이었다.

당성공은 두 백마가 이끄는 수레를 타고 초나라에 갔다. 그 말들을 타면 몹시 빠르고 편안했다.

영윤 낭와는 그 두 말을 보자 또 욕심이 났다. 그래서 당성공에게 사람을 보내어 말을 자기에게 주었으면 좋겠다고 청했다. 그러나 당성공도 워낙 사랑하는 말이어서 그 청을 거절했다.

며칠 후 채소공과 당성공이 초소왕에게 축하하는 조례朝禮를 마치고 본국으로 각기 돌아가려던 참이었다.

영윤 낭와가 왕궁에 들어가서 초소왕에게 참소한다.

"당·채 두 나라는 비밀리에 오나라와 내통하고 있는 중이라 합니다. 만일 두 나라 임금을 본국으로 돌려보내면 반드시 오나라의 앞잡이가 되어 우리 초나라를 칠 것입니다. 차라리 그들을 우리 나라에 잡아두십시오."

이리하여 채소공과 당성공은 까닭 없이 역관驛館에 잡혀 있게 되었다. 그리고 초나라 무사武士 1,000명이 두 군후君侯의 관역을 각각 맡아 지켰다. 말로는 호위護衛라고 하지만 실은 감금監禁이었다.

이때 초소왕은 나이가 어려서 영윤 낭와가 나라 정치를 도맡아 하다시피 했다.

어처구니없는 일이었다. 채소공과 당성공이 초나라에 잡혀 있은 지도 3년이 지났다. 두 임금은 몹시 본국으로 돌아가고 싶었지만 바깥출입도 마음대로 할 수 없는 처지였다.

한편, 당나라 세자는 아버지 당성공이 3년이 지나도록 본국에 돌아오지 않자 자기 대신 대부 공손철公孫哲을 초나라로 보냈다.

대부 공손철은 초나라에 가서야 당성공이 갇혀 있는 까닭을 알았다.

공손철이 당성공에게 아뢴다.

"말 두 마리와 국가 중에 어느 쪽이 더 중요합니까? 상감께선 왜 욕심 많은 낭와에게 말을 주고 본국에 돌아가실 생각을 하지 않으십니까?"

당성공이 대답한다.

"저 말은 이 세상의 보물이다. 과인은 초왕楚王에게도 바칠 생각을 한 일이 없다. 그런데 영윤에게 주다니 될 말이냐? 더구나 영윤 낭와는 욕심이 한없는 비루한 자다. 힘으로써 과인을 이렇게 잡아두고 있지 않은가. 과인은 차라리 죽으면 죽었지 저 말을 줄 수 없다!"

공손철은 본국에서 데리고 온 종자從者를 구석으로 슬그머니 불러냈다.

"상감께서 말을 내주기 싫어서 초나라에 이러고 계시다만 어찌 국가보다 말이 중할 수 있겠느냐. 우리가 몰래 말을 훔쳐다가 초나라의 영윤에게 바치고 상감을 모시고 본국으로 돌아가자. 돌아가서 우리가 말 훔친 벌을 당할지라도 할 수 없는 일이 아니냐?"

"여부가 있습니까. 옳은 말씀입니다."

이에 종자는 술을 가지고 마구간에 가서 어인圉人(말을 사육하는 사람)에게 흠뻑 취하도록 먹였다. 이윽고 어인은 대취해서 곯아떨어졌다.

공손철은 말 두 필을 몰래 끌어내어 곧 영윤 낭와에게 끌고 갔다.

"우리 상감께서 영윤 대감의 덕망德望을 사모하사 저에게 이 말을 바치라 하옵기에 왔습니다. 보잘것없는 짐승이나 거두어주십시오."

영윤 낭와는 좋아하며 말 두 필을 받았다.

이튿날이었다.

낭와가 궁에 들어가서 초소왕에게 고한다.

"원래 당나라는 지역이 좁고 군사가 미약해서 큰일을 저지르지 못할 것이라 합니다. 당후唐侯를 용서하시고 본국으로 돌려보내십시오."

그날로 초소왕은 당성공을 석방했다.

당성공이 본국에 돌아온 지 수일 후였다. 공손철과 종자는 스스로 자기 몸을 결박하고 전각殿閣 앞에 나아가서 대죄待罪했다.

당성공이 부드러운 목소리로,

"그대들이 말을 훔쳐다가 욕심 많은 초나라 영윤 낭와에게 바치지 않았던들 과인이 어찌 본국에 돌아올 수 있으리오. 모든 것이 다 과인의 잘못이었다. 그대들은 과인을 원망치 마라."

하고 그들에게 많은 상까지 주었다.

오늘날 덕안부德安府 수주성隨州城 북쪽에 가면 숙상파驌驦陂라는 곳이 있다. 옛날에 당성공의 명마 두 필이 그곳을 지나간 일이 있다 해서 그렇게 이름붙인 것이라고 한다.

염선이 시로써 이 일을 읊은 것이 있다.

3년 간 구금당했으니 얼마나 분했겠는가
결국 욕심 많은 자에게 말을 주지 않았기 때문이었다.
형편 따라서 말을 훔쳐주지 않았던들
당성공이 어찌 초나라를 벗어날 수 있었으리오.
三年拘繫辱難堪
只爲名駒未售貪
不是便宜私竊馬
君侯安得離荊南

한편, 채소공은 당성공이 결국 말을 바치고야 본국으로 돌아갔다는 소식을 듣고서 비로소 초나라 영윤 낭와에게 은초서구銀貂鼠裘 갖옷과 양지백옥패羊脂白玉佩를 바쳤다.

그날로 낭와는 초소왕에게 갔다.

"채나라도 당나라와 마찬가지입니다. 당후를 돌려보낸 이제 채후蔡侯만 잡아둘 필요는 없습니다."

초소왕은 영윤 낭와가 시키는 대로 했다.

이리하여 채소공은 초나라 도읍 영성에서 벗어났으나 치밀어오르는 분노를 참을 수 없었다. 그는 한수漢水 가에 이르자 강물에 맹세했다.

"과인이 장차 초나라를 쳐서 이 분을 풀지 못하면 다시는 이 강을 건너지 않으리라!"

채소공은 본국에 돌아가자마자 세자 원元을 진晉나라에 볼모로 갖다바치면서 3년 동안이나 초나라에서 당한 사정을 하소연하고,

"초나라를 치겠으니 군사를 빌려주십시오."
하고 간청했다.

진정공晉定公은 주周나라로 사람을 보내어 채소공의 원통한 호소를 주경왕에게 고했다.

주경왕이 경사卿士 유권에게 명령한다.

"왕명으로써 모든 나라 군사를 소집하고 초나라를 치도록 하여라."

마침내 주나라 왕명에 의해서 송宋·제齊·노魯·위衛·진陳·정鄭·허許·조曹·거莒·주邾·돈頓·호胡·등滕·설薛··기杞·소주小邾·채蔡 열일곱 나라가 일제히 군사를 일으켰다. 원래 이들 열일곱 나라 군후는 각기 일찍부터 초나라 영윤 낭와의 탐욕 때문에 이래저래 골탕을 먹은 일이 있어서 모두 초나라를 증오하던 참이었다.

이에 진晉나라 범앙范鞅이 연합군의 대장大將이 되고, 순인荀寅이 부장副將이 되었다.

드디어 열일곱 나라 군사가 각기 자기 나라를 떠나 소릉召陵 땅으로 집합했다.

연합군의 부장 순인은 이런 생각을 했다.

'우리는 채나라를 위해서 군사를 일으켰다. 그러니 이번에 초나라를 쳐서 성공하면 결국 채나라만 덕을 보는 셈이다. 그렇다면 채후도 우리에게 각별한 생각이 있을 것이다.'

부장 순인은 곧 채소공에게 사람을 보내 다음과 같은 말을 전했다.

"제가 듣기에 군후께선 은초서구 갖옷과 양지백옥패를 초나라 임금과 신하에게 각각 선사했다던데, 이렇듯 군후를 위해 애쓰는 우리 나라 임금과 신하에겐 어찌하여 인사가 없으십니까? 우리는 다만 군후를 위해서 천릿길을 왔습니다. 장차 무엇으로 우리 군사들의 수고를 위로하시렵니까?"

채소공은 뇌물을 달라는 요구엔 치가 떨리는 사람이었다.

"가서 부장 순인에게 내 말을 전해라. '나는 초나라 영윤 낭와와의 한없는 욕심에 진저리가 나서 초나라를 버리고 진晉나라에 의지한 것이오. 진나라는 천하 패권을 잡고 있는 우리들의 맹주이시라. 그렇다면 진나라는 강하고 무법無法한 초나라를 쳐서 약한 나라를 도와주는 것이 의무가 아니겠소? 뿐만 아니라 초나라를 거꾸러뜨리면 형荊·양襄 5,000리 땅을 다 차지하게 될 것인즉, 그만하면 모든 군사를 위로하고도 남음이 있을 것이오. 그러니 이해로써 따진대도 어느 것이 더 크겠소?"

채나라에 갔던 사람이 돌아와서 채소공의 말을 전하자 순인은 무안해서 얼굴을 붉혔다.

이때가 주경왕周敬王 14년 봄이었다. 수십 일 동안 비가 쉴 새 없이 내렸다. 날씨가 좋지 못해서 왕신王臣 유권劉卷이 먼저 학질로 앓아누웠다.

순인이 대장 범앙에게 말한다.

"지난날 오패五霸 중에서 강하기로 말하면 제나라 제환공齊桓公이 으뜸이었소. 한데 그 당시 제환공도 소릉召陵 땅에 군사를 주둔시키기는 했으나 결국 초나라에 손실을 주진 못했소. 그후 우리 나라 진문공晉文公께서도 초나라와 겨루어 겨우 한 번밖에 이기지 못하셨소. 그후로 늘 신통치 못한 싸움만 번번이 하다가 결국 서로 싸우지 않기로 우호를 맺은 것이오. 지금 냉정히 따져본다면 사실 우리 진나라가 굳이 초나라와 싸워야 할 이유도 없지요. 그러니 우리 쪽에서 먼저 싸움을 벌인다는 건 옳지 못한 줄 아오. 더구나 아직도 장마가 그치지 않아서 점점 괴질怪疾이 퍼지고 있는 중이오. 이럴 때엔 싸워봐야 이기기 어렵습니다. 그렇다고 우리가 물러간다면 초나라는 좋은 기회로 알고 돌아가는 우리 뒤를 칠 것입니다. 좌우간 이 일을 신중히 알아서 하오."

대장 범앙도 욕심이 많은 자였다. 그 역시 순인이 채소공에게 뇌물을 청했다가 거절당한 사실을 들어서 알고 있었다.

마침내 연합군의 대장 범앙은 비가 와서 싸울 수 없다는 핑계를 대고 볼모로 받아두었던 채나라 세자 원元을 채소공에게 돌려보냈다. 연후에 범앙은 명령을 내려 자기 나라 군사만 거느리고 돌아가버렸다.

염선이 시로써 이 일을 탄식한 것이 있다.

위의威儀를 갖춘 모든 나라 제후가 군사를 거느리고 있으니
초나라를 무찌를 수 있는 힘이 넉넉했도다.
누가 중원에 의사가 없다고 말했는지
사실 뇌물을 좋아하는 낭와와 똑같은 자들뿐이었다.
冠裳濟濟擁兵車
直擣荊襄力有餘
誰道中原無義士
也同囊瓦索苞苴

채소공은 모든 나라 제후들이 뿔뿔이 본국으로 돌아가는 걸 보고서 크게 실망했다. 하는 수 없이 그도 본국으로 돌아가는데 도중에 심沈나라를 지나가게 되었다. 채소공은 이번에 초나라를 치려는데 심나라가 협력하러 오지 않았던 것을 노엽게 생각하고 마침내 대부 공손성公孫姓을 시켜 심나라를 쳤다.

드디어 채나라 군사는 심나라를 쳐서 멸망시키고 그 임금 가嘉를 잡아죽였다. 채소공의 분풀이에 조그만 심나라만 희생된 것이었다.

한편, 이러한 정보를 듣고 초나라 영윤 낭와는 분기충천했다. 초나라는 즉시 군사를 일으켜 채나라를 쳤다. 그런 지 얼마 안 되어 초나라 군사는 채나라 성을 포위했다.

공손성이 채소공에게 아뢴다.

"진晉은 족히 믿을 만한 나라가 못 됩니다. 차라리 동쪽 오吳나라에 가서 구원을 청하는 것이 낫습니다. 오나라엔 지금 초나라를 철천지원수로 삼고 있는 오자서伍子胥와 백비伯嚭가 높은 벼슬을 살고 있습니다. 우리가 청하면 그들은 반드시 힘껏 우리를 도와줄 것입니다."

"그러면 그대는 당唐나라로 가서 이 일을 말하고 그곳 사람과 함께 오나라에 가서 군사를 빌려오너라. 그리고 그냥 가지 말고 공자 건乾을 데리고 가서 오나라에 볼모로 맡겨라."

공자 건이란 바로 채소공의 둘째아들이었다.

이리하여 채나라 공손성은 공자 건을 데리고 당나라에 갔다가 다시 당나라 신하 한 사람과 함께 오나라로 갔다. 그들은 오나라에 당도하는 즉시 오자서에게 면회를 청했다.

이에 오자서가 그들을 데리고 왕궁에 가서 오왕 합려에게 아뢴다.

"당·채 두 나라 사신이 초나라에 대한 원한을 갚기 위해 앞장을 서겠다고 자원해왔습니다. 위기에 빠진 채나라를 건져주면 우리 오나라의 위엄을 떨칠 수 있을 것이며, 초나라를 무찌르면 그 이익이 많을 것인즉 이야말로 일석이조라 하겠습니다. 왕께서 초나라 도읍 영성에 들어가는 것이 원이시라면 이 절호의 기회를 놓치지 마십시오."

오왕 합려가 채소공이 보낸 공자 건을 볼모로 받고 채나라 사신 공손성에게 말한다.

"우리가 곧 군사를 일으켜 귀국을 도우러 갈 것이니 그대는 먼저 돌아가서 이 뜻을 채후蔡侯께 전하오."

공손성과 당나라 사신은 오왕 합려에게 감사의 뜻을 밝히고 각기 본국으로 돌아갔다.

오왕 합려가 군사를 일으키려는 참인데 신하 한 사람이 들어와서 아뢴다.

"지금 군사軍師 손무孫武가 강 어귀에서 돌아와 아뢸 말씀이 있다면서 뵙기를 청합니다."

"이리로 곧 들어오게 하라."

오왕 합려는 손무에게 돌아온 뜻을 물었다.

손무가 아뢴다.

"지금까지 우리가 본격적으로 초나라를 치지 못한 것은 초나라의 속국이 많기 때문이었습니다. 그런데 이번에 진晉나라가 초나라를 한번 성토聲討하자 열일곱 나라가 모여들었습니다. 그중 특히 진陳·허許·돈頓·호胡 같은 나라는 원래부터 초나라를 섬겨왔는데도 불구하고 이번엔 진晉나라 편에 가담한 걸 보면 천하의 마음이 얼마나 초나라를 미워하는지 알 수 있습니다. 지금 초나라를 원망하는 건 비단 당나라나 채나라만이 아닙니다. 이제야말로 고립 상태에 있는 초나라를 칠 때입니다."

이 말에 오왕 합려는 흐뭇해했다.

드디어 피이被離와 전의專毅는 세자 파波를 모시고서 국내를 지키기로 하고, 손무는 대장이 되고, 오자서와 백비는 부장이 되고,

오왕의 친동생 공자 부개夫槪는 선봉이 되고, 공자 산山은 모든 군량軍糧을 맡아 뒤를 대기로 하고 마침내 오나라는 군사 6만 명을 총출동시켰다. 그러면서 그들은 10만 대군이라고 자칭했다.

이리하여 오나라 10만 대군은 오왕 합려의 인솔 아래 배를 타고 수로水路를 따라 회수를 건너 채나라로 나아갔다.

한편 채나라 성을 포위하고 있던 초나라 영윤 낭와는 크게 몰려오는 오나라 군사에 기가 질려 즉시 포위를 풀고 달아났다.

영윤 낭와는 초나라 군사를 거느리고 한수를 건너가서 영채를 세웠다. 곧 강을 가운데 두고 오나라 군사를 막자는 것이었다. 동시에 낭와는 영성郢城으로 보발군을 보내어 위급함을 고했다.

한편 채소공은 오왕 합려를 영접하고 초나라 임금과 신하가 얼마나 못된 자들인가를 울면서 호소했다.

이튿날엔 당나라 당성공唐成公이 군사를 거느리고 채나라 성에 당도했다. 채소공과 당성공은 오왕 합려의 좌우익左右翼이 되어 초나라 치는 일을 돕겠다고 자원했다.

오吳 · 채蔡 · 당唐 세 나라 군사가 출발하기에 앞서 손무가 오나라 군사에게 명령한다.

"전함은 다 회수에 그냥 두고 모든 군사는 육로로 행군한다."

오자서가 대군을 거느리고 행군하면서 손무에게 묻는다.

"왜 배를 회수에다 버리고 갑니까?"

"배가 흐르는 물을 거슬러 올라가자면 늦습니다. 초군楚軍에게 준비할 여유를 주지 말고 쳐들어가야 합니다."

오자서는 손무의 말을 듣고 감탄했다.

오나라 군사는 강 북쪽에서 육로를 따라 장산章山 땅으로 빠져나가 곧장 한양漢陽 땅으로 강행군했다.

이리하여 마침내 초나라 군사는 한수 남쪽에 둔屯치고, 오나라 군사는 한수 북쪽에 영채를 세웠다.

초나라 영윤 낭와는 오나라 군사가 바로 한수를 건너오지나 않을까 밤낮 근심하다가 오나라의 전함이 회수에 있다는 정보를 듣고서야 겨우 안심했다.

한편, 초나라 초소왕은 오나라가 큰 군사를 일으켰다는 보고를 받고 모든 신하에게 계책을 물었다.

공자 신申이 아뢴다.

"낭와는 대장으로선 적합하지 못한 인물입니다. 곧 좌사마左司馬 심윤술沈尹戌에게 군사를 주어 속히 가서 오나라 군사가 한수를 건너지 못하도록 막으라 하십시오. 먼 곳에서 온 오나라 군사는 후방과 연락이 어려워서라도 반드시 오래 머물지는 못할 것입니다."

초소왕은 공자 신의 계획대로 지시했다. 이에 좌사마 심윤술은 군사 1만 5,000명을 거느리고 오나라 군사를 막으려고 떠났다.

심윤술이 한양漢陽 땅에 당도하자 낭와는 그를 대채大寨로 영접했다. 심윤술이 묻는다.

"오나라 군사가 어느 쪽에서 왔기에 이렇듯 신속히 왔을까요?"

낭와가 대답한다.

"그들은 회수에다 배를 두고 육로로 예장豫章을 거쳐서 왔소."

이 말을 듣자 심윤술이 소리를 높여 웃는다.

"세상 사람들은 손무의 용병술用兵術이 신神과 같다지만 내가 보기엔 참으로 아이들 장난에 불과하오."

"그게 무슨 뜻이오?"

심윤술이 자랑스레 대답한다.

"오나라엔 강이 많기 때문에 오나라 사람의 장기長技는 수전水戰이오. 그런데 그들이 배를 버리고 다 뭍으로 왔다는 것은 속히 이겨야겠다는 허욕虛慾이 앞선 것이오. 그러나 그들은 돌아갈 길이 없습니다. 그래서 웃는 것이오."

낭와가 묻는다.

"그건 그렇다 치고…… 그들이 지금 한수 저편에 둔치고 있으니 어떻게 하면 무찌를 수 있겠소?"

심윤술이 계책을 말한다.

"나의 군사 5,000명을 대감께 나눠드릴 터이니, 대감은 한수 가에 진영을 벌여 세우고 이쪽 연안에 있는 배란 배는 모조리 거두어 들이십시오. 그런 후에 군사들에게 가벼운 배를 타고 강 위아래로 오르내리며 오나라 군사가 배를 구하지 못하도록 방해하라고 하십시오. 그러는 동안에 나는 일군을 거느리고 신식新息 땅으로 빠져 회수로 나가서 오나라 군사가 버리고 간 배를 모조리 불태워 없애고 다시 해동海東 땅 좁은 길에 나무와 돌을 쌓아 길을 끊겠소이다. 그러면 대감은 군사를 거느리고 한수를 건너가 오나라 군사의 대채를 치고, 나는 뒤로 돌아와서 그들의 배후를 치면 됩니다. 돌아갈 수 있는 수로와 육로는 다 끊기고 앞뒤로 공격을 받게 되면 오나라 임금과 신하는 모조리 우리 손에 죽었지 별수 없습니다."

이 말을 듣고 낭와는 매우 좋아했다.

"좌사마의 높은 계책은 참으로 나보다 낫소!"

이에 심윤술은 장수 무성흑武城黑에게,

"그대는 군사 6,000명을 거느리고 영윤 대감을 도우라."

분부하고 자기는 일군을 거느리고서 신식 땅으로 떠났다.

묘를 파고 시신을 매질하다

좌사마左司馬 심윤술沈尹戌이 신식新息 땅으로 떠난 뒤 오吳·
초楚 두 나라 군사는 한수漢水를 사이에 두고 다시 며칠 동안을 대
치했다.

이때 초나라 장수 무성흑武城黑은 영윤令尹 낭와囊瓦에게 아첨
하고 싶은 생각이 나서 대채大寨로 갔다.

"오나라 군사가 배를 버리고 뭍으로 올라온 것은 마치 물고기
가 숲 속으로 들어온 거나 다름없습니다. 더구나 그들은 이곳 지
리에도 밝지 못합니다. 좌사마의 말대로 그들이 패할 것은 뻔한
일입니다. 이미 여러 날이 지났건만 저들이 능히 강을 건너오지
못하는 것만 봐도 지쳐 있는 것이 분명하니 이럴 때 적군을 속히
치십시오."

낭와의 신임을 받는 장수 사황史皇도 권한다.

"지금 영윤 대감께선 초나라 백성들에게 별로 신임을 받지 못
하고 있습니다. 그 대신 좌사마 심윤술은 나날이 백성들의 신뢰를

받는 중입니다. 이번에 또 심윤술이 오나라의 배를 불살라 길을 끊고 적을 격파한다면 그는 일등 공로를 세우게 됩니다. 물론 영윤 대감께선 벼슬도 높고 명망도 높지만 그간 여러 번 실수가 없지 않았는데, 이번에도 심윤술에게 공로를 뺏긴다면 장차 무슨 면목으로 문무백관의 맨 앞줄에 설 수 있겠습니까. 틀림없이 심윤술이 대감을 대신해서 영윤 자리를 차지할 것입니다. 그러니 차라리 무성흑 장군의 계책대로 한수를 건너가서 오군과 승부를 겨루는 것이 상책일까 합니다."

영윤 낭와는 두 장수의 권고에 귀가 솔깃해졌다.

드디어 낭와는 삼군을 거느리고 한수를 건너가 소별산小別山에 이르러 진세陣勢를 폈다.

초나라 장수 사황은 군사를 거느리고 가서 오나라 군사에게 싸움을 걸었다.

이에 오나라 손무孫武는 선봉先鋒인 공자 부개夫槪에게 나가서 초나라 군사와 싸우도록 분부했다. 공자 부개는 군사 300명에게 각각 단단한 몽둥이 한 개씩을 들려 나갔다. 오나라 군사는 큰 몽둥이를 휘둘러 닥치는 대로 초나라 군사를 후려갈겼다.

초나라 군사는 생전 처음 보는 몽둥이 부대에 미처 손도 쓰지 못하고 오나라 군사에게 무수히 난타를 당했다. 마침내 초나라 장수 사황은 대패하여 달아났다.

영윤 낭와가 패하여 도망온 사황을 책망한다.

"그대는 나에게 강을 건너게 하더니 겨우 첫번째 싸움에서 패했으니 무슨 면목으로 나를 보러 왔느냐?"

사황이 대답한다.

"싸워서 적장을 참하지 못하고 공격해서 적의 임금을 사로잡지 못한다면 이는 병가兵家의 자랑이 못 됩니다. 지금 오왕은 대별산大別山 대채에 있습니다. 소소한 싸움에 이기느니 오늘 밤에 적의 대채를 급습해서 적장을 참하고 오왕을 사로잡아오겠습니다."

낭와는 그 뜻을 기특히 여기고 마침내 정병精兵 1만 명을 골라 함매衔枚시킨 후 대별산 뒤로 돌아가서 오왕 합려를 사로잡기로 결심했다.

한편, 손무는 공자 부개가 첫번째 싸움에 이겼다는 보고를 받았다. 오나라 모든 장수와 군사들은 서로 축하하며 즐거워했다.

손무가 기뻐하는 장졸將卒들을 제지하며,

"낭와는 요행수나 믿고서 공功을 탐하는 보잘것없는 자라. 오늘 초나라 장수 사황이 우리에게 지긴 했지만 아직 초나라 군사는 건재하다. 오늘 밤에 그들은 반드시 우리 대채를 엄습할 것이니 우리 편에서도 준비가 있어야겠다."

하고 다시 명령을 내린다.

"공자 부개와 전의專毅는 각기 본부군本部軍을 거느리고 대별산 좌우에 매복하고 있다가 초각哨角 소리가 나거든 그걸 신호로 알고 일제히 나아가 적과 싸우시오. 그리고 당唐·채蔡 두 군후君侯께선 서로 양쪽 길에 나누어 계시다가 사세를 보아 공자 부개와 전의가 유리하게끔 도와주십시오. 또한 오자서는 군사 5,000명을 거느리고 아예 소별산으로 가서 낭와의 영채를 무찌르시오. 백비는 군사를 거느리고 뒤따라가서 오자서를 유리하도록 도우시오. 그리고 공자 산山은 오왕을 모시고 한음산漢陰山으로 자리를 옮겨 적군을 피하오. 그런 후에 대별산 대채엔 정기旌旗를 돌려가며 가득히 꽂아놓고 늙고 약한 군사 수백 명만 두어 지키게 하오."

어느덧 해가 저물고 밤은 점점 깊어갔다.

드디어 삼고三鼓 때가 되자 과연 낭와가 초나라 정병을 거느리고 대별산 뒤에서 나타났다. 초나라 군사는 오나라 대채가 아무 방비도 없이 고요한 걸 보고 크게 함성을 지르며 일제히 쳐들어갔다. 그러나 오왕 합려는 없었다. 그제야 낭와는 혹 오나라 군사가 어디에 매복하고 있지 않나 하고 황망히 대채에서 나왔다.

그때 초각 소리가 일제히 일어났다. 지금까지 좌우에 숨어 있던 공자 부개와 전의는 각기 군사를 거느리고 뛰어나가 초나라 군사를 협공했다.

초나라 영윤 낭와는 좌우로 공격을 받고 몹시 놀라 한편으론 싸우며 한편으론 달아났다. 오나라 군사는 마치 짐승을 사냥하듯이 뒤쫓아가며 초나라 군사를 마구 쳐죽였다. 낭와는 군사 3분의 1을 잃고서야 겨우 오나라 군사에게서 벗어나 달아났다.

낭와가 얼마쯤 도망쳤을 때였다. 문득 앞에서 포성砲聲이 크게 일어났다. 동시에 오른쪽에서 채소공蔡昭公이 군사를 거느리고 달려오며 부르짖는다.

"이놈, 낭와야! 게 섰거라. 내 갖옷과 백옥패白玉佩를 돌려주면 네 목숨을 살려주마!"

그와 더불어 왼편에선 당성공唐成公이 군사를 거느리고 달려오며 부르짖는다.

"속히 나의 숙상마肅霜馬 한 쌍을 내놓아라. 그래야만 네가 죽음을 면하리라!"

초나라 영윤 낭와는 부끄럽기도 하고 괴롭기도 하고 황급하기도 하고 무섭기도 했다.

이때 마침 초나라 장수 무성흑이 군사를 거느리고 달려와서 한바탕 크게 싸우다가 위기에 빠진 낭와를 구출해 일제히 달아났다.

그들이 몇 리쯤 달아나 겨우 목숨을 부지했을 때, 본영本營을 지키도록 두고 온 군졸들이 허둥지둥 달려왔다.

"너희들이 웬일이냐?"

"큰일났습니다. 오나라 장수 오자서가 이미 우리 본영을 점령했습니다. 사황 장군은 오나라 군사와 대판 싸웠으나 대패했는데 지금 어디에 있는지 모르겠습니다."

이 말을 듣자 낭와는 가슴이 찢어질 듯 정신이 아찔해졌다.

초나라 영윤 낭와는 패잔병을 거느리고 밤길을 달렸다. 그는 백거柏擧 땅에 이르러 비로소 말에서 내렸다.

그 이튿날 낮쯤 해서 초나라 장수 사황이 역시 패잔병을 거느리고 백거 땅에 왔고, 흩어졌던 패잔병들도 점점 모여들어 초나라 군사는 다시 영채를 세웠다.

낭와가 힘없이 말한다.

"손무는 과연 용병술이 귀신 같구나. 이러고 있을 것이 아니라 영채를 버리고 일단 본국으로 돌아가 다시 군사를 청해와서 오나라 군사와 싸우는 수밖에 없다."

사황이 조용히 타이른다.

"영윤 대감께서 대군을 거느리고 오나라 군사를 막으려고 여기까지 왔는데, 만일 영채를 버리고 본국으로 돌아가시고 나면 오나라 군사는 단박에 한수를 건너 즉시 영성郢城으로 쳐들어올 것입니다. 그때에 대감께선 오나라 군사를 막지 못하고 돌아온 죄를 무엇으로 면하시렵니까. 그냥 이대로 돌아가느니 차라리 전력을 기울여 오나라 군사와 끝까지 싸움터에서 죽는 편이 낫습니다. 그래야만 후세에 이름이나마 더럽히지 않을 것입니다."

낭와는 기가 막혔다. 그는 아무 대답도 못하고 한참 이렇게 해볼까 저렇게 해볼까 주저하던 참이었다.

부하 군사 하나가 들어와서 고한다.

"본국에서 1만 군사가 우리를 도우러 왔습니다."

낭와는 즉시 밖으로 나가서 군사를 거느리고 온 장수를 영접해 들였다. 그 장수의 이름은 위사蔿射였다.

위사가 영윤 낭와에게 말한다.

"대왕께서 오나라 군사의 형세가 크다는 보고를 들으시고 혹 영윤 대감 혼자서 싸워 이기기엔 힘들 줄로 염려하시어 저에게 군사 1만 명을 거느리고 가라 하시기에 왔습니다. 그래 그간 싸운 경과는 어떻습니까?"

낭와는 그동안의 경과를 사실대로 말했다. 낭와의 얼굴엔 부끄러워하는 기색이 완연했다.

위사가 말한다.

"좌사마 심윤술의 말대로만 하셨더라도 일이 이 지경엔 이르지 않았을 텐데…… 그러나저러나 이젠 구렁을 깊이 파고 누壘를 높이 쌓아 그저 오나라 군사의 공격이나 막으면서 좌사마 심윤술의 군대가 돌아올 때를 기다렸다가 함께 힘을 합쳐 적군을 무찌르는 수밖에 없습니다."

낭와가 의견을 말한다.

"나는 수효도 많지 못한 군사를 거느리고 적의 대채를 쳤다가 도리어 큰 낭패를 봤지만, 우리가 서로 각기 두 진영을 차린다면야 어찌 오나라 군사보다 약할 리 있으리오. 이제 장군도 오고 했으니 이 기회에 나와 함께 오나라 군사를 쳐서 사생결단을 냅시다."

그러나 위사는 이를 거절하고 낭와와는 다른 곳에 가서 영채를 세웠다. 말로는 좌우로 진세를 펴기 위한 것이라고 했지만 실은 서로의 거리가 10여 리나 되었다.

낭와는 높은 자기 벼슬만 믿고서 위사를 얕잡아보았고, 위사 또한 낭와를 무능한 사람이라고 멸시했기 때문에 서로 뜻이 맞지 않았다.

한편, 오나라 선봉인 공자 부개夫槪는 초나라 장수들이 서로 반목질시反目嫉視한다는 정보를 듣고 오왕 합려에게 갔다.

"낭와는 욕심만 많고 어질지 못해 원래부터 인심을 잃었습니다. 이번에 초나라에서 위사가 군사를 거느리고 도우러 왔으나 그들은 서로 의견이 맞지 않아서 각각 떨어져 있습니다. 그래서 초나라 군사는 두 장수의 눈치만 보며 싸울 의욕을 잃었다고 합니다. 이런 기회에 초나라 군사를 치면 반드시 이길 수 있습니다."

오왕 합려는 좀더 신중해야 한다면서 공자 부개의 말에 응낙하지 않았다.

공자 부개가 물러나와 혼잣말로 중얼거린다.

"임금은 명령을 내리는 데 불과하고 신하는 임금의 뜻을 실행할 뿐이다. 그러니 나 홀로 가서 다행히 초나라 군사를 격파할 수만 있다면 초나라 도읍 영성으로 쉽사리 들어갈 수 있으리라."

이튿날 새벽에 공자 부개는 본부군 5,000명을 거느리고 낭와의 영채를 향해 떠났다.

뒤늦게야 이 사실을 안 손무는 오자서를 불러,

"공자 부개가 단독으로 초영楚營을 치러 갔다 하니 속히 가서 그를 도와주오."

하고 분부했다.

한편 공자 부개는 낭와의 대채를 공격했다. 아무 준비도 하지 않고 있던 초나라 영채에선 일대 혼란이 일어났다.

초나라 장수 무성흑이 목숨을 걸고 싸워 겨우 오나라 군사를 막고 있는 동안에 낭와는 달아나려고 영채 뒷문으로 빠져나갔다. 그러나 낭와는 미처 병거에 올라타기도 전에 왼팔에 화살을 맞았다.

이때 초나라 장수 사황이 본부군을 거느리고 달려와 낭와를 부축해서 병거에 올려태우고 말한다.

"영윤 대감께선 이 병거를 몰고 어디로든지 몸을 피하십시오. 나는 이곳에서 죽을 사람입니다."

낭와는 전포戰袍와 갑옷을 벗어버리고 나는 듯이 병거를 몰고 달아났다. 그러나 영성으로 돌아갈 면목이 없었다. 낭와는 마침내 정鄭나라로 달아났다.

염옹이 시로써 낭와를 탄식한 것이 있다.

낭와는 남의 갖옷과 구슬과 명마를 뺏어 차지하고
초나라의 부귀를 영원히 누릴 것이라고 장담했도다.
싸움에 지고 홀몸으로 멀리 달아나버렸으니
세상 사람 모든 입이 욕심만 많은 자라고 비웃었도다.
披裘佩玉駕名駒
只道千年住郢都
兵敗一身逃難去
好敎萬口笑貪夫

오자서가 군사를 거느리고 공자 부개를 도우러 초나라 영채에 당도했을 때였다. 초나라 장수 사황은 낭와의 뒤를 추격하지 못하도록 본부군을 이끌고 오나라 군사 속으로 뛰어들어가 한바탕 싸웠다.

죽음을 각오한 사황은 오나라 군사와 싸워 200여 명을 죽였으나 초나라 군사도 그만큼 전사자가 났다.

마침내 사황은 싸우다가 온몸에 중상을 입고 죽었다. 무성흑도 끝까지 싸우다가 공자 부개의 칼에 맞아 죽었다.

한편, 초나라 장수 위사의 아들 위연蔿延은 낭와의 영채가 오나라 군사의 공격을 받고 있다는 급보를 받았다. 그는 급히 아버지 위사에게 가서 낭와를 돕자고 청했다.

그러나 위사는,

"갈 필요 없다. 너는 잠자코 있거라!"

하고 도리어 영채 밖에 나가서 휘하 군사들에게 추상같은 호령을 내린다.

"내 명령 없이 행동을 취하는 자가 있으면 당장에 참할 테니 그리 알아라."

이윽고 낭와의 영채에서 패전한 초나라 군사 1만여 명이 모두 위사의 영채로 도망왔다.

위사는 그 패잔군과 자기 군사를 전부 합쳐 다시 군세軍勢를 떨쳤다.

위사가 아들 위연에게 말한다.

"오나라 군사가 이번에 이긴 것을 기회로 알고 이곳까지 쳐들어올지 모른다. 그러면 우리는 그들을 막아낼 도리가 없다. 오나라 군사가 오기 전에 행렬을 짓고 일단 영성으로 돌아갔다가 다시 조처를 취하리라."

마침내 초나라 대군은 일제히 영채를 뽑고 떠났다. 위연은 선두에 서고 위사는 군대의 뒤를 따라가며 혹 오나라 군사가 추격해오지 않나 경계했다.

한편 공자 부개는 위사가 초나라 군사를 모조리 거느리고 영성으로 떠났다는 보고를 받고 즉시 그 뒤를 밟아갔다.

오나라 군사가 청발淸發 땅까지 갔을 때였다. 마침 초나라 군사는 강을 건너가려고 열심히 배를 모으는 중이었다.

오나라 군사들은 절호의 기회라면서 곧 초나라 군사를 치자고 재촉했다.

그러나 공자 부개가 군사들을 제지한다.

"쫓기는 짐승도 달아날 길이 없으면 되돌아서서 죽기를 각오하고 덤벼드는 법이다. 더구나 사람이야 더 말할 것 있느냐. 지금 돌아가는 초나라 군사를 습격하면 그들은 죽기를 각오하고 우리에게 덤벼들 것이다. 그러니 잠시 기다렸다가 초나라 군사가 강을 반쯤 건너갈 때에 치는 것이 우리에게 유리하다. 그러면 먼저 건너간 초나라 군사는 살아서 돌아가겠지만, 그때까지 건너지 못한 군사들은 서로 먼저 건너가려고 앞을 다툴 터이니 우리는 쉽사리 이길 수 있다."

이에 공자 부개는 일부러 20리 가량 물러가서 영채를 세웠다. 이때 손무가 여러 장수와 군사를 거느리고 싸움의 결과를 알려고 공자 부개에게 왔다.

손무 등 여러 장수는 공자 부개의 작전 계책을 듣고 찬탄했다. 조금 뒤늦게 오왕 합려도 왔다.

오왕 합려가 이 말을 듣고 오자서를 돌아보며 자랑한다.

"과인의 동생 부개가 이렇듯 영특하니 어찌 초나라 영성에 못 들어갈까 염려할 것 있으리오."

오자서가 충고한다.

"신이 지난날 관상 잘 보는 피이被離에게서 들었는데, 공자 부개는 잔털이 거슬러올라 났기 때문에 필시 나라를 배반하고 주인에게 반역할 상이라고 합니다. 비록 영용英勇하지만 만사를 다 쓸어 맡겨서는 안 됩니다."

그러나 오왕 합려는 그 말을 유의해서 듣지 않았다.

한편, 초나라 장수 위사는 오나라 군사가 추격해온다는 보고를 받고 진陣을 치고 전투 준비를 하려다가 다시 오군이 20여 리 가량 후퇴했다는 보고를 받았다.

이에 위사가 자신 있게 말한다.

"오나라 사람이 겁이 많다는 건 내 일찍부터 알고 있었다. 그들은 감히 우리를 추격하지 못할 것이다."

오고五鼓 때에 초나라 군사는 식사를 마치고 강을 건너기 시작했다. 초군이 강을 10분의 3쯤 건넜을 때였다.

오나라 선봉인 공자 부개가 군사를 거느리고 폭풍우처럼 들이닥쳤다. 몹시 놀란 초나라 군사는 먼저 강을 건너려고 일대 혼란이 일어났다.

초나라 장수 위사는 군사들을 진정시키려고 소리를 지르며 호령했으나 소용없었다. 위사는 하는 수 없이 급히 병거에 뛰어올라 달아났다. 강을 미처 건너지 못한 초나라 군사들은 장수가 달아나자 그들도 일제히 달아났다.

이에 오나라 군사는 달아나는 초나라 군사를 뒤쫓아가며 닥치는 대로 쳐죽였다. 오나라 군사는 초나라 군사의 기旗와 북과 무기와 갑옷을 무수히 노획했다.

손무가 당성공과 채소공에게 지시한다.

"두 군후께선 각기 본국군本國軍을 거느리시고 강가에 가서 적의 배를 모조리 뺏으십시오."

한편 달아나던 초나라 장수 위사는 간신히 옹서雍澨 땅에 당도했다. 뒤따라온 초나라 장수와 군졸들은 배가 고프고 지칠 대로 지쳐서 더 달아날 수가 없었다. 그들은 그저 오나라 군사가 뒤쫓 아오려면 아직 멀었다는 것만 다행으로 여기고 각기 솥에다 밥을 지었다.

초나라 군사들이 막 밥을 먹으려던 참이었다. 추격해오는 오나 라 군사가 저편 산모퉁이에 나타나기 시작했다. 초나라 군사는 먹 던 밥까지 버리고 황망히 달아났다. 이리하여 초나라 군사가 지어 놓은 밥은 결국 오나라 군사의 주린 창자를 채워주었다.

오나라 군사는 배불리 요기하고 다시 초나라 군사를 뒤쫓았다. 이날 초나라 군사들은 제대로 싸우지도 못하고 서로 밟혀서 죽는 자만 해도 부지기수였다.

마침내 위사가 타고 달리던 병거의 바퀴 하나가 바위에 부딪혀 빠져 달아났다. 위사의 몸은 공중으로 튕겨 땅바닥에 나가떨어졌 다. 쏜살같이 달려온 공자 부개는 창을 높이 들어 단번에 위사를 찔러죽였다.

결국 위사의 아들 위연도 오나라 군사에게 포위당했다. 위연은 최후의 용기를 내어 좌충우돌하며 싸웠으나 포위에서 벗어나지 못했다.

이때 동북쪽에서 큰 함성이 일어났다.

위연이 크게 탄식한다.

"오나라 군사가 또 오는 모양이구나. 이젠 나의 목숨도 끝장났 구나!"

그러나 그것은 오나라 군사가 아니었다. 좌사마左司馬 심윤술 沈尹戌이 신식新息 땅에 갔다가 낭와가 오나라 군사에게 대패했다 는 급보를 받고 황망히 돌아오다 옹서 땅에 이르러 초나라 군사가 또 위기에 빠졌다는 보고를 받고 급히 군사를 휘몰아 달려온 것이었다.

좌사마 심윤술은 위연이 포위되어 있는 걸 보고 즉시 군사 1만 명을 세 방향으로 나누어 오나라 군사를 쳤다.

한편 공자 부개는 연전연승한 것만 믿고 기세를 올리다가 갑자기 초나라 군사가 나타나 세 방향으로 쳐들어오는 걸 보고 적의 수효가 얼마나 많은지 짐작이 가지 않아서 마침내 포위를 풀고 달아났다.

심윤술은 달아나는 오나라 군사를 뒤쫓아가 무찔렀다. 이에 오나라 군사 1,000여 명이 죽었다.

이때 오왕 합려가 대군을 거느리고 왔다. 마침내 오나라와 초나라 군사는 각기 영채를 세우고 대결하게 되었다.

좌사마 심윤술이 가신家臣 오구비吳句卑에게 부탁한다.

"영윤 낭와가 혼자 공로를 세우려고 욕심만 부리다가 내 계획까지 모두 망쳐놓고 말았다. 이게 다 운수로구나. 이미 사태는 걷잡을 수 없게 되었다. 나는 내일 생명을 걸고 일대 결전을 벌일 셈이다. 다행히 이기면 우리 초나라 도읍 영성까지 싸움이 번지지 않을 것이니 그건 초나라의 복이다. 하지만 내일 싸워서 질 때는 너에게 부탁할 일이 있다. 내 목을 너에게 맡기노니 오나라 군사에게 뺏기지 않도록 하여라."

그가 또 위연에게 분부한다.

"너의 부친은 죽었으나 너까지 따라 죽을 필요는 없다. 너는 속히 본국으로 돌아가서 공자 신申에게 이곳 형편을 보고하고 영성을 잘 지키라는 내 말을 전해라."

위연은 자리에서 일어나 절하며,

"좌사마께선 부디 오나라 군사를 무찌르고 속히 큰 공을 세우십시오."

하고 울면서 떠나갔다.

이튿날 오吳·초楚 양군은 각기 진陣을 치고 싸웠다. 심윤술은 원래 군사를 사랑하는 사람이었다. 그래서 초나라 군사는 죽음을 각오하고 전력을 기울여 오나라 군사와 싸웠다.

오나라 선봉 공자 부개는 비록 용맹하지만 선뜻 초나라 군사를 무찌르지 못하다가 나중엔 점점 패하기 시작했다. 이 광경을 바라보던 손무가 드디어 대군을 거느리고 초나라 군사를 엄습했다.

이에 오른편에선 오자서와 채소공이 달려나가고, 왼편에선 백비와 당성공이 달려나갔다. 여기에다 궁노수弓弩手들이 활을 들고 앞에 늘어서서 나아가고 그 뒤를 단병短兵들이 계속 따랐다.

그들은 큰 파도처럼 일제히 초나라 군사를 무찌르며 진격했다. 초나라 군사들은 순간순간 비참하게 죽어갔다.

좌사마 심윤술은 마지막 힘을 다해 겨우 오나라 군사의 포위에서 벗어났으나 이미 몸엔 여러 대의 화살을 맞은 상태였다. 심윤술은 병거 속에 벌렁 나자빠졌다. 그는 자기에게 더 이상 싸울 힘이 없다는 걸 알았다.

심윤술이 급히 오구비를 부른다.

"오구비야, 이제 나는 무용지물이다! 속히 내 목을 끊어 초왕께 갖다 보여라."

그러나 오구비는 차마 주인의 목에 칼을 대지 못했다.

"속히 시행하지 않고 뭘 하느냐!"

심윤술은 큰소리로 재촉하고는 눈을 감았다.

오구비는 부득이 칼을 뽑아 눈물을 흘리면서 좌사마 심윤술의 목을 끊었다. 오구비는 자기 옷을 찢어 심윤술의 목을 싸서 가슴에 안고 목 없는 시체를 땅에 묻은 후에 다시 병거를 타고 본국 영성으로 달렸다.

마침내 오나라 군사는 다시 행렬을 짓고 곧장 초나라 도읍 영성을 향해 나아갔다.

사관이 시로써 초나라 좌사마 심윤술을 찬탄한 것이 있다.

초나라의 정책은 애초부터 글러서
어진 사람을 죽이고 간신이 높은 벼슬에 올랐도다.
이미 오자서의 집안이 참혹한 꼴을 당했고
그 다음엔 백극완伯郤宛의 집안이 참화를 입었도다.
그러나 이중엔 뛰어난 인물이 있어
심윤술이 혼자서 두 어깨로 초나라를 지탱했도다.
그는 오나라 군사를 무찌를 만한 계책이 있었으나
욕심 많은 낭와 때문에 일을 망쳤도다.
비록 공은 무너지고 몸은 죽었지만
그 열렬한 기상은 저 하늘의 해와 견줄 만했도다.
하늘이 이러한 충신을 도왔음인가
그의 머리는 무사히 본국으로 돌아갔도다.
楚謀不臧
賊賢升佞
伍族旣損
郤宗復盡
表表沈尹
一木支厦

操敵掌中
敗於貪瓦
功墮身亡
凌霜暴日
天佑忠臣
歸元於國

한편, 위연蔿延은 먼저 초나라로 돌아가 대성통곡하면서 초소
왕楚昭王에게 영윤 낭와가 싸움에 지자 홀로 정鄭나라로 달아났
음을 호소하고, 아버지 위사蔿射가 전사한 일을 낱낱이 고했다.

놀란 초소왕이 급히 공자 신申, 공자 결結 등을 불러 상의하고
다시 군사를 보내려던 참이었다.

이번엔 오구비吳句卑가 돌아왔다. 그는 초소왕에게 심윤술沈尹
戌의 목을 바치고 싸움에 진 사유를 소상히 아뢨다.

"다 영윤 낭와가 좌사마左司馬의 말을 듣지 않아 이 지경이 되
었습니다."

초소왕이 통곡하며,

"내 진작 좌사마를 쓰지 않았으니 이는 나의 죄로다!"

하고 다시 정鄭나라로 달아난 낭와를 저주한다.

"나라를 망친 간신놈이 그러고도 뻔뻔스레 세상에 살고자 정나
라로 달아났다니, 그런 놈의 살은 개돼지도 먹지 않으리라!"

오구비가 아뢴다.

"오나라 군사는 시시각각 우리 영성을 향해오고 있습니다. 대
왕께서는 속히 영성을 지킬 계책부터 세우십시오."

초소왕은 심윤술의 아들 심제량沈諸梁을 불러 부친의 머리를

내주고 장사 비용을 후히 주었다. 그리고 심제량을 섭공葉公으로
봉했다.

초소왕은 문무백관에게 영성을 버리고 서쪽으로 달아날 일을
상의하도록 분부했다.

공자 신이 슬피 통곡하면서 간한다.

"종묘사직과 역대 능침陵寢이 다 이 영도郢都에 있는데 왕께서
버리고 떠나신다면 장차 언제 돌아오실 수 있겠습니까?"

초소왕이 대답한다.

"우리가 믿는 건 험한 한수漢水 지대인데, 이미 그 요긴한 곳을
잃었으니 오나라 군사가 언제 이곳으로 들이닥칠지 모를 형세다.
내 어찌 가만히 앉아서 적의 결박을 당하리오."

공자 결이 아뢴다.

"아직도 성안엔 장정이 수만 명 있습니다. 왕께선 궁중의 모든
곡식과 비단을 다 그들에게 나눠주고 성첩城堞을 지키도록 격려
하십시오. 그리고 사자使者를 한동漢東 땅 모든 나라로 보내어 구
원병을 청하십시오. 오나라 군사는 우리 초나라 경내境內에 깊이
들어올수록 본국과는 거리가 멀어져 군량 수송과 기타 공급에 어
려움을 겪을 것입니다. 그러면 오나라 군사인들 어찌 오래 견디겠
습니까."

초소왕이 길게 탄식한다.

"오나라 군사가 들어오면 우리 나라 곡식을 노략질해서 먹을
터인데 그들이 무슨 양식 걱정을 하리오. 또 전번에 진晉나라가
우리 나라를 치려고 모든 나라 제후를 소집했을 때 심지어 돈頓·
호胡 같은 조그만 나라도 진나라에 호응했다. 이제 오나라 군사는
동쪽에서 쳐들어오고 당唐·채蔡 두 나라 군사는 선두에 서서 오

는 중이다. 우리 초나라를 섬기던 모든 나라가 이미 우리를 버린 지 오래다! 그러니 이제 어느 나라를 믿는단 말인가?"

공자 신이 아뢴다.

"신들이 모든 군사를 거느리고 적과 대항하겠습니다. 싸워서 이기지 못하면 그때에 달아나도 늦지 않습니다."

초소왕이 흐느껴 울면서,

"이 나라가 망하고 안 망하는 것은 이제 그대들 두 사람에게 달렸다. 싸우려면 싸우라. 과인은 더 이상 이 자리에 앉아 있지 못하겠노라."

하고 내궁內宮으로 들어갔다.

공자 신과 공자 결은 서로 상의하고 명령을 내린다.

"대장 투소鬪巢는 군사 5,000명을 거느리고 가서 맥성麥城을 지키며 북쪽 길을 막고, 대장 송목宋木은 군사 5,000명을 거느리고 가서 기남성紀南城을 지키며 서북쪽 길을 막으오."

두 대장을 각각 떠나보낸 후에 공자 신은 군사 1만 명을 거느리고 노복강魯洑江에 가서 영채를 세우고 강을 방비했다.

서쪽 천강川江과 남쪽 상강湘江은 워낙 지형이 험하고 광막해 오나라 군사가 쳐들어올 수 없는 곳이었다. 그래서 서쪽과 남쪽엔 군대를 비치備置할 필요가 없었다.

공자 결은 왕손王孫 유우繇于와 왕손 어종건圉鍾建과 신포서申包胥 등을 거느리고 영성 안을 순시하며 군사들을 배치했다.

한편, 오왕 합려는 모든 장수를 불러들여 상의했다.

"이제부터 초나라 도읍 영성 치는 일을 의논하오!"

오자서가 앞으로 나아가 아뢴다.

"초나라 군사는 지금까지 여러 번 졌지만 그들의 도읍 영성만은 만만치 않습니다. 더구나 성城 셋이 서로 긴밀한 연락을 취하고 있기 때문에 함몰하기가 쉽지 않으리이다. 서쪽으로 가면 노복강이 있어 영성으로 쳐들어가기에 가장 편리한 지름길이지만 거기엔 반드시 초나라 군사의 주력 부대가 지키고 있을 것입니다. 그러니 우리는 북쪽에서부터 그들을 치는 것이 가장 현명한 길인가 합니다. 그러기 위해선 우선 군사를 삼군으로 나누어 일군은 맥성을 치고, 일군은 기남성을 치고, 대왕께선 친히 대군을 거느리고 직접 영성을 치십시오. 그러면 초나라 군사는 정신을 못 차릴 것입니다. 이렇게 동시에 공격해서 맥성과 기남성만 격파하면 영성은 저절로 함락될 것입니다."

손무가 찬동한다.

"오자서의 계책이 가장 좋을 줄로 압니다."

이에 오왕 합려가 분부를 내린다.

"그러면 속히 그 계책대로 일을 진행하오."

손무가 일일이 계책을 알려준다.

"오자서는 공자 산山과 함께 군사 1만 명을 거느리고 채후蔡侯와 채나라 군사와 더불어 맥성을 치고, 대왕께선 백비伯嚭와 함께 대군을 거느리고 가서 영성을 치십시오. 신은 공자 부개와 함께 군사 1만 명을 거느리고 당후唐侯와 당나라 군사와 더불어 기남성을 치겠습니다."

이리하여 오나라 군사는 각기 흩어져 나아갔다.

한편 오자서가 며칠 동안 동쪽 길을 갔을 때였다. 앞서갔던 세작細作이 돌아와 보고한다.

"맥성까지 길이 불과 얼마 남지 않았습니다. 알아본즉 초나라 장수 투소鬪巢가 군사를 거느리고 맥성을 지킨다고 합니다."

오자서는 그곳에 영채를 세우고 일단 군사들을 쉬게 했다. 그는 평복平服으로 갈아입고 소졸小卒 두 명만 데리고서 영채 밖으로 나갔다. 그는 사방 지형地形을 살피며 가다가 한 촌락에 다다랐다.

그 마을 안으로 들어가 본즉 한 촌사람이 당나귀를 이끌고 연자 방아를 돌리고 있었다. 당나귀가 빙글빙글 돌아가는데 맷돌에서 보릿가루가 분분히 흘러내린다.

그걸 보고 오자서는 문득 깨달았다.

'내 이제야 맥성을 치는 방법을 알았다.'

오자서가 영채로 돌아가서 모든 군사들에게 명령한다.

"내일 오고五鼓 때까지 각기 흙 한 포대와 풀 한 다발씩을 준비하여라. 만일 그때까지 준비하지 않는 자는 참하리라."

이튿날 오고 때가 되었다.

오자서가 다시 분부한다.

"군사들은 각기 두 손으로 들 만한 돌을 준비하여라."

이윽고 동쪽 하늘이 밝아오자, 오자서는 모든 군사를 두 대隊로 나누었다.

채소공이 거느린 일대一隊는 맥성 동쪽을 가고, 공자 건乾이 거느린 일대는 맥성 서쪽으로 갔다. 그리고 동서로 나뉜 군사들은 저마다 준비해간 돌과 흙과 풀로 조그만 성을 쌓기 시작했다.

오자서는 동서 양쪽에서 성 쌓는 공사를 친히 감독하고 군사들을 격려했다.

이리하여 동쪽 성은 좁고도 길게 쌓아 노새 모양으로 만들고 노성驢城이란 이름을 붙였다. 서쪽 성은 정원형正圓形으로 쌓아 맷돌 모양으로 만들고 마성磨城이란 이름을 붙였다.

채소공이 묻는다.

"왜 이렇게 조그만 두 성을 쌓았는지 그 뜻을 모르겠소."

오자서가 웃으며 대답한다.

"동쪽 노새가 서쪽 맷돌을 돌리니 어찌 보리 맥麥자 맥성이 부서지지 않겠습니까."

한편, 맥성에서 초나라 장수 투소는 오나라 군사가 와서 동서 양쪽으로 성을 쌓는다는 보고를 받고 황급히 군사를 거느리고 달려나왔다.

두 성은 규모가 작긴 해도 이미 튼튼히 세워진 후였다.

초나라 장수 투소는 먼저 동쪽 성으로 갔다. 그 성 위엔 기旗가 가득 꽂혀 바람에 펄펄 나부끼고 있었으며 요령搖鈴 소리가 그치지 않았다.

투소는 이를 보고 격분하여 즉시 성을 공격하려는데, 이때 원문轅門이 열리면서 소년 장수 하나가 군사를 거느리고 나왔다.

투소가 묻는다.

"너는 누구냐?"

그 소년 장수가 창을 비껴들고 내달아오면서 대답한다.

"나는 바로 채후의 둘째아들인 공자 건이다."

"너같이 어린 놈은 내 적수가 아니다. 대체 오자서는 어디 있느냐?"

"네가 있던 맥성을 치러 간 지 이미 오래다!"

투소는 더욱 분이 솟아 긴 창을 바로잡고 달려가 공자 건과 어울려 싸웠다.

두 사람이 서로 싸운 지 20여 합에 이르렀을 때였다. 저쪽에서 초나라 보발군이 나는 듯이 말을 달려 오며 외친다.

"지금 오나라 군사가 맥성을 정면으로 공격하고 있습니다. 장군께선 속히 돌아가십시오!"

투소는 맥성이 위기에 놓였다는 소리를 듣고 그제야 급히 금金을 울려 군사를 거두어 허둥지둥 돌아갔다.

황망히 돌아가는 초나라 군사의 대열은 산란하기 짝이 없었다. 공자 건은 초나라 군사의 뒤를 한바탕 기습했을 뿐 끝까지 추격하지는 않았다.

초나라 장수 투소는 정신없이 맥성으로 돌아갔다. 투소는 군사를 지휘하며 맥성을 공격하는 오자서와 만났다.

투소가 창을 비껴들고 말한다.

"자서子胥는 그간 별고 없었는가? 그대의 원수는 비무극費無極이었다! 그러나 그대 아버지와 형을 죽게 한 간신 비무극은 이미 죽음을 당한 지 오래다. 그러니 그대는 이미 원수를 갚아버린 것이다. 그대는 조상 때부터 대대로 삼대三代나 초나라의 녹을 받았으니 어찌 고국의 은혜를 잊었으리오!"

오자서가 정색하고 대답한다.

"그렇다! 우리 조상은 대대로 초나라에 큰 공을 세웠건만 초왕은 죄 없는 나의 아버지와 형님을 죽였다. 뿐만 아니라 나까지 죽이려고 갖은 애를 썼으나, 다행히 하늘이 도우사 나는 무사히 죽음에서 벗어나 그간 19년이란 세월을 보냈다. 나는 19년 만에 고대하던 오늘을 맞이했다. 그대는 나의 정상情狀을 양해하고 멀리 몸을 피해라."

투소가 대뜸 욕을 퍼붓는다.

"자기 나라를 배반한 역적아! 네놈을 피한다면 어찌 사내대장부라고 하리오!"

오자서가 달려드는 투소를 맞이하여 서로 격렬히 수합을 싸웠을 때였다.

오자서가 싸우면서 말한다.

"몹시 피곤해 보이는구나! 내 너를 맥성으로 들어가게 놓아줄 테니 내일 다시 싸우자."

투소가 대답한다.

"내일은 반드시 사생결단을 내겠다."

이에 투소는 싸움을 멈추고 군사를 거두었다.

투소가 맥성 위를 쳐다보니 성안에 남아 있던 자기 부하들이 내려다보고 있었다. 그가 맥성 앞에 이르자 부하 군사들이 성문을 열고 영접해들였다.

그날 밤, 자정이 넘었을 때였다. 문득 성 위에서 시끄러운 함성이 일어났다. 투소는 자다 말고 벌떡 일어났다.

부하 군사가 뛰어들어와서 고한다.

"오나라 군사가 성안에 들어왔습니다!"

오자서가 거느린 군사들 중엔 이미 항복해온 초나라 군사가 많이 섞여 있었다.

오자서는 낮에 일부러 투소와 그의 군사들을 맥성으로 들어가도록 놓아주었다가 그들 틈에 전날 항복해온 초나라 군사 몇 명을 끼워서 들여보냈던 것이다.

그들은 초나라 군사 속에 섞여 맥성 안으로 들어가서 으슥한 곳에 숨어 있었다. 그러다가 한밤중에 성 위로 올라가서 미리 준비해 갔던 굵은 줄을 성 아래로 내려주었다. 이에 성 밑에서 기다리던 오나라 군사는 즉시 그 줄을 타고 맥성 위로 올라갔다. 성 위로 올라간 오나라 군사가 초나라 군사에게 들켰을 때는 이미 그 수가

100여 명이 되었다.

100여 명의 오나라 군사는 성 위에서 일제히 함성을 질렀다. 그러자 성 밖에 있던 오나라 군사도 일제히 함성을 질러 이에 호응했다.

어둠 속에 울려 퍼지는 오나라 군사의 큰 함성을 듣고서 초나라 군사는 이미 성이 함몰된 줄로 알고 각기 숨을 곳을 찾아 어지러이 달아났다.

투소가 뛰어나와 군사를 진정시키려고 호령호령했으나 아무 소용이 없었다. 투소도 하는 수 없이 초거輻車를 타고 달아났다.

그러나 오자서는 달아나는 초나라 군사를 추격하지 않고 맥성을 점령했다. 동시에 오왕 합려에게 사람을 보내어 승전勝戰을 고했다.

잠연潛淵 선생이 시로써 이 일을 읊은 것이 있다.

서쪽에 맷돌 성을 쌓고 동쪽에 노새 성을 쌓아 맥성을 점령했으니
우연히 농촌에서 본 것을 이용해서 성공했도다.
오자서의 지혜와 용기를 당할 자 없어
단번에 초나라는 오른팔을 잃었도다.
西磨東驢下麥城
偶因觸目得功成
子胥智勇眞無敵
立見荊蠻右臂傾

한편, 손무는 군사를 거느리고 호아산虎牙山을 지나 당양판當

陽阪으로 접어들어 북쪽을 바라보았다.

장강漳江은 넘실거리며 흐르는데 기남紀南의 지세地勢가 강물보다 낮았다. 또 서쪽 적호赤湖의 물이 기남과 영성 밑까지 퍼져 있어서 과연 남쪽 나라 경치다웠다.

손무는 한 가지 계책이 머리에 떠올랐다. 즉시 군사를 거느리고 높은 언덕에 둔屯쳤다.

그날 밤이었다.

오나라 군사는 일제히 외가닥 호壕를 파서 장강 물을 끌어들였다. 마침내 이튿날 새벽엔 장강 물이 적호로 흘러들어왔다.

손무는 다시 군사를 시켜 호수의 둑을 무너뜨렸다. 이때가 마침 겨울이어서 비록 남쪽 지방이지만 서쪽 바람이 세차게 불어왔다. 범람한 물은 무너진 둑을 밀어젖히고 기남성 안으로 흘러들어갔다.

한편 기남성을 지키던 초나라 대장 송목宋木은 그저 강물이 불어서 들어오는 줄로만 알고 백성들에게 영성으로 피신하도록 명령했다. 그러나 밀어닥치는 물은 무서웠다. 어느덧 영성 밑도 물바다가 되었다.

손무는 군사를 시켜 산 위의 대나무를 베어다가 뗏목을 만들게 했다. 이윽고 오나라 군사는 무수한 뗏목을 타고 성으로 육박해들어갔다. 비로소 성안의 초나라 사람들은 오나라 군사가 강물을 끌어들인 걸 알았다. 이에 성안 백성들은 제각기 살길을 찾아 정신없이 달아났다.

초소왕은 더 이상 영성을 지키기 어려워져 잠윤箴尹 고固를 불러들였다.

"이젠 달아날 길마저 없구나! 그대는 속히 서문西門 쪽에다 배를 대어라!"

마침내 초소왕은 사랑하는 여동생 계미季半만 데리고 신하 몇 사람과 함께 배를 타고 떠났다.

한편, 공자 결은 영성 위에서 배수排水 작업을 하는 군사들을 지휘하다가 초소왕이 이미 성을 버리고 떠났다는 보고를 받았다. 공자 결은 즉시 모든 문무백관이 모여 있는 곳으로 달려가서 함께 배를 타고 초소왕의 뒤를 따랐다. 워낙 사태가 급해서 그 역시 집안 식구를 다 버려두고 혼자서 떠났다.

이리하여 주인 없는 초나라 도읍 영성은 아무런 공격도 받지 않고 저절로 함락되었다.

사관이 시로써 이 일을 읊은 것이 있다.

범이 성 위에 쪼그리고 앉아 한수漢水를 막았으나
오군吳軍은 연기처럼 초나라에 스며들어갔도다.
이미 어진 신하들은 없고 이제 간신들도 사라졌으니
아무리 성이 높고 튼튼한들 무엇하리오.
虎踞方城阻漢川
吳兵迅掃若飛煙
忠良棄盡讒貪售
不怕隆城高入天

마침내 손무는 오왕 합려를 모시고 모든 군사를 거느리고서 초나라 도읍 영성으로 들어갔다.

오나라 군사는 즉시 땅을 파고 물길을 열어 성안에 범람한 물을 다시 적호赤湖와 장강漳江으로 흘려보낸 후 사방 교외에 영채를 세우고 영성을 점령했다.

오자서도 맥성麥城에서 군사를 거느리고 영성으로 들어가서 오왕 합려를 뵈었다.

오왕 합려는 초나라 왕궁王宮 한가운데 높이 놓인 초왕楚王의 자리로 올라가 앉았다. 모든 장수와 군사들은 일제히 만세를 불렀다.

당성공唐成公과 채소공蔡昭公도 초나라 왕궁에 들어가서 오왕 합려에게 축하하는 말을 아뢰었다.

마침내 초나라를 정복한 오왕 합려는 몹시 기뻐하며 성대한 잔치를 벌여 그날 밤이 늦도록 신하들과 함께 즐겼다.

그날 밤 오왕 합려는 초나라 왕궁에서 자게 되었다. 좌우 신하들이 초소왕의 부인을 끌고 와서 아뢴다.

"오늘 밤은 초왕의 부인으로 하여금 대왕을 모시게 하리이다."

오왕 합려는 초소왕의 부인과 자고 싶은 생각이 없지 않았으나 체면상 선뜻 대답이 나오지 않았다.

오자서가 말한다.

"대왕께선 그까짓 초왕의 처 하나를 두고 주저하십니까?"

마침내 오왕 합려는 그날 밤에 초왕의 부인을 데리고 잤다. 초나라 왕궁에 머무는 동안 오왕 합려는 초소왕의 잉첩들 중에서 웬만한 여자는 다 한 번씩 데리고 잤다.

좌우 신하가 오왕 합려에게 아뢴다.

"초소왕의 어미 백영伯嬴은 진秦나라 여자로 실은 세자 건建에게 시집왔는데, 그 시아버지 초평왕楚平王이 가로채어 데리고 산 여자입니다. 한데 아직 나이도 젊고 자색姿色이 조금도 쇠하지 않았습니다."

오왕 합려는 마음이 동했다.

"그럼 이리 데리고 오너라. 어디 한번 보자."

그러나 사람이 가도 백영은 나오지 않았다.

이 말을 듣자 오왕 합려는 버럭 소리를 질렀다.

"그런다고 그냥 오는 법이 어디 있느냐? 속히 가서 끌어오지 못하느냐!"

신하들은 다시 백영을 잡으러 갔다.

방 안에서 백영이 칼을 뽑아 문을 치며 소리를 지른다.

"듣건대 적어도 제후諸侯는 한 나라의 모범이라. 예禮에 말하기를 '남녀는 같은 자리에 앉지 않으며 같은 그릇에 음식을 먹지 않음으로써 구별을 짓는다'고 하였다. 이제 군왕君王이 그 체면을 버림으로써 음탕하다는 소문만 백성 간에 퍼지겠구나. 이 미망인은 칼을 물고 죽을지언정 감히 그런 명령만은 좇지 못하겠다고 가서 아뢰어라."

이 말을 듣고 오왕 합려는 부끄러워 어쩔 줄 몰랐다.

"가서 내 말을 전하되, '과인이 평소 부인을 존경했기 때문에 한번 만나보려는 것이지 어찌 음란한 생각을 가졌을 리 있겠소' 하고 안심시켜라. 그리고 그 주변을 잘 호위하고 아무나 함부로 들어가지 못하도록 하여라."

한편, 오자서는 각방으로 사람을 놓아 초소왕을 잡으려고 애썼으나 결국 잡지 못했다. 그는 모든 장수들에게 초나라의 대갓집 부녀자를 겁탈하도록 권장했다.

손무와 백비 같은 사람도 이미 초나라 대부들의 집을 압수하여 거처하면서 그 집 처첩妻妾들을 마음대로 능욕했다.

한편 당성공과 채소공과 공자 산山은 영윤 낭와囊瓦의 집을 뒤졌다. 의장衣欌 속에서 은초서구銀貂銀貂와 백옥패白玉佩가 나왔다. 그리고 숙상마肅霜馬 한 쌍은 그대로 마구간에 비끄러매여 있었다.

두 나라 임금은 각기 자기 물건을 찾아 오왕 합려에게 선사했다. 그 대신 그들은 보화寶貨와 황금과 비단 등을 노략질했다.

결국 초나라 영윤 낭와는 평생 긁어모은 뇌물을 제대로 써보지도 못한 셈이다.

윗사람들이 이 모양이니 군사들은 더 말할 것도 없었다. 노략질하다가 흘린 물건들이 길마다 가득 굴러다니고 있었다. 오나라 군사는 닥치는 대로 초나라 여자를 겁탈했다.

한번은 공자 부개夫槪가 낭와의 부인에게 마음이 있어서 가본즉 이미 그녀는 공자 산이 차지해서 살고 있었다.

모든 것이 이 지경이니 다른 건 말하지 않아도 가히 짐작할 것이다. 임금과 신하가 밤낮을 가리지 않고 음행淫行하니 그야말로 남녀 구별이 없었다.

사가史家는 다음과 같은 기록을 남겼다.

이때 영성 안은 거의 금수禽獸 세상이었다.

염옹이 시로써 이 일을 읊은 것이 있다.

군왕의 부인이든 대신의 아내든 닥치는 대로 겁탈하여
비록 만족을 위해 취했지만 사람이 할 짓은 아니었다.
다만 백영이 늦게야 절개를 지켜
과부의 몸으로 한 가닥 기운을 일으켰도다.
行淫不避楚君臣

但快私心瀆大倫
只有伯嬴持晚節
清風一線未亡人

오자서가 오왕 합려에게 아뢴다.

"이젠 초나라 종묘를 부숴버리십시오."

손무가 앞으로 나아가 아뢴다.

"군사는 의義로써 움직여야만 명분이 섭니다. 오늘날 우리가 초나라를 얻은 것은, 지난날에 초평왕이 세자 건을 내쫓고 자부를 데리고 살면서 간신을 등용하고 어진 신하를 죽이며 모든 나라 제후에게 횡포를 부렸기 때문입니다. 이제 초나라 도읍을 함몰했으니 마땅히 세자 건의 아들 공자 승勝을 초왕으로 세워 초소왕 대신 종묘를 지키게 하십시오. 그러면 초나라 백성들은 지난날에 억울하게 죽은 세자 건을 동정하기 때문에 신왕新王을 진정으로 섬길 것이며, 동시에 우리 오나라에 대해서도 깊이 감격하고 대대로 공물貢物을 바칠 것입니다. 곧 대왕께서 초나라를 용서해주는 것이 바로 초나라를 얻게 되는 길입니다. 그래야만 명분과 실속을 겸전할 수 있습니다."

그러나 오왕 합려는 초나라를 아주 없애버리고 싶은 생각에서 끝내 손무의 말을 듣지 않았다.

"여러 말 할 것 없이 곧 초나라 종묘를 불살라버려라."

이리하여 초나라 종묘는 잿더미로 변했다. 당성공과 채소공은 오왕 합려에게 하직하고 각기 본국으로 돌아갔다.

오왕 합려는 다시 장화대章華臺에다 성대하게 잔치를 벌이고 모든 신하와 함께 즐겼다. 악공들은 일제히 풍악을 울리고, 신하들은 모두 즐거워했다.

그러나 오자서만은 통곡해 마지않았다.

오왕 합려가 묻는다.

"경은 어찌하여 함께 즐기지 않고 통곡하오?"

오자서가 대답한다.

"대왕께선 신에게 초평왕의 무덤을 파서 그 널〔棺〕을 열고 송장의 목을 참하도록 해주십시오. 그래야만 신의 원한이 풀리겠습니다."

"그간 경은 과인을 위해 많은 공을 세웠소. 내 어찌 썩은 시체 하나를 아끼어 경의 소원을 풀어주지 못하리오."

하고 오왕 합려는 허락했다.

오자서는 초평왕의 무덤이 동문 밖 요대호寥臺湖에 있다는 말을 듣고 본부군을 거느리고 갔다. 그러나 동문 밖을 나가보니 넓은 평원엔 겨울 잡초만 우거졌고 호수湖水는 아득해서 초평왕이 어디에 묻혔는지 알 수가 없었다.

오자서는 사방으로 군사를 풀어 무덤을 찾았으나 결국 그 흔적조차 알아내지 못했다.

오자서가 가슴을 치며 하늘을 우러러 통곡한다.

"하늘이여! 하늘이여! 진정 제가 부친과 형님 원수를 못 갚게 하시나이까."

이때 한 노인이 오자서 앞에 와서 읍하고 묻는다.

"장군께선 어찌하여 초평왕의 무덤을 찾나이까?"

오자서가 대답한다.

"초평왕은 세자를 내쫓고 자기 며느리를 데리고 살았으며, 충신을 죽이고 간신을 신임했으며, 나의 종족을 모조리 죽였소. 나는 그가 살았을 때 그 목을 끊지 못했으나 이젠 마땅히 죽은 시체나마 참하여 지하에 계시는 부친과 형님의 원수를 갚아야겠소."

노인이 말한다.

"초평왕은 생전에 자기를 원망하는 사람이 많다는 걸 알고 죽은 후에도 그 무덤을 파는 자가 있을까 두려워했습니다. 그래서 자기가 죽거들랑 호수 속에 묻어달라고 유언했습니다. 장군께서 꼭 초평왕의 관을 찾을 생각이시거든 이 호수의 물을 퍼내십시오. 그러면 알 수 있을 것입니다."

노인은 곧 요대瘳臺 위에 올라가서 손가락으로 호수 한쪽을 가리켰다.

오자서는 일단 잠수潛水 잘하는 군사 하나를 호수 속으로 들여보냈다. 그 군사가 물 속에 들어가서 본즉 요대 동쪽에 석곽石槨(돌로 만든 외관外棺)이 덩그렇게 놓여 있었다.

이에 모든 군사는 가마니에 모래를 넣어 그 주변을 막고 물을 퍼냈다. 마침내 석관石棺이 나타났다. 그 석관을 들어내는데 몹시 무거웠다. 뚜껑을 열어본즉 그 속엔 다만 의관衣冠과 정철精鐵 수백 근이 들어 있었다.

노인이 말한다.

"이건 가짜입니다. 진짜 관은 그 밑을 더 파야 나올 것입니다."

군사들이 다시 그 밑을 파니 이윽고 석판石板이 나타났다. 그 석판을 들어내자 밑으로 층계가 나 있고 그 층계 밑에 널이 놓여 있었다. 오자서는 널을 부수고 송장만 끌어내오게 했다.

그 시체를 본즉 완연히 살아 있는 초평왕이었다. 널 속을 수은水銀으로 채워 시체를 담가두었기 때문에 피부 하나 상한 곳이 없었다. 오자서는 시체를 보자 가슴속에서 원한이 하늘을 찌를 듯

치솟았다.

그는 구리쇠로 만든 구절편九節鞭을 들어 초평왕의 시체를 300번이나 쳤다. 초평왕의 살은 뭉개지고 뼈는 부서졌다. 오자서는 다시 발로 초평왕의 배를 밟고 손으로 그 눈을 뽑았다.

"네 이놈! 생전에 이런 못된 눈을 가졌기 때문에 충신을 못 알아보고 간신을 믿어 나의 부친과 형님을 죽였으니 원통하고 원통하다!"

드디어 오자서는 눈알이 빠진 초평왕의 목을 끊고 그 옷을 찢고 관冠과 널을 부순 후 시체를 벌판에 버렸다.

염옹이 시로써 오자서를 찬讚한 것이 있다.

남에게 원수를 사지 말며
남을 원통하게 하지 마라.
원한이 극도에 사무치면 임금도 없나니
죽은 사람에게도 원수를 갚고야 마느니라.
필부는 죽음을 면했으나
왕의 시체는 다시 죽음을 당했도다.
피눈물을 흘리며 매질하니
원한으로 하늘이 어둡도다.
효도 때문에 충성을 잃었으며
일가의 원수가 국가까지 미쳤도다.
열렬하구나, 오자서여!
무궁한 세월도 오히려 눈물을 머금는도다.
怨不可積
寃不可極

極寃無君長

積怨無存歿

匹夫逃死

僇及朽骨

涙血洒鞭

怨氣昏日

孝意奪忠

家仇及國

烈哉子胥

千古猶爲之飮泣

오자서가 초평왕의 시체에 원풀이를 한 후 노인에게 묻는다.

"그대는 초평왕이 묻힌 곳을 어떻게 알았으며 첫번째 관 외에
또다른 진짜 관이 있다는 걸 어떻게 아셨소?"

노인이 대답한다.

"저는 다른 사람이 아니라 바로 석공石工입니다. 지난날 초평
왕은 우리 석공 50여 명에게 그 무덤을 만들게 했지요. 그리고 이
비밀이 혹 세상에 누설되지나 않을까 해서 무덤이 다 만들어지자
그 구덩이 속에서 모든 석공을 죽여버렸습니다. 그때 나는 그럴
줄 미리 알고 무덤이 거의 만들어질 무렵에 달아나 겨우 살아났습
니다. 이제 장군의 지극한 효성에 감격하여 일부러 와서 가르쳐드
린 것입니다. 그 당시 원통히 죽은 50여 명의 원혼도 이제야 약간
이나마 한을 풀었을 줄로 압니다."

오자서는 노인에게 많은 황금과 비단을 주어 보냈다.

한편, 초소왕楚昭王은 배를 타고 서쪽 저수沮水를 건넌 후 다시 남쪽으로 대강大江을 건너 운중雲中 땅에 당도했다.

그날 밤이었다.

강변을 떠돌아다니는 도적 수백 명이 초소왕이 타고 있는 배 앞에 나타났다. 도적 한 놈이 창을 번쩍 들고 초소왕에게 달려들었다.

왕손王孫 유우縣于가 급히 초소왕의 앞을 가로막으면서 도적을 꾸짖는다.

"네놈들이 원하는 게 도대체 무엇이냐? 이 어른은 바로 초나라 왕이시다……"

그러나 말이 채 끝나기도 전에 그 도적이 창으로 초소왕의 어깨를 찔렀다. 정신을 잃고 쓰러진 초소왕의 어깨에서 피가 쉴 새 없이 흘렀다.

도적이 껄껄 웃으며 대답한다.

"우린 그저 재물만 알 뿐이지 왕 같은 건 모른다. 초나라 영윤令尹도 뇌물을 좋아하는 천하의 욕심쟁이라던데, 더구나 우리 같은 백성이야 더 말할 것 있느냐?"

도적들은 일제히 배 안을 뒤져 황금과 비단과 보화寶貨를 찾아내기에 바빴다. 잠윤箴尹 고고固는 급히 초소왕을 부축하고 언덕으로 올라가서 몸을 피했다.

초소왕이 말한다.

"누가 과인의 여동생을 보호하느냐? 다치지 않도록 잘 모셔야 하느니라."

이때 하대부 종건鍾建이 초소왕의 여동생 계미季羋를 등에 업고 뒤따라 언덕 위로 올라왔다.

언덕 위에서 내려다보니 도적들이 배에 불을 질러 시커먼 불길이 치솟고 있었다.

그날 밤에 두 신하는 초소왕과 그 여동생을 모시고 이튿날 아침까지 걸었다. 두 신하가 초소왕을 부축하고 쉬는데 그제야 공자 결結·송목宋木·투신鬪辛·투소鬪巢가 속속 초소왕을 찾아왔다.

투신이 초소왕에게 아뢴다.

"신의 집이 운鄖 땅에 있는데 이곳에서 불과 40리밖에 안 됩니다. 왕께서는 우선 신의 집으로 가셔서 다시 앞일을 상의하도록 하십시오."

이때 왕손 유우가 왔다.

초소왕이 한편 놀라며 한편 반가이 묻는다.

"어젯밤에 그대도 중상重傷을 입었을 텐데 어떻게 살아왔느냐?"

"참 이상한 일이었습니다. 신이 도적의 창에 찔려 일어나지 못하고 있는데 불길이 온몸을 휘감아왔습니다. 그때 홀연 어떤 사람이 언덕 위로 신을 올려놓았습니다. 정신이 혼미한 중에 들으니 그 사람이 '나는 옛날 초나라에서 영윤 벼슬을 산 손숙오孫叔敖다. 머지않아 오나라 군사는 저절로 물러가고 초나라 사직은 영원할 것이니 그대는 왕에게 가서 내 말을 전하여라' 하고는 신의 상처에 약을 발라주는 것이었습니다. 그제야 정신을 차려 눈을 떠본즉 흐르던 피도 멈추고 아픈 증세도 없기에 이곳까지 올 수 있었습니다."

초소왕이 감탄한다.

"옛날 손숙오는 이곳 운중雲中 땅 출신이었다. 충신의 영혼이 멸하지 않고 우리를 돌봐주는구나."

투소는 포대에서 건량乾糧을 내놓고, 잠윤 고는 표주박에 물을 떠왔다. 일행은 식사를 마치고 잠시 쉬었다.

초소왕이 투신에게 분부한다.

"강에 가서 타고 갈 배를 한 척 구해보아라."

투신이 성구진成臼津이란 곳에 가서 둘러보았으나 배는 한 척도 없었다.

이때 문득 저편에서 오고 있는 배 한 척이 눈에 띄었다. 어떤 사람이 배에 아내와 자식들을 태운 채 노를 젓고 있었다. 가까이 오는 걸 보니 그 사람은 바로 대부 남윤미藍尹亹였다.

투신이 배를 향해 반가이 외친다.

"이곳에 왕이 계시오. 속히 이리로 배를 대시오. 우리 왕을 모시고 함께 갑시다!"

그러나 남윤미는 유유히 배를 저어 지나가며 껄껄 웃는다.

"나라를 망친 임금을 내 어이 태울 수 있으리오."

마침내 배는 흐르는 강물을 따라 유유히 사라져갔다.

투신은 한동안 강변을 오르내리다가 겨우 고기잡이 배 한 척을 만났다. 투신은 입고 있던 자기 옷을 벗어 어부에게 주고서야 겨우 그 배를 얻었다.

이리하여 초소왕과 계미는 신하들의 호위를 받고 배에 올라 강을 건너 운 땅으로 갔다.

운 땅에 있는 투신의 집에선 투신의 둘째동생 투회鬪懷가 나와서 초소왕을 영접했다.

투신이 둘째동생 투회에게,

"극진히 음식을 장만하여라."

하고 당부했다.

이날 투회는 음식상을 바치면서 연방 초소왕을 힐끔힐끔 쳐다보았다. 투신은 자기 동생이 왜 저러나 하고 의심했다.

그날 밤에 투신은 투소와 함께 초소왕을 모시고 잤다.

자정이 지났을 무렵, 갑자기 바깥에서 숫돌에 칼 가는 소리가 났다. 이에 투신은 살그머니 문을 열고 나가보았다. 둘째동생 투회가 성난 얼굴로 시퍼렇게 날이 선 칼을 달빛에 비춰보는 중이었다.

투신이 묻는다.

"너는 그 칼로 무얼 할 생각이냐?"

투회가 대답한다.

"왕을 죽여야겠소!"

"네가 어찌 반역할 생각을 품느냐?"

투회가 야무지게 대답한다.

"지난날 우리 아버지(투성연鬪成然을 이른다)는 초평왕楚平王에게 충성을 다했소. 그랬건만 초평왕은 비무극費無極의 참소讒訴를 곧이듣고 아버지를 죽였소. 나는 이제 초평왕의 아들을 죽여 아버지 원수를 갚을 작정이오."

투신이 정색하고 동생을 꾸짖는다.

"네 그게 무슨 소리냐. 임금은 하늘과 같다. 그래, 하늘이 사람에게 불행을 주었다 해서 감히 하늘을 원수로 삼겠느냐!"

"나라가 있어야 왕이지, 나라를 잃으면 원수라. 원수를 눈앞에 두고 죽이지 않는다면 그게 사람입니까?"

투신이 대답한다.

"자고로 이런 말이 있다. 원수가 죽으면 원수를 못 갚는 법이다. 곧 그 자손에게까지 원수를 갚지는 않는다는 뜻이다. 왕께선 선왕의 잘못을 통탄하시어 우리 형제에게 벼슬까지 주신 것이다. 지금 우리 형제가 위기에 처해 계시는 왕을 죽인다면 누구보다도 하늘이 우리를 용서하지 않으시리라. 네 만일 그런 못된 생각을 버리지 않는다면 내가 먼저 너를 죽이겠다!"

그제야 투회는 칼을 칼집에 꽂고 연방 투덜거리면서 대문 밖으로 나갔다.

초소왕은 잠결에 바깥에서 꾸짖는 소리를 듣고 가만히 일어나 창 틈으로 내다보았다. 형제간에 말다툼하는 자초지종을 듣고 난 초소왕은 더 이상 운 땅에 머물고 싶지 않았다.

이튿날 투신과 투소는 그들의 형제인 투회가 딴 뜻을 품고 있다는 걸 공자 결結과 동료인 대신들에게 솔직히 말하고 앞일을 상의했다.

그들 일행은 마침내 초소왕을 모시고 수隨나라를 향해 북쪽으로 달아났다.

한편, 공자 신申은 노복강魯洑江을 지키다가 영성郢城이 함몰되고 초소왕이 달아났다는 기별을 받고, 혹 백성들까지 나라를 버리고 달아날까 염려한 나머지 스스로 왕의 옷을 입고 왕이 타는 가마를 타고서 초왕이라 자칭하기에 이르렀다.

가짜 초소왕이 된 공자 신은 우선 비설脾洩 땅에 나라를 세우고 백성들을 안심시켰다.

오나라 군사가 쳐들어오자 피란을 떠난 백성들은 다 비설 땅에 가서 살았다.

그후 공자 신은 초소왕이 수나라에 가 있다는 소식을 듣고 그제야 백성들에게 자기가 가짜 왕이었다는 것과 왕이 지금 수나라에 가 있다는 걸 알렸다.

그리고 공자 신도 수나라로 갔다.

한편, 오자서는 초소왕을 사로잡지 못한 것이 한이 되었다.

오자서가 오왕 합려에게 아뢴다.

"초왕을 잡지 못하는 한 초나라는 아직 망한 것이 아닙니다. 신이 군사를 거느리고 서쪽으로 강을 건너가서 어떻게 해서든 초왕을 잡아오겠습니다."

오왕 합려는 즉시 허락했다.

이에 오자서는 군사를 거느리고 떠나 초소왕의 종적을 찾다가 그가 수나라에 가 있다는 걸 알았다.

마침내 오자서는 수후隨侯에게 '초소왕을 잡아서 압송해주기를 바란다'는 편지를 보냈다.

걸음마다 피를 흘리는 신포서

오자서伍子胥는 수隨나라 남쪽에 군사를 주둔시키고 수후隨侯에게 편지를 보냈다. 그 내용은 이러하였다.

주周나라 자손으로서 한천漢川 가에 사는 여러 나라는 모두 초楚나라에 먹혔습니다. 이제 하늘이 오吳나라를 도우사 초나라에 벌을 내렸습니다. 군후께서는 곧 초소왕을 잡아 보내주십시오. 그러면 우리 오나라는 귀국의 은혜를 잊지 않겠습니다. 한양漢陽 땅을 귀국貴國에 다 돌려드릴 뿐만 아니라, 우리 임금께선 군후와 형제의 의를 맺을 생각이십니다. 장차 우리 두 나라가 대대로 함께 주 왕실을 섬긴다면 오죽이나 좋겠습니까.

수후는 오자서의 편지를 읽고 황급히 초나라 신하들과 이 일을 상의했다.

초나라 신하 공자 신申이 수후에게 말한다.

"제 얼굴은 초소왕과 흡사합니다. 일이 급하니 제가 가짜 왕이
되어 오자서에게 가겠습니다."

수후는 우선 태사太史에게 점을 쳐보도록 했다.

태사가 점괘를 뽑아 바친다.

해가 지면 밤이 오듯
밤이 끝나면 해가 솟는도다.
옛정을 잊지 말며
새로운 정을 맺지 마라.
서쪽 나라는 범이요
동쪽 나라는 고기로다.
平必陂
往必復
故勿棄
新勿欲
西鄰爲虎
東鄰爲肉

수후가 괘사卦辭를 보고 나서 말한다.

"초나라는 예로부터 우리 나라와 친한 사이며, 오나라는 우리와
새로이 친하려는 나라다. 또 초나라는 서쪽에 있고 오나라는 동쪽
에 있다. 귀신이 이렇듯 소상이 지시하니 무엇을 의심하리오."

수후가 다시 신하 한 사람을 불러 분부한다.

"경은 즉시 오자서에게 가서 과인의 말을 전하여라. '우리 수나
라는 대대로 초나라와 친한 사이며, 일찍부터 동맹을 맺은 처지이

기 때문에 망명 온 초왕을 영접한 것입니다. 그러나 그후 초왕은 곧 우리 나라를 떠나 다른 나라로 가버렸습니다. 그러니 장군은 다시 여러 나라에 수소문해보십시오.'"

수나라 사신은 오자서에게 수후의 말을 전했다.

오자서가 속으로 생각한다.

'초왕이 수나라를 떠났으면 어디로 갔을까? 낭와囊瓦가 정鄭나라에 망명해 있으니 초왕도 정나라로 갔을 것이 틀림없다. 그렇다! 지난날에 정나라는 세자 건建을 죽였다. 이 기회에 초왕도 잡고 세자 건의 원수도 갚아야겠다.'

오자서는 마침내 군사를 거느리고 정나라로 쳐들어가서 정성鄭城을 포위했다.

이때 정나라는 어진 신하인 유길신游吉新이 죽은 후였다. 정정 공鄭定公은 오나라 군사의 공격을 받고 매우 놀랐다. 그는 모든 책임을 망명 와 있는 낭와에게 돌렸다.

"그대가 우리 나라에 망명 와 있기 때문에 이제 우리 정나라도 망하게 되었다. 자, 어찌할 생각인가. 과인이 그대를 잡아 오나라 군사에게 넘기기 전에 속히 알아서 조처하라."

이날 낭와는 망명 중이던 객사客舍에서 자살했다.

이에 정나라는 오나라 군사에게 낭와의 시체를 내주고 초소왕이 오지 않았다는 사실을 설명했다.

그러나 오나라 군사는 물러가지 않았다. 그들은 반드시 정나라를 무찌르고 세자 건의 원수를 갚을 작정이었다.

정나라 궁중에서 대부들이 정정공에게 아뢴다.

"이젠 별도리 없습니다. 오나라 군사와 한번 싸워 이기든 망하든 양단간에 귀정歸正을 지어야 합니다."

정정공이 대답한다.

"우리 정나라와 초나라 중 어느 쪽이 더 강한가? 오나라 군사는 초나라도 무찔렀는데 우리가 어찌 그들을 대적하리오."

정정공은 궁여지책으로 백성들에게 영을 내렸다.

"오나라 군사를 물러가게 하는 자가 있으면 과인은 그 사람과 함께 이 나라를 나누어 다스리리라."

거리마다 이런 내용의 방문榜文이 나붙은 지 사흘째 되던 날이었다.

이때 악저鄂渚 땅 고기잡이 노인의 아들이 피란차 정성鄭城에 와 있었다. 그는 오자서가 오나라 군사를 거느리고 온 걸 알고 있었다.

그는 방문을 보고 궁에 가서 정정공을 뵈오러 왔다고 청했다.

정정공이 그를 불러들이고 묻는다.

"그대가 오나라 군사를 물리치겠다는 사람인고?"

"예, 능히 오나라 군사를 물러가도록 하겠습니다."

정정공이 다시 묻는다.

"그대가 오나라 군사를 물리치려면 군사와 병거가 얼마나 필요하겠느냐?"

"군사도 병거도 군량도 필요 없습니다. 다만 신에게 배 젓는 노〔橈〕 하나만 주십시오. 신이 도중에 노래를 부르면 오나라 군사는 물러가게 됩니다."

정정공은 그 말을 도무지 믿을 수가 없었다. 그렇다고 별다른 방법이 있는 것도 아니었다. 그래서 신하를 시켜 배 젓는 노 하나를 내주었다.

"그대가 과연 오나라 군사를 물러가게만 해준다면 내 어찌 큰

상을 아끼리오."

이에 고기잡이 노인의 아들은 줄을 타고 성 밖으로 내려갔다. 그는 바로 오나라 군사들이 결진結陣하고 있는 곳으로 들어갔다.

고기잡이 노인의 아들이 노를 두드리면서 노래를 부른다.

갈대 속에 숨은 사람아! 갈대 속에 숨은 사람아!
허리에는 칠성문이 있는 보검을 찼네.
그대는 지난날을 잊었는가? 강물을 건넌 후에
그대는 보리밥과 생선국으로 굶주린 배를 채웠도다.
蘆中人蘆中人
腰間寶劍七星文
不記渡江時
麥飯飽魚羹

오나라 군사들은 곧 그를 잡아 오자서가 있는 곳으로 끌고 갔다. 그는 영중營中의 오자서 앞으로 붙들려 들어가면서도 거듭 '갈대 속에 숨은 사람아!'를 노래했다.

그 노래를 듣고 오자서가 자리에서 황급히 일어난다.

"그대는 누구냐?"

고기잡이 노인의 아들이 배 젓는 노를 한번 들어 보이고 대답한다.

"장군께선 제 손에 있는 이 노를 보십시오. 저는 바로 악저 땅 고기잡이 노인의 아들입니다."

오자서가 그의 손을 잡고 묻는다.

"그렇다! 그대의 부친은 바로 나 때문에 죽었다. 나는 늘 그 은혜를 갚고자 했으나 갚을 길이 없어 한이었다. 신명神明이 도우사 오늘에야 그대를 만났구나! 그대가 노래를 부르며 날 찾아왔으니 필시 할말이 있으리라."

고기잡이 노인의 아들이 대답한다.

"별다른 일은 아닙니다. 지금 정나라는 장군을 몹시 두려워하여 거리에 방문을 내붙이고 있습니다. 곧 정후鄭侯는 오나라 군사를 물러가게 하는 자가 있으면 그자와 함께 나라를 나누어 다스리겠다는 것입니다. 지난날 우리 선친께서 위기에 빠진 장군을 구해주신 일이 있기 때문에 오늘 제가 장군을 뵈오러 왔습니다. 바라건대 장군께선 정나라의 죄를 한번만 용서해주십시오."

오자서가 하늘을 우러러 길이 탄식한다.

"슬프다! 오자서에게 오늘날이 있는 것도 그때 고기잡이 노인이 나를 배에 태워 강을 건네준 덕분이다! 하늘이 지금도 푸르고 푸르거늘 내 어찌 그 은혜를 잊겠는가!"

오자서는 그날로 명령을 내려 포위를 풀고 정성鄭城을 떠나갔다.

고기잡이 노인의 아들은 궁으로 돌아가서 이 사실을 정정공에게 보고했다. 정정공은 아주 기뻐하고 그에게 사방 100리의 땅을 봉封했다. 그후로 정나라 백성들은 그를 어대부漁大夫라 불렀다.

오늘날 진溱 땅과 유洧 땅 사이에 장인촌丈人村이란 곳이 있다. 그곳이 바로 정정공이 어대부에게 하사한 땅이다.

염옹이 시로써 이 일을 읊은 것이 있다.

갈대밭 강가에서 비밀히 부탁한 것 때문에 고기잡이 노인은 죽고 오자서만 살았으니
노 젓는 노래가 초나라보다 강했도다.
오나라 군사는 물러가고 정나라는 고기잡이 노인의 아들에

게 땅을 주었으니

　　오자서는 강 건너던 그 당시의 은혜를 잊지 않았음이라!

　　密語蘆洲隔死生

　　橈歌强似楚歌聲

　　三軍旣散分茅土

　　不負當時江上情

　오자서는 정나라에 대한 포위를 풀고 초나라 국경 지대로 돌아
가 모든 요로要路에 군사를 배치하고 미麋 땅에다 영채를 세웠다.
그리고 사방으로 사람을 풀어 숨어 있는 초나라 패잔병에게 항복
해오기를 권하는 동시에 초소왕의 행방을 엄탐嚴探했다.

　한편, 신포서(지난날 그는 오자서에게 초나라를 위해 충성을 다하겠
다고 다짐한 일이 있었다)는 영성이 오나라 군사에게 함몰되자 이릉
夷陵 땅 석비산石鼻山으로 들어가서 피신하고 있었다.

　신포서는 오자서가 초평왕의 무덤을 파헤쳐 그 시체에 형벌을
내리고 다시 초소왕까지 잡으려고 엄탐 중이라는 소문을 듣고서
즉시 사람을 시켜 오자서에게 편지를 보냈다.

　그대는 원래 초나라 신하로서 지난날엔 초평왕楚平王을 섬겼
다. 그런데 이제 자기가 섬겼던 왕의 시체를 파내어 형벌을 내
렸다고 하니 비록 원수를 갚기 위해서라고는 하지만 너무 심한
처사가 아닌가! 대저 천하의 이치는 무엇이든 최고조에 달하면
반드시 쇠퇴하는 법이니, 그대는 속히 군사를 거두고 물러가
라. 이 신포서는 지난날 그대에게 말한 바와 같이 맹세코 초나

라를 재흥再興시키기에 전력을 기울일 것이다.

오자서가 신포서의 편지를 읽고 심부름 온 사람에게 말한다.

"내가 군무軍務에 바빠서 답장은 쓰지 못한다. 돌아가서 내 말을 전하여라. '내 그대의 편지에 감사하노라. 그러나 나는 충성과 효도를 겸전할 수 없는 팔자다. 지금 나의 처지는 문자 그대로 해는 저무는데 갈 길이 멀다는 격이다. 그러므로 매사를 역행逆行하는 수밖에 없다'고 하여라."

심부름 왔던 사람은 석비산으로 돌아가서 신포서에게 오자서의 말을 전했다.

신포서가 혼잣말로 중얼거린다.

"오자서는 진정 초나라를 아주 없애버릴 작정이구나! 내 이러고 가만히 앉아서 나라가 멸망하는 걸 기다릴 순 없다."

신포서는 문득 초평왕의 부인이 바로 진秦나라 진애공秦哀公의 딸이라는 사실을 생각해냈다. 그러니 초소왕은 바로 진애공의 외손자인 것이다.

"초나라를 살려내려면 진秦나라에 가서 도움을 청하는 수밖에 없다."

이에 신포서는 석비산을 떠나 밤낮을 쉬지 않고 서쪽으로 서쪽으로 걸어갔다. 마침내 그의 발은 모조리 부르트고 터져 발자국마다 피가 낭자했다. 그는 옷을 찢어 피투성이가 된 발을 싸매고 걷고 또 걸어 마침내 진나라 도읍 옹주雍州에 당도했다.

신포서가 진애공을 배알하고 아뢴다.

"오나라는 돼지처럼 욕심이 많고 긴 뱀처럼 독해서 천하 모든 제후를 지배할 생각으로 먼저 우리 초나라에 쳐들어왔습니다. 바로 군후의 외손자이신 저희 상감께선 마침내 종묘사직을 잃고 지금 초야에 숨어 계십니다. 그래서 이번에 특별히 신에게 이 위급함을 귀국에 알리라고 하명하셨습니다. 원컨대 군후께선 저희 임금의 정상情狀을 생각하시고 군사를 일으켜 초나라를 건져주십시오."

그러나 진애공이 냉담히 대답한다.

"우리 진나라는 알다시피 서쪽 궁벽한 곳에 있다. 군사는 물론 장수도 얼마 안 되어 이 나라를 지키기에도 힘에 겹다. 그러하거늘 무슨 여유가 있어 남까지 도와줄 수 있겠는가."

신포서가 애걸한다.

"우리 초나라와 진나라는 국경이 연접해 있습니다. 초나라가 망하는데도 진나라가 구해주지 않으면 오나라 군사는 초나라를 무찌른 후에 반드시 진나라로 쳐들어올 것입니다. 군후께서 초나라를 돕는 것이 바로 진나라를 안전하게 하는 길입니다. 초나라가 없어지면 진나라는 어떻게 오나라를 대적하시렵니까? 이번에 우리 초나라를 구해주시면 우리는 대대로 진나라를 섬기며 충성을 다하겠습니다."

그래도 진애공은 선뜻 결정을 내리지 않는다.

"대부는 역관驛館에 나가서 편히 쉬라. 과인이 모든 신하와 함께 상의해보겠노라."

신포서가 다시 조른다.

"지금 초왕楚王은 초야에 숨어서 전전긍긍하고 계십니다. 그런데 신하 된 사람이 어찌 역관에서 한시인들 편히 쉴 수 있겠습니까."

이 무렵에 진애공은 밤낮으로 술만 마시고 나랏일을 돌보지 않았다. 그래서 신포서는 떼를 쓰다시피 졸라댔다.

그래도 진애공은 끝까지 허락하지 않고 마침내 일어나 내궁內

宮으로 들어가버렸다.

이에 신포서는 의관衣冠도 벗지 않고 궁중 뜰에 서서 칠일七日 칠야七夜 동안 물 한 모금 마시지 않고 울기만 했다.

그간 진애공은 내궁에서 술만 마시다가 이 사실을 전해듣고 감탄한다.

"초나라 신하가 그 임금을 생각함이 어찌 그다지도 지극한가! 저런 어진 신하가 있는데도 오나라는 초나라를 기어이 없애버리려 하는구나. 과인에겐 저런 어진 신하도 없으니 장차 오나라가 우리 진나라를 그냥 둘 리 있으리오."

진애공은 신하에게 싸움터에 들고 나갈 정기旌旗를 가지고 오라 해서 그 기旗에다 무의지시無衣之詩란 시 한 수를 썼다.

어찌 옷이 없다 하리오
내 그대와 함께 도포를 입으리로다.
왕이 이에 군사를 일으키니
내 함께 그대의 원수를 쳐주리라.
豈曰無衣
與子同袍
王于興師
與子同仇

그제야 신포서는 머리를 조아려 진애공에게 깊이 감사하고 그 정기旌旗를 받고 나서야 비로소 음식을 먹었다.

이에 진애공은 대장인 자포子蒲, 자호子虎에게 병거 500승을 내주고 신포서를 따라가서 초나라를 구원하라고 명을 내렸다.

신포서가 두 대장에게 말한다.

"지금 초왕께선 수隨나라에서 구원병이 오기를 가뭄에 비 기다리듯 기다리고 계십니다. 내가 먼저 수나라에 가서 왕께 이 사실을 아뢸 터이니 장군들은 상곡商穀 땅을 경유해서 우선 동쪽으로 진군하십시오. 그렇게 닷새 후면 양양襄陽 땅에 당도할 것이며, 그곳에서 남쪽으로 큰길을 따라 내려가면 곧 형문荊門 땅에 당도할 수 있습니다. 이제부터 나는 수나라에 가서 남아 있는 초나라 군사들을 모아 석량산石梁山을 경유하여 남쪽으로 내려가겠습니다. 그리고 속히 서둘러 사흘 만에 양양 땅에 당도할 작정이니 거기서 우리 양군兩軍이 서로 만나기로 합시다. 지금 오나라 군사는 승리에 취하여 필시 아무 준비도 없을 것이며, 고국을 떠난 지가 오래되어서 날로 고향 생각만 하고 있을 것입니다. 우리가 오나라 일군一軍만 격파하면 나머지 오나라 군사는 다 흩어지고 말 것입니다."

진秦나라 장수 자포가 대답한다.

"우리는 길을 잘 알지 못하므로 필히 초나라 군사의 안내를 받아야 할 것 같소. 그러니 대부는 약속한 날까지 꼭 양양 땅에 당도하도록 명심하오."

이에 신포서는 수나라로 말을 달렸다.

신포서가 수나라에 당도한 즉시 초소왕을 뵙고 아뢴다.

"신은 그간 진나라에 가서 구원을 청했습니다. 이미 진나라 군사가 출동했으니 왕께선 안심하십시오."

초소왕이 뛸 듯이 기뻐하며 수후隨侯를 돌아보고 말한다.

"전날 태사太史의 점이 맞았소이다. 그때 그 점괘에 '서쪽 나라는 범이요[西鄰爲虎], 동쪽 나라는 고기[東鄰爲肉]'라고 하지 않

있습니까? 진나라는 우리 초나라 서쪽에 있고 오나라는 동쪽에 있으니 과연 그 점이 맞았소!"

이때 초나라 장수 위연蔿延과 송목宋木 등이 패잔병을 수습해 수나라에 와서 초소왕을 모시고 있었다. 신포서는 즉시 그들 장수와 공자 신申과 공자 결結과 함께 군사를 거느리고 출발했다. 수나라 군사도 그들의 뒤를 따랐다.

한편 진秦나라 군사는 먼저 양양 땅에 당도하여 진을 꾸리고, 초나라 군사가 오기를 기다렸다.

이윽고 초나라 군사가 당도했다.

신포서와 공자 신과 공자 결은 진나라 장수들을 만나 반가이 인사를 나누었다.

양양 땅에서부터 초나라 군사가 앞장을 서고 그 뒤를 진나라 군사가 따라갔다.

초나라 군사는 기수沂水에 이르렀다. 그곳엔 오나라 장수 공자 부개의 군사가 진을 치고 있었다.

진나라 장수 자포가 신포서에게 말한다.

"그대는 나아가서 먼저 오나라 장수와 싸우십시오. 우리가 뒤에서 도와드리리다."

이에 신포서는 달려나가 공자 부개와 맞붙어 싸웠다. 공자 부개는 자기 용맹만 믿고서 신포서를 얕보았다. 그들은 10여 합을 싸웠으나 승부가 나지 않았다.

이때 진나라 장수 자포와 자호가 군사를 몰고 쳐들어갔다. 난데없는 군사들이 쳐들어오는데 '진秦'이란 글자가 씌어진 깃발이 여기저기 바람에 펄펄 나부꼈다. 진나라 군사를 본 공자 부개는 놀라 어쩔 줄 모른다.

"진나라 군사가 언제 어떻게 이곳에 왔단 말이냐?"

공자 부개는 급히 군사를 거두고 달아나기 시작했다. 이때 오나라 군사는 그 절반이 목숨을 잃었다.

공자 신과 공자 결은 달아나는 오나라 군사를 마구 죽이면서 50리 가량이나 추격했다.

싸움에 진 공자 부개는 황급히 영성郢城으로 돌아가서 오왕吳王 합려闔閭에게,

"야단났습니다. 진秦나라 군사가 왔습니다. 도저히 감당할 수 없더이다."

하고 아뢌다.

진나라 군사가 왔다는 말을 듣고 오왕 합려는 불안해했다.

손무孫武가 아뢴다.

"원래 군사는 흉기凶器라고도 합니다. 군사란 잠깐 동안만 쓸 것이지 오래도록 쓰면 안 됩니다. 더구나 초나라는 땅이 넓은데 아직 인심人心은 우리 오나라를 좋아하지 않고 있습니다. 그러기에 신이 세자 건建의 아들인 공자 승勝을 초나라 왕으로 세우고 그 백성들을 위로해야 한다고 아뢴 것도 실은 오늘날과 같은 변이 있을까 염려해서였습니다. 그러나 이젠 별수 없이 사람을 보내어 진나라와 우호를 맺고 다시 초소왕을 복위시킨 후, 그 조건으로 초나라 서쪽 땅을 우리 오나라로 편입시키는 도리밖에 없습니다. 초나라 서쪽 땅만 차지해도 우리 오나라로선 적잖은 이익입니다. 만일 왕께서 그냥 초나라 왕궁에 애착을 가지시고 적과 겨룬다면 사태는 중대해지고 맙니다. 곧 초나라 군사와 백성은 분노하여 더욱 힘을 낼 것입니다. 우리 오나라 군사는 이겼다는 자만심 때문에 이미 방심하고 있습니다. 더구나 이제 범 같은 진나라 군사가

적극 초나라 군사를 돕고 나섰습니다. 신에겐 이외에 다른 만전지책萬全之策이 없습니다."

오자서도 이젠 초소왕을 잡을 수 없다는 걸 알고서,

"손무의 말이 지당한 줄로 압니다."

하고 아뢨다.

오왕 합려도 말없이 고개만 끄덕였다.

그런데 백비伯嚭가 앞으로 나아가 오왕 합려에게 아뢴다.

"우리 오나라 군사는 동쪽을 떠난 후 파죽지세破竹之勢로 다섯 번 싸워 드디어 초나라 도읍 영성을 점령하고 마침내 초나라 종묘 사직까지 불살라버렸습니다. 그런데 이제 진나라 군사가 왔다 해서 곧 군사를 거두고 그냥 돌아간다면 지금까지의 용기에 비해 너무나 비겁하지 않습니까? 신에게 군사 1만 명만 주십시오. 한 놈도 본국에 돌아가지 못하도록 진나라 군사를 무찔러버리겠습니다. 만일 싸워서 이기지 못하면 그땐 신이 군법을 달게 받겠습니다."

오왕 합려는 씩씩한 백비의 말을 장히 여기고 즉시 군사를 내주었다. 손무와 오자서가 극력 말렸으나 소용없었다. 백비는 끝내 듣지 않고 군사를 거느리고 영성을 떠났다.

이리하여 오·초 양군은 다시 군상軍祥(영성 서북쪽에 있는 지명) 땅에서 대결하게 되었다.

백비는 초나라 군사의 행렬이 정돈되어 있지 못한 걸 보고서,

"속히 북을 울려라. 그리고 일제히 진격하라!"

하고 영을 내렸다.

북소리와 동시에 백비는 병거를 몰고 앞으로 달려나갔다.

동시에 초나라 군사 쪽에서도 공자 신이 군사를 거느리고 달려나왔다.

백비가 소리를 높여 꾸짖는다.

"구사일생九死一生으로 겨우 살아난 놈, 어찌 식어빠진 재[灰]가 다시 피어날 줄 아느냐!"

공자 신이 역시 소리 높여 꾸짖는다.

"조국을 배반한 놈아! 네가 무슨 면목으로 이제 나를 대하느냐!"

백비는 분기가 솟아 곧 창을 바로잡고 공자 신에게 달려들었다. 공자 신도 창을 번개같이 휘두르며 백비에게 달려들었다. 서로 어우러져 싸운 지 수합 만에 공자 신은 일부러 못 이긴 체하고 달아났다. 백비는 열심히 그 뒤를 쫓아갔다.

두 마장 가량 뒤쫓아갔을 때였다.

왼편에서 초나라 장수 심제량沈諸梁이 일지군一枝軍을 거느리고 달려나왔다. 동시에 오른쪽에서도 초나라 장수 위연이 일지군을 거느리고 달려나왔다.

진나라 장수 자표와 자호는 군사를 거느리고 오나라 진영 중간을 쳐서 끊었다. 마침내 오나라 군사는 세 동강이 났다. 초楚·진秦 연합군은 세 동강이 난 오나라 군사를 각기 포위하고 공격했다.

포위를 당한 백비는 죽을힘을 다 내어 좌충우돌했으나 벗어나지 못했다.

바로 이때 오자서가 군사를 거느리고 와서 초·진 연합군을 무찌르고 겨우 백비를 구출해냈다. 그러나 1만 명의 오나라 군사들 중에서 살아남은 자는 2,000여 명에 불과했다.

백비는 스스로 자기 몸을 결박하고는 죄인으로서 오왕 합려 앞에 나아가 형벌을 청했다.

손무가 오자서에게 말한다.

"백비는 교만한 사람이오. 다음날에 필시 오나라의 우환거리가 될 것이오. 이번에 패전한 걸 기회로 군령으로써 죽여버립시다."

오자서가 대답한다.

"비록 그가 이번에 많은 군사를 잃었지만 지난날의 공로는 큽니다. 더구나 지금 적군이 우리 눈앞에 있소. 이럴 때 장수 하나를 참하는 건 옳지 못한 일이오."

마침내 오자서는 오왕 합려에게 간청하여 백비를 용서토록 해주었다.

한편 진나라 군사는 바로 영성을 향해 진군했다. 오왕 합려는 사세가 다급해졌다. 이에 공자 부개夫槪와 공자 산山은 영성을 지키고 오왕 합려는 친히 대군을 거느리고 기남성紀南城에 둔쳤다. 그리고 오자서와 백비는 각기 마성磨城과 노성驢城에 둔쳤다.

이렇게 오나라 군사는 각기 나뉘어 쳐들어오는 초·진 연합군에 맞서 싸울 준비를 했다. 동시에 오왕 합려는 사자를 당唐·채蔡 두 나라로 보내어 구원을 청했다.

한편, 초나라 장수 공자 신申이 진나라 장수 자포子蒲에게 말한다.

"오나라 군사는 지금 영성을 소굴로 삼고 있소. 그러므로 영성은 매우 견고할 것이오. 이럴 때 당나라와 채나라 군사까지 그들을 돕는다면 야단이오. 지금이라도 늦지 않으니 당나라부터 칩시다. 당나라가 격파되면 채나라는 겁이 나서 꿈쩍을 못할 것이오. 그래야만 우리는 마음놓고 오나라 군사를 칠 수 있소."

진나라 장수 자포가 찬동한다.

"그거 좋은 생각이오."

이에 자포와 공자 신은 각기 군사를 나누어 거느리고 당나라를 치러 갔다.

그들은 당나라에 가서 일거에 당성唐城을 격파하고 당성공을 잡아죽였다.

아니나 다를까, 채나라 채소공蔡昭公은 이 소문을 듣고 크게 겁을 먹었다. 그는 감히 오나라 군사를 도우러 출동하지 못했다.

한편, 오나라 공자 부개는 초나라를 칠 때 가장 큰 공을 세운 사람이다. 그만큼 평소에 자부심이 대단했다. 그러나 그가 전번에 기수沂水에서 한 번 패한 일이 있었기 때문에 오왕 합려는 그에게 영성을 지키도록 하고 전방에 내보내지 않았다. 공자 부개는 우울했다. 그는 형님인 오왕 합려가 진나라 군사와 싸워 단번에 결단을 내지 않는 것이 불쾌했다.

공자 부개는 문득 이런 생각을 했다.

'우리 오나라는 왕이 죽으면 그 동생이 왕위를 계승하기로 되어 있다. 그럼 지금 왕이 죽는다면 이 다음 왕위는 마땅히 내 차지다. 그런데 현재 오왕은 자기 아들인 파波를 세자로 세웠다. 이건 분명 내게 왕위를 넘겨주지 않겠다는 뜻이다. 이번에 우리 나라 군사는 모두 초나라를 치러 나와 지금 국내는 텅 비어 있다. 내가 곧장 본국으로 돌아가서 왕위에 오르면 그만 아닌가. 그러면 다음 날 왕위 때문에 다투지 않아도 된다. 지금이 바로 절호의 기회다. 이 기회를 놓치지 말자!'

마침내 공자 부개는 본부군本部軍을 거느리고 몰래 영성 동문으로 빠져나가 마침내 한수漢水를 건너 오나라로 돌아갔다.

오나라에 돌아간 즉시 공자 부개는 거짓말을 선포했다.

"합려는 진秦나라 군사에게 패해서 죽었는지 살았는지 행방불명이 되었다. 그러니 이젠 내가 형님 대신 이 나라 왕위에 올라야겠다."

공자 부개는 마침내 스스로 오왕이라 칭했다.

공자 부개가 자기 아들 부장扶臧에게 분부한다.

"너는 내가 데리고 온 본부군을 거느리고 회수淮水에 가서 영채를 세우고 주둔하여라."

부장은 아버지의 명령을 받고 회수로 갔다. 곧 오왕 합려의 귀로歸路를 막기 위해서였다.

한편, 오나라 성안에 있던 세자 파波는 전의專毅와 함께 변란變亂의 소식을 듣고 성 위로 올라갔다. 그들은 성 위에서 밑을 굽어보고 공자 부개를 큰소리로 외쳐 꾸짖으며 끝까지 성문을 열어주지 않았다.

이에 공자 부개는 심복 부하를 월越나라로 보냈다. 그 사자는 삼강三江을 건너 월나라로 가서 월나라 임금 윤상允常에게 공자 부개의 말을 전했다.

"귀국 군사와 우리 군사가 오나라 성을 협공해서 성공하는 날엔 다섯 성을 귀국에 바치겠습니다."

이 말을 듣자 월나라 임금 윤상은 슬며시 구미가 동했다.

한편 오왕 합려는 진나라 군사에게 당나라가 망했다는 보고를 받고 깜짝 놀라 곧 모든 장수와 함께 앞일을 상의했다. 그러던 차에 영성에게 공자 산山이 달려와 아뢴다.

"무엇 때문인지 공자 부개가 본부군을 거느리고 몰래 오나라로 돌아갔습니다."

오자서가 대뜸 말한다.

"공자 부개가 돌아간 것은 반드시 배반하려는 뜻에서입니다!"

오왕 합려가 묻는다.

"그렇다면 이 일을 어찌할꼬?"

오자서가 대답한다.

"공자 부개는 한갓 필부匹夫의 용기밖에 없으니 별로 염려할 것 없습니다. 다만 월나라가 이 기회에 군사를 일으키지나 않을까 걱정입니다. 왕께선 속히 본국으로 돌아가셔서 내란을 진압하십시오."

이에 손무와 오자서만 남아서 영성을 지키기로 했다. 그리고 오왕 합려는 백비를 데리고 배를 타고서 강물을 따라 내려갔다.

오왕 합려가 하류에 이르러 한수를 건넜을 때였다. 오왕 합려는 세자 파가 보낸 사자와 만났다.

사자가 급한 소식을 아뢴다.

"공자 부개가 반역했습니다. 그는 스스로 왕이라 칭하고 월나라와 내통했습니다. 그래서 지금 월나라 군사가 오나라 도읍에 박두했습니다."

오왕 합려가 매우 놀란다.

"오자서의 말이 맞았구나! 속히 영성으로 사람을 보내어 손무와 오자서를 소환하여라."

오왕 합려는 영성으로 사람을 보내는 한편 밤낮없이 길을 재촉했다.

오왕 합려가 강변을 따라 급히 돌아가면서 모든 장졸將卒들에게 선포한다.

"부개를 따라 먼저 오나라에 돌아온 장수나 군사들은 즉시 과인에게로 모여라. 지금 즉시 오는 자에겐 지난날의 지위를 보장하겠다. 만일 늦게 오면 추호도 용서 없이 참하리라."

회수淮水 가에 집결하고 있던 군사들은 이 전지傳旨를 듣고 모두 창을 어깨에 메고서 오왕 합려를 영접하려고 달아났다.

이에 군사를 잃은 공자 부개의 아들 부장은 하는 수 없이 혼자서 곡양谷陽 땅으로 돌아갔다.

공자 부개는 강제로 백성을 징집하고 갑옷을 입혔다. 그러나 젊은 장정들은 오왕 합려가 건재하다는 소문을 들었기 때문에 다 산속으로 달아나 숨었다.

공자 부개는 하는 수 없이 직접 거느리고 있는 군사만을 데리고 돌아오는 오왕 합려와 싸우려고 출발했다.

오왕 합려는 도중에서 군사를 거느리고 싸우러 오는 공자 부개와 만났다.

오왕 합려가 큰소리로 꾸짖는다.

"내 너를 수족처럼 여겼거늘 어찌하여 반역했느냐?"

공자 부개가 형님인 오왕 합려에게 대답한다.

"네가 전왕前王 요僚를 죽인 것은 반역이 아니고 뭐냐?"

오왕 합려가 분기탱천한다.

"백비는 나를 위해 저 역적놈을 사로잡아라!"

백비가 달려나가 공자 부개와 수합을 싸웠을 때였다.

오왕 합려는 대군을 휘몰아 부개를 쳤다. 공자 부개가 비록 용맹하다지만 어찌 많은 상대를 당적할 수 있겠는가.

마침내 공자 부개는 대패하여 달아났다.

부장은 강가에 있다가 도망온 아버지를 배에 태워 강을 건넜다. 이리하여 공자 부개와 그 아들 부장은 함께 송宋나라로 달아났다.

한편 오왕 합려는 백성들을 위로하고 오나라 성으로 들어갔다. 세자 파가 성문을 열고 나와 부왕을 영접해들였다. 그날 그들은 장차 월나라 군사를 어떻게 막을 것인가에 대해서 상의했다.

한편, 오자서와 손무는 오왕 합려의 소환장을 받고 장차 회군할 일을 상의하던 중이었다.

이때 군사 하나가 들어와서 고한다.

"초나라 군사 한 명이 서신을 가지고 왔습니다."

오자서가 그 서신을 받아본즉 바로 신포서申包胥가 보낸 글이었다.

그대들은 영성을 점령했으나 아직 초나라를 없애버리진 못했다. 하늘이 초나라를 돕고 있다는 걸 알라! 그대는 망명할 때 내게 이런 말을 했었다. '내 반드시 초나라를 멸망시키고야 말리라.' 그때 나는 그대에게 대답했다. '나는 초나라를 위해서 전력을 기울이겠다'고. 우리는 각기 자기 소신대로 해온 셈이다. 그러면서도 우리는 서로 미워하지 않았다. 그대여, 오나라를 위해서 이 이상 힘쓰지 말기를 바란다. 나도 진秦나라 힘을 더 이상 빌리고 싶지 않다.

오자서가 손무에게 편지를 보이면서 말한다.

"이번에 우리 오나라 군사는 승승장구로 초나라에 들어와서 종묘宗廟를 불태워버리고, 그 사직社稷을 쓸어버리고, 시체를 끌어내어 치고, 많은 여자를 능욕했소. 자고로 이렇듯 원수를 통쾌하게 갚은 경우도 없을 것이오. 우리가 진秦나라 군사에게 졌다곤 하지만 별로 큰 손해는 없었소. 병법에도 '징조가 보일 때엔 나아가고 가망이 없을 때엔 물러서라'고 했지요. 지금 초나라 군사는 우리의 형편을 모르고 있는 모양이오. 이럴 때 우리도 속히 물러갑시다."

손무가 대답한다.

"우리가 그냥 물러간다면 이는 오나라의 수치요. 그대는 왜 공자 승勝을 위해서 힘쓰지 않소?"

"참 좋은 말씀이오."

오자서는 손무의 말을 선뜻 알아듣고 즉시 신포서에게 보내는 답장을 썼다.

지난날 초평왕楚平王은 죄 없는 세자 건建을 추방하고 죄 없는 신하를 죽였다. 나는 그 당시의 분을 참을 수 없어 오늘날 이 지경까지 이르렀다. 옛날에 제환공齊桓公은 형邢나라를 존속시켰고 위衛나라를 없애버리지는 않았다. 또 옛날에 진목공秦穆公은 세 번이나 진晉나라 임금을 세워주었다. 그러고도 그들은 조금도 영토를 탐하지 않았다. 그래서 오늘날도 제환공과 진목공에 대한 칭송이 자자하지 않은가. 나는 비록 재주는 없으나 아직 의기는 쇠하지 않았다. 죽은 세자 건의 아들 공자 승은 지금 오나라에서 비참한 생활을 하고 있다. 나는 초나라가 공자 승을 소환해서 죽은 세자의 제사라도 받들게 해주기를 바란다. 그대는 이 청을 들어주겠는가? 그럼 우리도 물러가겠다.

신포서는 편지를 읽고 공자 신申에게 오자서의 뜻을 말했다.

공자 신이 찬성한다.

"억울하게 죽은 세자의 아들을 데려오는 건 평소 나의 뜻이었소. 곧 오나라로 사람을 보내어 공자 승을 모셔옵시다."

곁에서 심제량沈諸梁이 간한다.

"세자 건은 쫓겨난 사람이오. 그러니 그 아들 공자 승은 우리를 원수로 알고 있소. 그런 원수를 데려온다는 것은 우리 초나라에 이롭지 못하오."

공자 신이 웃으며 대답한다.

"공자 승은 한갓 필부에 지나지 않소. 그가 온들 무슨 짓을 하리오."

이에 초소왕은 오나라로 사람을 보내어 공자 승을 데려왔다. 그리고 그에게 허許 땅을 주고 그곳에 가서 살게 했다.

오자서는 손무와 함께 군사를 거느리고 초나라 도읍 영성을 떠났다. 오나라 군사는 떠날 때 초나라 부고府庫에 있는 보옥寶玉 등을 몽땅 수레에 실었다. 그리고 그들은 접경 지대에 있는 초나라 백성 1만여 호戶를 오나라 황무지로 이주시켰다.

오자서는 손무를 수로水路로 먼저 가게 하고 자기는 역양산歷陽山 쪽으로 갔다. 곧 지난날 망명 당시의 은혜를 갚고자 동고공東皐公을 찾아간 것이다. 그러나 역양산 속엔 사람도 집도 없었다.

오자서는 다시 용동산龍洞山으로 사람을 보내어 황보눌皇甫訥의 소식을 알아오게 했다. 용동산에 갔던 사람이 돌아와서 보고한다.

"황보눌의 종적도 찾을 수 없더이다."

오자서가 길이 탄식한다.

"참으로 고고孤高하신 분들이구나!"

오자서는 다만 동고공이 살던 집터에 두 번 절하고 역양산을 내려왔다.

오자서는 곧장 소관昭關으로 갔다. 지난날과는 달리 관문關門을 파수 보는 초나라 군사는 하나도 없었다. 오자서는 군사를 시켜 소관을 모조리 부숴버렸다.

그는 다시 율양溧陽 땅 뇌수瀨水 가로 갔다. 오자서가 넋 잃은 사람처럼 흐르는 물을 굽어보고 길이 탄식한다.

"내 지난날에 배가 고파 이곳에서 빨래하는 여자에게 밥을 얻어먹었다. 그때 그 여자는 내게 밥을 주었을 뿐만 아니라, 마침내 냇물에 몸을 던져 죽었다. 그때 내가 바위에다 글을 지어 써두었는데 지금도 남아 있는지 모르겠구나!"

오자서는 군사를 시켜 바위 위에 덮어놓았던 흙을 치웠다. 아직도 바위에는 지난날에 쓴 글자가 완연했다.

오자서는 천금千金으로써 그 당시 은혜를 갚고자 했다. 그러나 그 여자의 집이 어디에 있는지 알 수 없었다. 오자서는 군사를 시켜 천금을 물 속에 던져넣게 했다.

오자서가 뇌수를 굽어보며 말한다.

"그대여, 만일 영혼이 있다면 내가 그대를 저버리지 않았음을 알아주기 바라노라."

오자서는 군사를 거느리고 그곳을 떠났다.

한 마장쯤 갔을 때였다. 길가에 앉아 있던 한 노파가 지나가는 오나라 군사를 보고 통곡한다.

군사들이 그 노파에게 우는 곡절을 묻는다.

"노파는 우리를 보고 왜 슬피 우는가?"

"나는 원래 팔자가 기박해서 딸과 단둘이 살았소. 내 딸은 나이 서른이 되도록 시집도 가지 않았지요. 그런데 지난날에 내 딸은 뇌수 가에서 빨래를 하다가 지나가는 한 군자君子에게 밥을 대접했다오. 딸아이는 이 사실이 남에게 알려질까 저어하여 결국 뇌수에 몸을 던져 죽었소. 그후에 들으니 그때 그 과객이 바로 초나라의 망신亡臣 오자서 장군이라고 합디다. 요즘 소문에는 오자서 장군이 싸움에 나가서 이기고 돌아온다는데 내 딸은 이런 반가운 소식도 못 듣고 이미 헛되이 죽었으니……"

노파는 말을 채 끝맺지 못하고 다시 울었다.

군사가 노파를 위로한다.

"우리들의 장수가 바로 오자서 장군이십니다. 이번에 천금으로 보답하려고 이곳까지 오셨으나 집을 알 수 없어서 조금 전에 뇌수에다 그 천금을 던져넣었으니 찾아가오."

노파는 뇌수에 가서 그 천금을 건져 돌아갔다. 그후로 오자서가 밥을 얻어먹었던 그 뇌수를 투금뢰投金瀨•라고 한다.

염선이 시로써 이 일을 읊은 것이 있다.

투금뢰의 물은 예나 지금이나 흘러가는데

망명한 신하가 다시 찾아와서 슬퍼하던 그때를 나는 생각하노라.

나이 서른이 되도록 낭군이 없었던 처녀야

그대는 꽃다운 이름을 오자서와 함께 길이 전했도다.

投金瀨下水澌澌

猶憶亡臣報德時

三十年來無匹偶

芳名已共子胥垂

한편 월越나라 임금 윤상允常은 손무와 오자서가 오나라에 돌아왔다는 소문을 듣고,

"오나라 성을 치러 간 군사들을 소환하여라."

하고 영을 내렸다.

그는 손무의 용병술用兵術이 귀신같다는 걸 들어서 잘 알고 있었다.

군사를 소환한 월나라 임금 윤상은,

"앞으로 우리 월나라의 적은 오나라다!"

하고 부르짖었다.

이때부터 그는 스스로 월왕越王이라 칭했다.

한편, 오왕 합려는 이번에 초나라를 무찌른 공로자들 중에서 손무를 으뜸으로 꼽아 높은 벼슬을 주려 했다. 그러나 손무는 모든 벼슬을 사양하고 굳이 산속으로 돌아가겠다고 청했다. 오왕 합려는 오자서에게 손무를 붙잡아보라고 분부했다. 이에 오자서는 손무를 극력 만류했다.

손무가 오자서에게 대답한다.

"그대는 천도天道를 아시는가? 여름이 가면 겨울이 오고 봄이 돌아오면 가을도 오지요. 왕은 장차 사방에 걱정거리가 없어지면 오나라가 강성한 것만 믿고 필시 교만해지고 방탕해질 것입니다. 공을 이루고 물러서지 않으면 반드시 불행이 닥쳐옵니다. 나는 다만 나 자신을 위하려는 건 아니오. 그대와 함께 목숨을 유지하려는 것이오."

오자서는 그렇지 않다면서 누누이 손무를 붙들었다. 그러나 손무는 오자서의 손을 뿌리치고 표연飄然히 떠나가버렸다.

이에 오왕 합려도 하는 수 없어 황금과 비단을 가득 실은 수레 수십 대를 딸려보냈다. 그러나 손무는 산속으로 돌아가는 도중 길가에 사는 가난한 백성들에게 그 황금과 비단을 다 나눠주었다.

그후 손무가 어디서 살다가 언제 죽었는지 아는 사람이 없다.

사신이 시로써 손무를 찬탄한 것이 있다.

손무의 재주는
오자서를 빛냈도다.

군법으로 두 총희寵姬를 참하고
삼군에 그 위엄을 떨쳤도다.
한결같이 대군을 거느리고
귀신처럼 적군의 계책을 알아냈도다.
강적 초나라를 크게 무찌르고
진秦나라 군사에게 약간 꺾였도다.
그의 지혜는 야비하지 않았으며
추잡한 계책을 쓰는 일이 없었도다.
마침내 높은 벼슬을 사양했으니
망하고 사는 길을 알았도다.
세상에 나와선 실력을 발휘하고
다시 산으로 돌아가자 천추에 그 이름을 남겼도다.
그의 저서 『손자병법孫子兵法』 • 13편은
이로부터 병가의 경전經典이 되었도다.

孫子之才

彰於伍員

法行二嬪

威振三軍

御衆如一

料敵如神

大伸於楚

小挫於秦

智非偏屈

謀不盡行

不受爵祿

知亡知存

身出道顯

身去名成

書十三篇

兵家所尊

그후 오왕 합려는 오자서를 승상丞相으로 삼았다. 오왕 합려는 옛날에 제환공이 관중管仲을 중부仲父라 부르고, 초나라가 투곡오도鬪穀於菟를 자문子文이라고 불렀던 일을 본받았다. 곧 그는 승상을 자서子胥라 부르고 그 이름(오자서의 이름은 원員이다)을 부르지 않았다.

그는 다시 백비에게 태재太宰 벼슬을 주고 오자서와 함께 국정을 보살피게 했다.

오왕 합려는 또 창문閶門의 이름을 파초문破楚門이라 고치고, 남쪽 경계에다 돌을 쌓아 문을 만들고 군사들로 하여금 지키게 했다. 그것은 월나라 군사를 막기 위해서 새로 쌓은 성이었다. 오왕 합려는 그 성 이름을 석문관石門關이라고 명명했다.

한편 월나라 대부 범여范蠡도 절강浙江 어귀에다 큰 성을 쌓았다. 이는 오나라 군사를 막기 위해서 쌓은 성으로 이름을 고릉固陵이라고 했다. 곧 견고하게 지킨다는 뜻이었다. 이때가 바로 주경왕周敬王 15년이었다.

한편, 초나라 공자 신申과 공자 결結은 영성郢城으로 돌아왔다. 그들은 황야荒野에 조각조각 흩어져 있는 초평왕楚平王의 뼈를 거두어 다시 매장했다. 그리고 또다시 종묘를 짓고 새로 사직단社稷

壇을 쌓았다.

동시에 신포서申包胥는 수군水軍을 거느리고 초소왕楚昭王을 모시러 수隨나라로 갔다.

이에 초소왕은 수후와 서로 영원히 침략하지 말자는 맹약盟約을 맺었다.

초소왕이 영접 온 신포서를 따라 수나라를 떠나던 날이었다. 수후는 배 타는 데까지 따라나가서 초소왕을 전송했다.

초소왕을 태운 배가 대강大江 중류를 따라갔다. 초소왕은 배 난간을 의지하고 사방 경치를 둘러보았다. 그는 피란 중에 가지가지 고생하던 일이 생각났다.

오늘날에 다시 이 강을 건널 줄이야 뉘 알았으리오. 초소왕은 몹시 기뻤다.

이때 물위에 이상한 물건이 떠 있는 게 보였다. 크기가 말〔斗〕만한 선홍색 물건이었다. 초소왕은 노 젓는 자를 시켜 그 이상한 물건을 건져오게 했다.

"이게 도대체 뭘까? 혹 아는 사람이 있느냐?"

그러나 아무도 알아보는 사람이 없었다. 초소왕은 칼을 빼어 그걸 두 조각 냈다. 그 속은 오이와 비슷했다. 먹어본즉 맛이 매우 좋았다. 초소왕이 좌우 여러 신하에게 나눠주며 말한다.

"이 과일 이름을 알려면 아마도 박식한 학자에게 물어야 할 것이다."

날이 저물기 전에 배는 운중雲中 땅에 당도했다.

초소왕은 배에서 내려 언덕으로 올라갔다. 그가 다시 사방을 둘러보며 탄식한다.

"지난날에 과인이 도적을 만났던 곳이 바로 여기구나. 내 어찌 이곳을 잊으리오. 투신鬪辛은 인부를 모아 이곳에다 조그만 성을 쌓아라. 그러면 길 가는 나그네들에게 편리할 것이다."

이에 투신은 운중 땅과 몽夢 땅 사이에다 성을 쌓았다. 오늘날도 운몽현雲夢縣에 가면 초왕성楚王城이란 곳이 있다. 그곳이 바로 그 당시 성을 쌓았던 터라고 한다.

한편, 공자 신과 공자 결 등은 영성에서 50리를 나와 초소왕을 영접했다. 초소왕과 모든 신하는 서로서로 위로하며 영성으로 향했다.

영성이 가까워질수록 도로변과 들에는 백골白骨만 무수히 굴러다니고 있었다. 초소왕이 영성 안으로 들어가 둘러본즉 궁궐은 거의 훼손되어 처참하기 이를 데 없었다.

초소왕의 두 눈에서 자기도 모르는 새에 눈물이 주르르 흘렀다. 초소왕은 궁으로 들어가서 먼저 어머니인 백영伯嬴에게 갔다. 어머니와 아들은 서로 붙들고 대성통곡했다.

초소왕이 말한다.

"국가가 불행하여 이런 큰 변을 당했습니다. 옛 종묘사직은 불타 버렸고 부왕父王께선 능묘陵墓에서 끌려나와 큰 욕을 보셨습니다. 언제면 이 기막힌 원한을 설치할 수 있을지 가슴이 무너지는 듯합니다."

백영이 대답한다.

"이제 상감은 왕위에 돌아왔으니 먼저 상벌賞罰을 밝히고 백성들을 위로하고 안정시켜야 하오. 그런 후에 실력을 길러 지난날을 회복하도록 하오."

초소왕은 어머니 백영의 가르침을 받고 재배하고 물러나왔다.

이날 초소왕은 감히 침소寢所에 들지 못하고 재궁齋宮에서 잤다.

이튿날 초소왕은 우선 다시 지은 종묘사직에 제사를 지내고 새로 매장한 초평왕의 능묘에 참배하고 돌아왔다. 그리고 나서 초소왕이 정전正殿 왕위에 올라가서 좌정하자 문무백관은 만세를 불렀다.

초소왕이 문무백관을 굽어보고 말한다.

"과인은 못된 자를 등용했기 때문에 하마터면 나라를 망칠 뻔했다. 만일 경들이 없었다면 어찌 저 하늘의 해를 다시 볼 수 있었으리오. 이번에 잠시나마 나라를 잃은 것은 다 과인의 죄이며, 이렇듯 나라를 다시 찾은 것은 다 경들의 공인가 하오."

모든 대부는 일제히,

"황공하오이다. 모두가 대왕의 성덕聖德이로소이다."

하고 머리를 조아렸다.

초소왕은 잔치를 차려 진秦나라 장수와 군사들을 위로하여 그들 나라로 돌려보냈다. 다음에 초소왕은 논공행상論功行賞을 했다.

이에 공자 신을 영윤令尹으로 삼고, 공자 결을 좌윤左尹으로 삼았다. 또 진나라 군사를 청해온 신포서의 공로도 크게 인정하여 그에게 우윤右尹 벼슬을 제수했다.

신포서가 굳이 사양한다.

"신이 진나라 군사를 청해온 것은 대왕을 위해서였지 결코 제 일신을 위해서 한 건 아닙니다. 이제 대왕께 초나라를 돌려드렸으니 이만하면 신은 소원을 성취한 셈입니다. 어찌 더 이상 이익을 바라겠습니까."

초소왕은 신포서에게 굳이 우윤右尹 벼슬을 받도록 권했다. 그러나 신포서는 벼슬을 마다하고 그날 밤에 처자妻子를 데리고 영성을 떠났다.

신포서의 아내가 남편에게 끌려가면서 묻는다.

"당신은 몸과 정신을 다 바쳐서 진나라 군사를 데려와 잃었던 초나라를 다시 찾았소. 그러니 당신이 상을 받는 것은 마땅한 일이오. 한데 왜 이렇듯 도망을 치시오?"

신포서가 대답한다.

"지난날 오자서는 나에게 초나라를 치겠다고 말한 일이 있었소. 그러나 나는 친구간의 의리를 지키기 위해서 그간 아무에게도 누설하지 않았소. 곧 오자서가 초나라를 치게끔 내버려둔 것은 나의 죄요. 이런 죄가 있는데 이제 공로가 있다고 해서 상을 받는다면 이는 나의 수치요!"

마침내 신포서는 처자를 데리고 깊은 산속으로 달아났다. 그후 신포서는 산속에서 나오지 않고 일생을 마쳤다.

초소왕은 사람을 시켜 각방으로 신포서를 찾았으나 결국 간 곳을 찾지 못했다. 초소왕은 신포서가 살던 여염閭閻에다 정문旌門을 세워 이를 충신지문忠臣之門이라고 했다.

또한 초소왕이 왕손 유우에게 우윤 벼슬을 제수하고 말한다.

"운중雲中 땅에서 도적을 만났을 때 그대는 과인을 대신해서 도적의 창에 찔렸다. 내 어찌 그 당시를 잊을 수 있으리오."

그외에 심제량沈諸梁 · 종건鍾建 · 송목宋木 · 투신鬪辛 · 투소鬪巢 · 위연蔿延 등 모든 장수에게도 낱낱이 벼슬을 올려주고 땅을 하사했다.

초소왕은 또 지난날 운鄖 땅으로 피란 갔던 그날 밤에, 자기를 죽이려고 칼을 갈았던 투회鬪懷에게까지 상을 주려고 즉시 불러 올리게 했다.

공자 신이 의아해서 묻는다.

"투회는 지난날에 대왕을 시해하려던 놈입니다. 그 죄를 벌해야 할 터인데 도리어 상을 주신다니 어인 말씀이십니까?"

초소왕이 웃으며 대답한다.

"그는 자기 아버지의 원수를 갚기 위해서 그랬던 것이다. 그러니 그는 효자다! 효자가 어찌 충신이 될 수 없으리오."

드디어 초소왕은 투회를 영성으로 불러들여 대부로 삼았다.

어느 날이었다.

대부 남윤미藍尹亹가 궁에 들어가서 초소왕을 뵈옵겠다고 청했다. 이 말을 듣자 초소왕은 표정이 굳어졌다.

초소왕이 속으로 중얼거린다.

'이놈, 그러잖아도 사람을 놓아 너를 잡아들이려던 참인데 잘왔다. 네가 배에 계집과 자식을 태우고 성구成臼 앞을 지날 때 투신이 왕이 여기 계시니 배를 대라고 청했건만 너는 도리어 불손한 말을 내뱉고 그냥 가버린 놈이 아니냐. 그런 놈이 뻔뻔스레 나를 만나러 왔다니! 내 당장에 네놈을 죽이리라.'

초소왕이 신하에게 분부한다.

"나가서 '과인을 버리고 간 놈이 무슨 면목으로 왔느냐' 고 전하여라."

조금 후에 그 신하가 다시 들어와서 고한다.

"대왕의 말씀을 전했더니 남윤미가 대답하기를, '지난날 영윤 낭와는 덕을 버리고 원망만 샀기 때문에 싸움에 패하여 신세마저 망쳤습니다. 대왕께선 어찌하여 영윤 낭와를 본받으려 하십니까? 지난날 신이 타고 간 배와 영성 안 궁궐 중 어느 쪽이 더 편안하다고 생각하십니까? 신이 그때 대왕을 배에 태워드리지 아니한 이유가 있습니다. 바로 대왕을 각성覺醒시켜드리기 위해서였습니다.

오늘날도 신은 벼슬을 탐해서 온 것이 아닙니다. 과연 대왕께서 모든 것을 깨닫고 지난 일을 후회하셨는지 알아보려고 온 것뿐입니다. 그런데 대왕께선 아직도 나라를 잃었던 스스로의 잘못은 반성하시지 않고 지난날 배에 태워드리지 않았던 신의 죄만 기억하고 계십니다. 신은 이제 죽는다 해도 하등 아까울 것이 없습니다. 다만 앞으로 초나라의 종묘사직이 걱정될 뿐입니다' 하더이다."

곁에서 영윤인 공자 신이 아뢴다.

"남윤미의 말이 옳습니다. 왕께선 마땅히 그를 용서하십시오. 그리고 지난날 뼈저렸던 일을 잊지 마십시오."

이에 초소왕은 남윤미를 불러들여 전처럼 대부 벼슬을 주었다.

모든 신하는 초소왕의 관대한 도량을 보고 그 덕을 높이 칭송했다.

한편, 지난날 오왕 합려에게 몸을 더럽힌 초소왕의 부인 초부인은 남편을 대할 면목이 없었다. 그녀는 목을 매고 자살했다.

그러면 월越나라는 어떠했던가?

월왕 윤상允常이 신하 한 사람에게 분부한다.

"앞으로 우리의 적은 오吳나라다. 초왕楚王이 이번에 나라를 다시 찾았다는구나. 그대는 초나라에 가서 초왕에게 축하의 말을 전하여라. 그리고 초왕의 부인이 자결했다 하니 과인의 딸을 바치고 싶은데 과연 뜻이 어떠한지도 알아오너라."

월나라 사신은 초나라로 가서 월왕 윤상의 뜻을 전했다.

이에 초소왕은 월왕 윤상의 딸을 계실繼室로 맞이했다. 월왕의 딸 월희越姬는 참으로 어질고 덕 있는 여자였다. 그래서 초소왕은 월희를 공경하고 사랑했다.

초소왕은 지난날에 시종 피란을 함께 다녔던 여동생 계미에게 좋은 배필을 구해주려고 생각했다.

초소왕이 계미에게 말한다.

"이젠 너도 출가出家해야 할 때가 되었구나."

계미가 청한다.

"여자는 외간 남자와 가까이할 수 없는 법입니다. 그런데 이 몸은 지난날 운중雲中 땅에서 종건鍾建의 등에 업혀 도적의 화禍를 피했습니다. 그러니 이 몸의 남편은 종건입니다. 어찌 다른 사람에게 출가하리이까."

그리하여 초소왕은 종건에게 여동생 계미를 하가下嫁시켰다. 그리고 종건에게 사악대부司樂大夫•란 벼슬을 제수했다.

또 초소왕은 피란 시절 손숙오孫叔敖의 혼령이 나타나서 초나라의 장래를 예언해준 일을 잊지 않았다. 그래서 운중 땅에다 손숙오의 사당을 짓고 봄가을로 제사를 지내게 했다.

공자 신은 영성이 이미 거의 부서졌고, 오나라 군사가 오랫동안 머물러 있으면서 성안과 시정의 분포를 샅샅이 알고 갔기 때문에 도읍을 다시 약鄀 땅으로 옮겼다. 오늘날 양양襄陽 땅이 바로 그곳이다.

이에 새로 잡은 도읍지에다 성을 쌓고 궁궐을 세우고 종묘사직을 지었다. 이 새 도읍지를 신영新郢이라고 했다. 신영으로 도읍을 옮긴 초소왕은 새로 지은 궁궐에서 성대한 잔치를 벌이고 모든 문무 대신과 함께 즐기었다.

왕과 신하가 얼근히 취했을 때였다.

악사樂師• 호자扈子는 생각했다.

'왕이 오늘날의 즐거움만 알고 지난날의 괴로움을 잊는다면 또 초평왕의 옛일을 되풀이할 것이다.'

이에 악사 호자가 거문고를 품에 안고 초소왕 앞에 나아가 아뢴다.

"신에게 궁뇩지곡窮衄之曲(궁뇩窮衄은 비참하게 패했다는 뜻)이 있습니다. 대왕을 위해서 한번 탄주彈奏하고자 합니다."

초소왕이 대답한다.

"과인도 듣고 싶구나."

악사 호자는 거문고를 타며 노래를 불렀다. 그 소리는 처량하고도 원망하는 듯했다.

왕이여, 왕이여! 왜 정신을 못 차리셨던가

나라를 돌보지 않고 간신의 말만 들었도다.

간신을 등용했기 때문에 많은 사람이 죽었고

충신과 효자를 죽이기에 이르러 모든 기강은 끊어졌도다.

이에 한을 머금은 오자서와 백비는 오나라로 망명했고

드디어 오왕은 원통한 그들을 등용했도다.

마침내 그들이 눈물을 뿌리며 고국인 초나라를 치는데

오자서·백비·손무가 앞을 다투었도다.

이제 다섯 번 싸워 영성은 함락되고 왕은 달아났으니

그들은 군사를 주둔하고 초나라 궁궐을 점령했도다.

그들은 선왕의 무덤을 파고 시체를 끌어냈으며

오자서는 썩은 시체를 매질했으니 왕이여! 이 굴욕을 언제 갚을꼬!

초나라 종묘사직은 거의 망하다시피 하고

대왕은 겨우 죽음에서 벗어나 산천을 헤매었도다.

신하들은 간장이 터지는 듯하고 백성은 피나게 통곡하다가

마침내 오나라 군사는 물러갔으나 아직도 놀란 마음 진정할 수 없도다.

원컨대 왕은 나랏일에 힘쓰며 충신을 존중하고
이후부터 신하 된 사람은 서로 중상모략을 말지로다.

王耶王耶何乖劣
不顧宗廟聽讒孽
任用無忌多所殺
誅夷忠孝大綱絶
二子東奔適吳越
吳王哀痛助忉怛
垂涕擧兵將西伐
子胥伯嚭孫武決
五戰破郢王奔發
留兵縱騎虜荊闕
先王骸骨遭發掘
鞭辱腐屍恥難雪
幾危宗廟社稷滅
君王逃死多跋涉
卿士悽愴民泣血
吳軍雖去怖不歇
願王更事撫忠節
勿爲讒口能謗褻

거문고 곡조와 노래를 듣고 초소왕은 하염없이 눈물을 흘렸다.
악사 호자는 거문고를 놓고 계하階下로 내려갔다. 초소왕은 즉시
잔치를 파하게 했다.
　이튿날부터 초소왕은 아침에 일찍 일어나 종일 나랏일을 살폈

다. 그는 형벌을 줄이고 세금을 감하고 선비를 양성하고 군사를 조련하고 모든 관문關門을 수리하고 변경을 굳게 지키도록 제반사를 지시하기에 골몰했다.

또 초소왕은 전前 세자 건建의 아들 공자 승을 백공白公으로 봉하고 허許 땅에다 백공성白公城이란 성까지 세워주었다. 이리하여 공자 승은 백씨白氏가 되어 허 땅에서 그 친척들과 함께 살았다.

한편, 송나라에 망명 중인 오왕 합려의 동생 공자 부개는 초소왕이 너그럽고 어질어서 사람을 대할 때도 지난날의 감정을 품지 않는다는 소문을 듣고서 초나라로 갔다.

초소왕은 이전의 적장을 원수로 대하지 않고 부개에게 당계堂谿 땅을 봉해주었다. 이리하여 공자 부개는 초나라에 살면서 당계씨堂谿氏가 되었다. 초소왕은 부개가 용맹한 장수란 걸 알고 있던 것이다.

공자 신은 당唐·채蔡 두 나라가 지난날에 오나라 군사의 앞잡이 노릇을 하며 쳐들어왔던 일을 잊지 않았다. 당나라야 이미 멸망하고 말았지만 채나라는 그대로 남아 있었다.

공자 신이 초소왕에게 아뢴다.

"채나라를 쳐서 지난날의 원한을 갚아야겠습니다."

초소왕은,

"이제야 겨우 나라가 안정되었다. 과인은 감히 더 이상 백성을 괴롭힐 수 없다."

하고 허락하지 않았다.

『춘추전春秋傳』을 보면 초소왕에 관한 기록이 있다.

초소왕 10년에 초소왕은 피란을 떠나 이듬해 11년에 초나라를 다시 찾았다. 20년에 비로소 군사를 일으켜 돈頓나라를 쳐서 없애버리고 그 임금 자장子牂을 잡아왔다. 21년에 호胡나라를 쳐서 없애버리고 그 임금 자표子豹를 잡아왔다. 이리하여 진晉나라가 초나라를 칠 때마다 진나라 편에 가담했던 돈·호 두 나라에 원수를 갚았다. 다시 22년에 군사를 일으켜 채나라를 포위하고 지난날에 채나라 군사가 오나라 군사를 따라 영성으로 쳐들어왔던 죄를 치자 채소공은 곧 항복했다. 이에 초소왕의 분부로 채나라는 강江 땅과 여汝 땅 사이로 옮겼다. 곧 초소왕은 10년 간이나 백성의 힘을 기른 후에야 이렇듯 공을 세운 것이다. 보검 잠로湛盧와 강물에 떠내려온 그 이상한 과일 등이 다 초나라의 부흥을 예시한 상서祥瑞로운 일이었다.

대성大聖 공자孔子

한편, 제나라 제경공齊景公은 진晉나라가 감히 초楚나라를 치지 못하는 걸 보았다. 모든 나라 제후도 이젠 진나라가 예전만 못하다는 사실을 알았다. 제경공은 이제야 진나라를 대신해서 자기가 천하 패권을 잡아야 한다고 생각했다.

제경공은 우선 정鄭·위衛 두 나라를 규합하여 맹주盟主라 자칭했다.

한편, 노나라 노소공魯昭公이 권신權臣 계손의여季孫意如에게 밀려 노나라에서 쫓겨났다는 건 이미 앞에서 말한 바다.

이때 제나라 제경공은 천하의 의로운 일을 해야겠다는 뜻에서 노나라로 사람을 보내어 추방한 노소공을 다시 군위에 올리라고 교섭했다.

그러나 노나라 계손의여는 제경공의 청을 거절했다. 결국 제나라의 교섭은 실패로 돌아가고 말았다.

이에 노소공은 직접 진晉나라로 가서 노나라에 돌아갈 수 있도록 도와달라고 간청했다. 그러나 노나라 계손의여로부터 뇌물을 잔뜩 받아먹은 진나라 대부 순역苟躒은 극력 이 일을 방해했다. 그래서 결국 노소공의 모든 희망은 수포로 돌아갔다. 마침내 노소공은 여러 나라를 돌아다니다가 객사客死하고 말았다.

그후 노나라 계손의여는 세자 연衍까지 몰아냈다. 그리고 자기 친동생 계손무인李孫務人과 함께 노소공의 서庶동생인 공자 송宋을 임금으로 올려 세웠다. 그가 바로 노정공魯定公이다.

계손의여는 원래부터 진나라 순역과 뇌물로 사귄 사이여서 마침내 진나라를 섬겼다.

노나라가 진나라를 섬기게 되자, 제나라 제경공은 몹시 노했다.

"노나라가 우리 제나라를 섬기지 않고 진나라를 섬기다니 그냥 둘 수 없다! 곧 군사를 일으켜 노나라를 쳐라."

이에 제나라 대장 국하國夏는 군사를 일으켜 노나라 변경으로 쳐들어갔다. 그러나 노나라의 수비도 만만치 않았다. 제나라 군사는 누차 노나라를 쳤으나 결국 국경을 돌파하지 못했다.

이런 와중에 계손의여가 병으로 죽었다. 그래서 그 아들 계손사李孫斯가 죽은 아버지의 뒤를 이었다. 세상에선 이 계손사를 계환자李桓子라고도 한다.

노나라는 임금을 국외로 추방할 만큼 신하들의 세력이 매우 컸다는 건 앞에서 말한 바다. 그 세도 있는 신하들 중에서 특히 계손씨李孫氏·맹손씨孟孫氏·숙손씨叔孫氏• 이들 삼가三家가 노나라를 좌지우지했다는 것도 이미 말했다.

이 삼가가 그후 어찌되었는지 좀 이야기해야겠다.

노소공이 임금 자리에 있었을 때부터 실상 노나라는 세 조각이

나 있었다. 곧 계손씨·맹손씨·숙손씨 삼가가 노나라를 세 조각으로 나누어 차지하고 있었던 것이다.

이 삼가가 모든 문무 대신을 각기 자기 가신家臣으로 부렸기 때문에 사실 노소공에겐 직속 신하가 없었다.

그러다가 삼가의 가신들이 점점 삼가의 권세를 침범하기 시작했다. 그들은 각기 주인을 업신여기고 방자하게 굴었다.

그 당시 계손사·맹손무기孟孫無忌·숙손주구叔孫州仇 등 삼가가 비록 노나라에서 정립鼎立하고 있었지만, 그들 가신은 각기 주인의 성城을 자기 것으로 알았다. 그래서 삼가가 아무리 명령을 내려도 가신들은 복종하지 않았다. 그러니 노나라는 임금보다 삼가의 권력이 더 컸고 삼가보다는 그들 가신의 세력이 날로 팽창했다.

그럼 그 가신들에 대해서 언급해야겠다.

계손씨가 차지한 땅은 비읍費邑이었다. 그곳 성을 지키는 가신의 이름은 불뉴不狃였다.

맹손씨가 차지하고 있는 땅은 성읍成邑이었다. 그곳 성을 지키는 가신의 이름은 염양斂陽이었다.

숙손씨가 차지한 땅은 후읍郈邑이었다. 그곳 성을 지키는 가신의 이름은 약묘若藐였다.

그 세 성은 어찌나 높고 튼튼한지 노나라 도읍 곡부성曲阜城과 그 규모가 흡사했다.

삼가의 가신들 중에서 가장 강성하고 횡포한 자는 계손사의 살림을 맡아보는 불뉴였다. 역시 계손사의 가신 중에 양호陽虎•란 자가 있었다. 그는 자를 화貨라고 했다. 양호는 태어나면서부터 어깨가 수리〔鷲〕 같았고 이마가 매우 넓었다. 그는 장성하자 키가 9척이 넘고 힘이 세고 꾀도 많았다.

애초에 계손사는 그들을 심복인 가신으로 삼고 비성費城을 맡겼다. 그후로 불뉴와 양호는 점점 계손사의 살림을 자기들 마음대로 처리하고 사복私腹을 채웠다. 결국 주객전도主客顚倒로 계손사는 두 가신에게 도리어 지배를 당하게 되었다. 그러나 계손사는 그들을 어찌할 도리가 없었다.

마침내 계손사는 안으론 가신들 때문에 속을 썩이고, 밖으론 제나라 군사의 침략 때문에 골머리를 앓았다. 그러나 계손사는 속수무책이었다.

이때 또 소정묘少正卯란 자가 있었다. 소정묘는 아는 것이 많은데다 언변言辯 또한 청산유수였다. 그래서 삼가가 다 그를 존경했다.

그런데 소정묘는 겉과 속이 다른 비상한 사람이었다. 곧 그는 삼가를 대할 때는,

"대감께서 임금과 나라를 위해서 애쓰시는 공로는 실로 크기만 합니다."

하고 추켜세웠다. 그러나 돌아서서 삼가의 가신들, 말하자면 양호 등과 만났을 때는,

"이래서야 나라 꼴이 되겠소? 어떻게든 상감이 도로 권세를 잡아야지요! 그리고 삼가를 내리눌러야 하오!"

하고 충격을 주었다.

소정묘는 노정공을 중간에 두고 삼가와 그 가신들 사이를 이간붙였다. 그래서 삼가와 그 가신들 사이는 더욱 악화되었다.

사람들은 다만 소정묘의 변설辯說만 통쾌하게 여겼을 뿐 그 속이 얼마나 음흉한지를 알지 못했다.

잠시 삼가의 한 사람인 맹손무기에 대해서 말해야겠다. 그는 중손확仲孫貜의 아들이며 중손멸仲孫蔑의 손자였다.

중손확은 공중니孔仲尼에 대한 소문을 듣고 늘 사모하던 차였다. 그래서 그는 그 아들을 공중니에게 보내어 예禮를 배우게 했다. 공중니의 이름은 구丘다. 곧 세계 4대 성인聖人의 한 사람인 공자孔子이다.

공자의 아버지 이름은 숙량흘叔梁紇이다. 그는 일찍이 노나라 추읍鄒邑의 대부로 있었다. 그는 지난날 핍양성偪陽城 싸움 때에 위에서 내려오는 현문懸門을 혼자서 두 손으로 떠받치고 섰던 용사勇士였다.

숙량흘은 원래 노나라 시씨施氏 집 여자에게 장가를 들었다. 시씨는 딸만 여럿 낳고 아들을 낳지 못했다. 그후 첩의 몸에서 아들 맹피孟皮가 태어났다. 그러나 맹피는 백치白痴인데다 다리를 앓아 불구가 되었다.

이에 숙량흘은 하는 수 없이 다시 여자를 얻기로 하고 매파를 안씨顔氏 집에 보냈다. 이때 안씨에겐 시집가지 않은 딸이 다섯이나 있었다. 안씨는 이미 노인이 다 된 숙량흘에게 딸을 주기가 싫었다. 그래서 딸 다섯을 불러놓고 물었다.

"너희들 중에서 누가 숙량흘에게 시집갈 테냐?"

"……"

딸 넷은 묵묵부답이었다.

이때 어린 막내딸 징재徵在가 대답한다.

"여자가 출가하기 전에는 아버지 말씀을 좇을 따름입니다. 그러니 저희들에게 물으실 것 없이 아버지께서 정하십시오."

안씨는 그 말을 기이하게 생각하여 막내딸 징재를 숙량흘에게 시집보냈다.

숙량흘과 징재는 혼인을 해서도 자식이 없자 늘 근심했다.

마침내 그들은 중니산仲尼山에 가서 기도를 드리기로 했다. 징재가 중니산으로 올라갈 때였다. 모든 풀과 잎들이 그녀를 향해 꼿꼿이 일어섰다. 부부가 기도를 마치고 산을 내려올 때에는 모든 풀과 잎들이 다 아래로 처졌다.

이상한 일이었다.

그날 밤 꿈에 징재는 흑제黑帝(오행설五行說에서 겨울을 맡은 북쪽의 신神)에게 불려갔다.

흑제가 징재에게 말한다.

"그대는 성자聖子를 둘 것이다. 장차 공상空桑에서 해산하리라."

깨고 보니 꿈이었다. 그날 밤부터 징재에게 태기胎氣가 있었다.

어느 날이었다. 징재가 비몽사몽非夢似夢간에 본즉 노인 다섯이 뜰에 앉아 있었다. 그들은 '우리는 오성五星의 정精이다' 하고 징재에게 말했다. 그 다섯 노인은 송아지만한 짐승 한 마리를 데리고 있었다. 그런데 그 짐승은 뿔이 하나뿐이었고, 온몸에 용龍 비늘 같은 무늬가 있었다. 그 짐승이 징재를 향해 엎드리더니 옥척玉尺 하나를 토해냈다.

그 옥척에 다음과 같은 글이 있었다.

수정의 아들은 쇠약한 주나라를 계승하여 지위地位 없는 왕이 되시리라.

水精之子 繼衰周而素王●

징재는 이상한 상서祥瑞인 줄 알고 수繡 실이 달린 끈으로 그 짐승의 뿔을 곱게 매주고 머리를 쓰다듬어 보냈다.

그날 저녁때, 징재는 외출하고 돌아온 남편에게 그 일을 이야기했다.

숙량흘이 말한다.

"그 짐승은 분명 기린麒麟이었을 것이오!"

그후 해산달이 되었다.

징재가 묻는다.

"혹 공상이란 곳을 아십니까?"

숙량흘이 대답한다.

"남산南山에 빈 도랑이 있는데 그곳에 돌로 된 굴이 하나 있소. 그 굴속엔 물이 없다오. 세속에서 그곳을 공상이라고도 부른다오."

"전 장차 그곳에 가서 해산해야 합니다."

숙량흘이 그 까닭을 물었더니 징재는 지난날의 꿈 이야기를 들려주었다.

이에 숙량흘은 징재를 데리고 남산으로 갔다. 그리고 그 빈 도랑의 굴속에다 이부자리를 폈다.

그날 밤이었다.

하늘에서 창룡蒼龍 두 마리가 내려와 산 좌우左右를 지켰다. 또 공중에서 신녀神女 두 사람이 향로香露를 받들고 내려왔다. 두 신녀는 징재를 목욕시키고 한참 후에야 다시 하늘로 올라가버렸다.

이리하여 그날 밤에 징재는 공자孔子를 낳았다. 이때 석문石門 속에서 맑은 샘물이 솟았는데 그 물이 따뜻했다. 갓난아기를 목욕시키고 나자 그 샘물은 즉시 말라버렸다.

오늘날 곡부현曲阜縣에서 남쪽으로 30리쯤 가면 속칭 여릉산女陵山이란 산이 있다. 그 산엔 지금도 공자가 탄생했던 공상이란 곳이 있다.

공자는 태어나면서부터 용모가 매우 비범했다. 입술은 소 입술

같고, 손바닥은 범 발바닥 같고, 어깨는 원앙새 같고, 등은 거북 같고, 정수리는 쟁반을 엎어놓은 것 같았다.

숙량흘이 징재에게 말한다.

"이 아이는 중니산에서 기도를 드려 얻은 아이이니 이름은 구丘라 하고 자를 중니仲尼라고 합시다."

그러나 공자가 태어난 지 얼마 안 되어서 아버지 숙량흘은 세상을 떠났다.

이리하여 공자는 홀어머니 밑에서 자랐다. 공자는 장성하자 키가 9척 6촌이나 되었다. 그는 또한 성덕聖德이 있는데다 워낙 학문을 좋아했다. 공자는 열국列國을 두루 돌아다녔기에 그의 제자弟子가 천하에 가득했다.

모든 나라 제후는 다 공자에 관한 소문을 듣고 그를 사모했다. 그러나 그 당시는 권력과 부귀만을 아는 세상이라 어느 나라에서도 공자를 등용하지 않았다. 이때 공자는 마침 노나라에 있었다.

맹손무기孟孫無忌가 계손사季孫斯에게 말한다.

"우리의 안팎 근심을 없애려면 공자를 등용하는 길밖에 없소."

계손사는 마침내 공자를 불러들여 종일 이야기를 해보았다. 공자의 마음과 도량은 마치 큰 바다와 같아서 그 끝을 엿볼 수 없었다. 계손사는 옷을 갈아입으려고 안으로 들어갔다.

이때 그의 영지領地인 비읍費邑에서 사람이 와서 고한다.

"이번 비읍에서 어떤 자가 우물을 파다가 땅속에서 염소 한 마리를 얻었습니다. 그게 무슨 염소인지 알 수가 없었습니다."

계손사는 공자의 학식을 시험해보고 싶었다.

"너는 이 일을 아무에게도 말하지 말아라."

계손사가 옷을 갈아입고 다시 사랑방으로 나와 공자에게 묻는다.

"어떤 자가 우물을 파다가 땅속에서 개 한 마리를 얻었답니다. 그것이 무슨 개일까요?"

공자가 대답한다.

"그것은 개가 아니라 필시 염소일 것이오."

계손사는 속으로 놀랐다.

"어떻게 염소인 줄 아십니까?"

"내 듣건대 산에 있는 괴물은 그 이름을 기망량夔魍魎이라고 하며, 물에 있는 괴물은 용망상龍罔象이라고 하며, 흙에 있는 괴물은 분양羵羊이라고 한답디다. 그러니 이번에 우물을 파다가 땅속에서 나온 짐승은 반드시 염소일 것이오."

계손사가 다시 묻는다.

"분양이란 염소는 어떤 짐승입니까?"

"분양은 염소의 일종이지만 암컷도 없고 수컷도 없소. 그것이 특색이지요."

이날 계손사는 비읍에서 온 사람에게 물어보았다.

"그래, 그 염소가 암컷이더냐? 수컷이더냐?"

"참 이상한 것은 그것이 암컷도 수컷도 아니었습니다."

계손사가 다시 한 번 크게 입벌려 감탄한다.

"아무도 공자의 학문을 따르지 못하리라."

이에 계손사는 공자에게 중도재中都宰(중도中都는 오늘날 문상현汶上縣이며 재宰는 장長이란 뜻)라는 벼슬을 주었다.

이 소문은 널리 퍼져 마침내 초나라까지 전해졌다. 초소왕은 노나라에 있는 공자에게 사신을 보냈다. 초나라 사신이 노나라에 가서 공자에게 많은 예물을 바치고 초소왕의 말을 전한다.

"지난날 과인이 강을 건너다가 물에서 이상한 과일을 건졌는데 그것이 무슨 과일인지요?"

공자가 초나라 사신에게 대답한다.

"그것은 평실萍實이란 과일이오. 쪼개면 그 속을 먹을 수 있습니다."

초나라 사자가 묻는다.

"부자夫子께선 그걸 어떻게 아십니까?"

"내 지난날에 초나라를 지나다가 강나루에 당도했을 때 아이들이 이런 동요童謠를 부릅디다.

초왕이 강물을 건너다가
평실을 건졌네.
그 크기는 말〔斗〕만하고
빛깔은 해처럼 붉었거니.
쪼개어 먹어본즉
그 맛이 꿀 같더라네.
楚王渡江
得萍實
大如斗
赤如日
剖而嘗之
甛如蜜

이 동요를 듣고서 알았지요."

"언제든지 그 평실을 구할 수 있습니까?"

"평평萍이란 것은 늘 물에 떠다니는 풀인데 뿌리가 없소. 그것이 어쩌다가 서로 만나 엉키고 엉키어 열매를 맺소. 그러니 천년이나 백년에 한 번 열매가 열릴까요? 초왕이 그 평실을 얻었다는 것은 흩어졌던 것이 다시 모이고 쇠잔한 것이 다시 일어난다는 징조요. 곧 초왕을 위해서 축하할 일이오."

사신은 초나라로 돌아가서 초소왕에게 공자의 말을 전했다. 초소왕은 그 말을 전해 듣고 탄복해 마지않았다.

공자는 중도中都의 장長으로서 중도 땅을 다스렸다. 이 소문을 듣고 모든 나라 관리들이 수시로 중도 땅에 와서 공자의 가르침을 받고 돌아갔다. 그들은 공자의 말씀을 법으로 삼아 백성을 다스렸다.

노정공魯定公은 공자의 위대함을 익히 들은 터라 그를 소환하여 사공司空이란 벼슬을 제수했다.

주경왕周敬王 19년이었다. 양호陽虎는 장차 난을 일으켜 노나라 정권을 잡기로 결심했다. 그는 서자庶子인 숙손첩叔孫輒이 숙손씨 일족으로부터 천대를 받고 있다는 사실을 알았다. 또 숙손첩이 계손사의 가신으로서 비읍을 다스리는 불뉴不狃와 절친한 사이란 것도 알았다.

이에 양호는 숙손첩과 불뉴를 초대하여 함께 상의했다.

"우리는 삼가를 대신해서 노나라 권력을 잡아야 하오! 불뉴는 계손사를 죽이고 주인집 권세를 차지하시오. 그리고 숙손첩은 숙손주구叔孫州仇를 죽이고 서자의 설움을 씻으시오. 그러면 나는 맹손무기孟孫無忌를 죽이고 그 권세를 차지하겠소. 그런데 우리가 이 일을 하려면 공자의 힘을 빌리는 것이 가장 좋을 것 같소."

양호는 사람을 보내어 공자의 뜻을 떠보았다. 그러나 공자가 그들의 청을 들어줄 리 없었다.

양호는 공자의 마음을 사려고 돼지 한 마리를 삶아서 예물로 보냈다.

공자가 말한다.

"양호가 나를 유혹하려고 이런 걸 보냈구나. 물건을 받은 이상 그에게 인사라도 하지 않을 수 없다. 누구고 양호의 집 문 앞에 가 있다가 그가 외출하거든 내 명자名刺(오늘날의 명함 같은 것)를 그 집 문 안에 넣고 오너라."

제자 한 사람이 공자가 시키는 대로 양호가 외출하고 없을 때에 그 집 안에다 명자를 넣고 왔다.

이리하여 양호는 결국 공자를 끌어넣지 못했다.

어느 날이었다.

공자가 맹손무기에게 말한다.

"장차 양호가 난을 일으킬 것이오. 그는 반드시 계손씨부터 없애려 할 것이오. 그러니 그대도 미리 대책을 강구해두오."

이에 맹손무기는 남문 밖에다 집을 짓는다고 헛소문을 내고서 실은 좋은 재목材木을 골라 담을 치고 목장을 만들었다. 그러고선 소와 말을 잘 치는 씩씩한 장정 300명을 고용했다. 명목은 공사를 벌인다는 것이지만 내막은 양호가 난을 일으킬 때를 대비하기 위한 것이었다.

그런 후에 맹손무기는 성읍을 다스리는 가신 염양을 소환한 후,

"그대는 돌아가서 군사를 완전 무장시키고 내 명령이 있을 때까지 기다려라. 내가 일단 기별하거든 그대는 즉시 군사를 거느리고 밤낮을 가리지 말고 와서 나를 도우라."

하고 돌려보냈다.

그해 가을 8월이었다.

노나라 체제禘祭(나라에서 지내는 제사) 날이 임박했다.

양호는 계손사에게 사람을 보내어,

"체제를 지낸 다음날에 동문 밖 포포蒲圃 별장에서 잔치를 열어 주인을 모실까 하오니 왕림해주십시오."

하고 청했다.

계손사는 가신인 양호의 초청을 받고 이를 승낙했다.

이 소문을 듣고 맹손무기는 생각했다.

'양호가 계손사를 초청하여 잔치를 벌인다니 수상한 일이다.'

맹손무기는 곧 사람을 시켜 성읍의 염양에게 편지를 보냈다.

그 편지 내용은 군사를 거느리고 체제 다음날 한낮까지 동문을 지나 남문으로 오되 도중에서 수상한 사태가 벌어지거든 형편 따라 즉각 행동을 취하라는 것이었다.

체제 날도 지나고 그 이튿날이었다. 양호는 계손사를 초청하러 그 집으로 갔다. 그는 계손사가 수레에 올라탈 때 극진히 부축해 모셨다.

양호는 말을 타고 수레 앞을 달려 길을 안내했다. 그리고 양호의 종제從弟 양월陽越은 말을 타고 수레 뒤를 따랐다. 계손사가 수레를 타고 가면서 앞뒤를 둘러본즉 모두가 양씨 일당뿐이었다. 그제야 계손사는 더럭 의심이 났다. 다만 수레를 모는 어자 임초林楚만이 자기 집 심복이었다.

계손사가 임초의 등을 향해 조그만 소리로 속삭인다.

"임초야, 너 동문으로 수레를 몰고 가는 체하다가 능히 남문 밖 맹손씨 목장으로 달려갈 수 있겠느냐?"

임초는 곧 주인 대감의 뜻을 알아차리고는 뒤도 돌아보지 않고 약간 머리만 끄덕였다.

수레는 큰 거리로 나섰다. 이윽고 동문과 남문 쪽으로 가는 갈림길이 나타났다. 갈림길에 들어서기가 무섭게 임초는 갑자기 수레의 방향을 남쪽으로 돌리며 채찍을 들어 연달아 말등을 갈겼다. 이에 말은 수레를 이끌고 남쪽을 향해 전속력으로 달렸다.

뒤따라오던 양월이 수레가 남문 쪽으로 달아나는 걸 보고 큰소리로 외친다.

"수레를 멈춰라! 멈춰라!"

임초는 돌아보지도 않고 더욱 세게 말채찍을 휘둘렀다. 수레는 미친 듯이 달아난다.

양월은 수레를 뒤쫓아가면서 활을 쏘았다. 다행히 임초는 맞지 않았다. 임초는 너무 황급히 말을 재촉하다가 그만 채찍을 떨어뜨렸다. 뒤쫓던 양월은 말을 멈추고 길바닥에 떨어진 채찍을 집어올렸다. 그동안에 수레는 멀리 사라졌다.

수레는 쏜살같이 남문 밖으로 빠져나가 맹손무기의 목장 안으로 들어갔다. 곧 목장 문이 굳게 닫혔다.

계손사가 맹손무기의 방 안으로 뛰어들어가며 말한다.

"맹손은 나를 도와주오. 나는 지금 쫓기고 있소!"

맹손무기는 즉시 목장 담 밑에다 장사 300명을 매복시켰다.

조금 지나자 양월이 부하들을 거느리고 목장을 습격해왔다.

이에 장사 300명이 목장 안에서 일제히 활을 쏘았다. 쳐들어오던 양씨 부하들이 화살을 맞고 이리저리 쓰러진다. 맨 앞에서 달려오던 양월은 전신에 화살을 맞고 말에서 떨어져 죽었다.

한편, 앞서 달리던 양호는 동문 가까이 이르러서야 비로소 뒤를 돌아보았다. 한데 응당 뒤따라와야 할 계손사의 수레가 보이지 않왔다.

이에 양호는 황급히 말을 돌려 왔던 길로 다시 달려갔다. 양호가 큰 거리까지 돌아가서 길 가는 사람에게 묻는다.

"계손 승상의 수레를 못 봤는가?"

길 가는 사람이 대답한다.

"무슨 일인지 말이 놀라 수레를 달고서 얼마 전에 남문 쪽으로 달려갔습니다."

이때 양월의 부하들이 도망쳐왔다. 양호는 비로소 종제從弟인 양월이 죽었다는 말을 들었다.

있는 대로 화가 난 양호는 부하들을 거느리고 무엄하게도 궁으로 가서 만만한 노정공魯定公을 끌어내어 앞장을 세웠다. 그는 궁중 군사를 모조리 거느리고 나오다가 도중에서 마침 궁으로 들어오는 숙손주구와 만났다.

양호가 위협한다.

"대감은 곧 대감 집 가병을 거느리고 나를 도우시오! 그렇지 않으면 당장에 목숨을 부지하지 못하리다!"

숙손주구는 하는 수 없이 집에 돌아가서 가병을 거느리고 양호의 뒤를 따랐다.

이리하여 양호는 남문 밖 맹손무기의 목장을 공격했다. 맹손무기는 300명의 장사를 거느리고 대항했다.

양호가 외친다.

"목장 판자 담에 불을 질러라!"

사태가 위급해지자 계손사의 안색이 창백해졌다.

맹손무기가 중천中天에 떠 있는 해를 쳐다보며 말한다.

"성읍에서 나의 가병이 올 때가 되었으니 과히 걱정 마오."

말이 채 끝나기도 전이었다. 저편 동쪽에서 한 장수가 많은 군사를 거느리고 달려오며 외친다.

"우리 주인을 범하지 마라! 성읍의 염양이 예 왔노라!"

양호는 격분하여 창을 휘두르며 달려가 염양을 맞이해서 싸웠다. 두 장수는 50여 합을 겨루었다. 양호는 창 쓰는 법이 더욱 날카로워졌지만, 염양은 점점 기운이 빠져갔다.

이때였다.

양호에게 강제로 끌려왔던 숙손주구가 갑자기 큰소리로 외친다.

"양호는 패했다! 속히 양호의 군사를 쳐라!"

숙손주구는 자기 집 가병들에게 이렇게 명령하고 강제로 끌려와 있는 노정공을 빼앗아 서쪽을 향해 달아났다. 이에 끌려왔던 궁중 군사들도 모두 노정공을 따라 달아났다.

이에 맹손무기는 즉시 목장 문을 열어젖히고 장사들을 거느리고 달려나가 양호의 부하들을 무찔렀다. 이때 계손사의 가병들이 주인을 구출하려고 달려왔다.

사태는 역전했다. 양호는 중과부적으로 이길 수 없게 되자, 창을 거꾸로 들고 환양관讙陽關으로 달아났다.

드디어 삼가는 모든 가병과 관군官軍을 합쳐 양호를 뒤쫓아가서 환양관을 공격했다.

양호는 더 버틸 수 없게 되자 마지막 수단으로 관문에다 불을 질렀다. 노나라 군사는 불을 피해 잠시 물러섰다. 그동안 양호는 불 속을 뚫고 나가 마침내 제齊나라로 달아났다.

양호가 제나라에 가서 제경공에게 청한다.

"이 몸이 노나라에서 소유하고 있던 환양讙陽 땅을 제나라에 바치겠습니다. 장차 노나라를 치겠으니 군사를 빌려주십시오."

제경공은 잠시 생각해보자고만 대답했다.

이날, 제나라 대부 포국鮑國이 제경공에게 아뢴다.

"노나라는 지금 공자를 등용하고 있습니다. 그러므로 노나라를 치는 것은 우리에게 이롭지 못합니다. 차라리 양호를 잡아 노나라로 보내십시오. 우리가 공자의 비난을 받아서는 안 됩니다."

이에 제경공은 양호를 잡아 서비西鄙에다 가두었다. 수일 후였다. 양호는 옥리에게 술을 잔뜩 먹인 후 감옥을 부수고 나가 치거輜車를 훔쳐타고 다시 송宋나라로 달아났다.

송나라는 망명 온 양호에게 광匡 땅을 주고 그곳에 가서 살게 했다. 그러나 양호는 광 땅에 살면서도 그곳 주민을 모질게 부려 먹었다. 마침내 광 땅 백성들은 견디다 못해 양호를 죽여버리기로 했다. 양호는 미리 그런 기색을 알아차리고는 다시 진晉나라로 달아났다.

그후 진나라에서 양호는 대부 조앙趙鞅의 가신 노릇을 했다.

송나라 선비가 양호를 논한 것이 있다.

양호가 그 주인을 배반했으니 반역한 것만은 사실이다. 그러나 양호의 주인 계손씨는 임금까지 내쫓고서 노나라 정권을 잡은 사람이다. 그 가신이 그러한 주인을 배반한 것이니 놀랄 건 없다. 곧 하늘의 이치에 따라서 일어난 인과응보라 하겠다.

사신史臣이 시로써 이 일을 탄식한 것이 있다.

그 당시에 계손씨는 임금을 추방하더니
이젠 그 가신이 계손씨를 배반했도다.

자기가 지은 죄를 자기가 도로 받았거니
윗물이 맑아야만 아랫물도 맑느니라.
當時季氏凌孤主
今日家臣叛主君
自作忠奸還自受
前車音響後車聞

또 다음과 같이 이 일을 논평한 후세의 선비도 있다.

　노나라는 노혜공魯惠公 때부터 천자天子의 예악禮樂을 즐기
었다. 이리하여 나중엔 세도를 부리는 삼가三家들까지 팔일무
八佾舞(나라의 큰 제사 때 가로세로 8명씩 64명이 추던 춤으로 주 천
자만이 즐길수 있었다)를 즐기고, 옹철雍徹(주 천자가 종묘에 제사
지낼 때 부르게 하는 노래)을 즐겼다. 군후가 천자를 업신여기니
대부가 군후를 업신여기고, 따라서 가신이 대부를 배반하게 된
것이다. 그러니 이러한 변란의 원인은 이미 먼 지난날부터 싹튼
것이었다.

다른 사신이 또한 시로써 이 일을 읊은 것이 있다.

　주 왕실의 음악을 탄주하고 춤을 두둥실 추니
　어느 나라 군후가 이렇듯 월권 행위를 하는가.
　국내에 반역하는 자를 없애려면
　우선 주나라에 가서 예악부터 물어보아라.
九成干戚舞團團

借問何人啓僭端
要使國中無叛逆
重將禮樂問周官

　제경공齊景公은 양호가 달아났기 때문에 노나라에 입장이 난처해졌다. 그는 노나라가 혹 오해하지나 않을까 하고 염려했다.
　제경공은 서신을 써서 노나라로 보냈다. 곧 양호가 옥을 부수고 송宋나라로 달아난 경위를 설명하고, 협곡夾谷 땅에서 서로 만나 맹회盟會를 열어 제·노 두 나라의 우호를 두터이 하고 다시는 싸우지 말자는 것이 그 내용이었다.
　노정공은 제경공의 서신을 받고 곧 삼가를 불러들여 상의했다.
　맹손무기가 아뢴다.
　"제나라는 원래 속임수를 잘 씁니다. 상감께선 협곡 땅으로 가지 마십시오."
　계손사가 말한다.
　"제나라는 가끔 우리 나라를 침범해오곤 합니다. 그들이 우리에게 화평을 청하는데 어떻게 거절한단 말입니까?"
　노정공이 묻는다.
　"만일 과인이 간다면 누구를 데리고 가야 할까?"
　맹손무기가 아뢴다.
　"반드시 공자와 함께 가셔야 합니다."
　노정공은 곧 공자를 궁으로 들게 했다.
　서로 예禮를 마친 후 노정공은 공자에게 협곡 땅으로 동행할 것을 청했다.
　공자가 아뢴다.

"신이 듣건대 문文에는 반드시 무武가 따라야 한다고 합니다. 그러므로 문무文武는 서로 떨어질 수 없는 것입니다. 옛날엔 제후諸侯가 나라 밖으로 행차할 때면 반드시 문관文官과 무관武官을 거느리고 떠났습니다. 청컨대 만일의 경우를 대비하셔서 좌우左右 사마司馬를 데리고 가시기 바랍니다."

이에 노정공은 대부 신구수申句須를 우사마右司馬로 삼고 악기樂頎를 좌사마左司馬로 삼아 병거 200승을 거느리고서 공자와 함께 협곡 땅으로 떠났다. 그리고 대부 자무환玆無還에게 병거 300승을 주어 먼저 가서 협곡 땅 10리 밖에 영채를 세우라고 일러보냈다.

노정공이 협곡 땅에 이르렀을 때, 제경공은 먼저 와서 흙으로 간략하게나마 삼층단三層壇을 쌓고 기다리고 있었다. 이에 제경공은 단 오른쪽 막사幕舍를 차지하고, 노정공은 단 왼쪽 막사에 들었다.

공자는 제나라 군사가 많이 와 있는 걸 보고서 신구수와 악기에게 상감 곁을 떠나지 말고 호위하도록 분부했다.

제나라 대부 여미黎彌는 꾀가 많은 사람이었다. 그래서 양구거梁邱據가 죽은 후로 제경공은 여미를 신임했다.

그날 밤이었다.

여미는 제경공의 막사로 갔다.

제경공이 묻는다.

"경은 무슨 일로 이 밤중에 왔느냐?"

여미가 아뢴다.

"우리 제나라와 노나라는 오래 전부터 원수간입니다. 다만 공자가 노나라를 섬기고 있기 때문에 혹 다음날 우리 제나라에 해나

미치지 않을까 염려하여 이번에 회會를 연 것이 아니겠습니까. 신이 오늘 본즉 공자는 예만 알 뿐이지 용기가 없습니다. 그는 싸움이 무엇인지는 전혀 모르는 사람입니다. 내일 맹회가 끝나거든, 상감께선 노나라 임금을 위해서 음악을 아뢰라고 분부하십시오. 그러면 신이 내이萊夷가 거느리고 온 군사 300명을 악공으로 변장시켜 노나라 임금 앞에서 요란스럽게 음악을 울리도록 하겠습니다. 한참 부산하게 음악을 울리다가 기회를 보아 한꺼번에 노후魯侯와 공자를 잡아버리면 그만입니다. 동시에 신은 내이와 함께 병거를 몰고 나가서 노나라 군사를 싹 무찔러버리겠습니다. 그러면 노나라 임금과 신하의 목숨은 우리 손아귀에 떨어집니다. 상감께서 그들을 어떻게 처분하시든지 간에 마음대로 할 수 있습니다. 군사를 일으켜 노나라를 치는 것보다도 얼마나 쉬운 노릇입니까."

제경공이 대답한다.

"과인은 승상丞相과 이 일을 상의한 후에 결정하리라."

여미가 아뢴다.

"승상은 전부터 공자와 친한 사이입니다. 그러니 승상은 반드시 이 일을 반대할 것입니다. 청컨대 신에게 모든 일을 다 맡겨주십시오."

이때 제나라 승상은 안영晏嬰이었다.

제경공이 대답한다.

"그럼 모든 일을 그대에게 맡기겠으니 알아서 잘하라."

여미는 내이에게 가서 내일 군사를 동원해달라고 부탁했다.

이튿날, 두 나라 임금은 단 아래 모여 읍揖하고 나서 먼저 단 위로 올라가는 것을 사양했다.

이에 제나라 편에선 안영이 대표가 되고 노나라 쪽에선 공자가 대표가 되어 서로 읍하고 각기 자기 나라 임금을 모시고서 단 위로 올라갔다.

그들은 각기 하늘을 향해 절하고 격식대로 우호를 맹세했다. 다음에 보옥寶玉과 비단을 교환하는 예를 마치고 회會는 간단히 끝났다.

제경공이 웃으며 노정공에게 말한다.

"과인이 장차 음악을 아뢰게 하여 군후와 함께 오늘을 즐길까 하오."

이에 악공으로 가장한 내이의 직속 군사 300명은 일제히 북을 두드리며 정모旌旄와 우발羽紱을 휘두르고 모극矛戟과 검순劍楯을 든 채 미친 듯이 춤추고 괴상한 소리를 지르면서 노정공 주위로 모여들었다.

노정공은 안색이 창백해졌다. 그러나 공자는 태연히 일어나 제경공 앞으로 가서 소매를 들었다.

"우리 두 나라가 우호를 맺은 이런 좋은 자리에 군후께선 어찌 중원의 예의를 버리시고 오랑캐의 음악을 아뢰게 하시나이까? 청컨대 유사有司에게 명하사 곧 중지시키십시오."

그때까지도 제나라 승상 안영은 이런 일이 여미가 꾸며낸 계책인 줄은 몰랐다. 그래서 승상 안영 또한 제경공에게 아뢴다.

"공자의 말이 옳습니다. 상감께선 바른 예의를 행하십시오."

이런 말을 듣고 보니 제경공은 부끄러웠다. 제경공은 급히 내이를 불러 음악을 중지시켰다.

이때 여미는 단 아래에 있었다. 그는 악공들이 노정공과 공자를 붙잡기만 하면 즉시 노나라 군사를 무찌르려고 만반의 준비를 갖추고 대기하던 중이었다. 그런데 갑자기 음악을 중지시키는 걸 보고서 여미는 속으로 화가 났다.

이에 여미는 본국에서 데리고 온 진짜 악공들이 있는 곳으로 갔다.

"너희들은 곧 음악을 연주하면서 노나라 임금과 신하 앞에 나아가 폐구敝笱의 시詩를 노래부르고 마음대로 희학戱謔질하되 혹 웃기도 하고 혹 성난 표정을 지어라. 그러면 내 너희들에게 많은 상을 주리라."

폐구의 시란 원래 노나라 문강文姜의 음탕했던 고사故事를 읊은 노래다. 여미는 노나라를 톡톡히 망신 줄 작정이었다.

여미가 제경공 앞에 나아가서 아뢴다.

"청컨대 두 상감의 만수무강을 위해서 궁중 음악을 연주하겠습니다."

제경공이 대답한다.

"궁중 음악은 오랑캐의 음악이 아니니 속히 연주하여라."

여미는 악공들에게 이상한 옷을 입히고 얼굴에 온통 칠을 하게 했다. 이리하여 악공들은 남녀로 분장하고 이대二隊로 늘어섰다. 그들은 음악과 함께 펄쩍펄쩍 뛰기도 하고 혹은 둥실둥실 춤을 추면서 노정공 앞으로 나아가 일제히 폐구의 노래를 불렀다.

차마 듣기에도 면구스럽고 음탕한 노래였다. 그들은 뛰며 춤추며 노래하면서 일변 깔깔 웃기도 하고 괴상한 소리를 지르기도 하고 노한 표정을 짓기도 했다.

공자는 마침내 조용히 칼을 잡고는 눈을 부릅떴다.

공자가 제경공을 바라보고 아뢴다.

"자고로 임금을 희롱하는 자는 참하기로 되어 있습니다. 청컨대 제나라 사마司馬에게 이 버릇없는 자들을 형벌하도록 분부하십시오."

제경공은 못 들은 체하고 공자를 외면했다. 악공들은 여전히 깔

깔대며 갖은 짓을 다 했다.

공자가 벌떡 일어서며 소리친다.

"두 나라는 이미 우호를 맺었으니 형제와 같다. 노나라 사마가 바로 제나라 사마와 다를 것이 없다. 신구수申句須와 악기樂頎는 어디 있느냐!"

단 아래에서 신구수와 악기 두 장수가 나는 듯이 뛰어올라왔다. 두 장수는 남녀로 분장한 악공 이대의 대표자 두 명을 각기 한칼에 쳐죽였다. 그제야 나머지 악공들이 대경실색하여 달아난다.

제경공은 그 피비린내 나는 광경을 보고 마음속으로 놀랐다. 노정공은 즉시 자리에서 일어나 공자와 함께 두 장수를 거느리고 단 아래로 내려갔다.

애초에 여미는 노정공이 단 아래까지 내려오기만 하면 그 앞을 가로막을 작정이었으나 곧 단념했다. 그는 첫째로 공자의 과단성에 놀랐으며, 둘째로 신구수와 악기 두 장수가 만만치 않았기 때문이며, 셋째로 10리 밖에 노나라 군사가 영채를 세워두고 있다는 정보를 받았던 것이다. 여미는 자라처럼 목을 움츠리고 황급히 그 자리를 피했다.

결국 맹회는 흐지부지 끝나고 제경공도 막사로 돌아갔다.

제경공이 여미를 꾸짖는다.

"공자는 그 임금을 도와 일거일동이 다 옛사람의 법도에 어긋나지 않았다. 그런데 너는 오랑캐의 풍속을 연출시키고 과인을 망신시켰다. 우호를 맺으려던 것이 너 때문에 서로 원망만 사게 되었구나!"

여미는 황공해서 머리만 조아릴 뿐 아무 대답도 하지 못했다. 곁에서 승상 안영이 아뢴다.

"신이 듣건대, 소인小人은 자기 잘못을 말로써 사과하지만 군자君子는 물건으로 사과한다고 합니다. 지금 우리는 노나라 문양汶陽 땅의 전답田畓을 세 곳이나 차지하고 있습니다. 그 하나는 환讙 땅이니 전번에 양호가 상감께 바친 의롭지 못한 땅이며, 둘째는 운郓 땅이니 지난날에 노소공魯昭公을 복위시켜준다는 명목 아래 받아두었던 땅이며, 셋째는 구음龜陰 땅이니 옛날에 우리 제나라가 진晉나라 힘만 믿고서 가위 노나라로부터 뺏다시피 한 땅입니다. 그 세 땅을 다 노나라로 돌려보내십시오. 그러면 노나라 임금과 신하가 감정을 풀고 모두 기뻐할 것입니다. 그래야만 장차 두 나라는 더욱 친밀해질 수 있습니다."

제경공은 말없이 머리를 끄덕이고 즉시 세 땅을 노나라에 돌려주었다. 이때가 바로 주경왕 24년이었다.

사신이 시로써 이 일을 찬탄한 것이 있다.

공연히 오랑캐 음악을 떠들썩하게 일으켰으나
공자는 한마디로 그들을 물리쳤도다.
예법과 용기를 겸전한 분이여
옛 땅을 도로 찾고 두 나라는 화목했도다.
紛然鼓噪起萊戈
無奈壇前片語何
知禮之人偏有勇
三田買得兩君和

또 사신이 노나라에 세 땅을 돌려주고 사과한 제경공이야말로 어진 임금이었기 때문에 거의 천하 패권을 잡을 정도였다고 시로써 이를 찬탄한 것이 있다.

여미의 말을 듣고 맹회에서 실수했으나
신하가 간하는 말을 듣고 즉시 일을 바로잡았도다.
세 땅을 아낌없이 돌려주고 사과했으니
제경공은 천추에 그 이름을 남겼도다.
盟壇失計聽黎彌
臣諫君從兩得之
不惜三田稱謝過
顯名千古播華夷

제나라가 돌려준 문양 땅 세 곳은 옛날에 노희공魯僖公이 계우
季友에게 하사한 땅이었다. 이제 그 땅은 비록 노나라에 반환되었
으나 사실상 계우의 자손 계손사季孫斯의 소유로 돌아갔다.
이에 계손사는 공자를 극진히 존경하여 특별히 구음龜陰 땅에다
사성謝城이란 성을 세우고 공자의 공로를 기렸다. 그리고 계손사
는 다시 노정공에게 말하여 공자를 대사구大司寇로 승진시켰다.

이때 제나라와 노나라의 접경 지역에 어느 날 큰 새 한 마리가
나타났다. 그 새는 길이가 3척이나 되고 몸통은 검고 목은 희며
부리는 길고 다리는 하나였다. 그 새는 논과 들 사이로 자유로이
다니면서 두 날개를 펴고 춤을 덩실덩실 추었다. 들 사람들이 그
새를 잡으려고 쫓아다녔지만, 마침내 새는 북쪽 하늘로 날아가버
렸다.
계손사가 이 괴상한 새 이야기를 듣고 공자에게 묻는다.

"그 새가 무슨 새일까요?"

공자가 대답한다.

"그 새 이름은 상양商羊이라고 하오. 그 새는 북해北海 가에서 생겨나는데 그것이 번식할 때면 하늘에서 큰비가 쏟아지오. 이번에 상양이 와서 춤을 추다가 가버린 곳에는 반드시 큰비가 내려 수해水害를 일으킬 것이오. 그러니 제·노 접경에 미리 대책을 세우시오."

이에 계손사는 즉시 사람을 보내어 그곳 백성들에게 수해에 대비하도록 분부했다. 이에 백성들은 둑을 수리하고 집집마다 지붕을 튼튼히 고쳤다.

아니나 다를까, 사흘이 못 되어 과연 큰비가 내리기 시작하더니 마침내 문수汶水가 범람했다.

그러나 노나라 쪽은 미리 만반의 준비를 해두었기 때문에 아무 피해가 없었다.

그후 제경공은 이 소문을 듣고서 공자를 신인神人으로 생각했다. 그로부터 공자가 박학博學하다는 소문은 천하에 퍼졌다. 그래서 세상 사람들은 다 공자를 성인聖人이라고 했다.

옛 시로써 이 일을 증명할 수 있다.

> 부질없이 옛 서적을 모조리 연구한댔자
> 누가 평실과 상양을 알았겠는가.
> 대저 뛰어난 인물과 성인은 하늘에서 보내시니
> 천추만세에 그 꽃다운 이름을 전하는도다.
> 五典三墳漫究詳
> 誰知萍實辨商羊

多能將聖由天縱

贏得芳名四海揚

어느 날이었다.

계손사가 공자를 찾아가,

"훌륭한 인물을 천거해주십시오."

하고 청했다.

공자는 제자들 중에서 자로子路(이름은 중유仲由)와 자유子有(이름은 염구冉求)를 천거했다. 그 뒤로 자로와 자유는 계손사의 가신이 되어 그를 도왔다.

어느 날 계손사가 또 공자에게 묻는다.

"양호陽虎는 비록 달아나고 없지만, 나의 소유인 비읍費邑을 지키고 있는 불뉴不狃가 또 반란을 일으키면 어찌할까요?"

공자가 대답한다.

"강한 가신을 제압하려면 먼저 예법禮法과 제도制度를 분명히 밝혀야 하오. 옛날엔 신하 된 사람이 무장한 가병을 두지 않았으며, 대부의 벼슬에 있는 자는 큰 성을 소유하지 않았습니다. 그러므로 가신들이 반란을 일으킬 수 있는 근거가 없었던 것입니다. 그대는 어찌하여 비읍을 국가에 반환하고 경비를 철폐하지 않소? 그러면 곧 상하가 서로 편안하고 반란도 영구히 일어나지 않을 것이오."

계손사는 공자의 말을 옳게 여기고 맹손무기와 숙손주구에게 이 뜻을 전했다.

맹손무기가 찬동한다.

"공자의 말씀이 진실로 우리 집안과 나라를 위해서 이롭다면 내 어찌 개인적인 사유私有를 아끼리오."

이때 소정묘少正卯는 공자를 시기하고 있었다. 그래서 공자의
뜻하는 바를 방해하기로 결심했다.

소정묘는 숙손가叔孫家의 서출로 항상 불평을 품고 있는 숙손
첩을 시켜 비읍으로 편지를 보냈다.

비읍에 있는 불뉴는 비성費城을 근거로 삼고 늘 반란을 일으킬
생각이었는데, 때마침 그 편지를 받게 되었다.

그러나 그는 노나라 상하의 존경을 받고 있는 공자를 상대로 싸
울 수는 없었다. 그는 편지를 본 후 도리어 공자를 이용하기로 결
심했다.

그래서 불뉴는 사람을 시켜 많은 예물과 서신 한 통을 공자에게
보냈다.

그 서신에 하였으되,

자고로 삼가三家가 노나라 정치를 마음대로 처리해서 임금은
약해지고 신하는 강성해졌습니다. 그래서 백성들은 지금 분노
하고 있습니다. 이 불뉴는 어쩌다 계손사의 가신으로 있습니다
만, 실은 부자夫子의 인의지도仁義之道를 사모하고 있습니다.
원컨대 부자께 이 비읍을 바치고 앞으론 부자의 신하가 되어 이
나라의 못된 세도가들을 없애버리는 데 진력하겠습니다. 옛날
에 주공周公이 주 왕실을 바로잡듯이 우리 노나라의 백년대계
百年大計를 세우겠나이다. 부자께서도 이러한 의향이 있으시거
든 곧 이곳 비읍으로 왕림해주십시오. 직접 서로 만나 앞날을
의논코자 하나이다. 변변치 못한 물건을 보내니 널리 하량下諒
하십시오.

공자가 불뉴의 편지를 받고 궁에 가서 노정공에 아뢴다.

"만일 불뉴가 반란을 일으키면 결국 군사까지 출동시켜야 할 것입니다. 그러느니 차라리 신이 혼자 비읍에 가서 불뉴를 개과천선시키고 오겠습니다."

노정공은,

"국가가 다사多事한 이때 부자만 믿고 있는데 어찌 과인의 좌우를 떠나려 하시오?"

하고 허락하지 않았다.

이에 공자는 예물과 서신을 비읍으로 돌려보냈다.

불뉴는 공자가 응하지 않는 걸 알고서 성읍에 있는 맹손무기의 가신 염양斂陽과 후읍郈邑에 있는 숙손주구의 가신 약묘에게 사람을 보내어 함께 반란을 일으키자고 청했다. 그러나 염양과 약묘는 다 같이 불뉴의 청을 거절했다.

이런 일이 있은 지 얼마 후였다.

후읍에 있는 약묘의 부하 중에 후범侯犯이란 자가 있었다. 후범은 힘이 장사이고 활을 잘 쏘았다. 그래서 후읍 백성들은 후범 앞에서 쩔쩔맸다. 후범은 원래부터 남의 지배를 받지 않겠다는 딴 뜻이 있었기 때문에 마침내 부하를 시켜 약묘를 찔러 죽였다. 그리고 스스로 후읍의 장長이 되었다.

한편, 숙손주구는 자기 가신인 약묘가 부하인 후범에게 피살되었다는 보고를 받고 맹손무기에게 갔다.

"나의 영지인 후읍에서 후범이 모반했으니 어찌해야 좋겠소?"

"내가 그대를 도울 테니 우리 함께 가서 그 반역자를 죽여버립시다."

그리하여 맹손씨와 숙손씨는 군사를 거느리고 가서 후성郈城을 포위했다. 그러나 후범의 결사적인 항전抗戰 때문에 공격하던 군사들만 수없이 죽었다.

맹손무기가 말한다.

"이러다간 안 되겠소. 어서 사람을 보내어 제나라에 구원을 청합시다."

이에 숙손주구는 급히 제나라로 사람을 보냈다.

이때 후성 안엔 역시 숙손씨의 가신 중 하나인 사적駟赤이란 사람이 있었다. 사적은 형편상 후범을 돕는 체했기 때문에 그의 신임을 받고 있었다.

사적이 말한다.

"숙손씨는 제나라 군사를 청해오려고 사람을 보냈답니다. 만일 본국 군사와 제나라 군사가 함께 우리를 친다면 결코 그들을 당적할 수 없습니다. 그러니 차라리 그대는 제나라에 이 후읍을 바치십시오. 지금 제나라는 겉으론 노나라와 친한 체하지만 속으론 시기하고 있습니다. 제나라가 이 후읍을 소유하게 되면 은연중 노나라에 압력을 줄 수 있기 때문에 매우 기뻐할 것입니다. 그러면 제나라는 그대에게 이보다 더 크고도 안전한 땅을 줄 것입니다. 어찌하여 그대는 위험한 곳을 버리고 더 좋고 안전한 곳으로 옮겨 앉으려 하지 않으시오?"

후범이 찬동한다.

"그 계책이 매우 좋소!"

후범은 즉시 제나라로 사람을 보내어 후읍을 바치고 망명할 것을 자원했다.

이에 제나라 제경공이 승상 안영에게 묻는다.

"노나라 숙손씨는 과인에게 사람을 보내어 후읍을 치겠다고 군사를 청하고, 후범은 우리 나라에 후읍을 바치고 망명을 청한다면 서 사람을 보냈으니 과인은 어느 쪽 말을 들어야 좋겠소?"

안영이 대답한다.

"우리 나라는 노나라와 동맹한 처지인데 어찌 반란을 일으킨 자의 땅을 받을 수 있습니까? 숙손씨를 도와주는 것이 옳습니다."

제경공이 웃으며 말한다.

"후읍은 숙손씨의 개인 영지이니 노후魯侯와는 아무 관계가 없소. 더구나 숙손씨와 그 가신 사이에 반목反目이 심하면 심할수록 이는 노나라의 불행인 동시에 실은 우리 제나라엔 다행스런 일이오. 과인에게 계책이 하나 있으니 양쪽 요청을 다 들어줄 작정이오."

제경공이 사마 양저穰苴를 불러 분부한다.

"사마는 경계에 군사를 둔屯치고 형편 따라 행동을 취하오. 만일 후범이 숙손씨를 막아내거든 곧 후읍으로 군사를 진주시켜 후범을 우리 나라로 데려오오. 그러나 숙손씨가 이길 듯하거든 곧 숙손씨를 도와 후읍을 공격하오."

이는 제경공의 간특한 처사였다.

한편, 사적은 후범이 제나라로 사람을 보낸 걸 알았다. 이에 사적이 후범에게 말한다.

"제나라는 노후와 새로 동맹을 맺었기 때문에 숙손씨를 도울지 아직 예측할 수 없습니다. 그러니 앞으로 무슨 뜻밖의 일이 일어날지라도 후읍을 지킬 만한 준비는 미리 해둬야 합니다. 그런 뜻에서 우선 성문에다 많은 군사를 배치해두십시오."

후범은 한갓 힘만 세다뿐이지 결국 단순한 자였다. 그는 사적의 말을 옳게 여기고 성문에다 정예 부대를 배치했다.

그날 밤이었다.

사적은 화살에 편지를 꽂아 성 밖으로 쏘아보냈다. 성 밖에 있던 노나라 군사는 그 화살을 주워 숙손주구에게 갖다바쳤다.

그 편지 내용은 이러하였다.

이제 후범의 운명도 오래가지 못할 것 같습니다. 며칠 내에 성안에서 변이 일어날 것입니다. 그러니 주인 대감께선 과도히 염려하지 마십시오.

숙손주구는 편지를 읽고 기뻐하며 곧 맹손무기에게 그 이야기를 전해주었다. 그는 더욱 군사를 격려하면서 때가 오기만을 기다렸다.

그런 일이 있은 지 수일 후였다. 후범의 사자가 제나라에서 돌아왔다.

"제후齊侯가 우리의 청을 허락했습니다. 후읍을 받는 동시에 대신 장군께 제나라의 다른 땅을 주겠다고 약속했습니다."

사적이 곁에서 축하한다.

"이젠 안심할 수 있습니다. 앞으로 매사가 그대의 뜻대로 되려나 봅니다."

그러고서 사적은 밖으로 나가 자기 심복 부하들에게 무엇인지 귓속말로 지시를 내렸다.

이에 사적의 부하들이 길거리로 나가 후읍 백성들에게 선언한다.

"후범 장군은 이곳 백성들을 데리고 제나라로 옮겨갈 것이라고 한다. 오늘 제나라에서 돌아온 사자가 전하기를 곧 제나라 군사가 이곳으로 들이닥칠 것이라고 하니 장차 어찌하면 좋을꼬?"

이 말을 듣고 후읍의 민심은 갑자기 흉흉해졌다.

백성들 중엔 직접 사적의 집까지 찾아가서,

"이것이 사실입니까?"

하고 묻는 자가 많았다.

사적이 천연스레 대답한다.

"나도 그런 말을 들었다. 제나라는 근자에 우리 노나라와 우호를 맺었기 때문에 차마 이곳을 그냥 차지하지는 못하는가 보더라. 그래서 너희들을 제나라에 비어 있는 땅으로 데리고 갈 방침이라고 한다. 이건 나도 모르는 사이에 후범 장군이 제나라와 교섭해서 정한 일이다. 옛날에도 땅은 그냥 두고 백성만 데리고 간다는 말이 있지만 참으로 한심한 일이다. 집도 고향도 나라도 다 버리고 살게 된다니, 다른 나라가 설마 자기 나라, 자기 집만 하겠느냐!"

백성들은 각기 돌아가자 사방에 이 말을 퍼뜨렸다. 후읍 백성들은 마침내 분노했다.

그날 밤이었다.

일이 이 지경에 이른 줄도 모르고 후범은 기분이 좋아서 잔치를 차리고 술을 마셨다. 사적은 심복 부하 수십 명에게 다시 지시를 내렸다. 이에 심복 부하들이 성 위를 돌아다니면서 큰소리로 외친다.

"이미 제나라 군사가 성 밖에 당도했다. 우리는 속히 제나라 황무지로 이주할 준비를 해야 한다는구나. 사흘 안에 떠날 준비를 마쳐야 한다는 분부가 내렸다. 어이구, 어이구! 이 일을 어쩌면 좋단 말인가!"

그러고서 그들은 각기 대성통곡했다.

백성들은 이 소리와 곡성을 듣고서 놀라 거리로 몰려나왔다. 그들은 누구의 지시도 없었건만 일제히 후범의 집으로 몰려갔다.

이때 노약자와 여자들은 그저 흐느껴 울기만 했고, 젊고 씩씩한 자들은 모두 분노를 참지 못해 이를 갈았다.

백성들이 후범의 집으로 몰려가다가 성문 앞을 지나던 때였다. 그곳에는 많은 군사들이 배치되어 있었다.

백성들이 군사들에게 외친다.

"그대들은 그래, 나라를 버리고 제나라로 갈 작정인가? 아니면 우리와 함께 조상 적부터 살던 이 땅을 지키겠는가? 이곳에 남을 생각이거든 우리에게 무기를 나눠주고 우리를 도우라!"

이에 군사들은 백성들에게 무기를 나눠주고 같이 휩쓸려 걷기 시작했다.

그들은 일제히 후범의 집을 포위했다. 마침내 성을 지키던 사방 군사들도 다 백성들 편에 가담했다. 그제야 사적은 말을 타고 달려와 군중을 헤치고 후범의 집으로 들어갔다.

"백성들이 제나라에 붙는 걸 반대하고 일어났소. 그대에게 아직도 남은 군사가 있거든 속히 내게 넘겨주오. 청컨대 나는 그 군사를 거느리고 백성들을 무찌르겠소!"

후범이 당황해한다.

"나의 군사는 다 백성들 편이 되고 말았소. 지금 당장 급한 것은 어떻게 하면 화를 면하느냐는 것뿐이오."

사적이 태연히 말한다.

"그건 염려하지 마오. 내가 백성들에게 말해서 무사히 그대를 떠나게 해주리다."

사적이 다시 밖으로 나가서 군중들에게 말한다.

"너희들은 후범이 달아날 수 있도록 길을 비켜주어라. 그가 달아남으로써 제나라 군사도 모든 걸 단념하고 돌아갈 것이다."

군중들은 양쪽으로 비켜서서 한 가닥 길을 내주었다.

이에 사적이 앞서고 후범이 그 뒤를 따르고 다시 후범의 가족과 심복들과 살림 짐 10여 수레가 뒤따랐다.

사적은 후범을 동문 밖으로 내보낸 후 곧 숙손주구와 맹손무기가 거느리고 온 군사를 성안으로 영접해들였다. 그리고 백성들을 위로하고 각기 집으로 돌려보냈다.

맹손무기가 묻는다.

"왜 후범을 뒤쫓지 않고 달아나게 내버려두는가?"

사적이 대답한다.

"제가 그를 살려주기로 하고 달아나게 했습니다."

그래서 후범은 무사히 제나라로 달아났다.

숙손주구는 다시 이런 반란이 일어나지 않도록 후성의 높이를 세 척쯤 무너뜨려 낮추었다.

한편 제나라 사마司馬 양저穰苴는 이미 숙손주구의 군사가 후읍을 진압한 걸 알고 제나라로 회군했다.

숙손주구와 맹손무기도 사적에게 후읍을 맡기고 회군했다.

이때 비읍에 있는 불뉴는 후범이 모반한 사실과 숙손씨, 맹손씨가 군사를 거느리고 후읍을 치러 갔다는 소문을 듣고서 매우 반겼다.

"이제 곡부(노나라 도읍)엔 계손씨季孫氏만 외로이 남았겠구나. 이야말로 천재일우의 기회라 하지 않을 수 없다. 이 틈에 도읍으로 쳐들어가서 노나라 권력을 잡아야겠다."

불뉴는 비읍의 군사를 모조리 거느리고서 곡부성曲阜城으로 쳐들어갔다. 전부터 동지였던 숙손첩이 곡부성 성문을 열고 불뉴를 영접해들였다.

이 급한 보고를 받고 노정공은 즉시 궁으로 공자를 들게 했다.

노정공이 묻는다.

"비읍의 반란군이 도성 안으로 쳐들어왔다니 어찌하면 좋겠소?"

공자가 대답한다.

"궁중宮中 군사는 약해서 쓸 데가 없습니다. 청컨대 상감께선 신과 함께 계손씨 집으로 가사이다."

공자는 노정공과 함께 수레를 타고 곧장 계손사의 집으로 달려갔다.

계손사의 집은 말이 집이지, 그 규모는 궁에 비해 손색이 없었다. 더구나 안으로 높은 대臺가 있어서 오히려 궁보다도 안전했다.

노정공이 계손사의 집에 든 지 조금 후였다. 사마인 신구수申句須와 악기樂頎가 달려왔다.

공자는 계손사의 가병을 모조리 신구수와 악기에게 내주고 대臺 좌우에 매복시켰다. 그리고 궁중 군사는 대 아래에 늘여세웠다.

한편, 불뉴는 숙손첩과 상의했다.

"우리들이 이번에 거사한 목적은 상감을 돕고 권신權臣들을 억압하자는 것이오. 우선 상감을 받들어 모시지 않고선 계손사를 정복할 수 없소."

마침내 그들은 군사를 거느리고 궁 안으로 들어갔으나 아무리 찾아도 노정공이 없었다. 그들은 한참 찾다가 상감이 계손사의 집으로 갔다는 사실을 알았다.

그들은 다시 군사를 거느리고 가서 계손사의 집을 쳤다. 궁중 군사들은 반란군과 변변히 싸워보지도 못하고 모두 달아났다.

그때 갑자기 주위가 떠들썩해지며 신구수, 악기 두 장수가 정예 부대를 거느리고 나타나 반란군과 싸웠다.

이때 공자가 노정공을 모시고 대 위로 올라가 반란군을 굽어보고 외친다.

"상감이 여기 계신데 너희들은 어찌 순리順理와 역리逆理를 분별하지 못하느냐? 속히 무기를 버려라. 그러면 지금까지의 잘못은 처벌하지 않겠다."

원래 비읍 사람들도 공자가 성인인 것을 잘 알고 있었다. 그들은 직접 공자를 보고 그 말을 듣자 모두 대 아래에 꿇어엎드렸다.

갑자기 대세가 뒤바뀌자 불뉴와 숙손첩은 황급히 말머리를 돌려 오吳나라를 향해 달아났다.

이렇게 난이 진정된 수일 후에야 후읍에서 숙손주구와 맹손무기가 군사를 거느리고 곡부성으로 돌아왔다.

숙손주구가 계손사에게 말한다.

"다시는 이런 일이 생기지 않도록 이번에 후성의 높이를 세 척이나 무너뜨려버리고 왔소."

이에 계손사도 사람을 보내어 비성費城을 아예 무너뜨려버렸다.

맹손무기도 자기 영지인 성읍의 성성成城을 무너뜨리기로 결심했다.

이 소문을 들은 성읍의 염양斂陽은 곧 도읍으로 올라와서 소정묘少正卯에게,

"나의 주인 대감이 성읍의 성을 헐어버릴 작정이라고 하오. 장차 이 일을 어찌하면 좋겠소?"

하고 물었다.

소정묘가 대답한다.

"후성과 비성은 반란군이 일어났기 때문에 헐어버린 것이오. 그런데 이제 성성마저 무너뜨려버린다면 이는 그대를 반역자로

취급하는 것밖에 안 되오. 그대가 어찌 반역자라는 누명을 쓸 수야 있으리오. 그저 내가 시키는 대로만 말하오. 곧 성성은 노나라 북쪽을 지키는 요새要塞인데 만일 무너뜨려버렸다가 제나라 군사들이 북쪽에서 쳐들어오는 날이면 무엇으로 적을 막을 작정이냐고 강조하오. 이렇게 내 말대로만 하면 비록 명령을 거역해도 반역자란 말은 듣지 않을 것이오."

이에 염양은 주인 대감인 맹손무기에게 갔다.

"나는 주인 대감을 위해서가 아니라 실로 노나라 사직을 위해 성성을 지키고 있습니다. 그러니 성성과 함께 이 몸이 부서지면 부서졌지 그전엔 돌 하나, 벽돌 하나도 헐지 못하실 테니 그리 아십시오."

염양은 이 말만 남기고 돌아갔다. 그날로 맹손무기는 공자에게 가서 상의했다.

공자가 웃으며,

"그건 염양의 말이 아니오. 배후에서 누가 그렇게 말하라고 시켰을 것이오."

하고 대답했다.

지난날 계손사는 공자가 단번에 비읍의 반란군을 진압하는 걸 보았다. 계손사는 자기로선 도저히 공자를 따를 수 없음을 알았다. 그래서 그는 모든 일에 일일이 공자의 지시를 받았다.

그러나 소정묘는 늘 공자의 말을 뒤집었다. 그는 듣는 사람에게 공자를 의심하게끔 만들었다.

공자가 노정공에게 아뢴다.

"우리 노나라가 흥興하지 못하는 이유는 충신과 간신을 분별하지 못하기 때문이며 형벌刑罰과 상賞을 분명히 하지 못하기 때문입니다. 대저 좋은 곡식을 얻으려면 반드시 해초害草를 뽑아버려야 합니다. 청컨대 상감께선 주저하지 마시고 태묘의 부월斧鉞•(작은 도끼와 큰 도끼)을 내놓고 모든 신하를 불러들여 회의를 여십시오. 만일 모든 신하 중에 성성을 헐어버리는 데 의견이 구구하거든 다만 신이 아뢰는 대로만 재결裁決하십시오."

이튿날이었다. 마침내 궁중에서 회의가 열렸다.

아니나 다를까, 모든 신하들 사이에 성성을 무너뜨리는 것이 옳다는 둥 부당하다는 둥 의견이 구구했다.

이때 간신 소정묘가 공자의 비위를 맞추려고 앞으로 나아가서 아뢴다.

"성성成城을 헐어버려야만 할 여섯 가지 이유가 있습니다. 그 여섯 가지란 무엇인고 하니, 첫째는 한 나라에 두 임금이 있을 수 없으며, 둘째는 도성都城이 중점重點이 되며, 셋째는 신하들의 권세를 누르게 되며, 넷째는 가신들이 반란을 일으킬 근거가 없어지며, 다섯째는 삼가의 마음이 편안해질 것이며, 여섯째는 모든 나라 제후가 우리 노나라가 혁신한 줄 알고 상감을 존경한다는 것입니다. 그러니 반드시 성성을 헐어버려야 합니다."

공자가 노정공에게 아뢴다.

"소정묘의 말은 옳지 못합니다. 외로이 남은 성성에서 무슨 반란이 일어나겠습니까? 더구나 그곳을 지키는 염양은 충성이 대단한 사람입니다. 어찌 다른 반역자들과 같을 리 있겠습니까? 그런데 소정묘는 쓸데없는 말로 나랏일을 어지럽히고 임금과 신하를 이간붙이고 있습니다. 법으로 비추어볼 때 소정묘를 죽여야 마땅합니다."

모든 신하가 말한다.

"소정묘는 우리 노나라에서 명성 있는 사람입니다. 혹 부당한 말을 했기로서니 죽음에 처할 것까진 없습니다."

공자가 다시 아뢴다.

"소정묘는 거짓을 참말처럼 말하고 행동이 공명정대하지 못하면서도 고집을 부려 인심을 어지럽히는 자입니다. 저런 자를 죽이지 않으면 나라를 다스릴 수 없습니다. 신의 벼슬이 지금 사구司寇에 있으니 청컨대 부월로써 다스리겠습니다. 무사들은 속히 저 자를 참하여라."

공자의 분부가 내리자 무사들이 일제히 달려들어 소정묘를 결박하고 그 자리에서 목을 끊었다. 모든 신하는 이 광경을 보고 얼굴빛이 변했다. 삼가三家 또한 온몸이 오싹해졌다.

사신이 시로써 이 일을 읊은 것이 있다.

예전에 강태공도 간신을 죽인 일이 있듯이
이제 공자는 소정묘를 없애버렸도다.
만일 성인들이 이렇듯 바로잡지 않았던들
세상 사람들은 다 간신들의 저서만 읽었으리라.
養高華士太公誅
孔子偏將少正除
不是聖人開正眼
世間盡讀兩人書

소정묘가 죽은 후로 공자의 뜻이 정치에 반영되기 시작했다. 노 정공과 삼가도 공자의 말이라면 사심 없이 들었다.

이에 공자는 기강紀綱을 세우고 예의를 가르치고 염치廉恥를 알게 했다. 그러므로 백성들은 안정되고 나라는 저절로 다스려졌다.

불과 3개월 만에 노나라의 풍속은 크게 변혁되었다.

시정의 장사꾼들은 염소와 돼지를 파는 데도 가격을 올려받지 않았다. 자연 물건 흥정에 에누리도 없게 되었다. 남자는 우측으로 통행하고 여자는 좌측으로 통행하여 질서가 섰다. 마침내 길에 떨어진 물건이 있어도 자기 것이 아니면 줍는 사람이 없었다. 나그네들도 일단 노나라에 들어서기만 하면 불편한 것이 없었다. 그래서 각국에서 노나라로 오는 사람이 많았다.

어느덧 백성들 사이에 다음과 같은 노래가 유행했다.

거룩하신 성인이 마침
우리에게 강림하셨도다.
거룩하신 성인께서
공평히 우리를 위로하시는도다.
袞衣章甫
來適我所
章甫袞衣
慰我無私

이 노래는 퍼지고 퍼져 마침내 제나라까지 전해졌다. 이 노래를 듣고서 제경공은 크게 놀랐다.

"우리 나라가 잘못하다간 장차 노나라에 먹히겠구나!"

〔9권에서 계속〕

주周 왕실과 주요 제후국 계보도

* ― 부자 관계, ㄴ 형제 관계.
* 네모 안 숫자(1, 2 …)는 주나라 건국 이후와 각 제후국 분봉 이후의 왕위, 군위 대代 수.

동주東周 왕실 계보 : 희성姬姓

···── 24 경왕景王 귀貴(B.C.544~520) ──┬── 25 도왕悼王 맹猛(B.C.520)

├── 26 경왕敬王 면丐(B.C.519~476) ──┐

└── 서왕西王 조朝(B.C.520~515)[1]

└── 27 원왕元王 인仁(B.C.475~469) ── ···

1 경왕景王의 서자 조朝가 윤고尹固 · 감추 · 소환召奐 등의 보좌를 받아 도왕悼王을 황皇으로 추방하고 경京에서
사사로이 왕으로 즉위. 도왕이 그 얼마 후에 붕어하고 아우 개가 경왕敬王으로 즉위한 후 책천翟泉으로 옮겨감.
이후 경왕을 동왕東王, 조朝를 서왕이라 칭하게 됨(동주 왕실의 이분二分).

노魯나라 계보 : 희성姬姓

···──┬── 공자 훼毁

├── 23 소공昭公 주裯(일명 소裯B.C.541~510)

└── 24 정공定公 송宋(B.C.509~495) ── ···

제齊나라 계보 : 강성姜姓

···──┬── 22 장공莊公 광光(B.C.553~548)

├── 공자 아牙

└── 23 경공景公 저구杵臼(B.C.547~490) ── ···

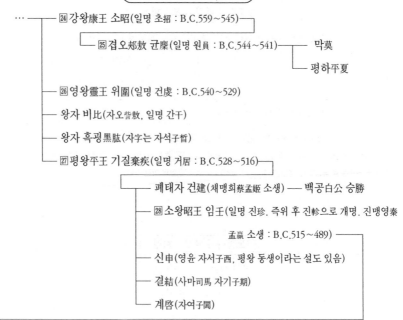

진晉나라 계보 : 희성姬姓

··· —— ③⓪소공昭公 이이夷(B.C.531~526) —— ③①경공頃公 거질去疾(B.C.525~512) ——
　　　　　　　　　　　　　　　　└ 대자戴子 옹雍 —— 공손 기릉 ···

└ ③②정공定公 오午(B.C.511~475) —— ···

초楚나라 계보 : 웅성熊姓

··· —┬ ②④강왕康王 소昭(일명 초招 : B.C.559~545)—┐
　　│　　　└ ②⑤겹오郟敖 균麇(일명 원員 : B.C.544~541)——┬ 막莫
　　│　　　　　　　　　　　　　　　　　　　　　　　└ 평하平夏
　　├ ②⑥영왕靈王 위圍(일명 건虔 : B.C.540~529)
　　├ 왕자 비比(자오訾敖, 일명 간干)
　　├ 왕자 흑굉黑肱(자字는 자석子晳)
　　└ ②⑦평왕平王 기질棄疾(일명 거居 : B.C.528~516)—┐
　　　　　　　├ 폐태자 건建(채맹희蔡孟姬 소생) —— 백공白公 승勝
　　　　　　　├ ②⑧소왕昭王 임壬(일명 진珍. 즉위 후 진軫으로 개명. 진맹영秦
　　　　　　　　　　　　　孟嬴 소생 : B.C.515~489) ——
　　　　　　　├ 신申(영윤 자서子西, 평왕 동생이라는 설도 있음)
　　　　　　　├ 결結(사마司馬 자기子期)
　　　　　　　└ 계啓(자여子閭)

└ ②⑨혜왕惠王 장章(B.C.488~432) —— ···

진秦나라 계보 : 영성嬴姓

···—┬ ⑰환공桓公 영榮(B.C.603~577) —— ⑱경공景公(B.C.576~537)—┐
　　└ ⑲애공哀公(B.C.536~501) —— 태자 이공夷公—— ⑳혜공惠公(B.C.500~491) —— ···

정鄭나라 계보 : 희성姬姓

… — ⑫간공簡公 가嘉(B.C.565~530) — ⑬정공定公 녕寧(B.C.529~514) — ⑭헌공獻公 채蠆(B.C.513~501) — ⑮성공聲公 승勝(B.C.500~464) — …

송宋나라 계보 : 자성子姓

… — ㉔평공平公 성成(B.C.575~532) — ㉕원공元公 좌佐(B.C.531~517) — ㉖경공景公 난欒(B.C.516~468) — …

진陳나라 계보 : 규성嬀姓

… — ㉑애공哀公 익溺(B.C.568~530) — 도태자悼太子 언사偃師 — ㉒혜공惠公 오吳(일명 유留 : B.C.529~506) — ㉓회공懷公 유柳(B.C.505~502) — ㉔민공閔公 월越(B.C.501~478) • B.C.478년에 초나라가 진나라를 멸망시킴.

위衛나라 계보 : 희성姬姓

— ㉑정공定公 장臧(B.C.588~577)
- ㉒헌공獻公[1] 간衎(B.C.576~544)
- ㉒상공殤公[2] 표剽(일명 추秋 · 적狄 · 염焱 : B.C.558~547)

— ㉓양공襄公 악惡(B.C.543~535) — ㉔영공靈公 원元(B.C.534~493) — …

• 1 · 2 시기에 위나라는 1국 2군주 체제였음. 위헌공은 BC.559년에 대신 손임보와 영식에 의해 제나라로 추방되어 547년까지 국외에서 체류하였음. 그 사이 위나라에서는 상공이 옹립되었으므로 이 기간 중 국내 · 국외에 2인人의 군주가 있게 되었음. 위나라는 이전에 혜공(BC.699~669), 금모(BC.695~688) 시기에도 유사한 상황이 전개되었음.

채蔡나라 계보 : 희성姬姓

··· ── ⑰영공靈公 반般(B.C.542~530) ── 세자 유有 ── ⑱평공平公 여廬(B.C.529~522) ─

└── 세자 주朱

└── ⑲도공悼公 동국東國(B.C.521~519) ── ⑳소공昭公 신申(B.C.518~491) ── ···

오吳나라 계보 : 희성姬姓

··· ── ⑮수몽壽夢(B.C.585~561) ── ⑯제번諸樊(B.C.560~548)

└── ⑰여제餘祭(B.C.547~544)

└── ⑱이말夷末(일명 여매餘昧, 이매夷昧 : B.C.543~527)[1]

└── 계찰季札

└── ⑲요僚(B.C.526~515) ── ⑳합려闔廬(B.C.514~496)[2] ── ···

1 서주 왕실로부터 최초로 제후 지위를 인정받은 1대 군주 주장周章으로부터 17대째 군주인 여제餘祭와 18대째 군주인 이말夷末(혹 여매, 이매)의 재위 연도는 역사서에 따라 차이가 있음. 『좌전左傳』에서는 여제餘祭의 재위 기간을 B.C.547~544년, 이말夷末의 재위 기간을 B.C.543~527년으로 보고 있으나 『사기史記』는 여제는 B.C.547~531년, 이말은 B.C.530~527년으로 보고 있음. 본 소설의 원저자 풍몽룡馮夢龍은 『사기』의 연도를 따르고 있으나 본 부록에서는 춘추 시대의 역사상을 직접적이고 정확하게 전한다고 평가되는 『좌전』의 기록을 따르겠음. 또한 본 소설에 등장하는 이매라는 이름은 한漢나라 시대에 조엽趙曄이 지은 『오월춘추吳越春秋』에 의거한 것임.

2 합려闔廬(공자 광光)는 요僚의 아들이 아니라 이말의 아들(곧 요僚의 형제)이라는 설도 있음.

관직

*˚표시를 한 것은 그 나라에만 있는 독특한 관직을 지시하고, 표시가 없는 것은 각국 공통 관직을 의미함.

初楚

사악대부司樂大夫˚ 국가의 음악과 악례樂禮, 각급 악관樂官들을 관장하는 직책.
초소왕의 여동생 계미季芈의 남편이 된 종건이 혼인 직후 이 직책을 제수받았
다는 기록이 전해짐. 유사 관직으로는 악윤樂尹이 있음.

악사樂師 궁정 내 음악 연주와 음악 교육 등을 담당하는 직책.

기물器物

오왕광검吳王光劍　　오왕吳王 합려闔廬 시기에 제작된 철검鐵劍으로 현재 산서성박물관山西省博物館에 소장 중임. 오왕 합려는 즉위 직후 오자서伍子胥의 건의를 적극 수용하여 우수산牛首山에 뛰어난 장인匠人들을 모아 철鐵을 전문적으로 정련하게 하는 한편, 간장干將·막야莫邪 부부와 같은 명공名工들을 초빙하여 천하 제일의 보검寶劍들을 집중 제작했다고 한다. 이로부터 오吳나라의 제철製鐵 공업은 눈부시게 발전하여 여타 국가들을 능가할 정도가 되었다.

이匜　　예기禮器의 한 종류로 주로 연회宴會나 제례祭禮에서 물을 담아 손을 씻는데 사용한 세수용 기물. 대야(하남성河南省 광산현光山縣 출토 황黃나라 제후 부인 동이銅匜).

장璋　홀笏의 일종으로 끝을 깎아 뾰족하게 만든 옥기玉器. 천자天子 · 공경公卿 · 대부大夫 · 사士들이 조복朝服을 입을 때 허리띠에 끼던 것으로 군명君命을 받아 기록해두었음(『삼재도회三才圖會』수록).

부월斧鉞　고대에 형벌용으로 사용되던 작은 도끼와 큰 도끼. 전轉하여 정벌征伐을 뜻하게 되었음. 보통 국가의 위엄과 권위를 상징하는 도구로 인식됨(하북성河北省 평산현平山縣 출토 중산국中山國 제후의 월鉞. 중산국中山國은 전국 시대의 연燕 · 조趙나라 사이에 위치한 소국).

325

고대의 병기兵器 제작 광경

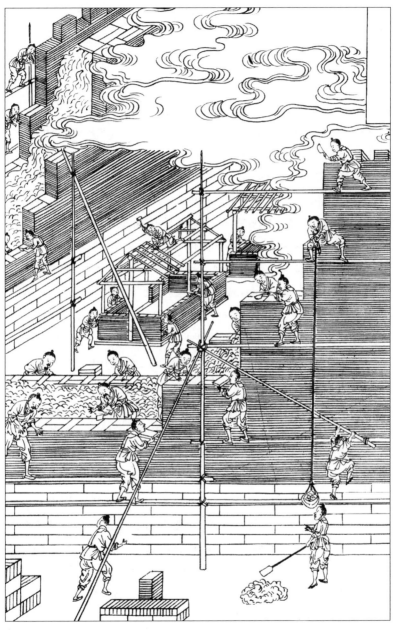

고대의 성곽城郭 건축 광경

삼환씨三桓氏**의 전정**專政　노魯나라의 삼환씨(노환공魯桓公의 세 아들인 경보慶父 · 숙아叔牙 · 계우季友의 후계자 가문인 맹손孟孫 · 숙손叔孫 · 계손씨季孫氏의 3가家를 지칭함) 정립鼎立(대등한 실력을 갖춘 3자가 솥의 세 발처럼 서로 버티고 서서 겨루는 형세) 상황은 노희공魯僖公(B.C.659~627 재위) 초년에 공자 경보慶父의 난을 삼환씨三桓氏를 각각 성읍成邑(맹손씨孟孫氏), 후읍郈邑(숙손씨叔孫氏), 비읍費邑(계손씨季孫氏)에 분봉해주면서 그 단서가 시작되었음. 이후 삼환씨 세력이 계속 강성해진 결과 소공昭公(B.C.541~510 재위) 시기에는 노나라의 주인인 소공이 삼환씨의 하나인 계손씨에 의해 국외로 추방되는 사태까지 발생했음. 이어 정공定公(B.C.509~495 재위), 애공哀公(B.C.494~467 재위) 시기에는 삼환씨만이 아니라 그들의 가신家臣들까지도 강성해져 삼환씨조차 능히 제어하지 못할 지경이 되면서 노나라 공실의 위엄은 땅에 떨어지고 노나라 안에서의 하극상의 풍조도 걷잡을 수 없이 증폭되었음. 그 결과 B.C.502년에는 계손씨의 가신인 양호陽虎가 계손씨의 영읍인 비읍費邑을 장악하고 난을 일으켜 삼환씨 전체에 도전하는가 하면, 삼환씨들 역시 주군인 소공, 애공을 추방하고 심지어 애공을 타국에서 객사하게까지 몰아감으로써 노나라의 국론 분열과 국력 낭비는 점차 심각한 국면이 되었음. 이러한 삼환씨의 전횡과 발호跋扈 결과 노나라는 2~3류의 약소 국가로 전락하여 전국 시대 이후 제나라의 부용처럼 되었다가 전국 말기인 B.C.256년에 초나라에게 멸국당했음.

소왕素王　대성현大聖賢 공자孔子의 모친 안징재顏徵在가 공자를 회임한 중에 태몽을 꾸었는데 태몽 속에 기린麒麟(성인聖人이 출현할 전조前兆로 나타난다는 상상 속의 신령한 동물. 생명이 있는 것은 밟지도 먹지도 않는다고 함)이 나타나 쇠약해진 주나라 왕실을 계승하여 '소왕素王', 곧 왕위王位는 없으나 왕자王者나 다름없는 존재가 되리라는 글귀가 씌어진 옥척玉尺을 토했다고 함. 이 태몽으로부터 유래되어 소왕은 공자와 같이 제왕帝王의 지위에 직접 오르지는 않았지만 제왕 못지않은 영향을 후세에 남긴 성현聖賢들을 지시하는 명칭으로 굳어졌음. 보통 유가儒家에서는 공자를, 도가道家에서는 노자를 소왕이라고 칭하면서 숭상하고 있음.

『**손자병법**孫子兵法』　춘추 시대 오吳나라 출신의 천재 병법가兵法家이자 전략가인 손무孫武가 지은 대표적인 병법서兵法書. 1편「시계始計」, 2편「작전作戰」, 3편「모공謀攻」, 4편「군형軍形」, 5편「병세兵勢」, 6편「허실虛實」, 7편「군쟁軍爭」, 8편「구변九變」, 9편「행군行軍」, 10편「지형地形」, 11편「취지就地」, 12편「화공火攻」, 13편「용간用間」등 총 13편의 구성을 통해 군사軍事 운용의 기본적인 원칙으로부터 실전에 응용될 수 있는 변화무쌍한 전술에 이르기까지 풍부한 내용들을 심도 있게 다루어 오늘날까지도 중국 병가兵家 사상의 진수를 담은 책으로 널리 애독되고 있음.

의협義俠　자신에게 은혜를 베푼 사람에 대해서는 목숨조차 돌보지 않고 충심으로 섬기거나, 목표 혹은 대의大義를 이루기 위해 자신뿐 아니라 처자의 목숨까지도 그야말로 초개草芥같이 버릴 수 있는 의기와 용기를 지닌 이들, 혹은 그러한 의기로 투합된 인간 관계 질서를 지칭하는 말. 특히 춘추 시대 후기 오나라에서 그러한 일화들을 많이 볼 수 있는데, 그중 전제專諸(일명 전설제專說諸)와 요이의 고사가 대표적.

투금뢰投金瀨　오자서伍子胥가 초楚나라에서 억울한 누명을 쓰고 쫓겨난 후 부친 오사伍奢와 형 오상伍尙의 원수를 갚기 위해 오나라로 도망가던 도중 한 빨래하는 처녀에게 밥을 얻어먹었음. 밥을 다 먹은 후 그녀에게 자신을 보았다는 말을 아무에게도 하지 말라고 당부하자 처녀는 자신의 충정을 몰라주는 것을 야속해하고 이미 정절을 더럽혔다고 슬퍼하면서 뇌수瀨水에 몸을 던져 죽음. 먼 훗날 초나라를 초토화하고 부형의 원수를 갚은 뒤 오나라로 회군하던 도중 오자서는 뇌수 가에서 그녀의 죽음을 슬퍼하면서 천금千金을 뇌수에 하사함. 후에 그 소식을 들은 그녀의 모친이 천금을 꺼내 돌아갔다는 일화가 전해짐. 그후부터 오자서가 빨래하는 처녀의 혼령을 위로하기 위해 천금을 던진 곳을 투금뢰라고 부르게 되었음.

오월吳越 지역의 제철 산업　춘추 시대 후반기에 장강長江 하류 지역을 중심으로 급성장한 오吳, 월越 양국에 관한 역사 기록은 군사와 전쟁에 관련된 내용들이 압도적이며, 그중 제철製鐵과 병기兵器 산업의 발전 과정을 다룬 전설이나, 고사의 비중이 또한 적지 않은 편이다. 8권에 수록된 간장과 막야 부부의 보검寶劍 전설이나 오홍吳鴻과 호계扈稽 형제의 피를 섞어 만든 금구金鉤의 전설 등은 그중 특히 유명하며, 이 밖에도 제철업과 무기 제작의 발달상을 반영하는 유사한 내용의 전설, 일화들이 상당히 많이 전해진다. 그중 대표적인 몇 가지 고사를 아래에서 정리했다. 일반적으로 춘추 전국 시대의 2대 제철업 중심지로는 산동山東의 제齊나라와 강소江蘇, 절강浙江 등지의 오월吳越 지역을 꼽는데 그중에서도 오월의 검 제작 기술은 천하일품이었다고 한다. 오늘날에도 고고 발굴을 통해, 오월 지역에서 제작된 단단하고 아름다운 검劍·과戈·극戟 등을 다양하게 만나볼 수 있다.

1 간장干將과 막야莫邪의 보검寶劍　오吳나라의 제철製鐵 명장名匠인 간장과 막야 부부가 오나라를 천하 제일의 강국으로 만들고자 하는 오왕吳王 합려闔廬의 뜻에 따라 차출되어 천하 명검을 만들도록 명령받자 자신들의 머리털과 손톱을 뜯어넣고 혼신의 힘을 다하여 영혼이 담긴 한 쌍의 검을 만들었다고 함. 한 쌍의 검은 그들 부부의 이름을 따서 각각 막야, 간장검으로 불렸는데 후에 양 검이 모두 용으로 변하여 승천했다고 함.

2 검지劍池　간장과 막야 부부의 살신성인殺身成仁에 의해 만들어진 후 약 600여 년 동안이나 멀리 떨어져 있던 막야검과 간장검이 마침내 서진西晉 시대(A.D.265~316)에 하늘의 뜻에 의해 합쳐져서 두 마리의 용으로 화하여 승천했다고 하는 전설이 얽힌 연못.

3 구자야의 다섯 보검　오나라의 명장名匠 구자야가 월越나라 왕에게 초빙되어 제작했다고 하는 다섯 자루의 천하 명검. 월왕은 그중 세 자루를 오왕 합려闔廬에게 바쳤다고 하는데, 세 자루란 어장·반영磐郢·잠로湛盧를 가리킴. 이들 중 어장은 전제가 오왕 요僚를 시해할 때 사용되었고, 반영은 오왕 합려가 딸 승옥勝玉을 장례지낼 때 부장품副葬品으로 넣어주었다고 하며, 잠로는 하늘의 섭리에 의해 초소왕에게 하사되었다고 함. 세 자루의 칼에 대한 내용은

물론 전설이지만 춘추 시대 말기에 오월吳越 지역에서 철기 공업이 눈부시게 발전하면서 많은 보검들이 대량 생산되어 전쟁이나 교역 등을 통해 초나라는 물론 중원 각지로 전파된 사실은 오늘날의 고고 발굴을 통해서도 입증되고 있음.

4 오홍吳鴻과 호계扈稽의 금구金鉤 오吳나라의 한 장인이 자신의 두 아들인 오홍吳鴻과 호계扈稽를 죽여 그 피를 섞어 만들었다고 전해지는 황금 갈고리.

5 시검석試劍石 오왕 합려闔廬가 천하의 명장名匠 간장干將으로부터 '막야莫邪' 보검寶劍을 하사받은 직후 칼의 성능을 시험해보았다고 하는 돌. 간장은 쌍으로 만든 검 중 여성검 막야만을 합려에게 바치고 자신의 이름을 딴 남성검 간장을 몰래 보관했는데, 후에 그 사실이 알려져 합려가 검을 내놓으라고 요구하자 간장검은 청룡으로 변했고 간장은 그를 타고 승천하여 검선劍仙이 되었다고 함. 막야의 보검은 그후 600여 년 뒤인 진晉(A.D. 265~317) 왕조 시대에 발견되었다고 함.

등장 인물

공자孔子(B.C.552~479)

춘추 시대의 대철학자이자 유가儒家의 비조鼻祖. 흔히 소왕素王으로 경칭되는 동방의 대성현大聖賢. 노魯나라 장군 숙량흘의 서자庶子로 이름은 구丘이고 자字는 중니仲尼. 젊은 시절에는 노나라의 계손씨季孫氏 휘하에서 중도읍中都邑의 읍재邑宰(읍을 다스리는 수장)를 맡아보기도 하고 정공定公(B.C.509~495 재위)으로부터 사공司空 직을 제수받기도 했으나 노나라의 혼미한 정치 현실과 삼환씨의 어지러운 전횡에 적잖은 실망과 환멸을 느낀 나머지 노나라를 떠나 B.C.498~484년까지 천하 열국을 두루 유람하면서 각국 군주들에게 치국治國의 도道를 설파했음. 그러나 자신의 뜻을 이해하고 써주는 군주들이 없음을 깊이 한탄한 후 정치에 뜻을 버리고 고국인 노나라로 돌아와 남은 여생을 천하의 인재들을 모아 교육하는 데 바쳤음. 육경六經(『시詩』·『서書』·『예禮』·『악樂』·『역易』·『춘추春秋』)을 정리하고 인의仁義와 효제孝悌, 충서忠恕 등을 근간으로 하는 도덕 질서의 회복을 지속적으로 설교했는데, 이 내용은 제자들에 의해 그대로 전승되어 유교의 핵심 교조를 이루게 됨. 공자와 그 문하 중 가장 뛰어난 72제자들의 문답과 교훈 내용을 담은 『논어論語』가 저술되어 공자 사상의 진수를 전하고 있음.

맹영孟嬴

진애공秦哀公(B.C.536~501 재위)의 누이로 초楚나라에 출가한 여인. 후대의 통속 소설에 무상공주無祥公主라는 필명으로 자주 등장하는 인물. 애초에는 초나라 세자 건建의 부인으로 간택되었지만 초나라의 간신 비무극費無極이 초평왕楚平王(B.C.528~516 재위)에게 아첨하기 위해 그녀를 평왕의 부인으로 삼게 했음. 이에 초평왕은 정실인 채蔡나라 출신의 맹희孟姬를 버리고 며느리뻘인 그녀를 부인으로 맞아 왕자 진珍(훗날의 소왕昭王)을 낳았음. 평왕이 서거한 후 어린 아들 진珍을 즉위시켜 성심껏 보필했고, B.C.506년에 발발한 오나라 침공의 대국난을 꿋꿋하게 극복하여 초나라를 복국시키는 데 적지 않은 공헌을 했음.

비무극費無極

초평왕~소왕 시기의 둘도 없는 간신. 참소와 아첨, 음모에 능해 언장사와 작당하여 초평왕의 즉위에 결정적인 공을 세운 투성연鬪成然을 죽이고 채 대부 조오朝吳를 추방한 일을 시작으로, 평왕으로 하여금 며느리를 취하게 하고, 미워하던 세자 건建을 송나라로 쫓겨가게 한 후 마침내 죽게 만들었으며, 세자 건의 태부太傅였던 오사伍奢 부자를 처형했고, 좌윤 백극완伯郤宛을 죽이고 양씨陽氏, 진씨晉氏 양 집안을 도륙내는 갖은 만행을 저질렀음. 이로 인해 초나라는 급격히 내정이 혼란해지고 국력이 기울어 후에 오나라에 의해 미증유의 국난을 겪게 됨. 결국 영윤 낭와囊瓦와 심윤술沈尹戌에 의해 처형되었으나 초나라에 끼친 악영향은 실로 심대했음.

손무孫武(손자孫子)

오나라 출신의 유명한 천재 병법가兵法家. 춘추 시대뿐 아니라 중국사 전체를 통틀어 손꼽히는 명전략가이자 군사가. 오자서伍子胥의 천거로 오왕吳王 합려闔廬의 군사軍師로 기용된 후 군기軍紀를 엄정하게 다스려 오군吳軍을 최정예 부대로 정련했으며, 마침내 B.C.506년 초楚나라를 침공하여 신출귀몰한 전술과 작전으로 대승을 거두었음. 초나라의 도성 영郢을 점령하고 초를 완전 망국시키기 직전에 진秦나라의 원군과 오나라의 내란으로 부득이 회군하여 돌아왔으나 그의 전공을 깎기에는 부족했음. 대승 직후 합려가 내리는 벼슬과 많은 선물을 마다하고 산속으로 은둔해 생애를 마쳐 병법兵法뿐 아니라 흥망興亡의 대도大道마저 통달했다고 칭송됨. 필생의 역작인『손자병법孫子兵法』13편은 중국을 대표하는 병법서兵法書의 백미이자 역대 병가兵家의 최고 경전經典이 되었음.

안영晏嬰

제나라 경공景公(B.C.547~490 재위) 시기의 명재상으로 춘추 전국 시대를 통틀어 열 손가락에 꼽힐 만한 현신賢臣. 경공을 보필하여 진晉나라, 초楚나라도 쇠퇴한 상황에서 제나라를 중흥시켜 거의 패업에 맞먹는 성과를 이룩하게 했음.

양호陽虎

노나라의 삼환씨三桓氏 중 계손사季孫斯의 가신家臣. 일찍부터 많은 재물과 인력을 자기 휘하에 모아 계손씨는 물론 삼환씨의 가신들 중 가장 강력한 세력을 구축했음. 그 위세를 믿고 B.C.502년에 자신의 일당들인 계오季寤(계손사季孫斯의 아우), 공서극公鉏極(계손씨 일족), 공산불뉴公山不狃(계손씨의 가신), 숙손첩叔孫輒(숙손씨 일족), 숙중지叔仲志(숙손씨 일족) 등을 선동해 삼환가三桓家를 차지하려고 반란을 일으킴. 삼환씨三桓氏가 총력을 기울여 반란군을 격파하는 바람에 거사가 실패하자 환양관讙陽關을 거쳐 제나라로 도주해 제경공齊景公에게 삼환씨를 정벌해줄 것을 요청했음. 그러나 대부 포국鮑國이 이를 거절하고 양호를 잡아 노나라에 인도할 것을 청하자 다시금 제나라를 탈출하여 송宋나라로 도주했음. 송나라에서도 인심을 잃자 진晉나라로 도주해 조앙趙鞅의 가신이 되어 진양조씨晉陽趙氏가 계속 세력을 확장하여 한씨韓氏, 위씨魏氏와 함께 진晉나라를 삼분하는 데 일정한 공헌을 했음. 자신의 주군인 계손씨와 삼환씨 가문을 타도하고 그 지위를 차지하려고 정변을 일으킨 점 때문에 공자에게 신랄한 비판을 당했고 일반적으로도 간교한 인물로 평가되나, 양호의 이 같은 일련의 행동들은 전국 시대에 보편화된 하극상 정변들의 선구적인 모습들을 보여준다고 할 수 있음.

요이要離

오吳나라의 협객俠客. 오자서伍子胥의 천거로 오왕 합려闔廬의 신하가 된 뒤 합려의 최대 우환이자 정적政敵인 공자 경기를 죽이기 위해 계략으로 자신의 처자를 죽이고 경기에게 접근하여 목적을 달성했음. 목적을 위해서는 수단을 가릴 줄 모르며 더구나 가족에 대한 최소한의 도리까지도 돌아보지 못했기 때문에 어리석은 용협勇俠의 전형으로 꼽힘.

오자서伍子胥

초楚나라의 대부로 오사伍奢의 아들. 간신 비무극費無極의 흉계로 부친과 형 오상

伍尙이 억울하게 처형되자 기필코 초나라를 멸망시켜 부형의 원수를 갚겠다고 맹세한 후 오吳나라로 도망가 공자 광光의 책사가 됨. 오왕 요僚의 시해 사건을 배후에서 지휘해 광光을 오나라 왕(합려闔廬)으로 즉위시킨 후 초나라 정벌을 주도면밀하게 계획하고 지휘하여 단시일에 오나라를 군사 강국으로 발전시켰음. 마침내 B.C.506년에 대대적으로 초나라를 침공하여 수도 영郢을 함락하고 종묘를 불태우는 혁혁한 전과를 거두고 초평왕의 무덤을 파헤쳐 시신을 300대나 매질함으로써 사원私怨도 풀었으나 여러 가지 사정으로 초나라를 완전 멸망시키지는 못한 채 회군했음. 이후 자만에 빠져 나태해진 합려가 월나라와의 전투에서 사망하자 그 아들인 부차夫差를 지성껏 보필하여 월나라를 B.C.494년에 궤멸시킴으로써 선대의 모욕과 원한을 설치雪恥했음. 그러나 월나라의 모신 범려范蠡와 문종文種의 계책에 넘어간 간신 백비伯嚭와 부차夫差가 현상태에 안주하면서 점차 그들과의 관계가 악화되었고 마침내 월나라의 이간책과 백비의 참소로 B.C.484년에 자결을 명령받았음. 오자서의 사후 오나라는 계속 군사력이 약화된 끝에 B.C.473년에 월나라에게 멸망당했음.

전제專諸

오吳나라의 용사勇士로 일명 전설제鱄設諸라고도 함. 오자서伍子胥가 오나라 공자 광光을 위해 천거한 인물로 놀랄 만한 신력神力을 지녔으나 성품은 유순하고 특히 효성이 지극한 인물이었음. 공자 광光이 어머니를 극진히 공대하는 데 감동하여 주인으로 섬기기로 결심한 후 그의 명령에 따라 오왕吳王 요僚를 시해하고 즉사했음.

초평왕楚平王(B.C.528~516 재위)

초나라의 27대 군주. 공왕共王(B.C.590~560 재위)의 말자末子이고 본명은 기질棄疾. 신탁에 의해 일찍이 공왕의 후계자로 점지되었으나 부왕 사후 왕위를 바로 계승하지 못하고 이복형인 강왕康王(B.C.559~545 재위)과 그 아들 겹오郟敖(B.C.544~541 재위), 또다른 이복형 영왕靈王(B.C.540~529 재위) 등이 차례로 왕위에 올랐음. 영왕 시기에 진陳, 채蔡나라를 멸국치현하는 데 큰 공을 세워 채현蔡縣의 현

공현公縣이 되었으며 이를 발판으로 삼아 진陳, 채蔡의 군사들과 백성들은 물론, 영왕의 가혹한 멸국치현, 사민徙民 정책에 불만을 품은 반대파 세력들을 폭 넓게 규합하여 대대적인 반란을 일으켰음. 반란이 성공하여 즉위한 후 초기에는 내치內治와 외교外交 양면에서 안정, 휴양책을 펼쳐 초나라를 중흥시키는 데 기여했으나 후기에는 간신 비무극費無極의 농간에 넘어가 세자 건建을 내쫓고 그의 정혼녀인 맹영孟嬴을 취했으며 충신 오사伍奢, 오상伍尙 부자를 무고하게 처형하여 오자서伍子胥(오상伍尙의 동생)의 깊은 원한을 사는 등 적지 않은 실책을 저질렀음. 결국 오자서의 와신상담臥薪嘗膽 결과 군사 강국으로 급격히 부상한 오나라가 초나라의 수도 영郢을 함락시킴으로써 망국 직전까지 가는 미증유의 재난을 초래했고 그 자신도 관을 들어내어 시신에 매질을 당하는 모욕을 겪었음.

[기원전 528] **초평왕楚平王이 국내에 대대적인 혜시惠施와 관정寬政을 베풀고 대외적으로도 우호 정책**을 펼침. 영윤 투성연鬪成然(자기子旗)이 평왕 옹립의 공을 믿고 방자해져 양씨養氏와 함께 온갖 횡포를 부리는데다 간신 비무극費無極이 투성연을 참소하자, 평왕은 **투성연을 처형하고 양씨를 멸문시킴**, 투성연의 아들 투신鬪辛은 벌하지 않고 운공鄖公으로 삼음.

[기원전 527] 초의 간신 **비무극이 채 대부 조오朝吳를 참소**하여 정鄭나라로 추방함.

[기원전 526] 진소공晉昭公(B.C.531~526 재위) 서거. 제나라의 현신 안영晏嬰이 경공景公의 총애만을 믿고 전횡을 일삼던 '제삼걸齊三傑'(전개강田開疆·고야자古冶子·공손첩公孫輒)을 묘한 계책을 써서 제거하고 대신 전양저田穰苴를 천거. 전양저는 세도만을 믿고 군법을 준수하지 않은 경공의 총신 장가莊賈를 참함으로써 해이해진 군기軍紀를 대폭 바로잡음. 진, 연의 공격 물리침. 이후 제나라의 국정은 안영과 전양저의 두 기둥이 담당.

[기원전 525] 진晉의 31대 군주 경공頃公 거질去疾(B.C.525~512 재위) 즉위.

[기원전 523] 초의 간신 비무극이 평소에 세자 건建을 미워하여 제거하고자 함. 초평왕은 비무극의 간계에 넘어가 세자 건의 비로 맞이한 진애공秦哀公의 누이 맹영孟嬴을 몰래 자신의 부인으로 취하고 **세자 건建**에게는 잉첩媵妾으로 따라온 제나라 여자를 맹영인 것처럼 속여 혼인시킨 뒤 **성부城父 땅을 방어하도록 쫓아보냄**. 맹영은 왕자 진珍을 생산.

[기원전 522] 초 세자 건에게 봉변을 당할까 봐 두려워한 **비무극은 세자 건이 태사太師 오사伍奢와 함께 반역을 꾀한다고 참소**하여 건을 죽이게 함. 이에 평왕은 성부城父 사마司馬인 분양奮揚에게 밀지를 내려 건을 죽이라고 명령했으나 세자의 충복인 분양은 **세자를 달아나게 한 뒤 평왕에게 자수함**. 평왕은 그 충정을 높이 평가해 분양을 용서함. 세가 건建은 송

宋나라로 도주. **비무극은 충신 오사伍奢, 오상伍尙 부자를 참소해 처형당하게 함**. 오상의 동생 **오자서伍子胥는 초나라에 대한 복수를 결심**하고 우선 송나라로 피신하여 세자 건과 합류한 뒤 다시 정나라로 도망. 정 정공定公(B.C.529~514 재위)은 오자서 일행을 우대. **세자 건은** 왕위를 되찾겠다는 일념하에 진晉나라와 내통하여 정나라를 치고 이어 초나라를 공격하려다 음모가 발각되어 **정정공鄭定公에게 처형당함. 오자서는** 세자 건의 아들 승勝을 데리고 정나라를 탈출하여 **오나라로 도주**, 천신만고(고기잡이 노인, 빨래하는 처녀, 의관醫官 동고공東皐公과 황보눌皇甫訥의 도움으로 천하의 요새이자 철통 같은 방비를 갖춘 소관昭關을 통과) 끝에 오나라에 도착(소설에서는 오나라로 가던 도중 송나라, 정나라에서 겪었던 일들과 오나라로의 도주 과정이 흥미진진하게 묘사되어 있지만 공식 역사서에는 이 같은 모험담은 기록되지 않았음). **송나라의** 원공元公 (B.C.531~517 재위)이 화씨華氏, 향씨向氏를 압박하자 **화정華定 · 화해華亥 · 향영向寧 등이 난을 일으켜** 공자 인寅, 공자 어융御戎, 공자 주朱, 공자 고固, 공손원公孫援, 공손정公孫丁 등을 죽이고 향승向勝 · 향행向行을 감금한 후 원공元公을 협박. 화해華亥 측은 태자 난欒과 원공元公의 동복 동생 진辰, 공자 지止 등을 인질로 삼고 원공元公은 화해의 아들 무척無慼, 향영의 아들 나羅, 화정의 아들 계啓를 인질로 삼고 양편이 서로 화약함. 정 공손교公孫僑(자산子産) 서거.

[기원전 521] 초의 비무극이 채평공蔡平公(B.C.529~522)의 서자 동국東國과 결탁하여 적자 주朱를 몰아내고 동국이 즉위하도록 속임수를 씀.

[기원전 520] (**주도왕周悼王 1년**) 송나라 화씨華氏의 난이 초, 진 등의 개입으로 겨우 진압됨. 화씨 일족(화해華亥 · 화정華定 · 화추華貙 · 화등華登)과 향영向寧 · 황엄皇奄 · 상성傷省 · 장사평臧士平 등은 초나라로 달아나 귀의. **주경왕周景王 붕어**. 태자 맹猛이 **주의 25대 천자 도왕悼王(B.C.520 재위)으로 즉위. 도왕의 이복 동생 조朝가** 윤고尹固 · 감추甘鰍 · 소환召奐 등의 보좌를 받아 도왕悼王을 황皇 땅으로 추방하고 **경경京에서 사사로이 왕으로 즉위**(서왕西王).

[기원전 519] (주경왕周敬王 1년) 도왕이 즉위 얼마 후에 붕어하고 아우 면이 **26대 천자 경왕敬王(B.C.519~476 재위)으로 즉위**한 후 책천翟泉으로 옮겨감. 이후 경왕을 동왕東王, 조朝를 서왕西王이라 칭하게 됨(**동주 왕실의 이분二分**). 오나라가 주래州來를 공격. 이에 초나라의 위월薳越이 초 · 호胡 · 심沈 · 돈頓 · 채 · 진陳 · 허 등 7국 군대를 이끌고 주래를 구원하러 출동, 계부鷄父에서 **오나라가 초의 연합군을** (진陣치기 전에) **패배시킴**. 초의 폐세자 건建의 모친인 채蔡 맹희孟姬가 초나라의 암살 위협 때문에 오나라에 구원을 요청, 이에 공자 광光이 맹희를 구출하러 채로 감. 위월薳越이 이를 저지하려 했으나 막지 못해 맹희는 공자 광과 함께 무사히 오나라로 도주. 이 소식을 들은 위월은 목매어 자살함. 낭와囊瓦가 새 영윤이 되어 맥성麥城을 쌓고 오나라에 대한 경계를 강화. 마침내 초는 주사舟師(곧 수군水軍)를 편성하여 오나라 변경을 공략. **이 틈을 타 오 공자 광光은 초 인근의 소巢, 종리鍾離를 멸滅함**.

[기원전 517] **노소공魯昭公이** 실권자인 계손의여季孫意如를 미워하는 계공약季公若 · 후손백邱昭伯 · 공위公爲 · 공과公果 · 공분公賁 등의 부추김을 받아 **계손씨季孫氏 일족을 공격**하여 계손공지季孫公之를 죽이고 계손의여를 겁박. 그러나 **숙손씨叔孫氏가 계손씨를 도와 전세가 역전된 결과 소공은** 계손씨 타도에 실패하여 **제나라로 망명**. 초평왕이 위사薳射에게 명하여 주굴州屈에 성을 쌓아 가인茄人들을 옮기게 하고 구황丘皇에 성을 쌓아 자인訾人들을 옮기게 했음. 또 소巢에 외곽성外郭城을 쌓고 권卷에 외곽성을 쌓아 변방 방어를 강화.

[기원전 516] **초평왕 서거**. 영윤 자상子常이 진秦 공녀 맹영孟嬴 소생의 유소한 세자 진珍(B.C.523년 출생, 당시 7세) 대신 장성한 **공자 자서子西를 옹립하려 하자 자서가 대노하면서 고사固辭함. 이에 진珍이** 공자 신申, 자서의 보좌를 받아 28대 군주 **소왕昭王(B.C515~489 재위)으로 즉위**. 10월 진경공晉頃公은 여러 제후들을 소집해 서왕 조朝를 공격. 서왕 조朝는 윤고尹固 · 소환召奐 · 모득毛得 · 남궁은南宮嚚의 보필 아래 초로 달아남. 제후들은 경왕敬王을 왕성으로 복귀시켜 6년 간의 내란을 진정시킴.

[기원전 515] 오에 머물러 있는 오자서伍子胥는 초평왕이 와석종신臥席終身(자리
에 누운 채 편안하게 생을 마감함. 곧 변란을 당하지 않고 무사히 생을 마침)
한 것을 원통해하면서 공자 광光에게 거사를 단행할 것을 촉구. 이에
공자 광은 오자서의 계책대로 오왕 요僚의 3충신忠臣 중 공자 엄여掩
餘, 공자 촉용燭庸을 초나라 정벌에 출전시키고 공자 경기를 정, 위
나라로 보내 원군을 요청하게 하며 계찰季札을 진晉에 보내 우호를
강화하게 함으로써 요의 최정예 측근을 모두 없애버린 후 **장사 전제專
諸를 시켜 요를 시해하고 오의 20대 군주 합려闔廬(B.C.514~496 재위)로 즉
위**. 계찰季札은 피비린내 나는 정쟁政爭을 염오하여 연릉延陵에 은
둔. 엄여와 촉용은 군사를 버리고 각각 서徐, 종오鍾吾로 망명. 초나
라의 백극완伯郤宛은 이 틈을 타 오군을 잠성潛城에서 대파大破하고
그 공로로 실권을 장악. 비무극은 백극완을 시기해 영윤 낭와囊瓦
(자상子常)에게 참소. 비무극의 간악한 음모로 백극완이 모반을 꾀한
다고 오해한 영윤 낭와는 극씨 일가 및 그와 절친한 양씨陽氏, 진씨
晉氏를 도륙냄. 백극완의 아들 백비伯嚭는 오나라로 도망가 오자서
에게 의탁. 극완의 무고함과 비무극의 간계를 뒤늦게 깨달은 영윤 낭
와는 비무극과 그 일파인 언장사鄢將師를 처형. **오왕 합려는** 즉위 직
후부터 **오자서의 계책과 건의를 적극 수용하여 고소성姑蘇城을 축조**하고
우수산牛首山에 뛰어난 장인匠人들을 모아 **철鐵을 전문적으로 정련**하게
하는 한편, 칼 제작의 명공名工 **간장干將과 막야莫邪** 부부를 초빙해 **천
하 명검을 제작하게 함**. 오자서는 천재 병법가 **손무孫武를 추천해 초 정
벌을 총지휘하게 함**. 손무는 합려의 두 총희寵姬를 즉결 참할 정도로
엄격하게 군법과 군기를 바로잡아 오군을 최고 정예 부대로 정련함.

[기원전 514] 순역荀躒의 참소로 기씨祁氏, 양설씨羊舌氏 양 가문이 몰살됨. 한기
韓起(한선자韓宣子), 양설힐羊舌肹 사망. 위서魏舒가 재상이 됨. **기씨祁
氏의 영읍領邑을 나눠 7현縣**(오郞 · 기祁 · 평릉平陵 · 경양梗陽 · 도수塗水 ·
마수馬首 · 우盂)으로 하고 **양설씨羊舌氏 영읍을 나눠 3현縣**(동제銅鞮 · 평
양平陽 · 양씨楊氏)으로 한 후 **현대부縣大夫들을 공정하게 등용**.

[기원전 513] 진晉나라가 조앙(조간자趙簡子), 순인荀寅(중행문자中行文子) **주도로 형정 刑鼎(형법刑法을 새겨 넣은 동정銅鼎)을 주조.** 공자는 이를 보고 선왕先王이 제정한 존비귀천 질서와 법도가 무너지고 형정에만 의존하려 하는 세태를 한탄.

[기원전 512] 오나라가 서徐나라에게 엄여掩餘를, 종오鍾吾에게 촉용燭庸의 체포 와 인도를 명하자 엄여, 촉용은 초로 달아남. 이에 대노한 **오왕 합려闔 廬가 종오鍾吾와 서를 멸滅함.**

[기원전 510] 여러 나라를 전전하던 **노소공이 진나라의 건후乾侯에서 객사함.** 노나라 의 실권자 계손의여季孫意如가 소공의 이복 동생인 **공자 송宋을 노의 24대 군주 정공定公(B.C. 509~495 재위)으로 옹립.**

[기원전 507] 초의 영윤 낭와의 지나친 탐욕과 과도한 뇌물 요구로 초나라를 섬기 는 제후국들의 원망이 자심함. 특히 '숙상驌驦'이라는 천하 명마名馬 두 마리를 빼앗긴 당성공唐成公과, 천하 보배인 은초서구銀貂鼠裘, 양지백옥패羊脂白玉佩를 빼앗긴 채소후蔡昭侯가 깊은 원한을 지님. 마침내 채 소후는 진晉에 초나라 정벌을 요청.

[기원전 506] **진정공晉定公이** (채소후의 요청을 받아들여) **노 · 유劉 · 제 · 송 · 채 · 위 · 진陳 · 정 · 허許 · 조曹 · 거 · 주 · 돈頓 · 호胡 · 등 · 설薛 · 기杞 · 소주 등 18제후국을 이끌고 초 정벌을 시도.** 그러나 채소후에게 뇌물을 요구했 다가 거절당한 진晉의 순인荀寅이 사앙士鞅(범헌자范獻子)에게 초 정 벌의 무용함을 강력히 주장하는 바람에 진은 채의 요청을 거절하고 회군. 동상이몽同床異夢인 17개국도 도중 해산. 분노한 채 소후는 귀 국 도중 소국 심沈나라를 멸망시킴. 진晉에 실망한 채 소후는 오吳나 라에 구원 요청. **오왕 합려는 6만 대군을 이끌고 초를 침공(오군의 1차 침 공).** 좌사마左司馬 심윤술沈尹戌이 고군분투했으나 영윤 낭와의 탐욕 과 실책으로 초군이 대패, **낭와는 정나라로 달아나고 심윤술은 전사. 오 군은 초의 수도 영을 공격해** 맥성麥城을 점령하고 강장長江 물을 끌어 들여 **기남성紀南城마저 함락**한 후 초나라의 역대 왕릉인 이릉夷陵을 파괴하고 종묘사직을 불사르는 등 갖은 만행을 자행. 오자서는 **초평**

왕의 시신에 매질을 해 부형父兄의 원수를 갚음. 초소왕은 운몽雲夢을 거쳐 **수隨나라로 몽진蒙塵**. 수나라 군주는 소왕을 숨겨주면서 오나라에 소왕이 달아났다고 허위 보고, 이에 오자서는 소왕이 정나라로 갔으리라 추측하고 정나라를 포위. 이전에 오자서를 구해준 악저鄂渚 땅의 어부 노인의 아들이 오자서를 찾아와 철군을 요청, 오자서는 은혜를 갚기 위해 그를 수락. 어부 노인의 아들은 정나라에서 사방 100리 땅을 분봉받아 어대부漁大夫가 됨. 망국 위기를 절감한 **신포서申包胥는 통혼 관계를 지닌 진秦에 원군 요청**.

[기원전 505] 진애공秦哀公이 신포서의 요청을 수락해 **진秦의 대군이 초나라로 들어옴. 오의 공자 부개(합려 동생)는** 진군의 가세로 오군이 당황하는 틈에 **비밀리에 귀국해 왕위를 찬탈. 합려는 황급히 귀국해 반란을 진압**. 부개 부자는 송나라로 도망. 월나라 대부 범려范蠡도 절강浙江에 고릉성固陵城을 크게 축성해 오나라 군사에 대해 방비함. 노 계손의여季孫意如 사망. 아들 계손사季孫斯(계환자季桓子)가 부친의 지위를 계승. 이 무렵부터 계손季孫·맹손孟孫·숙손叔孫의 삼가三家 정립鼎立 형세와 전횡이 점점 자심해짐. 삼가三家와 함께 삼가 가신家臣들의 세력도 계속 강해져 공실과 삼환씨도 제어 못할 지경이 됨. 이로써 노나라의 내정 불안과 분권화 경향은 더욱 자심해짐. **초소왕이 수隨나라로부터 귀국**, 수隨나라와 영구 화평 조약 체결. 국가 대란을 극복한 데 대한 **논공행상論功行賞을 실시**. 공자 신申은 영윤, 공자 결結은 좌윤左尹이 됨. 신포서는 우윤右尹 벼슬을 사양하고 초야에 은둔함. 난리 통에 오왕 합려에게 능욕당했던 소왕 부인은 자결. 소왕은 월왕 윤상允常의 딸 월희越姬를 계비繼妃로 맞이함. 이후 **내정 쇄신에 힘써 형벌과 세금을 경감하고 학자를 양성하며 군사를 조련, 변경 방어를 강화**. 폐세자 건建의 아들 공손승公孫勝을 백공白公으로 봉하여 예전 허나라 땅을 하사. 오 공자 부개가 초소왕에 귀화, 당계堂谿 땅을 분봉받고 당계씨의 선조가 됨.

[기원전 504] 오나라 태자 종류가 초의 주사舟師(곧 수군水軍)를 대패시킴(오군의 2차 침

입). 초의 사마司馬 자기子期가 번양繁陽에서 오군을 대패시키고 영
윤 자서子西는 수도를 **영에서 약으로 임시 천도해 2차의 국란를 극복**.

[기원전 502] 노나라 계손씨季孫氏의 강력한 가신家臣 양호陽虎가 자신의 일당들
인 계오季寤(계손사季孫斯＝계환자季桓子의 아우), 공서극公鉏極(계손씨
일족), 공산불뉴公山不狃(계손씨 가신), 숙손첩叔孫輒(숙손씨 일족), 숙
중지叔仲志(숙손씨 일족) **등을 선동하여 계손씨를 처치하고 삼환가三桓家
를 차지하려고 반란을 일으킴**. 이에 삼환씨三桓氏가 모두 힘을 합쳐 양
호의 반란군을 격파.

[기원전 501] 양호는 환양관讙陽關을 거쳐 제나라로 도주한 후 제경공에게 삼환씨
를 정벌해줄 것을 요청. 대부 포국鮑國은 이를 거절하고 노나라와 의
를 상하지 않기 위해 양호를 잡아 노에 인도할 것을 청하자 양호는
제나라를 탈출해 송나라로 도주했다가 인심을 잃어 다시 진晉나라로
도주해 조앙趙鞅의 가신이 됨.

[기원전 500] **제, 노는 양호 사건을 마무리하고 오해를 풀기 위해 협곡夾谷에서 회맹함**.
제의 여미黎彌가 간계를 써서 노정공과 그를 수행한 공자를 겁박하
려 했으나 **공자는 법도에 따라 제나라의 잘못을 크게 꾸짖고** 여미의 간
계를 무위로 만듦. 안영晏嬰은 무례를 사죄하기 위해 지난날 제나라
가 노에게서 불의로 빼앗은 문양汶陽 소속의 환讙·운鄆·구음龜陰
등 세 곳의 전토를 돌려줌. 제, 안영晏嬰 사망. 숙손씨叔孫氏 영읍 후
郈에서 숙손씨의 가신 약묘若藐가 신하 후범侯犯에게 피살됨. 후범은
후읍을 근거지로 반란을 일으킴. 맹손, 숙손씨가 그를 진압하려 하자
후범은 사적駟赤의 간계에 넘어가 후읍을 제나라에 바치고 귀의하려
했으나 이 사실을 안 후읍민들이 후범을 쫓아냄. 이 틈에 이전부터
모반을 계획하던 계손씨 가신 불뉴不狃는 숙손씨의 서자 숙손첩叔孫
輒과 함께 노의 도성 곡부曲阜를 공격. 노정공은 화급하여 계손사의
사택으로 피난. 공자의 활약으로 불뉴의 반란군은 진압되고 불뉴, 숙
손첩은 오나라로 도주. 난을 진압한 후 공자는 간신 소정묘를 처형.
이후 **공자는 잠간 노나라의 국정을 장악하면서 내정 쇄신에 힘쓰고 예의**

염치禮義廉恥를 진작. 이에 노나라는 크게 다스려지면서 부강의 기초를 닦게 됨.

[기원전 498] 노의 안정과 부강을 염려하고 시기한 제경공이 많은 미희美姬, 가희歌姬들을 선물하자 노정공과 계손사는 다시 음락에 빠짐. 공자는 한탄하면서 어지러워진 노나라를 떠나 **천하 열국을 주유**(B.C.484년까지. 위→송→정→진晉→위→진陳→채蔡).

동주 열국지 8

새장정판 1쇄 발행 2015년 7월 25일
새장정판 3쇄 발행 2023년 8월 28일

지은이 풍몽룡
옮긴이 김구용
펴낸이 임양묵
펴낸곳 솔출판사

주소 서울시 마포구 와우산로29가길 80(서교동)
전화 02-332-1526
팩스 02-332-1529
이메일 solbook@solbook.co.kr
블로그 blog.naver.com/sol_book
출판 등록 1990년 9월 15일 제10-420호

한국어판 ⓒ 김구용, 2001
부록 ⓒ 솔출판사, 2001

ISBN   979-11-86634-17-2   04820
ISBN   979-11-86634-09-7   (세트)